REBECCA RAISIN

Mein
wundervoller
Antikladen im
Schatten
des Eiffelturms

AF196720

atb aufbau taschenbuch

REBECCA RAISIN war schon immer verrückt nach Büchern, und aus der Freude am Lesen erwuchs schon bald der Drang, selbst zu schreiben. Ihre Figuren liegen ihr alle am Herzen, doch am liebsten sind ihr jene, die sie die eine, große Liebe erfahren lassen kann.

Im Aufbau Taschenbuch liegt von ihr außerdem „Mein zauberhafter Buchladen am Ufer der Seine" vor, der erste Teil ihrer Reihe romantischer Paris-Romane, der dritte Teil »Die kleine Parfümerie der Liebe« bei Rütten & Loening. Mehr zur Autorin unter www.rebeccaraisin.com.

Seit sie von ihrem Exfreund übel hinters Licht geführt wurde, will Anouk nichts mehr von Männern wissen. Sie kümmert sich nur noch um ihren kleinen Antikladen am Fuße des Eiffelturms, für den sie ganz besondere Antiquitäten aufstöbert. Jedes dieser Schmuckstücke hat eine eigene Geschichte zu erzählen, und Anouk hilft ihren Kunden, das zu ihnen passende Stück zu finden – sei es für ein Geschenk, sei es, um der Liebe auf die Sprünge zu helfen. Doch dann schnappt ihr der geheimnisvolle Tristan auf einer Auktion ein einzigartiges Cello, nach dem sie schon lange gesucht hatte, vor der Nase weg, und schon bald kommt Anouk nicht länger umhin, ihrem Herzen zu folgen und sich auf Tristans Spur zu begeben.

REBECCA RAISIN

Mein
wundervoller
Antikladen im
Schatten
des Eiffelturms

ROMAN

Aus dem Amerikanischen
von Annette Hahn

atb aufbau taschenbuch

Die Originalausgabe unter dem Titel
The Little Antique Shop under the Eiffel Tower
erschien 2016 bei Carina, an imprint of HarperCollinsPublishers, London.

MIX
Papier aus verantwor-
tungsvollen Quellen
FSC® C083411

ISBN 978-3-7466-3612-2

Aufbau Taschenbuch ist eine Marke
der Aufbau Verlag GmbH & Co. KG

1. Auflage 2020
Vollständige Taschenbuchausgabe
© Aufbau Verlag GmbH & Co. KG, Berlin 2018
Die deutsche Erstausgabe erschien 2018 bei Rütten & Loening,
einer Marke der Aufbau Verlag GmbH & Co. KG
Copyright © 2016 by Rebecca Raisin
Umschlaggestaltung www.buerosued.de, München
unter Verwendung eines Bildes
von mauritius images / David Burton / Alamy
Gesetzt aus der Whitmann durch Greiner & Reichel, Köln
Druck und Binden CPI books GmbH, Leck, Germany
Printed in Germany

www.aufbau-verlag.de

Für meine Mom,
die ohne alles ging,
damit wir alles hatten.

Kapitel 1

*D*er Duft von Vergissmeinnicht wehte mir in die Nase, als ein Windstoß durch meine Zeitung fuhr und die Seiten umknickte, so dass ich die Schlagzeile, die mir eben aufgefallen war, nicht weiterlesen konnte. Vom Balkon über mir rieselten ein paar himmelblaue Blüten aus den Blumenkästen. Ungeduldig schlug ich die Seiten aus, um das Papier wieder zu straffen, und hoffte, ich hätte mich verlesen, denn sonst wären es überaus schlechte Nachrichten.

»Was ist denn?«, fragte Madame Dupont, während sie eine Mokkatasse mit schwarzem Kaffee an ihre scharlachrot geschminkten Lippen hob. »Wenn Sie nicht aufpassen, färbt die Druckerschwärze ab, und dann laufen Sie den ganzen Tag mit einem spiegelverkehrten Artikel des *French Enquirer* im Gesicht herum.«

Amüsiert schüttelte ich den Kopf. So etwas konnte nur Madame Dupont einfallen. Sie war eine lebenslustige Mittsiebzigerin, die sich immer noch ausgiebig schminkte und so viel Rouge auftrug, dass ihre Wangen fast lila glänzten. Ihre dunkelbraunen Augen waren dick mit Kajal umrandet und von falschen Wimpern gesäumt, die wie schwarze Fächer auf und zu klappten. Dem Strahlen in ihren Augen nach wirkte sie jedoch nur halb so alt, und mit ihrer Energie und Dynamik war nur schwer mitzuhalten. Feine Rauchschwaden wirbelten um ihr sorgsam frisiertes graues Haar, das sie absichtlich nicht färbte, weil sie der Meinung war, die silberfarbenen Strähnen schmeichelten ihrem

Teint. Man sah sie nie ohne eine Zigarette, die sie stets in einer Spitze aus Elfenbein hielt, dem Relikt aus einer anderen Ära. Ich hatte das gute Stück auf einem der Flohmärkte am Seineufer gefunden, und Madame hielt es in Ehren.

Wenn ich sie wegen ihrer Zigarettensucht tadelte, lachte sie nur und erklärte, ihre Laster hielten sie jung. Madame Dupont genoss das Leben in vollen Zügen, sprühte nur so vor Charme und Esprit. Sie war früher eine berühmte Chansonnette gewesen, hatte mit Künstlern aus der ganzen Welt verkehrt, und dieser Glanz haftete ihr noch immer an. Männer wie Frauen suchten ihre Gesellschaft und brannten darauf, ihre Geheimnisse zu ergründen. Ich fand es immer höchst amüsant, wie die Leute um ihre Aufmerksamkeit buhlten. Unsere morgendlichen Treffen hingegen fanden in einer ruhigen Pariser Seitenstraße statt, so dass wir uns ungestört austauschen konnten.

Die schwarz-weißen Zeitungsseiten raschelten im Wind, als wollten sie mich an den Artikel mit seiner beunruhigenden Überschrift erinnern. »Es hat eine Einbruchserie in Sorrent gegeben, in Italien«, sagte ich und reichte Madame Dupont die Zeitung. »Die Auktionshäuser *Dolce* und *Rocher* sind betroffen.«

»Was? Aber wir sind doch gerade erst dort gewesen!« Madame Dupont schob sich die diamantbesetzte Lesebrille auf die Nase und überflog den Artikel.

»*Oui*«, sagte ich. »Können Sie sich das vorstellen?« Über unsere italienischen Kollegen mit ihrem Angebot an Antiquitäten waren wir gut informiert. Ich begleitete Madame Dupont häufig auf Geschäftsreisen, denn dem Erlebnis, fremden Boden zu betreten, andere Luft zu atmen und den Sternenhimmel aus neuer Perspektive zu sehen, konnte ich einfach nicht widerstehen. Als Inhaberin des *Time Emporium* handelte Madame Dupont mit Uhren und suchte an allen Enden der Welt nach einzigartigen Exemplaren.

Ich war auf französische Antiquitäten spezialisiert und bot bei Auktionen nur auf Stücke aus meinem Heimatland. Durch Nachlassverkäufe, Flohmärkte und andere Quellen hatte ich in Paris ausreichend zu tun, aber wenn mich die Abenteuerlust packte, zog es mich hin und wieder auch in die Ferne.

Madame Dupont hatte mich auf eine zweitägige Reise nach Sorrent, südlich von Neapel, mitgenommen. Ihre Ausdauer und Unternehmungslust waren zwar beeindruckend, aber so strapazierend, dass ich mir nachmittags lieber eine Auszeit genommen und Siesta gehalten hatte, um für den Abend wieder bei Kräften zu sein. Vormittags hatten wir die Antiquitäten in den erwähnten Auktionshäusern bewundert, und Madame Dupont hatte erfolgreich auf ein paar der wunderbaren Uhren geboten. Französische Antiquitäten waren nicht dabei gewesen, so dass ich nur herumgestöbert und mein Einkaufsbudget nicht strapaziert hatte.

Nun runzelte sie besorgt die Stirn. »O nein«, sagte sie und bewegte beim Weiterlesen stumm die Lippen. »Wie schrecklich, dass sie die Sammlungen *L'amore di uno* und *L'arte di romanticismo* verloren haben!« Die kostbaren Juwelen waren unter Händlern gut bekannt – bei den rosafarbenen Diamanten dachte jeder sofort an Coco Salvatore, die bekannte Sopranistin, die bis zu ihrem Tod vor einigen Jahren das Haus nie ohne eines dieser Schmuckstücke verlassen hatte.

Als wir die Juwelen in Sorrent dann mit eigenen Augen sahen, stockte uns fast der Atem. Sie schienen regelrecht zu pulsieren, als hätten sie einen Teil der Kraft und der Stimme der Sängerin in sich aufgenommen.

Madame Dupont legte sich eine Hand auf die Brust. »Schockierend! Was, wenn der Dieb direkt an uns vorbeigelaufen ist, ohne dass wir ihn bemerkt haben?«

Ich nickte und trank einen Schluck Café au lait. »Das wäre durchaus vorstellbar. Und wir hatten keine Ahnung.«

Madame Dupont strich ihren Rock glatt und schwieg einen Moment. Dann sagte sie: »Aber wie diese Diebe die Technik überlisten konnten, die doch beim feinsten Flüstern anschlägt, ist mir ein Rätsel. Sie müssen sich ausgezeichnet mit den heutigen Sicherheitssystemen auskennen. Da ich gerade mal in der Lage bin, eine E-Mail zu verschicken, empfinde ich beinahe Respekt vor dieser Leistung.«

»Madame Dupont! Sie dürfen doch keinen Respekt vor Dieben haben!« Ein Auto, das in eine winzige Parklücke manövrierte, zog unsere Aufmerksamkeit auf sich. Minis wie diesen gab es in Paris zuhauf, und geübte Fahrer schafften es in jeden noch so kleinen Zwischenraum.

»Warum nicht? Immerhin ist er ein Dieb mit sehr viel Intelligenz.«

»Er?«, fragte ich nach.

Sie verdrehte die Augen. »Natürlich ist es ein Er. Oder vielleicht ein Team von Ers. Frauen schätzen Diamanten viel zu sehr, als dass sie sie stehlen würden. Nun gut, einfacher wäre es natürlich, wenn der Täter nur eine Person wäre. Je mehr Menschen an einem Geheimnis teilhaben, umso größer ist die Wahrscheinlichkeit, dass sie geschnappt werden.«

Ich zog die Augenbrauen hoch. »Sie klingen ja, als sprächen Sie aus Erfahrung, Madame.«

Ich musste sie einfach ein wenig aufziehen. Madames Vergangenheit strotzte nur so von wilden Episoden, auch wenn sie selbst darüber Stillschweigen bewahrte. Um ihre glorreichen Tage rankten sich die abenteuerlichsten Geschichten. Die berüchtigste war, sie sei in den Sechzigern die Geliebte des umschwärmten Marquis Laurent gewesen, eines Mannes mit flamboyantem Lebensstil, fast unanständigem Reichtum und engen Verbindungen zu den höchsten europäischen Adelshäusern. Eine Affäre wäre aus diversen Gründen skandalös gewesen, noch skandalöser jedoch war das Gerücht um ihre Trennung – angeblich war Madame die erste Frau, die je sein Herz gebrochen hatte. Niemand trennte sich vom Marquis, wenn er es nicht wollte, aber Madame Dupont hatte es getan, weil sie keine Lust hatte, sich fest zu binden. Sie hatte es damals nicht gewollt und wollte es heute genauso wenig. Sie liebte ihre Freiheit und Unabhängigkeit, ob nun von Männern, Kindern oder anderen Verwandten.

»Wollen Sie damit andeuten, ich könnte im Laufe meines langen und erfüllten Lebens jemals auf irgendeine Weise kriminell gewesen sein?« Sie kicherte wie ein junges Mädchen.

»Ich traue Ihnen sogar das zu, auch wenn Sie es natürlich niemals eingestehen würden.« So war das nämlich mit ihrer Vergangenheit: Madame selbst schwieg wie ein Grab.

»*Oui*, meine Geheimnisse sind sicher verwahrt.« Sie schmunzelte. Ihr Blick schweifte in die Ferne, als würde sie überlegen. »Aber haben Sie schon einmal darüber nachgedacht, Anouk, was für Aufgaben ein Krimineller heute bewältigen muss? Allein, was man können muss, um irgendwo nur hinein- und wieder herauszugelangen, ist unvorstellbar. Und erst der Verkauf! Diese Juwelen kann niemals jemand tragen, weil man sie sofort wiedererkennen würde.«

Ich brach ein Stück von meinem Croissant ab. Auf dem Tisch verteilten sich Krümel von Blätterteig. »Eine Schande, dass diese wunderbaren Schmuckstücke verschwunden sind. Es geht nicht nur um ihren materiellen Wert – es hängen so viele Geschichten an ihnen, die nun für immer verloren sind. Und wozu? Damit sie von der Öffentlichkeit ungesehen in irgendeinem Tresor verstauben.« Ich kaute bedächtig, lehnte mich auf meinem Stuhl zurück und warf einen Blick auf den Eiffelturm, der von der *Boulangerie Fret-Co* abseits der Avenue de la Bourdonnais zu sehen war. Schon seit Jahren gingen Madame Dupont und ich hier gemeinsam frühstücken.

Hier änderte sich nichts: Stammgäste betraten die Bäckerei und kamen mit frischen Baguettes unter dem Arm wieder heraus. Der Kaffee war immer stark und gut, die Croissants weich und buttrig und die Sicht auf den Eiffelturm wunderschön und heute teils vom Blätterdach der Bäume verdeckt, das immer wieder aufriss, wenn der Wind hineinfuhr. Am Morgen war es hier zumeist ruhig, nur der bucklige Mann von nebenan schob pfeifend seine Postkartenständer herum und staubte sie gelegentlich ab.

Madame Dupont wohnte eine Straße weiter in einem Penthouse-Apartment an der Avenue Élisée-Reclus, nur einen Katzensprung vom Eiffelturm entfernt. Auch mein kleines Antiquitätengeschäft lag ganz in der Nähe, etwas dichter noch an der Avenue Gustave Eiffel, umgeben von Bäumen und Blumenbeeten, die je nach Jahreszeit hübsch bepflanzt wurden.

»Die reine Gier ist es«, schimpfte Madame Dupont. »Das allein treibt diese Schwarzmarktkäufer an. Die Juwelen werden aber nicht für immer verloren sein – ich bin sicher, die Carabinieri fangen den oder die Täter. Schließlich sind auch die heutzutage technisch bestens ausgestattet – irgendwer beobachtet immer alles.« Ihre Worte sollten mich beruhigen, doch der zwitschernde Tonfall ihrer sonst eher tiefen Stimme verriet ihre eigene Unsicherheit. Sie wusste ebenso gut wie ich, dass die Juwelen, falls sie das Land verlassen hatten, nie wieder auftauchen würden.

»Vielleicht«, sagte ich, wenig überzeugt. Allmählich erwachte die kleine Straße zum Leben: Autos hupten, neugierige Touristen spazierten auf der Suche nach einem

Café umher – der übliche Hintergrund unserer morgendlichen Treffen und ein Signal, mit der Arbeit anzufangen.

Ich trank meinen Milchkaffee aus. »Seien wir auf jeden
Fall dankbar, dass nicht Paris das Ziel dieser Diebe war.«

Kapitel 2

Kurz nach Mittag fiel der Schatten des Eiffelturms auf das Fenster meines kleinen Antiquitätengeschäfts und tauchte seine Schätze in sepiafarbenes Licht, so dass sie wie auf alten ausgebleichten Fotografien wirkten. Der ganze Raum erschien auf einmal wie aus einer anderen Welt, als wäre man wahrhaftig in der Zeit zurückgereist.

Allerdings hatte ich keine Zeit für nostalgische Träumereien, denn ich hatte Kundschaft.

»Du hast mein Wort, Anouk«, sagte Océane und sah mich mit ihren chinablauen Augen durchdringend an. Flüsternd fügte sie hinzu: »Ich kenne Agnes schon seit Ewigkeiten. Sie ist vertrauenswürdig, das kann ich versprechen.« Mit einer Kopfbewegung deutete sie auf die schlanke Frau mit tiefschwarzem Haar, die ein paar Schritte weiter hinten stand und unter meinem prüfenden Blick errötete. Nervös spielte sie mit den Quasten ihrer Handtasche und senkte den Kopf.

»Ist sie Französin?«, flüsterte ich zurück, immer noch nicht überzeugt. Ich verkaufte prinzipiell nur an Leute, die mir von geschätzten Kunden persönlich vorgestellt wurden. Vielleicht eine Marotte, aber eine, die ich nicht ändern würde. Wenn ich einfach an jeden verkaufte, wer konnte dann wissen, was mit unserem Erbe geschah? Selbst in finanziell schwierigen Zeiten vergewisserte ich mich immer, dass meine Kunden vertrauenswürdig waren.

Hin und wieder verlor Agnes ihre sorgsam aufgesetzte

Haltung und begutachtete meine antiken Schmuckstücke mit fast gierigem Blick. Solche Leute lehnte ich normalerweise direkt ab, weil ich ihren Motiven nicht traute. Möglicherweise waren sie nicht auf der Suche nach einem Stück Geschichte, einem Erbstück, das sie wertschätzen würden, sondern sie sammelten Dinge ohne Respekt vor deren Vergangenheit. Ich war jedoch der Meinung, dass gewisse Stücke mit sentimentalem oder historischem Wert geschützt werden mussten.

Wie auch immer: Océane von *Once Upon A Time*, dem kleinen Buchladen am Ufer der Seine, war eine treue und vertrauenswürdige Kundin und würde mir nur jemanden empfehlen, der ebenfalls verlässlich wäre. Es war lediglich der seltsame Blick dieser Agnes, der mich zögern ließ. Aber vielleicht hatte mich der Bericht über die Diebstähle in Italien übertrieben misstrauisch gemacht.

Fest stand dennoch, dass Antiquitäten angemessene Anerkennung erfahren sollten und ich stets bestrebt war, für meine Schätze die passenden Käufer zu finden. Ich bedauerte sehr, dass diese Tradition mehr und mehr verloren ging, weil die Menschen lieber an die Zukunft dachten als an die Vergangenheit. Technikbesessenheit und der Drang, sich alle Wünsche sofort zu erfüllen, überlagerten alte Werte. Allein bei diesem Gedanken wurde ich schon ganz deprimiert.

»Natürlich ist sie Französin«, sagte Océane jetzt. »Ihrer Familie gehört die Boulangerie an der Rue Saint-Antoine. Sie sucht einen kleinen Rubinanhänger für ihre Mutter. Ihre Eltern feiern bald ihren vierzigsten Hochzeitstag. Ich verspreche dir hoch und heilig, dass sie deine Kriterien erfüllt.«

Als Océane den Hochzeitstag der Eltern erwähnte, änderte sich die Haltung der fremden Frau sofort. Sie lächelte zaghaft, ihr Gesichtsausdruck entspannte sich, und sie blickte wie durch mich hindurch, als würde sie an ihre Eltern und alles Schöne denken, was sie in ihrer Ehe lebten. Ihr schien überhaupt nicht aufzufallen, dass ich sie beobachtete, da sie offenbar in Erinnerungen schwelgte.

Ich bekam eine leichte Gänsehaut, was ein sicheres Zeichen war, dass ich ihr meinen außergewöhnlichen Schmuck präsentieren konnte. Auf dieses Zeichen meines Körpers verließ ich mich oft mehr als auf andere Zeichen.

Agnes' Blick fiel auf einen schlichten Rubinanhänger in meiner Auslage und verharrte dort. Sie war nicht gierig, sie wollte nicht alle, sondern nur ein perfektes Stück – das konnte man nun klar und deutlich an ihrem Gesicht ablesen.

Selbst im mittlerweile leicht trüben Licht des Nachmittags glitzerte das Schmuckstück aufreizend. Agnes spielte mit dem Saum ihrer Bluse, als wollte sie ihre Hände davon abhalten, nach dem Rubin zu greifen. Sie hatte eine gute Wahl getroffen. Klassisch, zeitlos und zauberhaft. Und von einem so tiefen Rot, dass man sich darin verlieren konnte.

Ich war stolz darauf, von jedem meiner Objekte die Herkunft ergründet zu haben, ohne die eine Antiquität meiner Meinung nach keinen speziellen Reiz ausstrahlen konnte.

»Treten Sie näher.« Ich winkte Agnes heran. »Diesen Anhänger habe ich vor ein paar Jahren bei einem Nachlassverkauf in der Provence erstanden. Würden Sie gern mehr über seine Herkunft erfahren?«

Sie nickte. »Sehr gern. Ich habe noch nie zuvor etwas gesehen, von dem ich auf Anhieb so überzeugt war, dass es zu meiner Maman passt. Alle anderen Schmuckstücke verblassen neben diesem.«

Es war der richtige Anhänger für die Mutter, dessen war auch ich sicher. Mit gedämpfter Stimme erzählte ich: »Als ich dort war, kam eine Nachbarin, um die Versteigerung des Nachlasses ihrer Freundin zu verfolgen, und ich fragte sie, was sie über diesen Anhänger wisse, welche Bedeutung er für seine Vorbesitzerin gehabt habe. So, wie es jetzt Ihnen ergeht, hat auch mich dieses eine Stück mehr als alle anderen der Auktion angesprochen. Die Nachbarin erzählte mir, die Frau habe schon als junges Mädchen die Liebe gefunden, die dann ein Leben lang gehalten hatte.«

Agnes lächelte. Vielleicht entsprach dies auch der Geschichte ihrer Eltern.

»Ihr Mann schenkte ihr den Rubin auf der Hochzeitsreise«, fuhr ich fort, »und sie berührte ihn ständig, wie um sicherzugehen, dass er noch da wäre. Von allen Dingen, die sie besaß, war dieser Anhänger der Gegenstand, der ihre Liebe und deren Unvergänglichkeit am besten repräsentierte.«

Agnes neigte den Kopf zur Seite. »Hatte sie ein gutes und langes Leben?« Wenn ein Kunde etwas so Besonderes wie den Rubinanhänger kaufte, setzte er die Geschichte seiner Vorbesitzerin auf gewisse Weise fort. Der Rubin nahm Anteile von Herz und Seele all seiner Besitzer aus Vergangenheit und Gegenwart in sich auf, die somit auf ewig Teil von ihm wurden.

Ich lächelte. »Das hatte sie. Beide wurden über achtzig Jahre alt; sie starb nicht lange nach ihm. Die Nachbarin sagte, es sei bei ihnen keinesfalls immer alles eitel Sonnenschein gewesen – sie hätten oft und laut über seine Arbeit gestritten, wegen der er im ganzen Land herumreisen musste, während sie allein zu Hause blieb. Sie stritten über ihr Haar: Er mochte es lang, also ließ sie es kurz schneiden. Einmal warf sie alle seine Kleider vom Balkon, und er lachte nur, was sie noch wütender machte. Aber sie hielten durch alle Höhen und Tiefen zusammen, wie Pech und Schwefel, und liebten einander voller Leidenschaft.« Ich unterbrach kurz und sah ein Leuchten in Agnes' Augen. Das war das Schönste an meiner Arbeit: wenn ich überzeugt war, dass ein Stück nicht nur um seiner Schönheit, sondern auch um seiner Geschichte willen in Ehren gehalten würde.

»Sie waren zweiundsechzig Jahre verheiratet, als er starb«, fuhr ich fort. »Es heißt, sie hätte ihm danach jeden Tag einen Liebesbrief geschrieben, bis auch für sie die Zeit gekommen war. Ich wollte den Rubin schon für mich selbst behalten, so angetan war ich von seiner Geschichte.« An jenem Tag hatte es noch wertvollere und sicher leichter verkäufliche Schmuckstücke gegeben, aber ich war von diesem Rubin fasziniert gewesen und hatte ihn unbedingt haben wollen. Und jetzt wusste ich auch warum: für Agnes' Mutter.

Wenn ich die Augen schloss, sah ich die Kette und den Anhänger dort, wo sie einst gewesen waren: auf einem gebräunten Dekolletee, in nach Lavendel duftender Luft, mit einem nahe gelegenen Olivenhain.

Agnes lächelte mich an. »Meine Eltern gehen immer noch Hand in Hand zur Arbeit. Sie streiten, wessen Baguette-Rezept das bessere ist, und ich meine damit richtig französisches Streiten, mit Händen auf den Hüften, roten Gesichtern und knurrigen Schimpfwörtern, bis jemand die beiden beschwichtigt, dass jedes ihrer Rezepte auf eigene Weise hervorragend wäre. Maman nennt ihn einen Esel, und er sagt, sie wäre eine Ziege, und sie ahmen Tiergeräusche nach, bis einer von ihnen lauthals loslacht und die Kunden erschreckt. An manchen Abenden reden sie nicht miteinander, weil sie den ganzen Tag über mit Kunden geredet haben und ihnen die Worte ausgegangen sind. An anderen Tagen legt sie den Kopf an seine Schulter, und er flüstert ihr etwas zu, als wären sie die einzigen Menschen auf der Welt. Ihre Liebe glüht noch immer ...«

»... und jetzt strahlt sie ganz besonders«, fügte ich hinzu und lächelte.

Behutsam hob ich den Anhänger aus dem Schaukasten.

Er glitzerte im Licht, als würde er uns zublinzeln und »ja« sagen. »Für Ihre Mutter«, sagte ich und ließ sie ihn genauer betrachten.

Mit leicht zitternder Hand nahm sie das Stück entgegen und flüsterte: »Er ist perfekt.« Als sie den Preis sah, wurde sie kurz blass, fing sich jedoch gleich wieder. Ein so einzigartiges und besonderes Geschenk war jeden Cent wert, und ich hasste es, darum zu feilschen. Zum Glück schwieg sie und akzeptierte den Wert, wie alle meine geschätzten Kunden es taten. »Darf ich ihn mitnehmen?«

Ich nickte. »Ich werde ihn noch einpacken.«

Océane nickte mir dankbar zu, während Agnes beobachtete, wie ich den Anhänger polierte, in eine mit Satin ausgeschlagene Schachtel legte, einwickelte und zum Schluss mit einem antiken Spitzenband verschnürte.

»Ich hoffe, Ihre Eltern haben noch viele weitere Hochzeitstage, die so schön werden wie dieser«, sagte ich. Agnes reichte mir einen Stapel Scheine und strahlte wie ein Kind am Weihnachtsabend. In Momenten wie diesem spürte ich deutlich, wie sehr ich meinen kleinen Laden liebte und dass ich einem Stück Vergangenheit eine passende Zukunft beschert hatte. Ich wusste, Agnes würde ihren Eltern die Geschichte der Vorbesitzerin erzählen, und dann wüssten auch sie, dass es um mehr ging als nur ein Schmuckstück. Und wenn sie es wiederum weitergaben, würde auch ihre Liebesgeschichte ein Teil des Rubinanhängers sein.

»*Merci.*« Agnes hielt die Schachtel so vorsichtig in der Hand, als wäre sie ein Vogelbaby.

In diesem Moment ging eine lärmende Touristengruppe am Fenster vorbei, und ich erstarrte.

»*Mince alors!* Davon kommen immer mehr«, meinte Océane und sah ebenfalls zur Gruppe hinaus, die der Stadtführer bestimmt absichtlich hierher gebracht hatte, weil er wusste, dass ich sie wieder verjagen würde.

»Schon wieder ein Andenken an diesen unsäglichen Joshua, den Amerikaner«, kommentierte Océane. Erst vor kurzem hatte ich ihr die Geschichte meines Exfreundes Joshua erzählt, der auf denkbar niederträchtige Weise den Herausgeber des Reisebuchverlags *Solitary World* über mein kleines Antiquitätengeschäft mit dem »geheimen Hinterzimmer« informiert hatte. Seitdem wurde ich ständig von Menschen belästigt, die hier Fotos machen und einen der Geheimtipps von Paris abhaken wollten.

Natürlich waren diese Leute enttäuscht, wenn sie dann von mir hören mussten, dass sie dieses Geheimnis nicht zu sehen bekämen. Aber mir war es eben wichtig, die wertvollen Stücke in meiner Obhut zu beschützen. Würde ich jedem einfach so die Türen öffnen, würden immer mehr Leute herbeiströmen und anders mit meinen Stücken umgehen, als ich es mir wünschte. Oder schlimmer noch: sie stehlen, und das wollte ich nie wieder erleben. Den Rest der bitteren Trennungsgeschichte hatte ich Océane nämlich nicht erzählt, weil ich nicht noch mehr Mitleid wollte, aber Joshuas Redseligkeit war noch das Geringste, womit er mir weh getan hatte.

»Willst du, dass ich den Stadtführer verjage?«, schlug Océane vor und starrte die Leute, die ihre Nasen gegen die Fensterscheibe drückten, böse an.

»Nein, ist schon gut. Der weiß ganz genau, dass er nicht willkommen ist, aber er macht das zu ihrer Unterhaltung. *Die Pariser Ladenbesitzerin, die die Leute nicht bei sich kaufen lässt*, ruft er immer, als wäre es etwas Einzigartiges. Wahrscheinlich ist das für diese Leute eine lustige Anekdote, die sie später zu Hause erzählen können.«

Ich ging zur Tür, drehte das Schild auf *Geschlossen*, ignorierte die Beschwerderufe und bedachte den Fremdenführer mit einem eisigen Blick.

»Aber was ist mit dem Geheimzimmer?«, rief jemand aus der Gruppe.

Das Hinterzimmer war eben genau das: geheim – und dort sollte kein klebriger Touristenfinger auf den kostbaren Sachen herumtatschen oder für ein »witziges« Foto den Auslöser drücken.

Der Touristenführer gestikulierte wild und zog für die Gruppe eine Show ab. »Um hier zu kaufen, muss man den geheimen Handschlag kennen«, behauptete er und sah mich durch die Scheibe grinsend an. »Anouk ist sehr unkonventionell – genau wie die Staubfänger, die sie in ihrem Laden sammelt. Eine Pariser Ladenbesitzerin, die die Leute nicht bei sich kaufen lässt.«

»Siehst du?«, sagte ich zu Océane. »Es ist so vorhersehbar.«

»Was für ein Idiot«, kommentierte sie.

Die Gruppe freute sich über dieses Kuriosum und beobachtete mich durch die Glastür hindurch. Ich tat mein Bestes, den Fremdenführer zu ignorieren, weil ich wusste, dass es ihm irgendwann langweilig werden würde. Jegliche Reaktion provozierte nur sein Wiederkommen.

Stattdessen ging ich zu Agnes, die immer noch wie verzaubert auf die Geschenkschachtel starrte und gar nicht mitbekam, was um sie herum vorging.

»Das nächste Mal«, sagte ich und fasste sie leicht am Arm, »dürfen Sie auch ohne Begleitung zu mir kommen.«

Sie machte große Augen. »*Merci!*«

Ich war mir sicher, dass ich Agnes vertrauen konnte. Normalerweise erlaubte ich niemandem, der das erste Mal bei mir kaufte, ohne die Begleitung eines Stammkunden wiederzukehren, und das über Monate, manchmal sogar Jahre. Aber trotz meines ersten unguten Gefühls spürte ich jetzt, dass Agnes zu den Menschen gehörte, die alte Schönheit zu schätzen wussten – das konnte man an ihrer unwillkürlichen Reaktion auf die Rubingeschichte ablesen. Mir gefiel, dass sie die Liebe ihrer Eltern nicht romantisiert hatte – sie hatte ihr Zusammenleben ungeschönt beschrieben. Mit dieser Haltung wirkte sie auf mich authentisch, und ich würde ihr meine Schätze ohne weiteren Vorbehalt anvertrauen.

»*Merci*, Anouk«, sagte Océane. »Du hast aus dem Hochzeitstag ihrer Eltern etwas ganz Besonderes gemacht. Bis bald!« Nach allgemeiner Verabschiedung mit Wangenküsschen traten sie wieder in die süße Luft des lauen Frühlingstags hinaus.

Durch die geöffnete Tür drang der fröhliche Lärm des Pariser Lebens in den Laden. Die Bäume blühten, die Touristenströme nahmen zu, die Sonne im kornblumenblauen Himmel hatte wieder mehr Kraft. Aus der Entfernung hörte ich das leise Tuckern der Schiffe auf der Seine, und der Wind wehte den erdigen Flussgeruch zu mir herüber.

Ganz benommen von diesen Eindrücken, zuckte ich zusammen, als mir ein Fotoblitz ins Gesicht leuchtete, und musste mehrfach blinzeln, bis ich wieder sehen konnte. Die Touristengruppe hatte offenbar auf mein Erscheinen gelauert, und nun hielten alle ihre Handys hoch, fotografierten und riefen: »Na los: *cheese!*«

Warum sagten das bloß immer alle? *Cheese – Käse?* Das ergab überhaupt keinen Sinn.

»*Au revoir*«, erwiderte ich kurzangebunden, verschwand wieder in meinen Laden und schloss die Tür.

Und dann verfluchte ich Joshua, dass er erst mein Vertrauen missbraucht und mir dann das Herz gebrochen hatte. Immerhin hatte ich eine wertvolle Lektion gelernt und wusste, dass so einen Fehler ich nicht noch einmal begehen würde.

Eine Frau aus der Gruppe lächelte entschuldigend durchs Fenster, und ich nickte ihr dankbar zu.

Kapitel 3

*B*onjour, Anouk! Was gibt's Neues?«, hörte ich die melodische Stimme meiner Schwester zwitschern, nachdem sie durch die Ladentür gestürmt und auf mich zugestürzt war. Mit ihrer festen Umarmung drohte sie mich im Dickicht ihrer pfirsichduftenden Locken fast zu ersticken. Sie sprudelte stets über vor Lebenslust und Ausgelassenheit, was grundsätzlich wunderbar war. Wenn man jedoch mehr als einen Tag mit ihr verbrachte, fühlte man sich völlig ausgelaugt, als würde sie ihre Energie auch aus den Reserven der anderen gewinnen. Es war schwer, mit ihrem Tempo und ihren Einfällen Schritt zu halten.

Unser Vater hatte sie zur Ausbildung nach Paris geschickt und gehofft, sie würde unter meiner Obhut ruhiger und vernünftiger werden. Lilou verspürte jedoch nicht die geringste Lust, sich seinen Plänen und Vorgaben zu fügen, was sie ihm natürlich weder ins Gesicht noch am Telefon sagte. Falls er sie tatsächlich einmal telefonisch erwischte, log sie ihn rundheraus an oder instruierte mich, ihn im Unklaren darüber zu lassen, was in ihrem Leben tatsächlich vorging. Es war ein Katz-und-Maus-Spiel, an dem ich unfreiwillig teilnahm.

Papa dachte, ich würde sie auf den rechten Weg führen, aber bisher war sie eher auf Abwege geraten, wenn sie ihre Ausbildung als Rechtsanwaltsfachangestellte wieder einmal als zu langweilig empfand und lieber loszog, um die Großstadt zu erkunden. Oft kam sie mir mehr wie mein eigenes aufmüpfiges Kind vor denn wie meine jüngere Schwester.

Wenn unser Vater wüsste, dass sie ihre Ausbildung vernachlässigte, wäre er außer sich. Doch wenn sie erst einmal in Fahrt war, war sie nicht mehr zu bremsen und äußerst geschickt darin, jede Situation zu ihrem Vorteil zu nutzen. Mit Sicherheit konnte ihr niemand vorwerfen, das Leben nicht in vollen Zügen zu genießen.

»Lilou, wo warst du die ganze Zeit? Papa hat jeden Tag angerufen.« Ich gab mir Mühe, streng zu wirken, was bei ihrem strahlenden Gesicht nicht leicht war. Trotz aller Verrückt- und Ungezogenheiten liebte ich sie doch sehr.

Sie zuckte mit den Schultern. »Papa soll anrufen, so oft er will. Ich hasse diese Ausbildung und werde sie nicht weitermachen.« Sie schüttelte den Kopf. »Ich will nie in einer Kanzlei arbeiten, da würde ich vor Langeweile umkommen.«

Ich unterdrückte ein Schmunzeln, denn ich wusste, sie hatte recht. Papa hatte sich in den Kopf gesetzt, dass Lilou Rechtsanwaltsgehilfin werden solle, nachdem ein Nachbar mit der Karriere seiner Tochter geprahlt hatte, aber es passte einfach nicht zu ihr. In einem Büro würde sie eingehen wie eine Primel ohne Wasser.

Das Leben in vollen Zügen zu genießen, wie sie es stattdessen tat, war allerdings keine langfristige Alternative, denn ich stimmte meinem Vater zu, dass sie eine solide Grundlage für ihr weiteres Leben brauchte. Ohne eine vernünftige Berufsausbildung und ohne rechtes Ziel würde sie sich sonst eines Tages verloren fühlen.

»Wenn du die Ausbildung abbrichst, gibt er dir aber kein Geld mehr, und wie willst du dann deine Miete bezahlen?«

Typischerweise ignorierte sie diesen Einwand und sagte: »Ich arbeite, ich brauche keine Ausbildung. Und zum Glück«, sie grinste, »gibt mir mein Job die Freiheit zu reisen. Ich muss nur noch mehr Geld verdienen, und das braucht Zeit. Es ist doch nichts falsch daran, seinen Lebensunterhalt mit Schmuck zu verdienen … Das ist auch eine Karriere.«

Es war offensichtlich, dass sie sich nicht umstimmen ließ. »Lilou, deine Entwürfe sind wirklich ein tolles Hobby, und es könnte daraus auch ein Beruf werden, wenn du daran arbeiten würdest, aber im Moment verdienst du nicht mal annähernd genug, um deine Miete zu begleichen. Mit deinen paar Verkäufen im Internet kannst du deine Rechnungen nicht bezahlen, geschweige denn das ausschweifende Leben, das du hier führst. Papa macht sich Sorgen, und das zu Recht.«

Lilous selbstgefertigter Schmuck war zauberhaft, brachte aber nicht viel ein, und ich konnte mir nicht vorstellen, dass sie es auf eine Menge ausweitete, von der sie leben konnte, weil Anstrengung für sie ein Fremdwort war.

Lilou warf sich die Locken über die Schulter und verdrehte die Augen. »Irgendwo muss ich doch anfangen. Das Internet ist doch nur die erste Stufe. Natürlich bin ich noch nicht so weit, im siebten Arrondissement zu verkaufen«, sie schnitt eine Grimasse, weil sie mich wegen meiner Lage und der Exklusivität meines Geschäfts aufziehen wollte, »aber es ist ein Anfang. Papa soll sich lieber um seinen eigenen Kram kümmern – und du auch. Lass dich von ihm nicht zwingen, meine Aufpasserin zu spielen.«

»Gute Idee«, meinte ich sarkastisch und hob den Telefonhörer. »Dann ruf ihn an und erklär es ihm.«

Sie besaß den Anstand zu erröten, und mit dem rosa Schimmer auf ihren Wangen sah sie noch hübscher aus. »Hm … können wir vielleicht noch ein paar Wochen damit warten? Nur, bis meine Verkaufszahlen tatsächlich etwas steigen?« Sie sah mich flehentlich an. »Dann legen wir das erst mal ad acta, und ich erzähle dir von dem phantastischen Sonnenuntergang, den ich in Marseille erlebt habe. Als Andenken daran will ich eine ganze Kollektion in Orange machen. Lass uns was essen gehen, und ich erzähle dir alles. Ich habe Claude bei dir in der Wohnung gelassen, dann müssen wir uns nicht so beeilen.«

Sie lehnte sich über die Verkaufstheke, schnappte meine Handtasche und zog mich mit einem Schwung zur Tür hinaus. Ich suchte nach meinem Schlüssel.

»Claude ist in meiner Wohnung?«

»Ja, du hast gerade einen wichtigen Punkt angesprochen, über den ich vorher auch schon nachgedacht hatte: Mit dem bisschen Geld, das Papa mir gibt, und meinen noch geringen Einkünften kann ich mich tatsächlich kaum über Wasser halten. Also habe ich meine Wohnung aufgegeben und werde erst einmal bei dir einziehen – um Miete zu sparen. Ich wusste, du würdest meine Entscheidung unterstützen …« Beim Anblick meines entsetzten Gesichts hielt sie inne.

»Lilou …«

»Was? Du hast doch selbst gesagt, ich müsste meine Ausgaben reduzieren und langfristige Ziele setzen. Genau das habe ich getan. Ich werde meine Wohnung vermissen, aber ich muss nun mal Opfer bringen. Bei dir zu wohnen, wird ein riesiges Opfer, aber ich plane eben für die Zukunft – genau, wie du es wolltest. Und was meinst du, wie glücklich Papa und Maman sein werden, wenn sie wissen, dass du jetzt noch besser auf mich aufpassen kannst.«

Entwaffnet durch ihre wie immer clevere Art, atmete ich tief durch. Mit ihr zusammenzuwohnen wäre eine Übung in Geduld und Toleranz, vor allem in Sauberkeitsfragen. »Aber … ich brauche meine Privatsphäre, das weißt du.«

Sie nickte. »Claude und ich werden die Wohnung nur als Basis benutzen, mehr nicht. Keine Sorge, du wirst deine Privatsphäre behalten.«

Damit war das Thema für sie offenbar erledigt, denn sie hakte sich bei mir unter und marschierte los.

»Warte mal, wer ist eigentlich Claude?«, fiel mir in diesem Augenblick ein.

»Mein Freund.« Unbeirrt zog sie mich weiter, vorbei an all den Menschen, die ebenfalls diesen schönen Frühlingstag in Paris genossen.

»Und was ist aus Rainier geworden?«

Ehe Lilou vor drei Wochen verschwunden war, hatte sie sich in einen gutaussehenden Mann verliebt, dessen grüblerische, etwas unnahbar wirkende Art sie sehr reizte. Rainier war Winzer aus dem Haut-Médoc, der sich ein Jahr Auszeit genommen hatte, um sein Land besser kennenzulernen und seinen Horizont zu erweitern, natürlich ohne dabei das Trinken edler Weine zu vernachlässigen – er war ein Weinkenner, wie er im Buche steht, und konnte nach dem Riechen, Schlürfen und Schmatzen die Eigenschaften eines Weines formulieren wie ein Gedicht. Ich fand, er passte perfekt zu ihr, und fragte mich, was aus ihm geworden war.

»Oh.« Sie zögerte. »Wir waren einfach nicht mehr kompatibel. *C'est la vie.*«

»Schon wieder?« Ich konnte den Vorwurf in meiner Stimme nicht kaschieren. Es war eine Sache, jedes Mal Reißaus zu nehmen, wenn ein noch interessanterer Mann daherkam, aber mittlerweile ließ sie eine ganze Spur gebrochener Herzen hinter sich, und ich wusste nur zu gut, wie so etwas sich anfühlte. Natürlich konnte man niemanden überzeugen, Gefühle für jemand anderen zu haben – und sie würde mir ohnehin nicht zuhören –, aber es tat weh, dass sie mit den Gefühlen anderer so leichtfertig umging. Ich schob es auf ihre Jugend und hoffte, es würde sich irgendwann auswachsen. Wir waren sechs Jahre auseinander, aber manchmal fühlte es sich an wie zwanzig.

»Ich mochte Rainier gern. Er hatte etwas Besonderes.«

Sie überging meinen Kommentar und zwinkerte zwei jungen Kerlen zu, die auf einer Wiese saßen. Lilou flirtete für ihr Leben gern und würde es sich niemals ausreden lassen.

Dann drehte sie sich wieder zu mir. »Dann hätte ich euch doch verkuppeln können – hättest du nur was gesagt.«

Ich musste ob dieser lächerlichen Vorstellung loslachen. »Doch nicht für mich – für dich!«

Wir spazierten am Rand des Champ de Mars entlang. Die etwa 800 Meter lange Grünfläche wurde bis ins achtzehnte Jahrhundert landwirtschaftlich genutzt: Pariser Bürger bauten auf jeweils zugeteilten Flächen Obst, Gemüse und Blumen an, um sie auf dem Markt zu verkaufen. Heute war das Marsfeld ein Park mit weiten Rasenflächen, auf denen man Picknick halten und den Eiffelturm bestaunen konnte.

»Du hast Claude noch nicht gesehen! Und«, sie machte eine dramatische Pause, »sein Bruder Didier lebt ebenfalls in Paris und ist zufällig Kunstkritiker. Er liebt Kunst. Und du doch auch …«

Als ob das ausreiche, um mit jemandem ins Bett zu springen, wozu sie mich ständig drängte. Ich schüttelte vehement den Kopf.

»Tu das nicht, bitte … nicht noch mal.« Sie schien es als ihre Mission anzusehen, mich mit einem Mann zu verkuppeln, egal was für einem. Als Erstes hatte sie mir ein Rendezvous mit einem sechzigjährigen Grafen mit Zwirbelbart verschafft, dann mit einem Dreadlock-Gitarristen mit Hang zu biblischem Zungenreden und zuletzt mit einem Magier, der immer wieder drohte, er werde meine Kleidung verschwinden lassen. Bei der Erinnerung lief mir gleich wieder ein Schauer über den Rücken.

Den Rest des Wegs verbrachten wir schweigend und hielten das Gesicht in die Sonne. Eine gute Viertelstunde später erreichten wir eines unserer Lieblingslokale: das *Mille*, nahe *Les Invalides*. Dieser gigantische Gebäudekomplex war im siebzehnten Jahrhundert als Heim für Kriegsversehrte errichtet worden, heute beherbergt er mehrere Museen, und im dazugehörigen Invalidendom befindet sich das Grab von Napoléon Bonaparte.

Das *Mille* servierte traditionelle französische Küche und eine Auswahl erlesener Weine – perfekt für ein ausgedehntes Mittagessen. Außerdem konnte man hier wunderbar Leute beobachten, was zu meinen Lieblingsbeschäftigungen gehörte.

Der Empfangschef erkannte uns, eilte herbei und wies uns einen Tisch am Fenster zu. Mit klimpernden Wimpern bestellte Lilou sofort einen Weißwein.

»Ist Weißwein in Ordnung?«, fragte sie mich, als er Richtung Theke verschwand. Sie stützte den Kopf in die Hand und lächelte nonchalant.

»Du hast ohnehin schon bestellt, oder?« Ich runzelte die Stirn und strengte mich an, missbilligend zu gucken, doch es gelang mir nicht.

»Stimmt.« Sie lachte, und ihre blauen Augen blitzten. Wir sahen uns ähnlich, aber Lilou strahlte eine Leichtigkeit und Verspieltheit aus, die mir schon als Teenager gefehlt hatte. Während wir ähnliche Gesichtszüge hatten, war unser Stil doch merklich verschieden. Ich trug am liebsten Secondhand-Kleidung im Stil der Vierziger, Lilou hielt sich – selbst bei geringem Budget – gern an die neuesten Modetrends. Das lockige Haar trug sie offen, locker und leicht wie ein Shampoo-Model, meines war streng zurückgekämmt und lag am Kopf an. Sie bevorzugte natürliches Make-up, ich den dramatischen Look mit Smokey Eyes und dunkelrotem Lippenstift. Hin und wieder durchsuchte sie meinen Kleiderschrank allerdings nach passenden Tüchern oder Kleidern – typisch jüngere Schwester eben.

Ich überflog die Speisekarte und entschied mich für das Tagesgericht – ich wollte mich überraschen lassen. Lilou wählte Rinderfilet mit Sauce Béarnaise und Dauphinkartoffeln. Obwohl sie zierlich war, konnte sie so viel verdrücken wie ein ausgewachsener Mann. Sie bestellte immer auch Vor- und Nachspeise – von der ich mir dann ein paar Happen abzweigte – und danach meist eine zweite Flasche Wein. Ich kannte sie und wusste, dass ich es wäre, die das Essen wieder einmal bezahlen würde, aber ich genoss es sehr, mal abzuschalten und Zeit mit einem Menschen zu verbringen, der mich in- und auswendig kannte, bei dem ich ich selbst sein konnte. Ob sich das wohl ändern würde, wenn wir zusammenwohnten? Die Vorstellung, dass Lilou meine ordentliche Wohnung, in der alles seinen Platz hatte, komplett auf den Kopf stellte, ließ Bedenken in mir aufkeimen, ob ich ihren Plan nicht lieber ablehnen sollte – aber hatte ich überhaupt eine Wahl? Wohnungen in Paris waren teuer, und ich wusste, sie würde ihre ohnehin nicht mehr lange bezahlen können. Ich beruhigte mich mit dem Gedanken, dass ich konkrete Regeln aufstellen würde, die sie zu befolgen hätte. Sie würde es sich gewiss nicht mit mir verscherzen wollen.

Wir bestellten, und der Kellner füllte unsere Weingläser. Beim ersten Schluck schon spürte ich, wie ich entspannte.

»Wo waren wir stehen geblieben?«, begann sie. »Ach ja … Also, ich weiß, dass meine bisherigen Verkupplungsversuche nicht ideal waren, aber dieser Didier …« Sie tat, als müsse sie sich vor lauter Hitze Luft zufächeln, und wackelte bedeutungsvoll mir den Augenbrauen. »Wow! Im Ernst, du musst ihn kennenlernen!«

Ich schnalzte abschätzig mit der Zunge, wie Maman es immer machte, wenn Lilou *zu sehr* Lilou war. »Nein, danke. Deine bisherige Auswahl war komplett daneben.« Ich verdrehte die Augen. »Ein Magier? Ein sechzigjähriger Graf? Also wirklich! Ich bin zwar älter als du, aber doch auch erst achtundzwanzig, um Himmels willen! Ich glaube nicht, dass ich mich jetzt schon an solche Figuren halten muss. Und ganz bestimmt nicht an Männer, die mein Vater sein könnten!«

Sie lehnte sich vor und flüsterte: »Manche Frauen finden reife Männer mit etwas Patina durchaus sehr reizvoll.«

»Patina?«

»*Oui*«, erwiderte sie. »Du weißt schon ... ein Mann mit silbernen Strähnen im Haar ... und viel Erfahrung ... und viel Sexappeal.« Sie schlug mit der Hand auf den Tisch und lachte vergnügt.

»Lilou ... du meine Güte!« Alle Gäste sahen zu uns her.

»Was?« Sie blies die Backen auf. »Du kannst doch nicht auf ewig deinen Liebeskummer pflegen. Sechs Monate der Trauer reichen vollkommen – das ist für diesen Mistkerl schon viel zu viel. Was du jetzt brauchst, ist eine leidenschaftliche Affäre.«

Ich krümmte mich auf meinem Stuhl zusammen und hoffte, dass niemand genau verstand, was sie von sich gab. »Ich bin nicht in Trauer«, protestierte ich, »ich habe nur gerade keine Zeit für Männer, das ist alles.«

Die hässlichen Details meiner Beziehung zu Joshua kannte Lilou nur, weil die kleine Schnüfflerin in meinem Tagebuch gelesen hatte. Auch wenn ich ihr eigentlich alles erzählte, hatte ich die schlimmsten Fakten für mich behalten, denn wer ging mit so einer Demütigung schon gern hausieren?

»Und wenn ich tatsächlich einmal Zeit für eine Beziehung habe, dann suche ich mir bestimmt keinen Mann, wie du sie immer vorschlägst. ›Mit Patina‹ – also ehrlich!«

Sie lachte. »Du hast gesagt, du willst jemand Besonderen. Und Grau ist das neue Schwarz.«

»Der Meinung bin ich nicht, Lilou.« In manchen Dingen war sie ziemlich neben der Spur.

Kopfschüttelnd zupfte sie ihr Kleid zurecht und lehnte sich zurück. »Liebste Schwester, du hast recht: Du bist erst achtundzwanzig. Und nicht achtundachtzig. Warum willst du nicht ein bisschen Spaß haben, während du auf den Richtigen wartest? Sogar Madame Dupont hat mehr Sex als du, und die ist wirklich schon bald achtzig.«

Zwar wunderte ich mich, dass Madame Dupont meiner Schwester ihre Bettgeschichten anvertraute, aber wenn sie es wollte, konnte Lilou Geheimnisse tatsächlich bewahren. Und beide hatten entdeckt, dass sie sehr ähnliche Vorstellungen hatten, auch wenn sie ein halbes Jahrhundert versetzt lebten.

Als ich Lilous enttäuschten Gesichtsausdruck sah, musste ich an mich halten, nicht die Augen zu verdrehen. »Nicht für jeden dreht sich alles nur um Sex, weißt du? Zu Intimität gehört noch einiges anderes dazu.«

Sie seufzte. »Was willst du – Blumen, Schokolade? Ein Gedicht oder zwei? Dass dein Name in den Himmel geschrieben wird?« Sie tat, als müsse sie gähnen. »Eine Durchschnittsromanze? Nein, Anouk! Du solltest deine Reizwäsche entfusseln, dem nächstbesten gutaussehenden Mann auf den Schoß springen und die Natur ihren Lauf nehmen lassen. Stürz dich Hals über Kopf in ein Abenteuer, dann hast du diesen – wie hieß er noch gleich? – im Handumdrehen vergessen.«

Es war unmöglich, nicht zu lachen. *Meine Reizwäsche entfusseln?* »Danke für den Vorschlag, Lilou, aber ich halte das für keinen sehr weisen Rat. Wozu die Eile? Was, wenn der erste verfügbare Mann ein Soziopath ist? Verheiratet, egozentrisch, spielsüchtig? Mit behaartem Rücken? Einer

Leidenschaft fürs Möbel-selbst-Zusammenbauen?« Ich unterdrückte ein Kichern. »Was ist so falsch daran, sich Zeit zu lassen, einander kennenzulernen und sich die Liebe dann durch kleine Geschenke zu beweisen? Meinetwegen auch einem Gedicht?«

»Das ist einfach so überholt – so letztes Jahrhundert.« Sie hob hilflos die Hände. »Und lass uns realistisch sein: In deinem Laden oder deiner Wohnung wirst du niemals jemanden kennenlernen. Ich habe jetzt schon deinen Grabstein vor Augen.« Sie sah über meine Schulter wie in weite Ferne, verzog das Gesicht, als müsse sie weinen, und sagte mit gespieltem Schluchzen: »Hier liegt Anouk La Rue. Geboren. Gearbeitet. Gestorben. Sie hinterlässt ihren geliebten Antikladen, der sie aufrichtig vermissen wird.« Zur Verstärkung schlug sie die Hände vors Gesicht und tat, als ob sie weinte, was erneut die Aufmerksamkeit aller Restaurantbesucher auf sich zog.

»Mit meinem Arbeitspensum ist alles in Ordnung, so was nennt sich« – ich sprach langsam und betont – »Ver-ant-wor-tung. Ein Polster für die Zukunft schaffen. Ein Mann würde das nur verkomplizieren. Wenn die Zeit gekommen ist, werde ich wieder ausgehen, aber im Moment habe ich keine Minute am Tag übrig, um mir über jemand anderen Gedanken zu machen. Du klingst, als würden wir Frauen dringend einen Mann brauchen, um zu überleben. Aber das tun wir nicht!«

Sie nahm die Hände wieder herunter. »Keine Zeit? Du verbringst eine Ewigkeit damit, die Zeitung durchzulesen! Du spielst jeden Abend mit deinem Laptop herum! Wie viel Zeit brauchst du für die Liebe? Joshua war ein mieser Typ, das verstehe ich ja. Niederträchtig und dabei so charmant, dass er noch das sprödeste Herz hätte brechen können. Aber das ist eine Million Jahre her, und es wird Zeit, dass du ihn vergisst. Wenn du dich jetzt vor der Welt zurückziehst, lässt du ihn gewinnen. Und wir brauchen keine Männer, sagst du? Wein brauchen wir auch nicht, aber das Leben ist damit doch umso schöner.«

Ich schüttelte den Kopf. Sie verstand mich nicht und würde es auch nie tun. Lilou war ein sorgloser Mensch und ganz anders als ich. Der Gedanke an einen neuen Mann in meinem Leben war mir im Moment einfach zuwider. Mit Wein dagegen konnte ich mich sehr gut anfreunden.

»Und was Reizwäsche betrifft, Lilou: An der allein liegt es nicht, es ist viel komplizierter, und das weißt du auch. Nachdem Joshua einfach mein Klavier verkauft hat, muss ich jetzt doppelt, wenn nicht gar drei Mal so viel arbeiten. In dem Ding steckten meine ganzen Ersparnisse, und die Polizei war mir keine Hilfe. Ich bin immer noch damit beschäftigt, meine finanzielle Lage wieder ins Lot zu bringen, um wenigstens meinen Laden halten zu können. Und wenn *das* bei der Liebe herauskommt – nein, danke!«

Selbst nach all der Zeit schmerzte die Erinnerung an Joshuas Schandtat noch immer. Ich war so naiv gewesen, ihm jedes Wort zu glauben, das aus seinem honigsüßen Mund kam. Mit seinem amerikanischen Akzent klang er so exotisch, und seine Liebesbekundungen wirkten so aufrichtig. Dazu die strahlend blauen Augen …

»Ich habe keine Zeit, die Wahrheit zwischen all den Lügen herauszufiltern.« Dankbar für seine betäubende Eigenschaft, trank ich noch einen Schluck Wein.

»Nicht alle Männer lügen.«

Ich schnaubte. »Woher willst du das wissen? Deine längste Beziehung hat drei Wochen gedauert.«

Joshua hatte eine Reihe kostbarer Antiquitäten aus meinem geheimen Hinterzimmer genommen, einschließlich eines sehr seltenen – und sehr teuren – Flügels. Er hatte versprochen, sie würden adäquate neue Besitzer finden, Leute, die er schon ewig kannte, Franzosen natürlich, denen er uneingeschränkt vertraue. Und die umgehend bezahlen würden. Mit dem Geld wollte er unseren »großen Plan« finanzieren.

In meinem Liebestaumel hatte ich ihm alles geglaubt.

Umso größer war der Schock, als ich die Sachen im Internet bei einer Online-Auktion entdeckte. Ich stellte ihn zur Rede. »Non, non, non«, imitierte er meinen französischen Akzent, »erinnerst du dich etwa nicht mehr? Die Sachen gehören mir, Anouk, das hast du mehrfach gesagt. *Au revoir.* Es war schön, aber nun ist es vorbei.«

Tja, reingefallen.

Und die Polizei konnte mir nicht helfen. Sie sagten, ich hätte ihm die Sachen geschenkt, und hatten sogar Beweise: die Textnachrichten von meinem Handy, in denen genau das stand. O ja, Joshua war clever gewesen. Er hatte wie im Scherz immer davon gesprochen, ich solle die Sachen für unsere Zukunft »opfern«, sie ihm zum Weiterverkauf »überlassen«. Und liebesblind, wie ich war, hatte ich genau so geantwortet und monatelang darauf gewartet, dass die angeblichen Käufer die Ware bezahlten. Als ich merkte, was passiert war, hatte er bereits eine andere Frau im Arm. Die Antiquitäten waren futsch, und wie zum Hohn zeigte mir die Polizei meine eigenen Textnachrichten.

Der Flügel, auf dem einst Fania Fénelon spielte, gehört jetzt dir. Ein Opfer von mir für dich, ein Geschenk. In Liebe, Anouk

Seine kalte und berechnende Art war es, die mir noch immer Angst machte – die Vorstellung, dass ein Mann eine solche Liebe nur vortäuschen konnte, hatte etwas in mir zerbrochen. Ich flehte die Polizisten an, mir zu glauben, aber sie musterten mich nur gelangweilt und sagten, ich könne zurückkommen, wenn ich mehr Beweise hätte – als wäre es meine Aufgabe, ihren Job zu erledigen.

Joshua und ich hatten geplant, unsere Ersparnisse zusammenzulegen, die besten Antiquitäten zu kaufen und ein Museum zu eröffnen, damit jeder auf der Welt exquisite Schönheit bewundern konnte – nicht nur Menschen, die es sich als Luxus leisten konnten. Aber dafür mussten wir eben erst einmal ein paar größere Stücke verkaufen. Hätte ich geahnt, dass er einzig und allein *seine* Ersparnisse vergrößern wollte! Aber er hatte mich so leicht täuschen können, weil er schnell erkannte, dass dieses Museum mein großer Lebenstraum war.

Was am meisten weh tat, war, dass ich ihn wirklich aufrichtig geliebt hatte. Doch als alles ans Licht kam, ging mir auf, dass meine Gefühle einem Phantom gegolten hatten. Joshua war nicht der, der er zu sein vorgegeben hatte. Den Mann, den ich liebte – der beim Einschlafen meine Hand gehalten oder mich mit Schmetterlingsküssen geweckt hatte –, gab es in Wirklichkeit nicht. Wenn ich also gerade versuchte, Abstand von der Männerwelt zu bekommen, dann aus genau diesem Grund, und ich würde mich nicht dafür entschuldigen.

Leider arbeitete besagter Mistkerl noch immer in der Antiquitätenbranche, so dass er mir immer wieder über den Weg lief, was mir jedes Mal das Herz zerriss.

Lilou tätschelte meine Hand und holte mich damit zurück in die Gegenwart. »Drei Wochen mit einem Typen mag ja mein Limit sein, aber das kommt nur, weil ich noch keinen gefunden habe, mit dem ich es länger probieren will.« Sie zog eine Schulter hoch. »Ich weiß, was dieser Drecksack dir angetan hat und dass du jetzt noch an den Folgen zu knabbern hast. Wenn ich wüsste, dass ich seine Leiche unerkannt entsorgen könnte, würde ich ihn eigenhändig erwürgen.« Ihre Augen begannen zu leuchten. »Ich sage doch nur, dass du dich mit ein paar One-Night-Stands wieder in das Spiel um die Liebe einbringen solltest. Such dir einen heißen Typen, dem ›Beziehungsangst‹ auf der Stirn geschrieben steht, und dann sieh weiter …«

»Lilou. So etwas kann ich nicht. Ich muss mehr über einen Mann wissen, bevor er sich auf meinen guten Laken wälzen darf ...«

Sie zog die Nase kraus. »Wieso? Weil die irgendwie antik sind? Dann hol dir für die eine Nacht eben mal billige Supermarktware.« Sie sprach immer lauter.

Ein Kellner, der einer Frau am Nachbartisch das Weinglas auffüllte, goss einen Schwung daneben, weil er aus dem Augenwinkel immer wieder zu uns hersah. Erschrocken schrie die Frau auf, und auf dem weißen Tischtuch breitete sich ein roter Fleck aus, woraufhin der Kellner zusammenfuhr und sich zerknirscht entschuldigte.

Lilou schwenkte einen Daumen in seine Richtung. »Perfektes Beispiel: knackiger Hintern, Schlafzimmerblick und sinnlich volle Lippen. Stell dir mal vor, wie er seine kräftigen Arme um dich schlingt, seine Beine sich im Bettlaken verfangen ...«

Diesmal kippte der Kellner das Weinglas der Frau ganz um, und der Wein ergoss sich auf ihren weißen Rock. Lilou beobachtete die Szene interessiert. »Na gut, vielleicht doch nicht. Der ist zu ungeschickt.«

Der Mann wurde puterrot.

»Hör auf damit!«, zischte ich und hatte Mühe, die Fassung zu bewahren. »Ich sehe, worauf du hinauswillst, und werde es wohlwollend erwägen.«

Sie trank ihr halbes Glas Wein leer. »Ich hasse es, wenn du das sagst.«

• • •

Lilou und ich standen vor meinem Laden und nahmen uns zum Abschied in die Arme. »Wir sehen uns heute Abend«, sagte ich.

»Eher nicht.« Spitzbübisch zwinkerte sie mir zu. »Nachher fahre ich mit Claude zu einem Musikfestival in der Normandie. Ich dachte, ich mache mal eine Kollektion, die auf Klang basiert. Es ist also eine Reise zu Recherchezwecken.«

»Was?« Mein Verantwortungsgefühl als große Schwester nahm überhand. »Du bist doch gerade erst zurückgekommen. Du und Rainier, ihr wolltet damals nur eine Woche wegfahren. Jetzt sind es drei geworden, Rainier ist von der Bildfläche verschwunden, an seiner Stelle ist da ein Claude, und du willst schon wieder weg – auf ein Musikfestival? Ich dachte, du wolltest eine Kollektion anfertigen, die vom Sonnenuntergang inspiriert ist. Nein, Lilou! Eigentlich solltest du eine Ausbildung machen … Versuch doch zumindest, eine Homepage aufzusetzen, damit wir ein bisschen was vorzuweisen haben, falls Papa sich meldet.«

Sie stöhnte, als wäre ich ein sprichwörtlicher Stachel im Fleisch. Ich ahnte schon, was als Nächstes käme.

»Anouk, man lebt aber nur ein Mal!«

Na klar. Sobald Lilou sich etwas in den Kopf gesetzt hatte, war sie nicht mehr davon abzubringen. Auch wenn sie in ihrem Leben noch keinen rechten Plan hatte, war ich doch überzeugt, dass sie mit ihrem Charme und dem hellen Köpfchen immer irgendwie durchkommen würde – und wenn das nicht reichte, konnte sie dazu noch ihr gewinnendes Lächeln einsetzen. Ich wünschte, sie würde jemanden finden, bei dem sie lange genug zur Ruhe käme, um Wurzeln schlagen und einen Plan für die Zukunft fassen zu können.

Zum Teil beneidete ich Lilou; ich war nie so leichtlebig und unbekümmert gewesen. Meine Tage drehten sich um das Geschäft, um Reisen zu Nachlassverkäufen und Auktionen oder um das Aufstöbern von Schätzen auf Flohmärkten und Secondhand-Messen. Ich war mit Herz und Seele bei meiner Arbeit, da blieb für anderes nicht viel Zeit.

»Wenn Papa anruft … Was soll ich ihm sagen?« Ich versuchte, das nur allzu vertraute Gefühl der Angst abzuschütteln, bevor es sich breitmachen und mir die Stimmung verderben konnte.

Sie stöhnte. »Sag ihm, ich bin in der Bibliothek. Oder in einer Lerngruppe oder mit einem Anwalt essen oder sonst etwas … Ist doch egal.« Typisch Lilou.

»Er wird es irgendwann rausfinden, und dann kommen wir beide in Teufels Küche.«

Sie lachte nur. »Was kann er schon machen?«

»Er kann dir deinen Unterhalt streichen …«

Sie wurde blass. »Stimmt. Dann denk dir eine gute Lüge aus.« Sie küsste mich noch einmal und hüpfte davon. »Bin bald wieder da!«, rief sie mir durch die vom Duft der Seine geschwängerte Luft noch zu.

Ich sah ihr nach, wie sie mit wehenden Haaren und entschlossenen Schritten in den Sonnenuntergang davonzog.

Dabei nahm ich aus dem Augenwinkel wahr, dass mich jemand beobachtete. Ich drehte mich um und hoffte, es wäre nicht schon wieder ein unwillkommener Kunde. Auf einer der Bänke des Marsfelds saß ein Mann in heller Leinenhose und engem weißen T-Shirt. Als wir uns ansahen, lächelte er. Sein zurückgekämmtes blondes Haar wirkte, als wäre er gerade vom Segelboot geklettert, er wirkte athletisch, und seine Sonnenbrille spiegelte mir meinen eigenen überraschten Blick zurück. Ich fand ihn ziemlich attraktiv.

Einen kurzen Augenblick lang erwog ich, Lilous Vorschlag in die Tat umzusetzen: mir einfach irgendeinen Mann zu schnappen und zu sehen, was passierte. Da stützte der Fremde die Hände auf die Knie, als wollte er aufstehen und zu mir kommen. Plötzlich fand ich die Idee so absurd, dass ich mich blitzschnell in mein Geschäft zurückzog und die Tür verschloss. Vorsichtig spähte ich am

Spitzenvorhang vorbei nach draußen. Der Mann saß immer noch da und blickte amüsiert zum Geschäft herüber. Dann erhob er sich und winkte, und ich fuhr erschrocken zurück. *Mon Dieu!* Hatte er etwa gemerkt, dass ich ihn beobachtet hatte?

Eine unkontrollierte Minute lang war ich ganz und gar in den Bann dieses Mannes mit dem hübschen Gesicht geraten. Hatte ich beim Essen vielleicht zu viel Wein getrunken?

Ich ging lieber schnell wieder an die Arbeit und schob meine dummen Gedanken beiseite.

Kapitel 4

Im Jardin du Luxembourg reckten die Tulpen ihre gelben und roten Köpfe, als wollten sie mich begrüßen. Sie wiegten sich anmutig im lauen Frühlingswind und sahen mit ihren geöffneten Blüten wunderbar fröhlich aus. Der Park war gut besucht; Touristen und Einheimische saßen an den Brunnen und lasen, unterhielten sich oder blickten einfach nur ins Grüne. Auf den Wiesen lagen karierte Decken ausgebreitet, auf denen üppig beladene Picknickkörbe standen.

Normalerweise setzte ich mich gern irgendwo hin, beobachtete die Leute, fing Gesprächsfetzen auf und überlegte, wer diese Fremden waren und was sie nach Paris geführt hatte, aber heute hatte ich dafür keine Zeit. Ich war mit jemandem verabredet, der wichtige Informationen zu einer bevorstehenden Auktion hatte, und die Zeit drängte. Meine Quellen aus der Branche waren sehr unterschiedlich – manche etwas zwielichtig, andere gehörten traditionellen Händlerkreisen an. Sie verrieten mir ihre Tipps, weil sie mir vertrauten und wussten, dass mich nur die besten französischen Antiquitäten interessierten. Für ihre Tipps revanchierte ich mich auf verschiedenste Weise.

Im Schatten einer Kastanie saß Dion, ein Mann um die sechzig, der mir Informationen über Antiquitäten und Mitbieter lieferte. Über die Jahre hatten wir uns angefreundet, und in mancher Hinsicht behandelte er mich wie eine Tochter. Als er nach Frankreich kam, besaß er kaum mehr als die Kleider, die er am Leib trug, und jetzt hatte er eine hübsche Wohnung und durch den Verkauf gewisser Informationen ein regelmäßiges Einkommen.

Seine Leidenschaft galt allerdings der Unterstützung von Flüchtlingen. Dion spendete regelmäßig Geld an Wohltätigkeitsorganisationen und bot in den Wintermonaten verschiedenen Hilfswerken seine Unterstützung an. Er hatte keine Ahnung, dass ich davon wusste, aber ich hatte natürlich Erkundigungen über ihn eingezogen, genau wie er über mich. So war es eben üblich. Ich wusste, dass er gerade noch rechtzeitig aus seinem kriegsgebeutelten Land hatte fliehen können, doch der Großteil seiner Familie hatte es nicht geschafft. Vermutlich war das der Grund, weshalb er ständig die Augen nach guten Angeboten offen hielt: Es war etwas, das ihn von seiner Einsamkeit ablenkte und für eine Weile sein schweres Schicksal vergessen ließ.

»Anouk.« Er nickte bedächtig.

»*Bonjour*, Dion. Was hast du heute für mich?«

»Eine mysteriöse Schriftrolle aus Antibes. Aufgrund ihres hohen Alters ist sie leicht beschädigt, aber sie ist trotzdem so einzigartig, dass du bestimmt jeden Preis dafür verlangen kannst. Der Verkäufer will sie einfach nur loswerden. Er hat einen Haufen alter Sachen von seinem Großvater geerbt, kann damit aber nichts anfangen. Du weißt ja, wie die jungen Leute heutzutage sind ...«

Wie Lilou, dachte ich und schmunzelte. »Sicher. Und wie sieht's aus: Gegen wen muss ich bieten?« In diesem Geschäft musste man schnell sein, sonst hatte man das Nachsehen. Jeder hatte seine eigenen Mittel und Wege, um als Erster zuschlagen zu können.

Dion schüttelte den Kopf. Seine dichten schwarzen Haare bewegten sich dabei kein bisschen, weil sie mit viel Gel zurückgekämmt waren, das in der Sonne glänzte. Er sah müde aus, und wie so oft fragte ich mich, ob sein vielfältiges

Engagement nicht auf Kosten seiner Gesundheit ging. »Bisher schnüffelt dort nur Joshua herum. Dieser Kerl hat eine Nase wie ein Spürhund. Ist immer einen Schritt voraus.«

Bei der Erwähnung von Joshua, der sich anscheinend hartnäckig wie eine Zecke im Pariser Antiquitätengeschäft festgebissen hatte, beschleunigte automatisch mein Puls. Dion wusste über Joshua Bescheid, weil ich ihn damals wegen des Flügels um seine Hilfe gebeten hatte. Er hatte zwar nichts ausrichten können, aber trotzdem hatte mir seine Loyalität in dieser schweren Zeit viel bedeutet. Auf dem Antiquitätenmarkt ging es oft sehr rücksichtslos zu. Gefühle und Sympathien spielten keine Rolle oder wurden sorgsam verborgen, daher hatte mich Dions großzügige Unterstützung gerührt. In der ganzen Stadt war ich als Exzentrikerin verschrien, weil ich mich oft in Stücke verliebte, die in erster Linie sentimentalen Wert hatten, und auf Objekte bot, die andere Händler als wertlos erachteten.

Seufzend ließ ich mich neben Dion auf die Bank sinken. »Joshua schon wieder. Ich wünschte, die Leute würden sich nicht so schnell von ihm um den Finger wickeln lassen.« Aber wie sollten sie sich auch dagegen wehren? Joshua war beredt und charmant und hochgradig verführerisch. Und hatte viel Übung darin, Menschen zu bezirzen, ihm gefügig zu sein.

Dion faltete die Hände über dem Bauch. »Das Problem mit Joshua ist, dass er das als eine Art Sport betrachtet. Er will gewinnen und nutzt dafür jede noch so hinterhältige Taktik. Irgendwann wird ihm langweilig werden, und er wird etwas anderes machen. Bei Leuten wie ihm ist es immer so.«

In einiger Entfernung tapste ein kleines Kind an der Hand seiner Mutter über das Gras. »Das hoffe ich. Und das wird dann hoffentlich irgendwo weit, weit weg sein.« Ich wünschte so sehr, Joshua wäre nicht überall, wo ich hinging, als Schatten präsent. »Hast du vielleicht irgendeinen Tipp, wie ich diesen Enkel überzeugen kann, an mich zu verkaufen?« Schon jetzt arbeitete mein Hirn fieberhaft, wie es mit der Schriftrolle weitergehen könnte. Wo ich sie aufbewahren, welcher Experte sie schätzen und wem ich sie am Ende verkaufen könnte. Ich kannte auf jeden Fall eine Expertin für solche Stücke, die eine passende Aufbewahrung bieten könnte: eine Art Trockenschrank, eine Vitrine mit kontrollierter Luftbefeuchtung, um das empfindliche Pergament vor Fäulnis und Staub zu bewahren. Madame Benoît war eine waschechte Pariserin Mitte fünfzig, die nahe den Champs-Élysées wohnte und solch seltene Stücke liebte.

»Der Enkel macht eine Ausbildung als klassischer Musiker und spielt unter anderem Cello. Es wäre also gar nicht abwegig, dass er die Schriftrolle gegen das Mollier-Cello eintauschen würde. Wie ich hörte, ist er sogar ein Liebhaber von Mollier.«

»Ah, das Mollier-Cello!« Damit hatte Dion bereits die Hälfte des Handels für mich erledigt. So war er: äußerlich knallhart, innerlich sanft und fürsorglich, der sich mit vollem Einsatz um seine Klienten kümmerte. »Mein Gebot für das Cello wird bei zehntausend liegen. Wenn er das gegen die Schriftrolle eintauschen würde, hätte ich die Nase vorn. Es wird Zeit, dass ich den jungen Musiker besuche und sehe, was sich machen lässt.«

Dion schüttelte mir die Hand und schob mir dabei ein gefaltetes Stück Papier zu. Ohne es zu lesen, wusste ich, dass darauf die Adresse und Telefonnummer des Mannes notiert waren. »Lass mich wissen, wenn du einen Chauffeur brauchst«, sagte er.

»Danke, das werde ich.«

Dion lächelte, wobei er seine nikotingelben Zähne entblößte. »Wenn du sie kriegst, vergiss deine Freunde nicht, in Ordnung?« Er zwinkerte mir zu.

Ich erwiderte sein Lächeln. »Niemals. Und bis der Handel geschlossen ist, gebe ich dir etwas, um die Zeit zu überbrücken.« Aus den Tiefen meiner Handtasche zog ich eine Flasche *Château Lafite-Rothschild*, einen Rotwein von einem der berühmtesten Weingüter der Welt. Ich hielt meinen Weinkeller, der eigentlich nur ein Weinregal in der Ecke meines Ladens war, immer mit erlesenen Weinen bestückt, um in Fällen wie diesem meine Dankbarkeit zeigen zu können.

»Ein *Château Lafite*? Der ist zu viel wert, Anouk.« Er inspizierte die Flasche.

»Das ist das Mindeste, was ich tun kann.« Ich beugte mich vor, um dem verblüfften Mann einen Kuss auf die Wange zu drücken.

»*Merci*«, sagte er, nachdem er seine Fassung wiedererlangt hatte. »Ruf mich an, wenn ich bei dem Enkel helfen kann.«

Ich nickte. »Das werde ich … wie immer.«

Dion hatte nichts für lange Telefongespräche übrig. Wenn ich ihn einmal anrief, nannte er mir umgehend Treffpunkt und Uhrzeit, und das war's.

Dion lag mir sehr am Herzen. Das Leben war hart zu ihm gewesen, und er gab sich alle Mühe, aus seinem dunklen Loch herauszuklettern. Manchmal jedoch sah man, dass sein Blick wie von unheilvollen Gedanken getrübt und seine Schultern wie von großer Traurigkeit niedergedrückt wurden. Dann wollte ich es am liebsten Lilou gleichtun und ihn verkuppeln, aber ich wusste natürlich, dass es besser wäre, mich nicht in sein Leben einzumischen. Wer war ich schon, jemandem helfen zu wollen, die Liebe zu finden, wo ich selbst doch so furchtbar schlecht darin war?

• • •

»Der Verlust Ihres Großvaters tut mir herzlich leid«, sagte ich einfühlsam, nachdem ich mich vorgestellt hatte. Ich bemühte mich, Augenkontakt zu halten und über die exquisiten antiken Möbel um mich herum nicht in verzückten Jubel auszubrechen. Es wäre der Situation keinesfalls angemessen gewesen.

Der junge Mann, André, nickte ernst und starrte aus dem großen Erkerfenster. Ich befand mich auf dem weitläufigen Familienanwesen im kleinen Ort Rocquencourt westlich von Paris. Nicht weit entfernt lag Versailles, und obwohl es hier natürlich wesentlich weniger antike Schätze gab als dort, schien ihr Wert dem der Ausstattung des ehemaligen Königsschlosses durchaus zu entsprechen.

André lebte in einem palastähnlichen Haus mit einem Park als Garten, inklusive See, jedoch so dicht an Paris, dass er das Beste aus zwei Welten genießen konnte. Sogar Pferdeställe und Hundezwinger hatte ich gesehen, und das Anwesen wurde von dichten Hecken und hohen, dickstämmigen Bäumen gesäumt, die es wie grimmige Aufseher bewachten.

»Merci«, sagte er schließlich. Sein schmales, müdes Gesicht ließ ihn älter erscheinen, als Dion ihn mir beschrieben hatte.

»Standen Sie sich nahe?« Für meine Neugier hätte ich mich ohrfeigen können, aber irgendwie hatte ich den Eindruck, dass er eher wütend als in Trauer war. Bei der Erwähnung des Großvaters meinte ich einen Anflug von Trotz in seinem Gesicht gesehen zu haben.

Er lachte bitter. »Nein, wir standen uns nicht sehr nahe. Für etwas anderes als Geld hat er sich nicht interessiert.«

»Oh«, meinte ich nur, unsicher, was ich dazu sagen sollte.

»Mein Großvater war ein kalter Mann, getrieben von seiner Sucht nach materiellem Reichtum. Ich habe kein Interesse daran, seine Sammlung toter Dinge fortzusetzen, die nur wegen ihres Wertes angehäuft wurden. Sie haben von der Schriftrolle gehört, nehme ich an?«

Ich konnte seine Haltung nachempfinden. »Das stimmt.« Erst jetzt fiel mir auf, dass er mich in sein Haus gelassen hatte, ohne nach dem Grund für meinen Besuch gefragt zu haben, so als hätte er mich erwartet. Dion hatte offenbar gründlich vorgearbeitet. »Ich hatte gehofft, Ihnen im Tausch für die Schriftrolle das Cello des verstorbenen Monsieur Mollier anbieten zu können.«

»Molliers Musik hat mich meine ganze Jugend über begleitet. Sie war für mich stets ein Mittel, um die reale Welt auszublenden …« Er wurde rot, als hätte er zu viel von sich verraten, so dass ich mich beeilte, ihm zu versichern, dass er damit bei mir an der richtigen Adresse war.

»Musik kann einem ein guter Freund sein, ein Zufluchtsort, wenn wir einen brauchen.«

»Ja«, bestätigte er und lächelte.

»Darf ich die Schriftrolle einmal sehen?«, kam ich nun lieber zur Sache, um ihn nicht durch zu viel Persönliches zu verschrecken.

Er musterte mich eingehend, und ich bekam das Gefühl, er wolle einschätzen, ob er mir trauen könne. Ich hoffte nur, dass ich mir ein eventuelles Gegenangebot seinerseits leisten könnte, etwa zusätzlich zum Cello einen Geldbetrag. Dank Joshuas Betrug waren meine Geschäftszahlen noch immer nicht so gut, wie sie sein sollten, daher hatte ich für Handel wie diesen keine großen Reserven.

Jetzt zog André einen Schlüssel aus der Tasche und schloss eine Schublade auf. An dem ausströmenden Geruch konnte ich erkennen, dass es sich um ein klimatisiertes Behältnis mit regulierter Luftfeuchtigkeit handelte, und spürte Erleichterung, dass die Rolle gut verwahrt worden war.

»Bitte treten Sie näher, Anouk, aber berühren Sie sie nicht. Das Pergament ist hauchdünn und muss, falls es diesen Ort verlässt, von Experten verlagert werden.« Obwohl er die Sammlung seines Großvaters nicht behalten wollte, respektierte er doch ihren Wert, was ihn in meinen Augen noch sympathischer machte.

Ich ging zur Kommode und legte eine Hand auf mein Herz, das immer schneller klopfte. Diese Aufregung, wenn ich ein jahrhundertealtes Stück zum ersten Mal sah, würde wohl niemals nachlassen. Die Rolle war für ihr Alter gut erhalten, auch wenn sie an manchen Stellen beschädigt war, so als hätte sie Feuer gefangen und wäre gerade noch rechtzeitig gelöscht worden. Mit ihren schwarzen Rändern erinnerte sie fast an eine Piratenschatzkarte, allerdings enthielt sie statt eines Lageplans nur Text.

»Es ist ein Gedicht«, sagte er lächelnd. Er wirkte jetzt entspannt, und sein Lächeln ließ ihn augenblicklich jünger erscheinen. Wie sehr musste er seinen Großvater hassen, wenn die bloße Erinnerung ihn so sehr verändern konnte.

Ich beugte mich vor und versuchte, die kleinen Worte zu lesen, die in einer so ausufernd schnörkeligen Schrift geschrieben waren, dass man sie kaum entziffern konnte. Ich bekam eine Gänsehaut und wusste sofort, dass das Cello für einen Handel nicht ausreichen würde. Die Schriftrolle war sehr viel mehr wert, und ich würde keine Nacht mehr ruhig schlafen können, würde ich André dafür nicht ehrlich entlohnen. Aber würde ich mir das leisten können?

»So schön, dass mir sprichwörtlich die Luft wegbleibt!« Ich sah zu André, der wiederum bedrückt wirkte. »Ein wahrer Schatz!«

»Ich würde Ihr Angebot gern annehmen«, sagte er unvermittelt. »Das Cello von Monsieur Mollier gegen die Schriftrolle. Aber nur, wenn wirklich Fachleute den Transport übernehmen und Sie für ihre Sicherheit, auch bei ihrem neuen Besitzer, garantieren. So sehr ich auch verabscheue, was sie für mich repräsentiert, hat sie doch großen historischen Wert, der nicht durch unangemessene Behandlung zerstört werden darf.«

»*Oui*, natürlich, das kann ich alles in die Wege leiten. Aber es gibt ein Problem.« Ich wedelte nervös mit den Händen. »Diese Schriftrolle ist weitaus mehr wert, als ich dachte. Auch wenn sie an den Rändern leicht beschädigt ist, so ist die Schrift doch einwandfrei zu lesen. Ich werde einen Spezialisten beauftragen, ihre Herkunft und vielleicht sogar den Autor zu identifizieren, aber meine Erfahrung sagt mir, dass sie eine Menge wert ist. Viel mehr als das Cello.«

André ging zu einem der plüschigen Sofas und bedeutete mir, ihm zu folgen. »Ich habe Unterlagen von mehreren Wissenschaftlern, die dazu bereits geforscht haben – die können Sie ebenfalls haben. Und ihr Wert ist mir durchaus bewusst, Mademoiselle Anouk, aber sehen Sie … die Rolle weckt in mir nur schlechte Erinnerungen. Mein Großvater hat den früheren Besitzer manipuliert und ihn dazu gebracht, sie weit unter Wert zu verkaufen. Und dann besaß er noch die Dreistigkeit, damit zu prahlen. Gier ist etwas Schreckliches, sie kann Menschen in regelrechte Monster verwandeln.« Traurig zuckte er mit den Schultern und starrte durch das Fenster in die Ferne. Sein Großvater schien mir sehr nach Joshua zu klingen. Leise fügte André hinzu: »Dies ist eine Möglichkeit der Wiedergutmachung.«

Ich konnte seine Motive gut verstehen und fand, dass die Welt mehr Menschen wie André brauchte – Menschen, die nicht allein von Geld und Gier getrieben waren.

Leise sagte er: »Ich habe ein paar Erkundigungen eingezogen, wem ich die Rolle verkaufen könnte, und Ihr Name wurde mehrfach genannt. Ich hoffe, Sie finden das richtige Zuhause für sie. Für mich wird dieses Kapitel dann abgeschlossen sein, und ich werde mich wohler fühlen.«

Ich wusste nicht, was ich zu so viel Großzügigkeit sagen sollte. »Merci, André, das ist unglaublich großmütig von Ihnen, und Sie haben mein Wort, dass ich den perfekten Besitzer für die Rolle finden werde. Ich werde Ihnen also das Cello besorgen und Sie anrufen, sobald ich es habe.«

Es rührte mich, dass mehrere Leute gut von mir gesprochen hatten, und auch, dass André bestrebt war, einen Ausgleich für die dubiosen Machenschaften seines Großvaters zu leisten.

Seine Gesichtszüge entspannten sich wieder. »Mollier war mir immer eine Inspiration. Etwas so Besonderes wie sein Konzertcello zu besitzen, wird mir eine große Ehre sein.«

Draußen bellte ein Hund und sprang auf eine der Bänke unter einer Reihe Akazien. Ich wandte mich wieder zu André um. »Warten Sie nur ab, bis Sie es in Händen halten. Es hat über all die Zeit seinen besonderen Glanz und Klang bewahrt. Ich bin sicher, es steckt Magie darin.«

Jetzt schmunzelte er. »Wollen wir hoffen, dass sie auch drinbleibt und sich nicht schreiend aus dem Staub macht, wenn ich darauf spiele.« Er schnitt eine Grimasse. Nach dem, was ich gehört hatte, besaß er großes Talent, aber anscheinend war er eher bescheiden.

Die Stimmung war nun unbeschwerter, und ich hoffte, dass André tatsächlich mit einem dunklen Kapitel seines Lebens abschließen könnte. »Ich bin sicher, auch Sie werden zu seiner Magie beitragen«, sagte ich.

Wir bestätigten den Handel per Handschlag, und André brachte mich zum Auto. Dion, der heute den Chauffeur spielte, saß zeitunglesend hinter dem Steuer und kniff vor der tief stehenden Sonne die Augen zusammen.

Ich lächelte und verabschiedete mich mit den üblichen Küsschen auf beide Wangen. »Ich melde mich. *Au revoir*, André.«

Im Auto schilderte ich Dion, was passiert war. »Das Leben steckt voller Überraschungen«, kommentierte er und drehte den Zündschlüssel, woraufhin der Motor leise schnurrte. Der Wagen war Dions ganzer Stolz und spiegelblank poliert. Was Männer an ihren Autos fanden, würde ich nie verstehen. »Du musst das Cello unbedingt bekommen, Anouk – sonst ist die Chance vertan.«

»Das werde ich. Ich werde alle anderen überbieten und hoffe, dass sie mehr an den spektakuläreren Instrumenten interessiert sind, damit das Mollier für mich bleibt.« Wir fuhren die lange Auffahrt hinunter, auf das zweiflügelige Bronzetor zu. Während es aufschwang, sauste ein roter Sportwagen hindurch, der allzu rasant von der Straße abgebogen war. Dann stoppte er abrupt, so dass Kies und Staub aufwirbelten – und durch mein geöffnetes Fenster ins Wageninnere drangen.

»Was ist denn das für ein Idiot?«, schimpfte ich und säuberte mir Mund und Nase mit einem Taschentuch. Gerade als ich mich lautstark beschweren wollte, erkannte ich den Fahrer. Es war der attraktive Typ mit der Sonnenbrille, der neulich vor meinem Laden gesessen hatte. Ich stöhnte. Ich hatte gedacht, er wäre einfach ein hübscher Tourist gewesen, aber offensichtlich war er ebenfalls Antiquitätenhändler, noch dazu mir dicht auf der Spur. Man konnte wirklich niemandem mehr trauen – wie gut, dass ich mich nicht zu einem Gespräch mit ihm hatte hinreißen lassen.

Er fuhr sich mit der Hand durchs Haar und schenkte mir ein Zahnpastalächeln. »Wohnt hier André?« Zu allem Überfluss war er auch noch Amerikaner. Sofort schrillten in mir die Alarmglocken. Ich konnte jetzt schon erkennen, dass er mit seinem gewinnenden Aussehen und dem typischen Selbstbewusstsein, das vermögende Männer stets zur Schau trugen, ein Problem werden würde. Hier stand mir jemand gegenüber, der um jeden Preis gewinnen wollte – das hatte ich schon oft genug erlebt.

Ich schürzte die Lippen und ließ die Fensterscheibe hochfahren. Er zwinkerte mir nur zu. Welche Arroganz! Dachte er etwa, ich würde dahinschmelzen und ihm bereitwillig alles überlassen? So ein Amateur.

»Das hat ja nicht lang gedauert, bis der Nächste von der Sache Wind bekommen hat«, sagte ich zu Dion.

»Vergiss ihn. Der hat keine Ahnung.«

Ich lehnte mich in den Ledersitz zurück und schloss die Augen. »Du hast recht. André wird ihm schon Bescheid stoßen.«

Kapitel 5

𝑁ach Italien nun auch Antiquitätenraub in Paris

Die Pariser Polizei ermittelt im Fall eines nächtlichen Einbruchs in das renommierte Auktionshaus Vuitton in der Rue Saint-Honoré, bei dem eine überaus seltene und wertvolle Schmuck-Kollektion entwendet wurde. Es besteht der Verdacht, dass der Diebstahl in Verbindung zu den jüngsten Vorfällen in Sorrent steht. Das Auktionshaus Vuitton gab heute bekannt, dass die Sicherheitskameras manipuliert wurden und der oder die Täter die Alarmanlage trotz neuester Infrarottechnik überwanden. Nachdem die US-amerikanischen Behörden bei einer Hausdurchsuchung im Süden Kaliforniens ein Paar Ohrringe fanden, das vermutlich aus dem Raub von Sorrent stammt, geht man davon aus, dass auch die Pariser Juwelen dorthin gebracht werden könnten. Ihr Wert auf dem amerikanischen Schwarzmarkt wird auf 200 000 Euro geschätzt. Wer Informationen zu diesen Fällen hat, wird gebeten, die nächste Gendarmerie aufzusuchen oder die Hotline der Kriminalpolizei zu wählen.

Mein Magen zog sich zusammen. Das klang nach einem professionellen Schmugglerring und nicht nur nach einem trickreichen Einzeltäter. Ich durchsuchte die Zeitung nach weiteren Details zu den Fällen, fand jedoch nichts. Wie es aussah, interessierten sich die Diebe hauptsächlich für antiken Schmuck, und davon gab es in Frankreich eine Menge zu holen, vor allem in Paris mit seiner Vielzahl an exklusiven Auktionshäusern.

Die Juwelen waren nun für immer verloren und mit ihnen ihre besondere Geschichte. Die Vorstellung, wie diese kostbaren Preziosen in dunkler Nacht entwendet, hastig verpackt, in enge Taschen gestopft und außer Landes gebracht wurden, bereitete mir fast körperliche Schmerzen.

Doch zum Leiden blieb keine Zeit, denn heute war Auktionstag, und ich musste dringend das Cello ergattern, um mir die Schriftrolle zu sichern.

Mit flinken Schritten hastete ich über den Boulevard Saint-Germaine in Richtung des 8. Arrondissements. Einer der Vorteile, in Paris zu leben, war, dass ich kein Auto brauchte – ich konnte fast überall zu Fuß hinlaufen, und wenn es zu weit war, nahm ich die Métro. Autofahren war in dieser großen Stadt sehr anstrengend, und ich war froh, dass ich es vermeiden konnte.

Ich war auf dem Weg zu einer Nachlassauktion. Die Erben des berühmten Cellisten François Mollier wollten ausgewählte Stücke seiner Instrumentensammlung verkaufen, um auf seinem Anwesen einen Freizeitpark zu errichten. Bei der Vorstellung wurde mir fast übel. Molliers Schloss und Park hätten lieber zu einem Museum gemacht werden sollen, damit die Menschen dort an ihn, seine Zeit und seine Musik erinnert würden. Doch alles, was ich tun konnte, war, mir das Cello zu verschaffen, um es André zu geben, der es in Ehren halten würde.

Ich machte mich wieder auf den Weg und erreichte die Rue du Faubourg Saint-Honoré, in der das Auktionshaus *Cloutier* lag. Es war ein großes altes Gebäude im Stil des klassizistischen Barock, das sich deutlich von den weniger imposanten Nachbarhäusern abhob. Der Name stand in goldenen Lettern auf einem herabhängenden Schild, das beim Hin- und Herschwingen leise quietschte. Gespannte Erwartung ließ meine Nerven flattern.

Ein Türsteher in geschniegeltem Anzug und Zylinder nickte, als ich auf ihn zueilte. »*Bonjour, Mademoiselle.*«

»*Bonjour, Monsieur.*« Ich lächelte, während er mir die schwere dunkle Tür öffnete. »*Merci.*«

Durch die weite Eingangshalle ging es zunächst einmal in eine Bar.

Exklusive Auktionen in Frankreich werden von Sammlern und Händlern aus der ganzen Welt besucht. Oftmals stammen sie aus reichen Familien mit bekannten Namen, sie haben also schier unbegrenzte Mittel zur Verfügung. Es ist wie ein Geheimbund, und man muss einige ungeschriebene Tests bestehen, um von ihnen akzeptiert zu werden. Ich brauchte lange Zeit, bis ich aufgenommen wurde, und galt noch immer als »die Neue«, wobei mir zugutekam, dass sich die anderen Sammler durch mich nicht bedroht fühlten, weil ich oft auf Gegenstände bot, die in ihren Augen überraschend wertlos waren und meist nur auf Nachlassauktionen versteigert wurden.

Mochten die anderen es als sentimental abtun, aber ich hatte eine Menge Kunden, die genau wie ich Stücke mit einer interessanten Historie zu schätzen wussten. Das konnte beispielsweise etwas so Kleines und auf den ersten Blick Unbedeutendes wie eine Knopfdose sein, die aus einer Dior-Kollektion der vierziger Jahre gerettet wurde. Die anderen Antiquitätenhändler sahen mich über ihre Brillen hinweg skeptisch an und murmelten: »Knöpfe …?« Doch eine meiner Kundinnen sammelte alte Knöpfe, und ich wusste, sie würde diese Dose lieben. Warum auch nicht? Die kleinen runden Kostbarkeiten waren durch die Hände geschickter Näherinnen gegangen, und was mochten sie alles gehört haben? Gespräche über Säume, Taillenabnäher, Änderungen der Mode …

Auktionen waren gesellige Angelegenheiten, bei denen reichlich Champagner ausgeschenkt wurde, weil die Interessenten in entspannter Stimmung höhere Gebote wagten – auch wenn wohl kein Haus zugeben würde, dass es aus diesem Grund die zahlreichen Flaschen *Moët & Chandon* bereitstellte. Es war eine wohlgepflegte Tradition, die dafür sorgte, dass die Bieter ihre Nummernschildchen ein wenig schwungvoller in die Höhe hoben.

Während an der Bar also angestoßen und eine Anekdote aus der Antiquitätenwelt nach der anderen erzählt wurde, spazierte ich schon einmal in den Auktionsraum, um mir einen Platz in der ersten Reihe zu sichern.

Da entdeckte ich Gustave, den Sicherheitsmann.

»*Bonjour*«, sagte ich, während wir uns rechts und links Begrüßungsküsschen gaben.

»*Bonjour, Anouk.*« Gustave war ein stämmiger Mann Ende fünfzig, mit verschmitztem Lächeln und großem Herzen. Er arbeitete hier, solange ich mich erinnern konnte, und hatte mir schon einige Male einen Sitzplatz reserviert, wenn ich zu spät gekommen war.

Aus der Bar drang Gelächter. »Die sind heute gut in Form«, meinte Gustave schmunzelnd.

»Schon feuchtfröhlich?«

»O ja.« Tadelnd schnalzte er mit der Zunge. »Letzte Woche hat Monsieur vergessen, die Eingangstür abzuschließen, können Sie sich das vorstellen? Und dann war er so dreist, mich zu beschuldigen!«

Ich machte große Augen. »Er hat vergessen abzuschließen?« Mit dem Alter schien Monsieur Cloutier Geschäft und Vergnügen zu sehr zu vermischen – ein Fehler, den ich ihm nicht gleichzutun gedachte. Meine Regel lautete: kein Champagner bei der Arbeit. Ich musste einen klaren Kopf bewahren und mich konzentrieren können.

»Das ist Ihnen gegenüber nicht fair, Gustave! Wollen

wir hoffen, dass er diesen Fehler nicht noch einmal begeht.«

Gustave wippte von den Fersen auf die Zehen und lächelte. »Das wird er nicht. Ich scheuche ihn jetzt jeden Tag nach Hause, wenn meine Schicht endet, und schließe selbst ab, aber ich kann natürlich nicht die ganze Zeit hier sein. Bis die Wachmannschaft kommt, ist das Haus etwa eine Stunde lang unbeaufsichtigt, also habe ich ihn gebeten, sich darum zu kümmern. Nur für den Fall.«

»Dann haben Sie von den Diebstählen gehört?«

Er machte ein besorgtes Gesicht und nickte. Natürlich. Gustave liebte das Auktionshaus, als wäre es sein eigenes, und Monsieur Cloutier konnte froh sein, einen so treuen Angestellten zu haben, vor allem jetzt, wo er älter und offenkundig vergesslicher wurde. Älter oder dem Champagner mehr zugetan – eines von beidem.

»Es ist ein Unding. Und wir dürfen es ihnen nicht noch leichter machen, indem wir unsere Sicherheitsvorkehrungen vernachlässigen.«

Plötzlich lief es mir kalt über den Rücken, als würde ich beobachtet. Als ich mich umdrehte, stand zu meiner Überraschung der Amerikaner hinter mir. Erst vor meinem Laden, dann bei André und nun hier ... Das gefiel mir ganz und gar nicht. Es bedeutete, dass er mir folgte, und das bedeutete normalerweise, dass er mir zuvorkommen wollte. Ich hatte ihn nicht eintreten hören – hatte er unser Gespräch etwa belauscht und mit angehört, dass die Tür schon einmal unverschlossen gewesen war? Seine Teilnahme an dieser Auktion bedeutete allerdings auch, dass er gut informiert war, und das gefiel mir überhaupt nicht.

»Ach, Sie sind das«, sagte er und musterte mich mit hintergründigem Lächeln.

»*Excusez-moi?*«, sagte ich und zog in gespielter Überraschung die Augenbrauen hoch, als würde ich ihn nicht erkennen. Seine blauen Augen blitzten, und er schob die Hände in die Taschen und trat einen Schritt auf mich zu. Zur Erwiderung verschränkte ich die Arme vor der Brust und reckte das Kinn. Für wen hielt der sich eigentlich?

»Sie sind es. Die Antiquitätenhändlerin, von der alle sprechen. Sie sind berühmt, wissen Sie das nicht?«

»Berühmt?« Ich merkte, dass ich leicht schwankte, als er mich so überraschend in den Fokus rückte. Hoffentlich bezog sich meine angebliche Berühmtheit nicht auf das Joshua-Desaster. Es hatte Monate gedauert, bis in dieser Sache wieder Ruhe eingekehrt war, aber hin und wieder zerriss sich der eine oder andere doch noch das Maul. Ich blieb gefasst und gab mich ein wenig herablassend, als würde seine Gegenwart mich langweilen. »Das kann ich mir kaum vorstellen.«

Er grinste wie die Katze aus Alices Wunderland. »Berühmt, aber sehr bescheiden, wie ich merke.«

»Ist das dann alles, Monsieur ...?«

»Black.«

Sein Grinsen wurde noch breiter und entblößte seine ebenmäßigen, strahlend weißen Zähne. Er hatte ein kantiges Kinn und war auf klassische Weise gutaussehend. Jetzt fuhr er sich mit der Hand über sein glattes blondes Haar.

»Wenn das alles ist, Monsieur Black, kann ich mich ja jetzt hinsetzen«, sagte ich über meine Schulter, während ich auf dem blankpolierten Holzboden zur ersten Reihe marschierte. Von dort aus hatte ich den besten Blick auf die angebotenen Antiquitäten und war für den Auktionator gut zu sehen. Der Amerikaner folgte mir und blieb vor dem Auktionspodest stehen.

Ich setzte mich und musterte ihn. Seine Kleidung saß, als wäre sie maßgeschneidert, seine Schuhe glänzten, als würden sie zum ersten Mal getragen, selbst seine Fingernägel waren poliert. Offenbar ein reicher Kerl, der sich langweilte. Ein reicher amerikanischer Kerl, was bedeutete: auf Nimmerwiedersehen, ihr Antiquitäten! Wahrscheinlich würde er die Stücke, die er kaufte, irgendwohin verfrachten, wo es für das gute französische Holz viel zu feucht war, so dass es aufquoll und sich verzog, und damit wären weitere Meisterwerke auf immer verdorben.

»Haben Sie etwas dagegen, wenn ich mich zu Ihnen setze?« Er deutete auf den freien Platz neben mir.

Ich presste kurz die Kiefer zusammen. »Das ist ein freies Land«, zischte ich dann. Ich mochte es nicht, wenn jemand sah, wie ich bot oder woran ich besonders interessiert war.

»Fein.« Er ignorierte meinen offenkundigen Ärger und nahm Platz. Dieser Mann hatte etwas an sich, mit dem ich mich unbehaglich fühlte, und dass er nun schon zum dritten Mal in meiner Nähe auftauchte, machte mich misstrauisch. Seine Überraschung vorhin, als er mich sah, war eindeutig gespielt gewesen.

»Ich habe mich in ein ganz besonderes Stück verliebt«, sagte er.

Ich sah, dass mein Rock sich bauschte, und schob den Stoff zusammen. »Aha«, sagte ich, ohne ihn anzusehen. Er sollte ruhig merken, dass er mich nicht weiter interessierte.

»Das Cello«, fuhr er fort. »Haben Sie es gesehen? Es ist ein Traum.«

Nun drehte ich mich doch zu ihm um. Er sah mich so durchdringend an, dass es mir schwerfiel, nicht zu reagieren. André hatte ihn doch sicher nicht ebenfalls beauftragt, das Instrument für die Schriftrolle zu ergattern? Instinktiv spürte ich, dass dieser Fremde versuchte, mich aus der Fassung zu bringen. Ich spielte mit dem Gedanken, ihm zu sagen, er solle die Finger davon lassen, aber vermutlich wäre es besser, die Sache herunterzuspielen. Männer wie er liebten den Wettkampf, und es würde ihn sicher nur noch mehr herausfordern, wenn ich mich aufregte. Allerdings hatte er auch nicht ausdrücklich vom »Mollier-Cello« gesprochen. Ich ließ meinen Blick über die ausgestellten Instrumente schweifen und sah noch ein anderes Cello, das laut Katalog deutschen Ursprungs war. Es blieb zu hoffen, dass er dieses Cello meinte.

Ich wechselte die Taktik. »Das ist ein sehr exklusives Auktionshaus, Monsieur Black. Hat man Sie eingeladen?« Ich sah ihn kühl an, doch er lächelte unverdrossen weiter und ließ seine weißen Zähne blitzen.

»Natürlich hat man mich eingeladen.« Er zwinkerte. Ich unterdrückte ein Stöhnen. Sie waren doch alle gleich, diese von sich selbst überzeugten Amerikaner. Dachten, hie und da ein Zwinkern und ein charmantes Lächeln würden ausreichen, eine Frau zu umgarnen. Tja, bei mir nicht mehr – diesen Fehler würde ich nie wieder begehen.

»Ich weiß, was Sie vorhaben«, sagte ich. »Aber es funktioniert nicht.« Es war offensichtlich, dass er mich provozieren wollte. Aber ich durfte mich nicht ablenken lassen, sondern musste mich einzig und allein auf das Cello konzentrieren. Ich hatte es André versprochen, und jetzt stellte sich mir dieser Aufschneider in den Weg. »Dies ist ein sehr elitärer Kreis, also halten Sie sich lieber zurück. Es wäre ein Leichtes, Sie … auszuschließen.«

Um seine Mundwinkel zuckte es, doch eine Antwort wurde ihm erspart, da nun der Rest der Meute hereinströmte. Ich hatte Monsieur Black bislang bei keiner Auktion gesehen, und als Amerikaner konnte er hier kaum jemanden kennen, daher würde ihn mein kleiner Bluff vielleicht beeindrucken.

Übertrieben freundlich grüßte ich einen Sammler, der sich auf der anderen Seite neben mich setzte.«Was für ein herrlicher Tag für eine Auktion, n'est-ce pas?« Raphe warf mir einen erstaunten Blick zu, weil er wusste, dass ich so kurz vor einer Auktion normalerweise sehr wortkarg wurde.

»Alles in Ordnung, Anouk?«, fragte er. Eigentlich hatte ich noch nie mit ihm gesprochen, höchstens genickt oder leicht gewinkt. Wahrscheinlich dachte er, ich hätte zu viel Champagner getrunken.

Ich lächelte. Noch immer spürte ich den durchdringenden Blick des Amerikaners in meinem Rücken. »*Très bien, comme d'habitude*«, erwiderte ich. Sehr gut – wie immer. Ich schlug den Katalog auf und tat, als studierte ich die angebotenen Artikel, obwohl ich sie mir bei meinen früheren Besuchen bereits genau eingeprägt und die Hintergrundinformationen eingehend studiert hatte.

Der Auktionator erklomm das Podest, machte sich am Mikrophon zu schaffen und begrüßte das Publikum. Ich fächelte mir mit dem Katalog Luft zu, weil mich erneut die Sorge packte, dass Monsieur Black gegen mich bieten würde. Die Schriftrolle und der Profit, den ich durch ihren Verkauf erzielen könnte, waren immens wichtig für mich und mein Geschäft. Das durfte ich mir durch einen Fremden nicht kaputt machen lassen.

Der erste Artikel, ein Xylophon aus Asien, wurde aufgerufen, und die Gebote begannen. Es war ein exquisites Instrument, halbrund wie ein Boot und das Holz mit geschnitzten, feuerspeienden Drachen versehen. Ich hatte dafür keine Verwendung, also beobachtete ich heimlich die Bieter zu meiner Linken. Den Amerikaner rechts von mir ignorierte ich geflissentlich. Ich sah, wie sich manche leicht versteiften, wenn sie überboten wurden, oder Desinteresse heuchelten, während sie dem Auktionator ein winziges, kaum merkliches Zeichen mit dem Finger gaben.

Wir alle hatten kleine Nummernschilder an langen Stäben bekommen, aber die meisten benutzten sie nur, sobald sie etwas ersteigert hatten und ihre Nummer für die Bezahlung offenbaren mussten. Ansonsten waren sie viel zu auffällig und würden der Konkurrenz sofort zeigen, wer an dem Artikel interessiert war. Hatte man den Ruf, nur Ware von höchster Qualität zu ersteigern, bestand die Chance, dass andere mitboten, ohne sich die Mühe zu machen, die Artikel vorher selbst zu prüfen. Beim Bieten war es also von Vorteil, so unsichtbar wie möglich zu bleiben.

Eine halbe Stunde später wurde das Mollier-Cello vorgestellt. Der Auktionator machte eine kurze Angabe zu seiner Herkunft, schwärmte von Mollier, seiner Kunst und seinem Ruhm. Anerkennende Ahs und Ohs waren zu hören.

Zunächst kamen die Gebote nur zögernd. Ich war überrascht, neben mir einen Luftzug zu spüren – Monsieur Black suchte sich einen neuen Platz. Gut so.

Aus dem Augenwinkel sah ich die knorrige Hand eines Malers, der als »Ombre«, Schatten, bekannt war. Ich war erleichtert. Ich wusste, dass er stets nur am Anfang ein paarmal bot, sich dann jedoch wieder dem kostenlosen Champagner widmete und jedem, der noch an der Bar saß, eines seiner surrealistischen Werke aufzuschwatzen versuchte. Der Amerikaner hatte sich bislang nicht gerührt. Spielte er mit mir?

Nun gab es doch ein paar weitere Gebote, wahrscheinlich von Sammlern, und der Preis stieg in die Höhe. Irgendwann gaben alle bis auf einen auf. Ich bemühte mich, möglichst unbeteiligt zu wirken, während der Auktionator das Auszählen begann. Bei drei fing ich seinen Blick auf und zog eine Augenbraue hoch – mein übliches Erkennungszeichen. Auf diese Weise erhöhte ich den Preis bis auf zehntausend Euro – diese Summe konnte ich mir gut leisten, und es wäre für das Cello immer noch ein echtes Schnäppchen.

»Letztes Gebot zehntausend Euro? Zum ersten … zum zweiten … elftausend das nächste Gebot …«

Erschrocken fuhr ich zusammen, zog jedoch erneut meine Augenbraue hoch. Ich musste nicht weiter überlegen, wer da gegen mich bot – das konnte nur der Amerikaner sein.

»Zwölf«, sagte der Auktionator zu meinem Gebot. »Und dreizehn …«

Lautlos formte ich »fünfzehn« mit den Lippen. Wenn ich ihn provozieren musste, so würde ich das tun und hoffen, dass er endlich aufgab.

»Zwanzig das nächste Gebot.«

Zwanzig! Ich hatte mit zehntausend gerechnet! Auch wenn das Cello jeden Cent der zwanzigtausend Euro wert war, so waren meine Ressourcen doch beschränkt, und ich musste mich in Acht nehmen. Allerdings hatte ich die Käuferin für die Schriftrolle schon so gut wie sicher, und natürlich wollte ich André auf keinen Fall hängenlassen. Es war an der Zeit, den Amerikaner wissen zu lassen, dass ich es ernst meinte.

»Einundzwanzig!«, rief ich laut und vernehmlich, so dass alle zu mir hersahen. Was machte er da mit mir? Normalerweise hielt ich meine Gefühle auf Auktionen gut unter Verschluss, aber meine Regeln schienen in seiner Gegenwart plötzlich zu verpuffen.

»Zweiundzwanzig, der Herr dort hinten«, rief der Auktionator. Am liebsten wäre ich aufgesprungen und hätte meinem Gegner böse ins Gesicht gestarrt, aber ich wollte ihm nicht die Genugtuung geben, meines zu sehen, während ich mich geschlagen geben musste.

Ich kalkulierte noch einmal neu, wusste jedoch, dass ich bereits weit über mein Budget hinausgegangen war. *Aber er war Amerikaner!* Und wieder würde ein Stück französischer Geschichte in irgendein schniekes Sommerhaus an irgendeiner fernen Küste verbracht werden, um dort Staub zu sammeln.

Und der arme André würde weiter durch sein Schloss streifen und von schlechten Erinnerungen gequält werden.

Ich spürte, dass ich rot wurde. »Dreiundzwanzig!« Es lief mir heiß und kalt über den Rücken, und ich bekam feuchte Hände. Ich würde pleitegehen, wenn ich mich auf einen Überbietungskrieg einließe. Aber diese arrogante saloppe Art nervte mich unglaublich. Nur weil er sich das Cello leisten konnte, hieß das noch lange nicht, dass er es verdient hatte.

»Vierundzwanzig dort hinten.«

Verdammt noch mal! Wut stieg in mir auf, und meine Hände begannen zu zittern, also schob ich sie unter meine Oberschenkel. Der Auktionator sah an mir vorbei, dann wieder zu mir hin – offenbar wartete er darauf, dass ich weiterbot. Ich biss mir auf die Unterlippe, während in mir die Gefühle rasten. Ich hasste es, jemanden zu enttäuschen, vor allem geschäftlich, aber höher zu bieten als vierundzwanzig wäre ein riesengroßer Fehler. Es überstieg meine Reserve, die ich für den Fall brauchte, dass ich doch eine Weile auf der Schriftrolle sitzen bliebe.

»Fünfundzwanzig, auch von hinten.« Der Kerl wollte sich offenbar ganz sicher sein. Das gab mir den Rest. Langsam schüttelte ich den Kopf.

Der Auktionator nahm den Hammer. »Letztes Gebot für das Mollier-Cello, ein phantastisches Instrument, das vom Meister selbst gespielt wurde …«

Ich spürte ein Schluchzen in mir aufsteigen, doch ich schluckte es hinunter.

»*Une fois, deux fois, trois fois – adjugé, vendu!*« Zum ersten, zum zweiten, zum dritten – verkauft! Mit einem letzten Hammerschlag war das Cello für immer verloren. Und ich würde André erklären müssen, dass unser Handel geplatzt war. Dies war nicht mein Jahr, so viel stand fest. Es zeigte mal wieder, dass man sich im Geschäftsleben nie zu sicher fühlen durfte.

Die Zeit schien sich zu verlangsamen, während die anderen Artikel aufgerufen wurden. Ich blieb wie festgenagelt sitzen, bis es endlich, endlich vorbei war. So würdevoll wie möglich stolzierte ich Richtung Ausgang, strich meinen Rock glatt und fragte mich, wer dieser Mistkerl eigentlich war und wie ich es herausfinden könnte. Die magischen Töne des Cellos würden nun in einen anderen Himmel aufsteigen – wenn es überhaupt je wieder gespielt würde. Aber natürlich musste er seinen Triumph noch auskosten. Mit tief in die Hosentaschen geschobenen Händen schlenderte er zu mir.

»An wen wollten Sie es verkaufen?«, fragte er.

»Als ob ich einem Fremden meine Geschäfte verraten würde«, giftete ich zurück.

»Aber ich bin doch kein Fremder. Ich bin ein Freund, ein gleichgesinnter Antiquitätenliebhaber.« Warum provozierte er mich so? Aus Spaß? Oder war es seine Art zu flirten? Sich die Langeweile zu vertreiben? Was auch immer der Grund sein mochte – es ärgerte mich zutiefst. Ich hing mit Leib und Seele an meinem Beruf, und er hatte zum Vergnügen gegen mich geboten.

»Sie sind ein Fremder, Monsieur Black ...«

»Tristan«, sagte er.

Ich seufzte und fuhr fort: »Monsieur Black ...«

»Bitte nennen Sie mich Tristan. Wir müssen nicht so förmlich miteinander umgehen, oder?«

Wollte er mir jetzt erklären, wie das hier zu laufen habe? »Unterbrechen Sie die Leute immer, wenn sie mit Ihnen reden?«

Er legte den Kopf in den Nacken und lachte schallend.

»Sind Sie aus irgendeinem Grund böse auf mich, Mademoiselle?«

»Wollen Sie mich auf den Arm nehmen? Sie wussten, dass ich dieses Cello wollte! Sie brauchen es nicht. Amerika hat seine eigenen Kunstwerke. Warum springen Sie nicht wieder in Ihren Privatjet und gehen in Ihrem eigenen Land auf die Jagd?«

Jetzt grinste er breit. »Meinen Privatjet?«

Jahrelang hatte ich Männer wie ihn von eigens angefertigten Ledersitzen und Degustationsmenüs in ihren Privatflugzeugen prahlen hören. »Fliegen Sie doch einfach damit nach Amerika oder sonst wohin und lassen Sie Frankreich in Frieden.«

»Ich komme gerade aus Italien«, sagte er. »Und nichts dort lässt sich mit dem vergleichen, was ich heute gesehen habe … Die Qualität der Stücke hier ist atemberaubend.« Er sah mich vielsagend an. Hielt er mich denn für komplett bescheuert?

Die Frauen, die an uns vorbeigingen, drehten sich nach ihm um. Ich rümpfte angewidert die Nase. Würden sie nur zwei Minuten mit ihm reden, würden sie merken, dass nichts hinter dieser hübschen Hülle steckte. Mr. Black? Das klang allzu sehr nach Pseudonym.

»Sie sollten Ihr Gebot auf das Cello zurückziehen«, sagte ich, um es ein letztes Mal zu versuchen. »Sie wollen es doch gar nicht haben.«

»Ich habe nur zum Schluss darauf geboten, weil ich wusste, dass Sie es wollten und ich es diesem Wiesel nicht gegönnt habe. Ich hatte den Eindruck, er würde nur bieten, um Sie zu ärgern. Irgendetwas an seinem Gesicht hat mich regelrecht aggressiv gemacht.«

»Moment mal – Sie haben *nicht* die ganze Zeit gegen mich geboten?«

Er runzelte die Stirn. »Natürlich nicht. Nicht, bis Sie

aufgehört haben und er das Cello zu bekommen drohte. Die Genugtuung konnte ich ihm nicht geben.«

»Aber Sie haben doch vorhin gesagt, Sie würden sich für das Cello interessieren.« Ich kniff taxierend die Augen zusammen.

»Ich meinte das andere Cello, das deutsche.«

Konnte ich diesem Mann trauen? »Und wer hat dann gegen mich geboten?«

Er drehte sich um und musterte die Leute, die in der Bar standen. Einige tranken Champagner, um zu feiern, andere, um sich zu trösten. »Der Typ da.« Er deutete auf einen Mann, dessen Kleidung der seinen fast bis ins Detail glich. Verdammt – es war Joshua.

Nun wurde mir dieser Tristan doch ein wenig sympathischer. Er hatte Joshuas Hinterhältigkeit gespürt und versucht, mich davor zu bewahren. Warum Joshua mich auch jetzt noch schädigen wollte, war mir ein Rätsel. Aber Tristan hatte ihn überboten, und was auch immer seine Motive dafür sein mochten: Ich konnte ihm dankbar sein.

Er drehte sich wieder zu mir und lehnte den Oberkörper vor, so dass sein Gesicht nur wenige Zentimeter von meinem entfernt war. Seine Augen waren von betörendem Ozeanblau. Ich wich ein Stück zurück, weil ich nicht in ihren Bann geraten wollte. Es war nicht schwer, sich vorzustellen, wie leicht eine Frau ihm verfallen konnte. »Wir können gern einen Deal machen. Das Cello gehört Ihnen, wenn Sie es wollen.«

»Für wie viel?«, fragte ich und mahnte mich gleichzeitig zur Vorsicht.

»Für den Preis, den ich geboten habe«, meinte er achselzuckend. »Irgendetwas sagt mir, dass Sie einen Käufer dafür haben.«

»Weil Sie mir hinterherspioniert haben?« Der Spion im roten Sportcoupé!

Er hob entschuldigend die Hände. »Machen das nicht alle hier so?«

Da hatte er auch wieder recht. »Und das ist alles? Ich bezahle das Cello, und das war's?« Normalerweise würde jemand bei solch einem Handel mindestens zehn Prozent draufschlagen.

Er lächelte, diesmal auch mit den Augen. Ihr Aquamarinblau funkelte. »Ein Abendessen mit Ihnen würde ich natürlich nicht ausschlagen ... Aber ja, das ist alles. Und ich lasse Ihnen genug Zeit, den Handel mit Ihrem Kunden vorzubereiten. Das dürfte den Transfer für Sie erleichtern.«

Das war ein mehr als faires Angebot. Auf diese Weise gerieten meine dürftigen Ressourcen nicht in Bedrängnis. Ich musste schmunzeln. »Ein Abendessen? Nun, ich denke, eher nicht.« Tristan Black würde lernen müssen, dass ihm nicht einfach alle Dinge in den Schoß fielen, egal, wie großzügig er sich gab. Männer wie er hatten immer Hintergedanken. Und wenn er dachte, ich wäre dumm genug, darauf einzugehen, hatte er sich geschnitten.

»Warum nicht?« Er lachte. »Ich fresse Sie schon nicht.«

»Sehr witzig.« Ich überlegte, ob ich ihm einen Kompromiss anbieten könnte. »Vielleicht können wir auf der Mai-Gala etwas zusammen trinken, sofern Sie eingeladen sind ...?« Wenn er zu der Gala eingeladen war, bedeutete dies, dass er in Paris jemanden mit Einfluss kannte. Es wäre ein guter Weg, herauszufinden, wer er wirklich war.

»Die Gala ...« Einen Moment lang schien er verwirrt. »Ach, die *Gala!* Ja, natürlich. Ich werde dort sein und auf diesen Drink bestehen, Anouk!«

Bevor er sich noch irgendwelche anderen Zusätze zu unserem Handel überlegen konnte, sagte ich: »Dann lassen Sie uns jetzt ins Büro gehen und den Papierkram für das Cello erledigen.«

Wir erklärten der Sekretärin unsere Abmachung, und sie trug die entsprechenden Daten ein. Während ich auf den Ausdruck der Rechnung wartete, rief mich Gustave, der Sicherheitsmann, zu sich und winkte aufgeregt.

»*Excusez-moi*, Tristan, ich bin gleich wieder da.«

Mit klappernden Absätzen eilte ich zu Gustave. Der bedeutete mir, ihm durch einen Vorhang in einen abgelegenen kleinen Verbindungsraum zu folgen.

»Was ist los?«, flüsterte ich.

»Psst.« Er schob den Vorhang auf der anderen, der Barseite, ein Stück zurück und deutete hinaus. Ein wütender Joshua machte gerade Anstalten, zu Tristan ins Büro zu gehen.

»O nein! Wir müssen ihn aufhalten.« Tristan Black hatte es nicht verdient, von Joshua belästigt zu werden. Sosehr ich dem Neuling auch noch misstraute, konnte ich nicht einfach zusehen, wie er wegen mir angeblafft wurde.

Ich wollte den Vorhang ganz zurückschieben, doch Gustave hielt mich am Arm fest. »Warten Sie, Anouk. Ich habe das Gefühl, dass Monsieur Black auch gut allein klarkommt.«

»Er kennt aber nicht die ganze Geschichte. Er hat keine Ahnung, womit er es zu tun hat. Ich muss ihn warnen …«

»Warten Sie. Ich glaube, Sie unterschätzen den Neuen.« Gustave zog nun den Vorhang auf der anderen Seite einen Spaltbreit zurück, und wir spähten ins Büro.

Joshua stellte sich hinter Tristan und tippte ihm mit dem Zeigefinger in den Rücken. Seine Hand sah aus wie eine Pistole.

Ich hielt den Atem an und wünschte zum hundertsten Mal, Joshua würde sich einfach in Luft auflösen und für immer verschwinden.

Tristan ließ sich nicht beirren, schwatzte weiter mit der Sekretärin und ignorierte den Finger in seinem Rücken.

Joshua versuchte es erneut, jetzt mit der Handfläche.

Mit genervtem Gesichtsausdruck drehte Tristan sich um. »Was kann ich für Sie tun?«, fragte er kurzangebunden.

»Gibt es einen Grund, weshalb Sie sich in das Gebot eingemischt haben? Wollen Sie sie damit rumkriegen?« Joshua sah aus, als hätte er an einem Pfund Zitronen gesogen. Er konnte es nicht verkraften, wenn ihn jemand austrickste. »Die ist es nicht wert, dass Sie's nur wissen.«

Ich riss empört den Mund auf und hielt mich am Vorhang fest, der uns von ihnen trennte. So ein niederträchtiger Mistkerl! Durch den Spalt konnte ich sehen, wie Tristan sich zu voller Größe aufrichtete.

»*Die* hat einen Namen, aber ich vermute mal, dass Sie die Dame aus der ersten Reihe meinen, und mir gefallen weder Ihre Anschuldigungen noch Ihr Ton«, erwiderte Tristan scharf.

Gustave stupste mich an, wie um zu sagen: *Sehen Sie?*

»Ach ja?« Joshua knurrte wie ein Tier. »Passen Sie ja auf, ich warne Sie. Die«, er spuckte das Wort geradezu aus, »ist nicht die, für die Sie sie halten.«

Ich fuhr zurück. »Was soll das bedeuten?«, flüsterte ich fast lautlos, und Gustave zuckte die Achseln. Es war grotesk, ein Gespräch über sich selbst zu hören, vor allem, wenn es gar keinen Sinn zu ergeben schien.

»Nun, wer ist sie denn?«, wollte Tristan wissen. Seine Stimme klang fast bedrohlich.

Jetzt war ich gespannt.

»Wer weiß das schon? Bei ihr ist alles aufgesetzt.« Joshua verzog den Mund. »Was Sie sehen, ist nicht das, was Sie kriegen. Kapiert?«

Aufgesetzt? Bei mir? Dafür war ja wohl eher *er* ein Kandidat! Was bildete der sich eigentlich ein? Am liebsten wäre ich hinausgestürmt und hätte ihm die Meinung gegeigt. Aber Gustave hielt mich am Arm fest und schüttelte den Kopf.

»Das Einzige, was ich verstehe«, sagte Tristan und kam Joshua so nahe, dass ihre Nasen sich fast berührten, »ist, dass Sie ein Mann ohne Ehrgefühl sind, und wenn ich es noch einmal erlebe, dass Sie grundlos gegen die Dame bieten, dann gibt es Ärger. Kapiert?«

Ich musste mir das Lachen verkneifen, weil Tristan ihn so wunderbar imitierte.

Joshua verengte die Augen zu Schlitzen und sagte: »Ich habe Sie gewarnt. Das nächste Mal bleibe ich nicht so freundlich.«

»Ich hab's notiert. Und jetzt auf Wiedersehen.« Tristan wedelte mit der Hand, als wollte er ein lästiges Insekt verscheuchen, und drehte sich wieder zur Sekretärin. Joshua stand da wie der sprichwörtliche begossene Pudel, und es blieb ihm nichts anderes übrig, als sich zu trollen.

Ich hatte noch nie erlebt, dass irgendjemand Joshua so sehr Paroli geboten hatte, und ich bekam neuen Respekt vor diesem Tristan, der offenbar genau wusste, wie er mit Abschaum umgehen musste.

Als wir wieder sprechen konnten, ohne fürchten zu müssen, gehört zu werden, fragte ich Gustave leise: »Warum hat Joshua behauptet, an mir wäre alles nur aufgesetzt?«

Gustave schürzte nachdenklich die Lippen. »Einfach um Ärger zu machen, denke ich. Sie wissen doch, wie er jede Situation zu seinem Vorteil manipulieren will.«

Ich nickte, war jedoch nicht restlos überzeugt. »Immer wieder frage ich mich, ob mich irgendwer verhext hatte, dass ich mir einbilden konnte, diesen Mann zu lieben.«

Gustave klopfte mir väterlich auf den Rücken. »Machen Sie sich deswegen nicht mehr verrückt, Anouk. Keiner von uns wusste, wie er in Wahrheit ist.«

»Noch vor ein paar Minuten bin ich so eklig zu Tristan gewesen, und nun dies.« Ich lächelte schwach. »Dann gehen wir jetzt wieder raus und tun so, als hätten wir nichts gesehen?«

»Sie haben sich nur vor einem Neuling schützen wollen, und das ist richtig so.« Gustave lächelte. »Wir gehen jetzt locker plaudernd wieder ins Büro, und Sie erwähnen mit keinem Wort, was Sie gesehen haben.«

»*Oui*. Danke.«

Wir spazierten wieder hinaus und unterhielten uns angeregt auf Französisch über klassische Musik. »Da sind Sie ja noch«, sagte ich zu Tristan und erwartete, dass er mir die Begegnung mit Joshua schilderte. Aber er hob nur einen Daumen und sagte: »So, der Papierkram ist erledigt.«

»*Merci*.« Schnell fügte ich noch hinzu: »Das ist wirklich ungemein freundlich von Ihnen, Monsieur Black. Ich weiß das wirklich zu schätzen. Das Cello ist für einen sehr speziellen Kunden von mir bestimmt.«

»Es war mir ein Vergnügen.« Er hob die Brauen. »Vielleicht darf ich auch auf das Vergnügen hoffen, auf der Mai-Gala ein oder zwei Mal mit Ihnen zu tanzen?«

Er sah mich dabei so ernst und bittend an, dass ich ohne nachzudenken antwortete: »Natürlich.«

Ob sich die üblichen Glitzerfrauen auf der Gala wohl um ihn scharen würden? Vielleicht sollte ich über diesen Monsieur Black ein paar Erkundigungen einziehen, um seinem Geheimnis auf die Spur zu kommen. Dann hätte ich auch etwas zu erzählen, wenn meine Kollegen mich zu ihm befragten. Mit seinem selbstsicheren Auftreten und dem markanten Kinn machte er auf jeden Fall Eindruck. Allerdings musste ich mich vor seinen Augen in Acht nehmen – sie waren so blau und so hypnotisch, dass sie mir gefährlich werden konnten. Vorsicht, erinnerte ich mich: Arbeit und Vergnügen durften nicht wieder vermischt werden.

Kapitel 6

*I*n der Sicherheit meines Geschäfts, hinter verriegelter Tür, begann ich mit den Nachforschungen zu Tristan Black.

Meine erste Informationsquelle für solche Fragen war normalerweise Rachelle aus dem Blumenladen an der Notre-Dame – eine unscheinbare Pariserin mit rotbraunen Locken und großen braunen Augen. Ich bin sicher, der Blumenladen war für sie kaum mehr als eine Tarnung, um ihr detektivisches Talent auszuleben, denn sie wusste immer viel zu viel über alles Mögliche. Häufig gab sie mir Tipps zu Antiquitäten, die aus entlegenen Regionen Frankreichs nach Paris kamen.

»Nein, Anouk«, sagte sie. »Von einem Tristan Black habe ich noch nichts gehört. Was hat er dir angetan? Dich bestohlen? Wenn ja, kenne ich einen Mann, der sich um ihn kümmern kann.«

Ich machte große Augen. »*Non, non*, er hat mich nicht bestohlen. Und ich brauche keinen Mann, der … sich um ihn kümmert. Ich wollte nur wissen, ob du von deinen üblichen Kontakten etwas über ihn gehört hast.«

»Nein, nichts. Aber wenn, dann lasse ich es dich wissen. Und wenn er sich ungebührlich verhält, dann lässt du es mich wissen …« Ihre Stimme klang bedrohlich, und ich musste schmunzeln. Nach dem, was Joshua mir angetan hatte, war in meinen Kolleginnen der Beschützerinstinkt erwacht, was ich rührend von ihnen fand – auch wenn ich ein bisschen besorgt war, was »sich um ihn kümmern« wohl bedeuten mochte.

»Und, Anouk, wenn du morgen zum Flohmarkt an der Rue des Rosiers gehst, wirst du dort einen Mann mit rosa Fliege und einer Nelke im Knopfloch sehen. Der hat sicher etwas für dich. Sag ihm, ich hätte dich geschickt, dann weiß er Bescheid.«

»*Merci*. Ich bin neugierig.«

»Maman hat sich sehr über dein Geschenk gefreut. Das war so reizend von dir, Anouk! Jeden Morgen höre ich, wie sie sich zu Musik aufwärmt. Es ist beeindruckend, mit wie viel Leidenschaft sie übt.«

Rachelles Mutter hatte immer eine Ballerina werden wollen und nun endlich Zeit, Ballett zu tanzen. Viele hielten das für unangebracht. *Mit sechzig? Wie albern!* Aber warum sollte eine Frau nicht noch mit sechzig Ballett tanzen können? Sie wollte ja schließlich nicht an der Nationaloper von Paris aufgenommen werden …

Ich hatte ein Paar alte, unbenutzte Ballettschuhe gefunden sowie einen Ballettanzug, die ich ihr mit einer kleinen Nachricht schickte: *Tanzen Sie damit ins Glück!* Mir gefiel die Vorstellung, dass Leidenschaft nicht verging, nur weil man älter wurde, und wenn sie in ihrem Wohnzimmer *pliés* und *battements* üben wollte – warum nicht?

»Deine Maman ist eine wunderbare Frau«, sagte ich und meinte es ehrlich.

Wir plauderten noch ein wenig über dies und das, bevor ich auflegte.

Als Nächstes rief ich Madame Dupont an, um zu erfahren, wie sie über diesen Mann und die neuesten Geschehnisse dachte. Dazu machte ich es mir in dem ledernen Ohrensessel aus Walnussholz bequem, den ich aus einem Nachlass gerettet hatte. Der Nachlassverwalter hatte einfach schnell alles entsorgen wollen und mein Flehen, den Sessel und all die anderen wertvollen Gegenstände von Experten begutachten und an kundige Händler vermitteln zu lassen, überhört. »Nehmen Sie das Ding«, hatte er gerufen, »nehmen Sie alles!« Und das hatte ich getan. Das Leder war abgewetzt und fleckig und seufzte, wenn ich mich daraufsetzte. Aber der Sessel war wie ein alter Freund, und ich würde ihn nie restaurieren lassen. Ich liebte ihn so, wie er war, mit all seinen Blessuren.

»Anouk, meine Liebe, haben Sie das Cello bekommen?«, fragte Madame heiser.

»Ja, aber nicht ohne ein gewisses Drama.« Ich erzählte ihr, was am Morgen passiert war.

»Oh, là, là, der Mann hat meine Hochachtung! Joshua muss stinksauer gewesen sein. Wie schön! Wie sieht er denn aus, dieser couragierte Monsieur Black?«

Ich schüttelte den Kopf – ich hätte wetten mögen, dass Madame Dupont sofort danach fragte. »Wie ein Mann, der zu viel Geld hat.«

»Perfekt!«

»Perfekt wofür?«

»Na, für Sie, Anouk! Lilou und ich sind uns in dieser Hinsicht absolut einig: Es wird Zeit, dass Sie sich wieder in die Höhle des Löwen wagen und sehen, was passiert …«

Ich lachte. »Ich werde gefressen!« Also wirklich. Wieso dachten sie nur ständig, ohne Männer würde in meinem Leben etwas fehlen? Erkannten sie denn nicht, dass ich anders war als sie? Für mich stand Liebe nicht an erster Stelle.

Ich hörte, wie Madame an ihrer Zigarette zog. »Ist er ein Sammler oder Händler?«

»Das weiß ich eben nicht. Er redete wie ein Sammler, aber erst habe ich ihn vor meinem Laden gesehen, und dann tauchte er bei André auf, als ich gerade wegfuhr, also könnte er beides sein. Vielleicht ist das für ihn auch nur ein Spiel, um seine Reiche-Leute-Langeweile zu vertreiben ...«

»Ein gutaussehender Amerikaner ... und heldenhaft wie ein Ritter in strahlender Rüstung. Ich kann es kaum erwarten, ihn kennenzulernen.« Im Hintergrund tickten Madame Duponts Uhren, einige davon schlugen. Wie hielt sie diese disharmonische Symphonie bloß aus?

»Er besitzt diesen gewissen Charme und verströmt jede Menge Selbstvertrauen. Augen blau wie der Ozean.« Ich seufzte. Männer wie er durften für mich nicht länger interessant sein, ich hatte meine Erfahrungen gemacht.

Madame Dupont seufzte ebenfalls. »Wenn ich in Ihrem Alter wäre, Anouk, könnte nichts mich aufhalten. Tatsächlich kann mich selbst in meinem Alter nichts aufhalten, denn nur wer wagt, der gewinnt. Warum wagen Sie es nicht – nur dieses eine Mal?«

Ein Kunde klopfte an die Tür, und ich machte ihm ein Zeichen, dass die Tür offen war, und bedeutete ihm einzutreten. Es war Elliot aus der Weinbar, der oft bei mir herumstöberte, ob er etwas zur Dekoration fände, und dabei auch gern ein Schwätzchen hielt. »Ich bin gleich bei Ihnen«, sagte ich ihm.

»Keine Eile.« Er steckte die Hände in die Taschen und spazierte an den Spiegeln entlang, die von goldenen Haken an der Wand hingen.

Ich senkte die Stimme. »Madame, abgesehen von Ihren *petites affaires* bin ich genau wie Sie. Ich will mich nicht fest binden, mich nicht nach irgendwelchen Regeln oder Konventionen richten. Es war nie ein großer Traum von mir, vor dem Altar zu stehen, und vielleicht werde ich das auch niemals tun. Aber ist das so schlimm? Sie haben auch nicht geheiratet und sind der glücklichste Mensch, den ich kenne.« Meine Worte waren leicht dahingesagt, dabei wusste ich nicht einmal, wie ich zur Ehe stand. Die Idee, dass zwei sich einander lebenslang versprachen, fand ich geradezu beneidenswert, doch für mich persönlich konnte ich es mir überhaupt nicht vorstellen.

Sie schnalzte mit der Zunge. »Sie sind nicht wie ich, Anouk. Ich könnte nie so herzensgut sein wie Sie. Ich habe mich entschieden, nicht zu heiraten, weil ich mich nicht nur einer einzigen Person hingeben will. Aber das ist nicht immer leicht. Es gibt sehr wohl Momente, in denen ich mich frage, ob es bei dem einen oder anderen Mann, den ich geliebt habe, nicht ein Fehler war, ihn gehen zu lassen. Vielleicht hätte ich die reifende Liebe genossen, nachdem das erste Prickeln der Verliebtheit verschwunden und durch etwas Erfüllenderes ersetzt worden wäre. Etwas Wahrhaftigeres, Tieferes? Aber ich habe solchen Gefühlen nie eine Chance gegeben. Vielleicht war das ein Fehler ...«

Noch nie hatte Madame Dupont so offen mit mir über ihr Liebesleben gesprochen. »Bereuen Sie es wirklich, Madame, oder denken Sie, es ist das, was ich hören will?« Ich konnte mir nicht vorstellen, dass sie sich einsam fühlte – selbst jetzt noch zog sie Männer in Scharen an. Aber vielleicht sehnte sie sich tatsächlich nach einer soliden und beständigen Liebe.

Sie nahm sich für ihre Antwort Zeit. »Bereuen ist so ein schlimmes Wort. Aber ich habe mich tatsächlich viele Male einsam gefühlt und mir dann gewünscht, ich wäre das Risiko eingegangen und hätte jemandem mein Herz geschenkt – ganz und gar und nicht nur einen Teil davon. Sie, Anouk, haben schon nach einem einzigen Fehlgriff die Rollläden heruntergelassen. *Geschlossen* steht in Großbuchstaben an Ihrem Herzen, aber ich möchte Ihnen raten, nicht Ihr ganzes Leben darauf zu vergeuden, es zu schützen. Sonst müssen Sie am Ende vielleicht einsehen, dass es das gar nicht wert war.« In ihren Worten schwang so viel Melancholie, dass ich nicht wusste, was ich sagen sollte und ob sie wirklich mich meinte oder ob etwas Bestimmtes geschehen war, das sie zu diesen sentimentalen Gedanken verleitet hatte.

Mit sanfter Stimme sagte ich: »Ich verstehe Sie, Madame, wirklich. Aber mein Herz ist nicht ›geschlossen‹. Ich habe nur gerade kein Interesse an Männern, und das ist ein großer Unterschied.«

Sie lachte auf. »Hören Sie mich nur an, da rede ich doch tatsächlich wie eine alte Dame! Vergessen Sie es, Anouk, ich weiß nicht, was in mich gefahren ist. An manchen Tagen zieht mein Leben in Sekundenschnelle an mir vorbei, bis ich zu den Szenen komme, die ich im Nachhinein gern ändern würde, und die wiederholen sich dann wie in einer Endlosschleife, bis ich nicht mehr vernünftig geradeaus sehen kann. Versprechen Sie mir aber bitte, dass Sie aufhören, Ihre ganze Energie nur in Ihre Arbeit zu stecken. Reservieren Sie einen Teil Ihres Lebens für etwas anderes.«

»Das verspreche ich, Madame Dupont.«

Ich hoffte, damit ihre Sorgen zu vertreiben, aber mal im Ernst: ohne Arbeit – was bliebe mir da noch? Ich war dankbar, dass meine Arbeit mir ein gutes Leben ermöglichte.

»Und Sie sind es diesem Mann schuldig, dass Sie ihm auf der Gala einen schönen Abend bescheren. Das hat er sich nach seiner Intervention bei Joshua redlich verdient.«

Bei der Erinnerung daran musste ich schmunzeln. »Das mache ich, Madame. Es geschieht wirklich nicht oft, dass jemand Joshua in seine Schranken weist. Es war, als hätte dieser Tristan schon von ihm gehört. Ich glaube, Tristan Black hat ihn tatsächlich eingeschüchtert.« Und das war ein Novum.

Als wir unser Gespräch beendeten, hatte Elliot bereits ein paar Sachen gefunden und neben der Kasse aufgereiht. »Was können Sie mir darüber erzählen?«, wollte er wissen und setzte sich auf einen alten Schemel.

»Oh, dafür brauchen wir erst einmal einen Kaffee.« Ich zog mich zurück, um Kaffee zu machen, dann kehrte ich mit einem Tablett zurück.

Die meisten meiner Kunden verbringen ein paar Stunden in meinem Geschäft, nehmen sich Zeit bei der Auswahl und entscheiden erst endgültig, nachdem sie die Hintergrundgeschichten gehört haben. Für mich war es jedes Mal etwas Besonderes, die Historie einer Antiquität zu erzählen und zu sehen, wie ein Kunde oder eine Kundin große Augen bekamen, wenn etwas sie persönlich ansprach und berührte. Die Entscheidung für oder gegen ein Stück musste im Grunde gar nicht erst getroffen werden, sondern ergab sich von ganz allein.

»Also, das hier«, ich deutete auf einen Spiegel mit geschnitzten Engeln am vergoldeten Rahmen, »stammt aus der Zeit um Louis-Phillipe dem Ersten, etwa erste Hälfte des neunzehnten Jahrhunderts, und er hing im Boudoir von ...«

Kapitel 7

*I*n Paris hat jede der vier Jahreszeiten ihren eigenen Charme, und es fiele mir schwer, einen Favoriten zu nennen. Die Natur schien sich in dieser Stadt stets genau zu dem Zeitpunkt zu verändern, an dem auch ich eine Veränderung nötig hatte – als wäre der Wandel des Planeten für mich ein Zeichen, es ihm gleichzutun. Und je mehr sich nun das Frühjahr entfaltete, desto mehr Schichten wurden auch bei den Menschen um mich herum freigelegt, im übertragenen wie im wörtlichen Sinne: Mäntel verschwanden, Blumen blühten, Kleidungsstücke wurden kühner, Lächeln breiter, eilige Schritte zu schlendernden. Eine Verjüngungskur für Erde, Körper und Seele.

Die laue Luft und der blaue Himmel waren so verlockend, dass auch die Müdesten ihre Wohnungen verließen, auf den Boulevards spazierten oder mit Einkaufskörben über dem Arm die Straßenmärkte aufsuchten, dort an dicken runden Tomaten schnupperten, duftende reife Pfirsiche auswählten. Sie probierten cremige Camemberts und kauften Baguettes, die so knusprig und frisch waren, dass man sie auf dem Nachhauseweg zärtlich wie ein Baby gegen die Brust drücken wollte, nachdem man noch einmal Halt gemacht hatte, um mit einem Strauß dottergelber Nelken die Sonne und das Versprechen auf wärmere Monate in die eigenen vier Wände mitzunehmen.

Ich hatte vor, später auf dem Markt die Zutaten für mein Abendessen zu besorgen. Auf dem Balkon kontrollierte ich, was meine Blumentöpfe hergaben: Die Kräuter schienen über Nacht auf doppelte Höhe angewachsen zu sein, ihre Stängel strebten der Sonne entgegen. Es war die Saison für einfache Gerichte: pochierter Lachs mit Butter und frischer Petersilie. Meiner Maman zu Ehren, die eine unglaublich gute Köchin war und mich mehrere Jahre lang in die Geheimnisse der französischen Küche eingeführt hatte, gab es heute zum Mittagessen ihr liebstes Frühlingsrezept: eine Vichyssoise, die bereits zum Abkühlen in der Küche stand. Ich schnitt eine Handvoll Schnittlauch ab, um ihn gleich noch über die Suppe aus Lauch und Kartoffeln zu geben, die man am besten kalt servierte.

Die Zeit in der Küche war für mich immer ein großes Vergnügen, und sofern mich nicht Lilou mit ihrer Anwesenheit beehrte, kochte ich für mich allein, was die Freude an den Mahlzeiten allerdings ein wenig trübte. Mit einem Teller Suppe konnte man sich nur eine begrenzte Zeit unterhalten, bis der unbeantwortete Klang der eigenen Stimme einen nur noch an sein einsames Leben erinnerte. Trotzdem genoss ich es, die guten alten Rezepte meiner Mutter nachzukochen. Es verschaffte mir stets einen Moment des Friedens zwischen all der Arbeit, die ich sonst hatte.

Nachdem ich den Schnittlauch gewaschen und geschnitten hatte, streute ich ihn über die Vichyssoise, und der scharfe, leicht pfeffrige Geruch verlieh dem Gericht das gewisse Etwas.

Obwohl es nur für mich war, deckte ich trotzdem den Tisch mit dem hübschen alten Silberbesteck, einem kristallenen Weinglas und einer mit Stärke gebügelten Serviette, die ich mir auf den Schoß legte. Ich wischte meine Hände am Trockentuch ab und schenkte mir ein Glas Sauvignon Blanc ein.

Langsam löffelte ich meine Suppe und versuchte, nicht

ständig alle Dinge um mich herum anzusprechen, nur um Konversation zu betreiben. Schweigen ist Gold, und draußen zwitscherten mir zur Gesellschaft ja die Vögel, so dass ich nicht gar so einsam und allein war.

Wenn ich tatsächlich einmal mit jemandem zusammen essen wollte, konnte ich mir jederzeit einen Nachbarn einladen, das wäre immer noch weitaus weniger problematisch, als eine Beziehung zu führen. Allerdings hatte ich keine rechte Lust, mich mit meinen Nachbarn zu befassen, weil ich den Eindruck hatte, dass sie ohnehin ständig wechselten, und was hätte das Kennenlernen dann für einen Sinn? Lilou hingegen kannte anscheinend alle, und manchmal erkundigte sich jemand im Vorbeigehen nach ihr. Sie tat sich eben leicht, Menschen kennenzulernen und Freundschaften zu schließen.

Nach dem Essen setzte ich mich mit meinem Wein und der Zeitung auf den Balkon. Und die Schlagzeile der ersten Seite sprang mir gleich ins Auge.

Postkartenräuber plündert in Paris

In der letzten Nacht ereignete sich im exklusiven Auktionshaus Arles am Boulevard Pereire ein dreister Diebstahl. Der Tatverdächtige wird von der Presse mittlerweile »Postkartenräuber« genannt, weil er am Tatort antike Postkarten mit bekannten Liebesgedichten hinterlässt, deren Verse leicht abgeändert wurden, um die Polizei zu verspotten.

Die Polizei warnt eindringlich davor, den Täter oder seine Verbrechen deswegen zu romantisieren oder zu verherrlichen. Ein Foto der gestohlenen Kollektion »Audrey Etoile« wurde freigegeben, damit die Objekte von europäischen Händlern und Sammlern gegebenenfalls erkannt und gemeldet werden können.

Die Polizei bittet um sachdienliche Hinweise an Ihre nächste Gendarmerie.

Ich war schockiert. Die abgebildete Kollektion war außergewöhnlich schön. Madame Dupont und ich hatten uns die Fotos für die bevorstehende Auktion bereits angesehen, deshalb erkannte ich die Stücke sofort. Auch eine mit kleinen Diamanten besetzte Uhr war dabei, auf die Madame ein Auge geworfen hatte. Die Kollektion war elegant, zeitlos und trotz der üppigen Juwelen nicht protzig.

Sie werde sich die Taschenuhr schnappen, hatte Madame damals sofort gerufen, egal wie. Als ich lachte, hatte sie zunächst geschwiegen und mir dann ihre Beweggründe erklärt. Jetzt überlegte ich noch einmal, was genau sie gesagt hatte.

»Anouk, die Uhr hat früher einmal Zelda gehört. Die muss ich unbedingt haben ...«

Madame Dupont hatte ein Faible für die Epoche der zwanziger Jahre in Paris – das Zeitalter des Jazz – und bewunderte Zelda Fitzgerald über alles. Für sie war die Ehefrau von Scott F. eine Ikone, eine außergewöhnliche, sehr kreative Frau, die zu Unrecht als aufsässige »Garçonne« und »Nur-Ehefrau« des berühmten Schriftstellers angesehen wurde anstatt als eigenständige, talentierte Künstlerin. Madame Dupont hatte geradezu leidenschaftlich von der Uhr geschwärmt.

Nachdenklich runzelte ich die Stirn. Worum war es in unserem Telefonat vor ein paar Tagen wirklich gegangen? Dass sie sich wegen ihres Drangs nach Unabhängigkeit nicht der Liebe ergeben hatte und es jetzt bereute? Konnte das wirklich sein? Denn sosehr sie Zelda auch bewunderte, war Madame Dupont im Grunde ihres Herzens doch der Überzeugung, dass sie ohne einen Mann weitaus mehr in ihrem Leben erreichte. Trotzdem würde sie doch nie ... bei meinen frevlerischen Gedanken wurde ich rot – natürlich würde sie nicht … könnte sie nicht … Sie war doch keine Diebin!

Sie mochte die Wahrheit einige Male aus persönlichen Gründen leicht manipuliert haben, aber bestimmt wäre sie doch nie so dreist oder unmoralisch, zu stehlen. Oder? Geld bedeutete Madame Dupont kaum etwas, weil sie genug davon besaß. Sie arbeite nur, weil es sie jung halte, behauptete sie immer. Aber einfach so einen Diebstahl zu begehen? Wenn sie es gewollt hätte, hätte Madame Dupont die gesamte Kollektion zehnmal kaufen können.

Ich schämte mich. Wie konnte ich so etwas nur von ihr denken?

Ich las den Artikel erneut. Der Postkartenräuber. Stehlen war eine Sache – die Ermittler zu verhöhnen, eine andere. Wer auch immer das getan hatte – er oder sie hatte eine Aversion gegenüber Autoritäten. Ein weiterer langer Nachmittag im Geschäft würde mir Zeit zum Nachdenken verschaffen. Ich dankte dem Universum, dass ich die Zeitung heute ohne Madame Dupont gelesen hatte, sonst hätte sie vielleicht gemerkt, dass ich sie spontan verdächtigt hatte. Das kam sicher daher, dass ich mitten am Tag Wein getrunken hatte und mich um die entwendeten Antiquitäten sorgte. Madame Dupont war so unschuldig wie ein Neugeborenes.

Ich trank meinen Wein aus und kehrte in den Laden zurück. Hoffentlich würde der Weg an der frischen Luft meine merkwürdigen Gedanken vertreiben – Madame als Diebin … also wirklich.

Der Nachmittag blieb ruhig, da offenbar alle das schöne Wetter bei wolkenlosem Himmel genossen. Ich schnappte mir mein altes Rolodex, das ich wegen seines leicht modrigen Charmes immer noch benutzte, und suchte eine ganz bestimmte Kundenadresse. Nach jedem Kauf machte ich kurz ein paar Notizen, damit ich in Zukunft besser helfen könnte. Auf manchen Karten stand nur eine Zeile, *1920er Lalique-Vase, Geschenk für Tante*. Zu anderen langjährigen und treuen Kunden standen so viele Bemerkungen, dass eine einzige Karte nicht mehr ausreichte.

Endlich fand ich den Namen, nach dem ich gesucht hatte: Eva, eine Frau, die aus spirituellen Gründen Kristalle sammelte. Sie war überzeugt, sie besäßen magische Kräfte und könnten alle möglichen Beschwerden heilen. Die verschiedenfarbigen Kristalle standen für verschiedene Emotionen: Türkis für Ausgeglichenheit, Amethyst für Kreativität und Achat gegen Angstzustände. Der Grund, aus dem ich mir die Wirkung genau dieser Kristalle gemerkt hatte, war, dass Eva mir immer wieder davon erzählt hatte. An diesen Eigenschaften musste ich arbeiten.

Ich wählte ihre Nummer.

»Anouk, meine Liebe! Was hast du für mich? Vielleicht etwas Gelbes, für Erleuchtung, denn in letzter Zeit sehe ich die Welt ziemlich klar?«

»Ja, vielleicht auch gelb ... Ich habe ein paar Fotos, die ich dir schicken möchte. Nächste Woche findet eine Auktion mit jeder Menge Kristallen aus einem Astrologieladen statt, der schließen musste. Alle möglichen Farben und Größen sind zu verschiedenen Päckchen zusammengestellt. Soweit ich sehe, besteht bisher noch nicht viel Interesse daran. Ich könnte für dich bieten – was meinst du?«

Eine Gruppe von Frauen stand draußen vor meinem Schaufenster, drückte sich daran die Nasen platt und deutete auf diverse Artikel, während sie durch gestreifte Strohhalme ihre Milch-Shakes schlürften.

Begeistert quietschte Eva auf. »Du bist so gut zu mir, Anouk! *Bien sûr*, schick mir die Fotos, und ich sage dir, welche Zusammenstellungen ich gern hätte.«

»Ich denke, ich könnte sie für etwa hundert Euro pro Paket bekommen, vielleicht auch weniger.«

Ich hörte sie seufzen. »Ich bin immer wieder erstaunt, dass die Leute ihren Wert einfach nicht erkennen. Andererseits profitiere ich ja davon. Lass mich dir eben dein Tarot legen und einen Blick in deine Zukunft werfen – da kann nur Gutes passieren!«

»*Merci.*« Ich lachte. Kein Händler in ganz Paris interessierte sich für solch einen Kauf, vor allem nicht auf einer Auktion, zu der er persönlich erscheinen musste. Für mich gehörte es jedoch zum Geschäft. Ich hatte Kunden, die den Gegenwert eines kleinen Hauses für ein begehrtes Stück zahlen konnten, und andere, die nur die Summe eines Abendessens investierten. Aber alle waren mir gleich wichtig, und für mich spielte es keine Rolle, ob jemand nun Postkarten sammelte oder Kandelaber oder Klaviere. Wir alle erfreuen uns an unterschiedlichen Dingen, und was uns reizt, mag manchmal vom Budget bestimmt sein, oft aber ganz einfach von der Leidenschaft.

Eva legte mir immer ein Tarot, und ich spielte mit, auch wenn ich nicht recht überzeugt davon war. Ich glaubte nicht daran, würde jedoch auch nicht sagen, dass ich *nicht* daran glaubte.

»Oh«, sagte sie. »Oh. Ah.«

»Was ist?« Ich sah aus dem Fenster auf die pfirsichfarbenen Wildrosen, die dort im Wind schaukelten.

»Anouk ... du musst dich vorsehen. Dein Leben ... nimmt eine dramatische Wendung.«

»Wie das?«

Sie schwieg eine Weile, dann sagte sie: »Die Karten zeigen mir einen unheilvollen Zustand, und anscheinend befindest du dich schon mittendrin. Ich weiß nur, dass du in etwas hineingezogen wirst, dem du dich nicht entziehen kannst. Sei vorsichtig, Anouk!« Das Letzte flüsterte sie nur noch, und mir lief ein kalter Schauer über den Rücken.

Plötzlich ging die Tür auf, eine Brise Frühlingsluft wehte durch den Laden, und er trat ein. Tristan Black. Ich nickte zur Begrüßung und fasste das Telefon ein bisschen fester.

»Anouk«, sagte Eva. »Bist du noch dran? Ich habe dir hoffentlich keine Angst gemacht?«

Normalerweise waren Evas Voraussagen harmlos und verspielt. Ein Scherz über Suppe für eine Person und Spekulationen über Antiquitäten, die ich ergattern, oder Reisen, die ich unternehmen würde, aber das hier war neu. Vielleicht konnte sie tatsächlich den Streit vom Vortag erkennen?

»Nein, du hast mir keine Angst gemacht. Ich komme schon zurecht, Eva. Aber danke für die Warnung!«

Jetzt flüsterte sie wieder. »*Anouk, du darfst ihm nicht trauen.*«

»Was? Wem?« Ich versuchte, leise zu sprechen. Meinte sie Joshua? Denn dieser Rat käme definitiv zu spät! Oder ging es um jemand anderen? Ich sah zu Tristan und versuchte, mir ein Bild zu machen, ob sie ihn meinen könnte.

Sie fasste sich wieder. »Ich kann nicht erkennen, um wen es geht.« Sie lachte verlegen. »Sei einfach vorsichtig bei Leuten, die sich mit dir anfreunden wollen.«

Ich drehte mich zur Wand und flüsterte: »Ich werde aufpassen.« Aus dem Augenwinkel beobachtete ich, wie Tristan herumging, Sachen aufnahm und wieder hinstellte, als fühlte er sich hier ganz zu Hause.

Etwas munterer fügte Eva hinzu: »Wir müssen bald wieder telefonieren!« Wir verabschiedeten uns, und ich versprach, die Fotos von den Kristallen zu schicken.

Tristan kam zur Theke. »Wobei müssen Sie aufpassen?«

»Ach, Sie haben gelauscht?« Ich verschränkte die Arme vor der Brust und sah, wie seine Augen bei meinem herausfordernden Ton aufblitzten. Ich hatte eine Ahnung, dass die Frauen sich ihm reihenweise an den Hals warfen und er keine Anstrengung unternehmen musste, um begehrt zu werden.

»Ja, das ist eines meiner vielen Talente.« Er wippte auf den Fußsohlen vor und zurück und schmunzelte keck.

»Aha.« Ich versuchte, gelassen zu bleiben, aber irgendetwas an diesem Mann war ungemein anziehend und brachte mich ganz aus der Fasson. Es lag nicht nur an seinem Aussehen oder an seiner Art – es war etwas anderes, das ich nicht benennen konnte. Vielleicht lag es daran, dass er Joshua die Meinung gegeigt hatte. Was auch immer es war – mir gefiel meine Reaktion darauf nicht, und ich versuchte, dagegen anzukämpfen. »Kann ich Ihnen mit irgendetwas behilflich sein?«

»Ich dachte, wir könnten vielleicht eine Runde spazieren gehen. Es ist so ein schöner Nachmittag.« Sein Tonfall verriet, dass er mit einem Ja rechnete.

Ich lächelte dünn. »Tatsächlich, ein wunderschöner Tag, aber wie Sie sehen, muss ich arbeiten.«

»Das sehe ich, aber ich sehe auch das Schild über der Tür: *Geöffnet nach Vereinbarung*. Können die nicht anrufen, wenn sie Sie ganz dringend brauchen? Außerdem ist sowieso bald Ladenschluss, und ich bin schon lange genug in Paris, um zu wissen, dass man an einem sonnigen Tag nicht erwarten darf, dass alle Geschäfte geöffnet sind, wenn die Besitzer auch auf irgendeiner Terrasse zu einem leckeren Essen eingeladen sein könnten.«

Leider hatte er recht. Ich gehörte für gewöhnlich auch zu denen, die einen schönen Abend lieber woanders genossen als im stickigen Geschäft – normalerweise bei mir zu Hause. Aber das brauchte er nicht unbedingt zu wissen. »Typisch amerikanisch! Dass Sie hier einfach reinspazieren und denken, Sie könnten mich herumkommandieren.«

Er hob die Hände und lächelte. »Und das sagen ausgerechnet Sie? Ich glaube, von uns beiden sind eher Sie diejenige, die sagen will, wo es langgeht. Dass ich Amerikaner bin, hat damit nichts zu tun. Die Franzosen allerdings … Na, Sie wissen ja, was man gemeinhin über sie sagt …«

»Allerdings.« Nun musste ich auch schmunzeln. »Meinen Sie vielleicht: Was achtet der Franzose noch mehr als seine Geliebte? – Seine Eitelkeit …«

Er lachte lauthals auf. »Ja, aber das hat nichts mit Arroganz zu tun.«

Ich tat überrascht. »Arroganz? Sie werden keinen arroganten Franzosen treffen, solange Sie ihm nicht auf die Füße treten.«

»Ich verspreche, dass ich aufpasse. Gehen wir?«

Was wäre schon schlimm daran, mit ihm eine Runde an die frische Luft zu gehen? Es war tatsächlich stickig hier im Laden … Und ich wollte zu gern wissen, wer er war und warum er hier war, und dies wäre eine gute Gelegenheit, es herauszufinden.

»Also gut«, sagte ich. »Ich muss sowieso zu einem Flohmarkt. Sie dürfen mich begleiten, aber hüten Sie sich, irgendetwas zu kaufen, das ich haben will.«

Mit charmantem Lächeln erwiderte er: »Daran würde ich nicht einmal im Traum denken. Mir ist bewusst, dass Sie überall Freunde haben, die auf Sie aufpassen. Und wer weiß, wer diesmal hinter einem scheinbar unauffälligen Vorhang steht?«

Ich schnitt eine Grimasse. »Sie wussten, dass wir Sie gestern beobachtet haben!«

»Erst hinterher, als Sie und – Gustave, richtig? –, als Sie *plaudernd* wieder zurückkamen. Das Gespräch klang sehr gestellt …«

Ich schlug ihm leicht auf den Arm. »Sie sehen viel zu viel, Monsieur Black.«

Wir spazierten nebeneinanderher. Ich war von diesem Mann fasziniert, aber auch sehr wachsam. Was wollte er von mir? Es schien um mehr zu gehen als um bloße Freundschaft, und ich musste vorsichtig sein; nicht mehr so naiv wie mit Joshua.

»Mademoiselle Fremdenführerin … zu welchem Flohmarkt gehen wir?« Er schob die Hände in die Taschen seiner Jeans und wandte mir sein Gesicht zu, gerade als ein Sonnenstrahl durch das Blätterdach drang und sein blondes Haar wie ein Scheinwerfer beleuchtete.

»Wir gehen zum Marché Dauphine an der Rue des Rosiers. Ich werde dort einen Mann mit rosa Fliege und roter Nelke im Knopfloch treffen.«

Tristan zog die Brauen hoch. »Das klingt sehr nach Alice im Wunderland. Ich bin überrascht, dass Sie mich mitnehmen. Ich dachte, Sie würden die Quellen Ihrer Antiquitätenfunde geheim halten.«

Ich winkte einem Taxi; der Flohmarkt war in Saint-Ouen in der Banlieue und viel zu weit entfernt, um zu Fuß dorthin zu gehen. »Sie kennen nicht das geheime Codewort, und ohne das kommen Sie nicht weit.« Ich zwinkerte ihm zu und amüsierte mich ein wenig auf seine Kosten. Er könnte den ganzen Tag über den Flohmarkt laufen und keine der besonderen Antiquitäten zu sehen bekommen. Es war wie bei einer Schatzkarte: Wenn man den richtigen Weg nicht kannte, würde man das Gold nie finden.

Neben uns hielt ein Taxi.

»Vielleicht sollte ich Ihnen sicherheitshalber die Augen verbinden.« Ich wühlte in meiner Handtasche. »Allerdings habe ich gerade kein Tuch dabei – Sie haben Glück.«

Das Taxi brachte uns in die Rue des Rosiers, in der ein reges Treiben herrschte: Vor Ständen und Geschäften tummelten sich einkaufslustige Einheimische und Touristen, in den Bistros balancierten eifrige Kellner Tabletts voller

Weingläser, Gäste auf Korbstühlen beobachteten die Straße und unterhielten sich angeregt. Es war ein geschäftiges Viertel, und ich liebte es, in den Fluss der Menschen einzutauchen.

»Finden Sie hier viele wertvolle Antiquitäten?«, wollte er wissen und sah sich in der großen, arkadenartigen Halle um, in der über zwei Etagen entlang kopfsteingepflasterter Mittelgänge Hunderte von Trödelläden untergebracht waren.

»Manchmal. Normalerweise muss man jemanden kennen, der jemanden kennt ... Sie wissen schon.«

Er lachte. »O ja, ich weiß.«

»Aber es gibt jede Menge anbetungswürdiger Stücke, ob sie nun viel wert sind oder nicht. Schönheit im Überfluss.«

»Anbetungswürdig?« Er zog die Augenbrauen hoch.

»Anbetungswürdig«, bestätigte ich. »Hübsche kleine Funde, die keinen großen finanziellen Wert haben, dafür aber viel Herz und Seele. Teedosen, Bilderrahmen, alte Parfümflaschen ... Das Finden macht schon die halbe Freude aus, und die andere Hälfte erwächst aus der Vorstellung, woher die Sachen wohl stammen mögen.«

»Deshalb macht es Ihnen auch nichts aus, dass ich mitkomme. Die Chance, dass ich etwas finde, das *Sie* wollen, ist an so einem Ort denkbar gering. Und ich kenne auch niemanden, der jemanden kennt – zumindest glaube ich das nicht.«

Ich lächelte zuckersüß. »Genau.«

In der Halle durchzog ein ganz typischer Geruch die Luft: das wundervolle Aroma von Antiquitäten. »Lieben Sie diesen Geruch nicht auch?«, wollte ich wissen.

Er atmete übertrieben tief ein. »Mir würde allein dieser Duft zum Leben reichen.«

»Sehr witzig ... Und? Sehen Sie jemanden mit einer rosa Fliege?« Wir spazierten an den Geschäften und Ständen vorbei, hielten nach einem Verkäufer mit rosa Fliege Ausschau und inspizierten die ausgestellten Waren. Nicht ganz zusammenpassende alte Bettwäsche mit aufgestickten Initialen, Bestecke mit rissigen Elfenbeingriffen …

»Sehen Sie sich das mal an«, sagte Tristan und nahm eine Brosche aus einem Kasten voller Modeschmuck. »Ich glaube, das ist ein echter Opal.«

Es wäre sehr ungewöhnlich, dass ein Verkäufer den Wert eines Artikels nicht kannte. Es gab genug Experten, denen man Sachen zeigen und deren Meinung man einholen konnte. Der Opal jedoch lag mitten zwischen billigen falschen Perlenketten und Plastikohrringen.

Tristan betrachtete den glitzernden Stein genauer. »Er ist transparent, ohne Ablagerungen an den Seiten. Soweit ich das beurteilen kann, ist er echt. Und bei dieser Größe wäre er äußerst wertvoll.« Er reichte mir die Brosche.

»Sie haben recht, der sieht echt aus.« Synthetische Opale waren nur schwer zu erkennen, aber natürlich gab es ein paar Merkmale, von denen dieser Opal keines aufwies. »Ein Schnäppchen für einen Euro.« Ich deutete auf das Preisschild an der Kiste. »Ich wusste gar nicht, dass Sie auch ein Schmuckexperte sind.« Ich rieb über die glatte Oberfläche des Edelsteins. Die glitzernden Sedimente darin hatten das Blau von Tristans Augen. Solch ein Fund war wirklich außergewöhnlich, und er fühlte sich so kühl an, als hätte man ihn gerade der Tiefe der Erde entnommen.

»Ich interessiere mich für die verschiedensten Bereiche, da zahlt es sich aus, ein bisschen was zu wissen.«

»Hm«, meinte ich, nicht überzeugt. Der Satz klang wie auswendig gelernt. Aber vielleicht war er ein zweiter Dion, der die Finger tatsächlich überall drin hatte, um ausreichend Geld zu verdienen. Wie es aussah, schien Tristan damit allerdings mehr Erfolg zu haben.

Tristan teilte dem Verkäufer mit, dass ein echter Edel-stein in der Brosche war. Ich staunte, dass er so ehrlich war – ich hätte erwartet, dass er es verschweigt und sich das enorme Schnäppchen einverleibt. Es gab anscheinend also doch noch Wunder.

Der Verkäufer runzelte die Stirn. »Nicht möglich … Das werde ich überprüfen lassen.« Er nahm die Brosche an sich und studierte den Stein. »Unverkäufliches Exem-plar!«, verkündete er dann, und wir lachten.

»Da sieht man's mal«, sagte ich. »Vielleicht ist es hier doch ganz einfach, Schätze zu finden, wenn man sich nur auskennt.«

Wir spazierten weiter, stöberten zwischen Vinyl-Schall-platten, Kristallgläsern, Zuckerdosen mit Tiger-Deckeln, verblassten rosa Ballettschuhen. Allerdings wollte später noch eine wichtige Kundin zu mir kommen, also hatte ich nicht unbegrenzt Zeit. Sie war eine treue Freundin mei-nes kleinen Geschäfts und kam extra aus Toulouse ange-reist, um besondere Stücke für die Aussteuer ihrer Tochter zu finden. Da es eine »Aussteuer« heutzutage eigentlich nicht mehr gab, war es spannend, dennoch eine zusam-menzustellen. Sie suchte nach Tischtüchern, Bettwäsche und anderen Dingen, mit denen die Tochter ihr neues Zu-hause ausstatten könnte.

Plötzlich hörte ich ein schrilles Pfeifen und suchte nach der Quelle des gellenden Tons: Oben auf der Galerie stand ein Mann mit rosa Fliege und roter Nelke im Knopfloch der Jacke. Er bedeutete mir, in seinen Laden zu kommen.

»Da ist unser Mann!«, verkündete ich und eilte in Rich-tung der Treppe.

»Stöbern Pariser Händler tatsächlich auf diese Weise ihre Antiquitäten auf? Ich halte das für ein sehr ungewöhn-liches Geschäftsmodell …« Tristan erklomm die stähler-nen Stufen fast lautlos.

»Ach, das verstehen Sie nicht. Hier geht es um Stücke mit sentimentalem Wert. Dafür interessiert sich kaum jemand außer mir und einigen der Händler in diesen kleinen Trödelläden. Gerade deshalb macht es ja so viel Spaß.«

Der Mann begrüßte mich auf Französisch. Ich sagte, Rachelle habe mich geschickt, und er suchte unter seiner Theke nach meinem speziellen Fundstück. Endlich hatte er es gefunden und reichte es mir triumphierend an. Ich staunte nicht schlecht: eine Kelly Bag von Hermès aus den Fünfzigern. Dieses Modell war nach wie vor ungemein beliebt, vor allem das Original von damals.

»Wo haben Sie die her?«, erkundigte ich mich, während ich nach irgendwelchen Mängeln suchte. Das schwarze Leder war gut erhalten, der Verschluss und das kleine Vorhängeschloss funktionierten, nur das Metall war etwas angelaufen. Im Innenfutter hing noch der schwache Duft von Parfüm – irgendetwas Würziges, Orientalisches.

»Die habe ich von einem jungen Mann, der sie seiner zukünftigen Braut als Verlobungsgeschenk gekauft hatte. Er wollte ihr in Monaco einen Antrag machen.«

Ich runzelte die Stirn. »Aber …?«

Der Mann hob die Handflächen. »Sie hat ihn vorher verlassen. Doch«, er hob einen Finger, »schon am nächsten Tag traf er die Liebe seines Lebens, eine eher … praktisch veranlagte Frau. Also tauschte er die Tasche gegen einen Fernseher, und so landete sie schließlich bei mir.«

Ich unterdrückte ein Lachen. »Er hat sie gegen einen Fernseher getauscht?«

Der Verkäufer nickte. »Einen Plasmafernseher, gebraucht, aber in gutem Zustand.«

Männer und Technik! Ich wollte nicht, dass Tristan mitbekam, wie ich meine Kaufverhandlungen führte, und gerade als ich ihn bitten wollte, uns kurz allein zu lassen, sagte er: »Ich gehe wieder nach unten.« Er zog sein Handy aus der Tasche. »Ich muss noch auf einen Anruf antworten.«

»Wunderbar«, sagte ich. Nachdem er gegangen war, begann ich mit dem Feilschen. »Also, wie viel wollen Sie dafür haben?«

Der Rosa-Fliege-Mann verschränkte die Arme und sah nach oben, als hätte er nicht schon längst eine Zahl im Kopf. »Die ist wirklich selten und in einwandfreiem Zustand ...«

»Ich glaube, der Griff wurde ersetzt.« Ich deutete auf die lederne Henkelschlaufe, die auffällig dunkler war als der Rest der Tasche. Wenn überhaupt, dann hätte sie durch den Gebrauch heller sein müssen. »Und im Futter sind Lippenstiftspuren und auch ein wenig Nagellack. Ich müsste sie professionell reinigen lassen.«

Er erwiderte: »Es passiert nicht oft, dass bei einem Fünfziger-Jahre-Modell das Schloss mit dem Schlüssel noch funktioniert.«

»Ich gebe Ihnen einhundert.«

Er öffnete entrüstet den Mund und gab sich beleidigt. »Dreihundert!« Ich zuckte mit den Schultern, als wäre mir komplett egal, was mit der Tasche geschah. Wir spielten uns gegenseitig etwas vor, und wir beide wussten es.

»Zweihundert, mein letztes Angebot.« Ich studierte eingehend meine Fingernägel.

Nach einigem Brummen und Stöhnen, dass er sicher bald bankrott sei, sagte er: »Abgemacht.«

Wir gaben uns die Hand, und ich reichte ihm das Geld. Es war ein guter Deal, und ich würde die Tasche nach entsprechender Reinigung binnen weniger Stunden verkaufen. Ich dankte ihm noch einmal, winkte zum Abschied und stöckelte in meinen Highheels die Treppe hinunter.

Tristan stand in der Nähe des Ausgangs und war in sein Telefonat vertieft, so dass er mich nicht kommen hörte. Ich schnappte ein paar Gesprächsfetzen auf, aber er redete leise und schnell, als würde er Anweisungen geben. »Das ist jetzt zu spät. Du hast gesagt, es wäre der einzige Weg, um …«

Ich tippte ihm auf die Schulter. Ich meinte zu sehen, dass er erblasste, bevor er abrupt das Gespräch beendete.

»Gibt es Probleme?« Ich deutete auf sein Handy.

»Nein.« Er blinzelte zwei Mal. »Tut mir leid. Ein Anruf aus Amerika wegen ein paar … Investitionen.«

»Aha.«

»Sollen wir weitergehen?«

Wer auch immer angerufen hatte, er hatte die Stimmung ruiniert. Tristan schritt mit trüber Miene voran, und mir blieb nichts anderes übrig, als ihm mit großen Schritten zu folgen.

»Also, ich muss jetzt ins Geschäft zurück«, sagte ich nach einem Blick auf die Uhr, dankbar, dass ich einen guten Grund hatte, das Ganze zu beenden.

Nun schien er sich etwas zu entspannen und lächelte. »Entschuldigung, nach dem Gespräch war ich Millionen Meilen entfernt. Können Sie nicht noch bleiben?«

»Nein, tut mir leid, ich erwarte noch eine Kundin. Aber vielleicht ein anderes Mal. Finden Sie allein dahin zurück, wo Sie hinwollen?«

»Das werde ich schon schaffen.« Er trat einen Schritt vor und gab mir völlig überraschend einen festen Kuss auf die Wange. Unter Freunden und Bekannten war es üblich, sich Küsschen auf die Wangen zu geben, aber dieser eine Kuss verursachte mir ein beunruhigendes Kribbeln. Ich murmelte eine Art Verabschiedung, drehte mich um und hoffte, ich würde mit meinen hohen Schuhen nicht umknicken. Kurz darauf wurde mir klar, dass ich meine Chance nicht im Mindesten genutzt hatte. Was hatte ich über ihn herausgefunden? Nun gut: dass er einen echten Opal erkennen konnte. Ansonsten jedoch nichts, weil ich viel zu abgelenkt gewesen war, um ihn auszufragen.

Kapitel 8

*D*er Bildschirm verschwamm vor meinen Augen. Ich saß seit vier Uhr morgens davor, weil ich nicht mehr hatte schlafen können, und scrollte durch diverse Online-Auktionsseiten. Wenn man lange genug suchte, wurde man mit einigen hübschen Schätzen belohnt – Antiquitäten, die nur aufgefrischt werden mussten, oder einzigartigen Stücken, für die mir spontan Käufer einfielen. Leute, die online verkauften, wollten ihren »Plunder« meist schnell loswerden. Über die letzten Jahre hatte ich bei Online-Auktionen unzählige schöne Sachen ergattert, aber es dauerte eben seine Zeit, all die Seiten zu durchforsten.

Ich stand auf, um mir Kaffee nachzuschenken, als plötzlich die Wohnungstür aufgestoßen wurde und Lilou hereinplatzte. »*Ma chérie!*« Sie ließ ihre Taschen fallen, stürmte auf mich zu und umarmte mich überschwänglich. »Wie schön, dich wiederzusehen!«

In ihre lockige Haarpracht gedrückt, bekam ich fast keine Luft mehr und befreite mich lachend. »Gleichfalls!«

Hinter ihr stand ein zerzauster Fremder, und ich beeilte mich, meinen Morgenmantel enger zu ziehen.

»Das ist Henry!«

Ich nickte höflich. »*Bonjour.*« Offenbar hatte Claude seinen Glanz verloren.

Sie drückte Henry einen Kuss auf die Wange. »Nur nicht so schüchtern! Fühl dich wie zu Hause.«

Henry gähnte und streckte sich. Das Haar stand ihm in

wilden Strähnen vom Kopf ab, und seine Kleidung war zerknittert. Ob sie wohl unter freiem Himmel geschlafen hatten, weil ihnen das Geld ausgegangen war?

»Lilou … schön, deinen neuen Freund kennenzulernen …« Ich lachte nervös, als er sich mit seinen dreckigen Schuhen auf meine Louis-XVI-Chaiselongue warf. »Also, dieses Sofa … dieser abgewetzte rosa Samtbezug, das ist eigentlich …« Hilfesuchend sah ich zu Lilou. »Vielleicht kannst du mit Henry unten ins Bistro gehen, bis er dann weitermuss, wohin er eben weitermuss …« Ich hüstelte leise in meine Hand, während ich beobachtete, wie er sich weiterhin genüsslich räkelte, als würde er hier einziehen wollen.

Meine Schwester grinste und warf ihre lange Mähne über die Schulter. »Er muss nirgendwohin.« Sie sahen einander an, und ich erkannte den verklärten Blick frischverliebter Turteltäubchen. »Er ist ein Couchsurfer.«

Ich sah sie verständnislos an. »Ein was?« Vor meinem geistigen Auge erschien das Bild, wie er auf meine Chaiselongue kletterte, die Arme ausbreitete und eine imaginäre Welle ritt. Ich erschauerte.

»Ein Couchsurfer, Anouk«, wiederholte sie und schnalzte ob meiner Unwissenheit tadelnd mit der Zunge. »Jemand, der von Couch zu Couch zieht, um die Welt zu sehen. So kann man ohne Stress reisen, auch wenn man fast kein Geld hat. Ich habe Henry gesagt, dass er hierbleiben kann. Das war das Mindeste, was ich ihm anbieten konnte, nachdem ich mit ihm durch die Normandie gesurft bin. Keine Sorge, wir werden die Liege mit einem Bettlaken beziehen. Du wirst gar nicht merken, dass er da ist.«

Ich hob die Hände vors Gesicht. Lilou platzte immer mitten in mein Leben, und nun auch ihre Freunde. Mit meiner Ruhe war es nun vorbei, mit meinem Seelenfrieden ebenfalls. »Lilou, das ist mir zu viel.«

Sie verdrehte die Augen. »Sei nicht so ein Spielverderber! Henry hat mir das Leben gerettet!«

Ich musterte den jungen Mann mit seinem hintergründigen Lächeln und der leicht verwahrlosten Erscheinung. Was dachte sie sich nur dabei, irgendeinen Herumtreiber in meine Wohnung aufzunehmen? Er könnte ein Serienkiller sein, ein Dieb oder noch Schlimmeres.

»Und wie ist ihm das gelungen?«, fragte ich nach.

»Erinnerst du dich noch an Claude?«

»Der hat sich ja nicht lange gehalten.« Claude, der Freund, der Rainier ersetzt hatte. Und der abserviert worden war, nachdem er für meine flatterhafte Schwester wohl seinen Reiz verloren hatte.

Sie holte dramatisch tief Luft. »Wir haben uns gestritten, weil er wollte, dass ich zu seinen Eltern mitkomme, und ich nein gesagt habe, weil … Also wirklich, das war mir nach nur ein paar Wochen viel zu ernst, und ich will mich ja auf meine Karriere als Schmuckdesignerin konzentrieren.« Sie sprach sehr schnell, und ich musste mich konzentrieren, um ihr zu folgen. »Und dann ging mir das Geld aus … Aber da traf ich zum Glück Henry, der mir zeigte, wie man praktisch ohne Geld herumreisen kann. Das ist unglaublich! Warum sind Weltreisen sonst nur Leuten mit viel Geld vorbehalten? Auf diese Weise können wir alle als Pilger unterwegs sein.«

Ich brauchte ein paar Sekunden, um ihre Erklärung zu verdauen. »Pilger?« Ich stellte mir vor, wie Lilou in den Häusern fremder Menschen übernachtete, und bekam es mit der Angst. Vielleicht wäre es doch erheblich besser, sie würde bei mir wohnen, damit ich auf sie aufpassen könnte. Sie war noch so jung und naiv!

»Ja, Pilger. Wir alle. Henry bleibt also hier, und ich mache Schmuck, und wenn wir verreisen wollen, dann gehen wir einfach couchsurfen.«

»Das ist eine hübsche Idee«, meinte ich bedächtig und merkte, dass ich wie unsere strenge Mutter klang. »Aber ...« Henry hatte mittlerweile die Schuhe ausgezogen und ein Häuflein Sand auf der Liege hinterlassen. »Aber ich arbeite oft auch zu Hause, und auch nachts, und da ist es ganz wichtig, dass ich Ruhe habe, vor allem, wenn ich mit Kunden telefoniere ...« Henry stieß ein so lautes Gähnen aus, dass er damit auch Tote hätte wecken können. »Als du mir vor ein paar Wochen, bevor du zu diesem Musikfestival abgedüst bist, sagtest, du würdest bei mir einziehen, dachte ich, du meinst nur *dich*. Couchsurfen mag ja eine tolle Theorie sein, aber meine Wohnung ist für so viele ... Leute einfach nicht groß genug.« An die Vorstellung, dass meine Schwester bei mir wohnte, hatte ich mich ja mittlerweile gewöhnt, aber noch jemand anderes? Noch dazu ein Couchsurfer?

Doch sie grinste einfach nur über beide Ohren und sagte: »Du wirst dich schon daran gewöhnen, Anouk. Tagsüber bin ich sowieso bei Madame – sie hat mir den Raum über ihrem Laden als Werkstatt angeboten –, und Henry geht auf Arbeitssuche, also wirst du uns kaum sehen.«

»Lilou, ich meinte ...«

Sie sah mich eindringlich an. »Anouk, komm schon, lass es uns ein paar Wochen ausprobieren, und wenn es nicht funktioniert, dann geht er wieder. Ich dachte tatsächlich, du freust dich, dass ich jetzt all meine Energie in meine Arbeit stecke ...«

Es war fast so etwas wie emotionale Erpressung, und das wusste sie auch. »Gut, ich gebe euch eine Woche. Aber wenn irgendwas kaputtgeht«, ich warf einen bedeutsamen Blick zur Chaiselongue, »gibt es Ärger.«

»Super!« Sie strahlte.

»Und ruf Papa an.«

»Papa? Warum?«

»Sei ehrlich, was deine Ausbildung betrifft. Sag ihm, dass du abgebrochen hast. Er bezahlt dafür, Lilou.«

Sie rang nach einer Erwiderung. »Aber dann wird er irgendetwas Blödsinniges tun ... meinen Unterhalt streichen oder ... Oder er kommt her und verlangt, dass ich wieder nach Hause zurückkehre, und das kann ich nicht. Da unten ersticke ich!«

Ich neigte den Kopf zur Seite. Diese Diskussion hatten wir schon etliche Male geführt, und ich war sie leid. »Du weißt, dass er es gut meint – er will für dich doch nur das Beste. Eine Richtung für dein Leben. Diese Schmuckgeschichte ist eine tolle Idee, aber nur, wenn du auch dabei bleibst. Letzten Monat wolltest du auf alt getrimmte Postkarten entwerfen, davor waren es Traumfänger. Du neigst dazu, dich zu schnell zu sehr zu begeistern, Lilou. Und dann verpufft diese Begeisterung auch ganz schnell wieder.«

»Du hast keine Ahnung! Den Schmuck mache ich schon seit vielen Monaten!« Angriffslustig stemmte sie die Hände in die Hüften. »Vielleicht denkst du mal über deine eigene Vergangenheit nach. Bei dir lief auch nicht immer alles nach Plan, wenn du dich erinnerst ...«

Ich kniff mir in die Nasenwurzel, als ich spürte, dass sich Kopfschmerzen ankündigten. Mein Leben verlief sehr wohl nach Plan. Abgesehen von meinem frisch erlittenen Liebes-Desaster hatte ich alles im Griff. Meine Zukunft hatte ich so sorgfältig ausgearbeitet wie ein Autor seinen nächsten Roman und hakte dafür einen Schritt nach dem anderen ab.

Ich war schon immer sehr organisiert gewesen. Von frühester Jugend an hatte ich einen klaren Plan für mein Leben gehabt und hart daran gearbeitet, ihn umzusetzen. Manchmal wünschte ich, ich wäre entspannter und nicht so von Arbeitseifer getrieben, aber das war nun einmal meine Natur. Es war anstrengend, der flatterhaften Lilou eine verantwortungsbewusste ältere Schwester zu sein, aber ich bewunderte sie auch für ihren Schneid und ihre Unbekümmertheit. Doch das würde ich ihr niemals sagen, sonst würde sie ihren unsteten Lebenswandel noch mehr übertreiben.

»Ich glaube, da irrst du dich, Lilou.«

»Weißt du noch, als Marguerite dir die Zöpfe abge-schnitten hat? Wer war für dich da, als du dachtest, jetzt geht die Welt unter?«

Ich sah sie mit großen Augen an. »Damals war ich acht! Und es kann gar nicht sein, dass du dich daran erinnerst, weil du zu dieser Zeit noch ein Baby warst!«

Sie schnalzte mit der Zunge. »Gut, aber was ist mit dem Mal, als du dachtest, du wärst von diesem Surfer-Typen aus Australien schwanger, und ich habe dich die ganze Nacht getröstet, bis wir am nächsten Tag einen Schwangerschafts-test kaufen konnten? Na? Wie schnell man doch vergisst.«

Ich hätte fast losgeprustet und hielt mir schnell eine Hand vor den Mund. »Das warst *du* damals, die Angst hat-te, schwanger zu sein, und er war kein Australier, sondern aus Neuseeland und die große Liebe deines noch so jungen Lebens! Eine von vielen, wie ich behaupten möchte.« Der arme Henry sah bei der Erwähnung weiterer Männer ein wenig bedröppelt drein.

Lilou kniff die Augen zusammen und schien angestrengt nachzudenken. »Jedenfalls«, sagte sie dann und zeigte mit dem Finger auf mich, »bin ich immer für dich da gewesen. Und es wäre nett, wenn du das mal erwidern könntest.«

Offenbar würde ich meine Schwester durch nichts dazu bekommen, ihre Fehler einzugestehen. »Du hast Nerven, Lilou. Wenn ich von der Arbeit komme, und hier ist auch nur eine Sache beschädigt oder verschwunden, seid ihr so-fort draußen, egal, wie zuckersüß du daherredest. Und«, ich machte eine dramatische Pause, »ich werde Papa anrufen und ihm alles erzählen.«

Lilou sah mich erschrocken an und schüttelte den Kopf. »Das würdest du nicht tun!«

»Doch, würde ich.« Ich straffte die Schultern und machte ein strenges Große-Schwester-Gesicht. Natürlich würde ich sie nie verpetzen, aber das brauchte sie nicht zu wissen. »Und legt sofort ein Bettlaken auf die Chaiselongue, wenn ihr euch den ganzen Tag darauf herumfläzen und fernsehen wollt.« Gleichfalls strenger Blick zu Henry. »Macht euch das kleine Zimmer zurecht, wo ihr schon mal dabei seid. Darin könnt ihr dann beide schlafen. Den Rest besprechen wir, sobald ich heute Abend nach Hause komme, einschließlich der Sache mit Papa und der Ausbildung, die er finanziert.«

»*Merci*, Anouk.«

Wir küssten uns auf die Wangen, und ich ging ins Bad in dem Wissen, dass, sobald ich die Wohnungstür hinter mir geschlossen hätte, sie laute Musik aufdrehen würden und meine Wohnung kein ruhiger Zufluchtsort mehr wäre. Mit dem Lärm könnte ich für eine oder zwei Wochen umgehen, aber das Schwierigste wäre, Lilou zum Nachdenken über ihre Zukunft zu bewegen.

· • ·

Als ich nach dem Frühstück mit Madame Dupont zu meinem Laden kam, lehnte Tristan neben der Eingangstür. Mein Herz machte einen Satz. Es lag nicht nur daran, dass sein durchtrainierter Körper unter der Kleidung gut zu erkennen war, es lag auch an seiner besonderen Haltung – als wäre er bereit, in die Offensive zu gehen. Er hatte etwas an sich, das mich aus der Fassung brachte.

»Ein so baldiges Wiedersehen?«, kommentierte ich.

»Wissen Sie … Ich hatte eine interessante Nacht. Da ist ein Gemälde, an dem ich interessiert bin, und es geht das Gerücht, es wäre in Paris zu finden. Aber meinen Sie, ich könnte es aufspüren?« Er lächelte und fuhr sich mit der Hand durchs Haar, ehe er fortfuhr: »Wenn ich mich danach erkundige, scheinen alle Spuren zu Ihnen zu führen, aber wenn ich genauer nachfrage, sagt mir keiner auch nur irgendetwas. Wie es aussieht, haben Sie hier in Paris einen Haufen toller Freunde. So viel Glück sollte jeder haben. Und ich weiß, wenn Sie dieses Gemälde besitzen, dann sollte ich meine Pläne, es zu erwerben, zu meiner eigenen Sicherheit auf sich beruhen lassen.« Er grinste, weil er es offenbar lustig fand, mich an meine Wut zu erinnern, als ich dachte, er wolle mir das Cello wegnehmen.

Ich hingegen war alles andere als amüsiert, dass er nach dem Gemälde fragte, weil ich genau wusste, welches er meinte – nämlich jenes, das Joshua mir gestohlen hatte. Als ich es kaufte, war es nicht besonders viel wert gewesen, aber ich hatte es für eine gute Investition gehalten, und als der Maler starb, stieg der Wert tatsächlich um ein Vielfaches. Es war eines der größten Porträts, die er gemalt hatte, ganz in Rot gehalten und damit ganz anders als sein sonstiges Œuvre. Niemand hatte es je wieder zu Gesicht bekommen, und all meine Erkundigungen waren vergeblich gewesen.

Mit wem auch immer Tristan gesprochen hatte, all meine Kollegen und Kontakte hatten mein Geheimnis bewahrt, und dafür war ich ihnen äußerst dankbar, ja fast schon gerührt, dass sie mit meiner persönlichen Katastrophe aus Rücksicht nicht hausieren gingen. Trotzdem war es bedenklich, dass Tristan überhaupt von dem Gemälde wusste. Je schneller er es vergaß, desto besser, aber ich spürte, dass er sich mit einer vagen Antwort nicht zufriedengeben würde. Wie konnte ich ihm erklären, dass Jo-

shua es mir gestohlen hatte, ohne wie ein Volltrottel da-
zustehen? Es hatte mich Jahre gekostet, mir einen Ruf als
zuverlässige Antiquitätenhändlerin hochwertiger Ware zu
erarbeiten – je weniger Leute von meiner mangelnden Professionalität erfuhren, desto besser. Und einem Fremden
wollte ich meine Dummheit ganz gewiss nicht offenbaren.

»Und?«, fragte er und sah mich durchdringend an.

»Und – was?« Ich verschränkte die Arme vor der Brust.
»Warum schweigen die sich über Sie aus?«

Nun, das konnte ich in vager Form beantworten. »Gehen wir ein Stück«, erwiderte ich.

Wir überquerten den Pont d'Iéna und kamen an die Jar-
dins du Trocadéro, in deren Mitte Fontänen wie Champagner in die Luft sprühten. »Der Kreis der Pariser Antiquitätenhändler hält zusammen, wir passen aufeinander auf,
das ist alles«, sagte ich und hoffte, damit würde er verstehen, in welche Art von Gemeinschaft er einzudringen versuchte. Trotz der erheblichen Konkurrenz untereinander
würden wir niemals private Dinge ausplaudern, und dafür
hätte ich sie alle umarmen mögen. Dabei war ich gar nicht
der Typ für Umarmungen.

Er neigte den Kopf zur Seite und sah mich an. »Können
Neulinge denn jemals in den inneren Zirkel gelangen?«

»Wir sind bisweilen … etwas misstrauisch gegenüber
Fremden. In Frankreich sind wir nun einmal darauf bedacht, unser Erbe zu bewahren. Als ich nach Paris kam,
habe selbst ich Ewigkeiten gebraucht, um meinen Platz
zu finden. Sie könnten im Moment eher noch als der Typ
Eintagsfliege wahrgenommen werden.«

»Wirke ich so auf Sie?« Er schien von meinen Worten
getroffen.

»Ein wenig«, antwortete ich aufrichtig. »Typen wie Sie
haben wir nun mal zu oft erlebt.« Wenn er tatsächlich Teil
der französischen Antiquitätenwelt werden wollte, der

Zugang zu ausgewählten Auktionen und Informationen hätte, würde es Jahre dauern, das notwendige Vertrauen aufzubauen. Zur Gala hatte er allerdings eine Einladung ergattert, also musste er bereits über gute Kontakte verfügen. »Das ist nichts Persönliches. Es ist nur die Art und Weise, wie es hier läuft – Tradition. So etwas wie ein Test, für den man Jahre braucht, um ihn zu absolvieren.«

Er schwieg, also fuhr ich fort: »Wie in jedem Gewerbe kann das Geschäft schnell aus dem Gleichgewicht geraten – durch eine Person oder Gruppe, die nicht so aufrichtig ist, wie es zunächst den Anschein hatte.« Tristan schien mir verständig genug einzusehen, dass es in solchen Situationen Regeln gab, die für jeden ein wenig anders aussehen mussten. »Also ist es nur nachvollziehbar, dass man Sie erst einmal verdächtigt, Sie könnten auch so sein. Das Gemälde, nach dem Sie fragten … ist verschwunden. Keiner weiß, wohin, aber es ist schon verdächtig, dass Sie überhaupt danach fragen … weil es mit einem gewissen Drama behaftet ist.«

»Was für einem Drama?«

Ich schluckte schwer. Warum konnte er meinen Wink mit dem Zaunpfahl nicht verstehen und die Sache auf sich beruhen lassen? »Das ist eine lange Geschichte, die man besser vergisst.«

Wir gingen eine Weile schweigend weiter. Dann nutzte ich endlich die Gelegenheit und fragte: »Warum waren Sie damals bei André?« Wenn er sich wirklich auf ernsthafte Weise hier einführen wollte, war es ein schlechter Schachzug gewesen, mir am Anfang überallhin zu folgen. Verfolgte er auch andere? Wir Antiquitätenhändler merken es sehr wohl, wenn jemand versucht, unsere Kunden und unser Netzwerk auszuspionieren.

Er besaß den Anstand zu erröten. »Wegen der Schriftrolle. Ich hatte von einem Freund davon gehört, der Andrés

Großvater kannte. Aber als ich an die Tür kam, leugnete er, sie überhaupt zu besitzen, und mir wurde klar, dass Sie bereits eine Abmachung mit ihm getroffen hatten. Die Wut in Ihren Augen, als Sie mich sahen, war ein deutlicher Hinweis.« Er lachte. »Und ich verstehe, warum Sie sauer waren. Nachdem ich bei der Auktion diesen zwielichtigen Typen erlebt habe, kann ich mir gut vorstellen, dass er Ihnen eine Reihe von Sachen weggeschnappt hat. Aber so bin ich nicht, Anouk. Darauf gebe ich Ihnen mein Wort.«

Allerdings wusste ich, dass Worte manchmal eben auch nur Worte waren. Ich brauchte mehr als ein leeres Versprechen, um Tristan zu trauen. Vorsicht gehörte zu meiner Natur, und das eine Mal, wo ich sie außer Acht gelassen hatte, hatte ich es allzu bald bereut.

»Sehen Sie«, sagte ich und deutete auf das Palais de Chaillot mit seiner breiten Aussichtsplattform, »von dort aus hat man einen der besten Blicke auf den Eiffelturm.«

Er sah in die angezeigte Richtung, doch ich merkte, dass er das Gebäude nicht wahrnahm, sondern ganz in seine Gedanken versunken war. Leider wurde ich den Verdacht nicht los, dass Tristan nur eine Kopie von Joshua war, mit ebensolchem Ehrgeiz, hier akzeptiert zu werden. Wäre ich nicht so misstrauisch gewesen, hätte ich den Spaziergang sicher mehr genießen können. Tristan war charmant und liebenswürdig, mit so wunderbar blauen Augen, dass man sich darin verlieren konnte. Doch ich lief verkrampft neben ihm her und erklärte wie eine Stadtführerin die Aussicht.

»Das Palais de Chaillot beherbergt verschiedene Museen und ein Theater, und das hier ist der Warschauer Brunnen …« Ich brach ab. Selbst in meinen Ohren klang das alles gezwungen, und mir wurde klar, dass ich nur das Thema wechseln wollte, weil ich bereits zu viel verraten hatte.

»Verzeihung«, sagte er und sah mich freundlich an, als hätte er unser vorheriges Gespräch erst einmal abgehakt. »Ich hatte nicht vorgehabt, mich und meine Bemühungen auf dem Antiquitätenmarkt so sehr in den Mittelpunkt zu rücken. Eigentlich wollte ich mehr über Sie erfahren, und wenn das seine Zeit braucht, finde ich mich gern damit ab.«

Meinte er das in irgendeiner Weise romantisch? Bei dem Gedanken klopfte mein Herz ein wenig schneller. »Ich bin gerade sehr beschäftigt, Tristan, mit meiner Arbeit und …« Krampfhaft suchte ich nach mehr Worten. »… Familie … und dem Leben an sich, also …«

Er legte den Kopf in den Nacken und lachte auf. »Keine Zeit also für Freundschaften?«

Ich fühlte mich überrumpelt und wünschte, ich wüsste, was genau er eigentlich von mir wollte. »Nein, keine Zeit für andere Dinge.«

»Aber Sie müssen doch irgendwann essen, oder etwa nicht?«

»Ich esse zu Hause.« Hör auf zu reden, Anouk! Ich klang wie eine langweilige Einsiedlerin. »Meistens ziemlich spät … vor dem Computer, während ich noch arbeite …«

Ich esse zu Hause. Ich rede mit meinem Suppenteller. Ich belüge mich selbst über die Liebe.

Bei der Erkenntnis, dass mein Herz ein Verräter war, wäre ich am liebsten davongelaufen. Meine sorgsam errichtete Festung geriet ins Wanken, und genau das passierte nun einmal, wenn man sich nicht ausreichend schützte. Jedenfalls war es mir bei Joshua passiert, weil ich an Liebe auf den ersten Blick glaubte – was sich am Ende als der größte Fehler erwies, den ich je begangen hatte. Ach, könnte man einen Mann doch nur beim Wort nehmen, ohne seine Handlungen hinterfragen zu müssen! Aber ich wusste, dass das nicht funktionierte. Schöne Augen hin oder her – bei Tristan schrillten meine inneren Alarmglocken. Er war Joshua einfach zu ähnlich; ganz so, als wollte das Universum testen, ob ich etwas dazugelernt hatte.

Trotzdem hätte ich einen kurzen Moment lang liebend gern gesagt: Ja, lassen Sie uns treffen, lassen Sie uns essen gehen, denn warum sollte ich nicht einmal spontan reagieren dürfen? Doch der Gedanke an meine Arbeit, das ganze Geld und all die Mühe, die ich hineingesteckt hatte, ließen mich zögern. Tristan wollte dieses Gemälde für sich – und mich vielleicht nur kennenlernen, um an Informationen zu kommen.

»Wunderbar«, sagte er. »Ich bin auch eine Nachteule. Und zu Hause zu kochen ist sowieso das Allerbeste. Ich bringe Wein mit.« Er gab mir einen Kuss auf die Wange und schlenderte davon, ohne dass ich in irgendeiner Weise hätte protestieren können.

Ich stand da, klappte den Mund wie ein Fisch ohne Wasser auf und zu, und rang um Fassung. Warum zog es mich immer zu so undurchschaubaren Männern? Ich presste die Lippen aufeinander. Wer sagte denn, dass ich mich von ihm angezogen fühlte? Wie benommen verließ ich den Garten und spürte, dass es keinen Sinn hatte, mir etwas vorzumachen. Tristan faszinierte mich … seine Energie … sein eindringlicher Blick … Und wenn ich ehrlich war, wollte zumindest ein Teil von mir diesen Gefühlen nachgeben. Doch leider durfte das nie geschehen.

Kapitel 9

Wie verschüttete Tinte breitete sich die Nacht über den Himmel aus, mit einem Mond wie ein leuchtend gelber Farbklecks. Ich hatte das Ladenschild schon auf *Geschlossen* gedreht, damit ich in Ruhe mit meinem letzten Kunden plaudern konnte. Gilles, ein älterer Witwer, wohnte in der Rue de l'Odéon im 6. Arrondissement, in der Sylvia Beach einst ihre berühmte Buchhandlung *Shakespeare & Co.* eröffnet hatte, von der aus sie 1922 die erste englische Ausgabe von James Joyce' *Ulysses* publizierte. Gilles erzählte mir immer nette Begebenheiten aus seiner Straße, die stets voller umherspazierender Touristen war, auf der Suche nach dem Geist der Berühmtheiten von damals. Ich selbst war auch schon häufig dort gewesen und hatte das literarische Flair genossen.

Gilles kam einmal pro Woche zu mir. An den anderen Abenden ging er mit seinem kleinen Hund Casper auf den Pariser Boulevards spazieren. Obwohl er mich seit Jahren besuchte, hatte er noch nie etwas gekauft und würde es wohl auch nie tun. Ihn interessierten nicht Antiquitäten, sondern Menschen und die Möglichkeit, eine Weile seiner Einsamkeit zu entkommen. Obwohl ich normalerweise darauf bestand, dass jeder neue Kunde von einem Bekanntem, vorgestellt werden müssten, hatte mich sein verlorener Blick bei unserer ersten Begegnung bewogen, für ihn eine Ausnahme zu machen.

Als er in jenem Sommer vor vielen Jahren in mein Geschäft stolperte, war sein Schmerz so offensichtlich gewesen, dass er ihn wie einen Schatten hinter sich herzog. Heute waren seine Besuche eher fröhlicher Natur. Ich kochte Tee, wir unterhielten uns ausgiebig, und manchmal taten wir so, als würde er ein Schmuckstück oder eine Spieldose suchen, die seiner Frau gefallen hätte.

Unser heutiges Gespräch wurde beendet, als Casper an seiner Leine zog, um anzuzeigen, dass er für den Heimweg und sein Abendessen bereit war. Gilles trank seinen Tee aus und griff nach seinem Stock.

»Tut mir sehr leid, Anouk. Diese Spieldose ist *très charmante*, aber nicht das, wonach ich gesucht habe.«

Die Spieldose gehörte zu den besten, die ich je gefunden hatte, war in hervorragendem Zustand und spielte »Au clair de la lune« mit so klarem Klang, dass ich hoffte, sie eines Tages an ein Mädchen vermitteln zu können, das der Melodie mit verzücktem Gesicht und freudig klopfendem Herzen lauschte. »Ich verstehe.« Lächelnd tätschelte ich seine Hand. »Solche Sachen darf man nicht überstürzen. Vielleicht habe ich nächste Woche eine andere.«

»Ich werde nächste Woche wiederkommen«, sagte er, so wie er es immer tat.

»Darauf freue ich mich.« Ich trat hinter der Theke hervor, kraulte Caspers haariges Kinn und nahm Gilles in die Arme. Unter seiner Jacke fühlte er sich bis auf die Knochen abgemagert an, so dass ich mir zwischen seinen Besuchen hin und wieder Sorgen um ihn machte.

»*Au revoir.*«

Ich winkte und sah den beiden nach, wie sie allmählich von der Dunkelheit verschluckt wurden. Die Vorstellung, dass Gilles gleich mutterseelenallein in seiner kleinen Wohnung zu Abend essen würde, machte mir das Herz schwer. Immerhin hatte er Casper. Gilles' Frau war vor fünfzehn Jahren gestorben, und er konnte immer noch nicht fassen, dass sie nicht mehr da war. Wenn er von ihr sprach, hörte es sich an, als wäre sie nur kurz einmal weggegangen und würde jeden Moment zurückkehren. Ihr Tod hatte eine große Lücke in sein Leben gerissen, die nicht mehr gefüllt werden konnte, also spazierte er den ganzen Tag herum und redete mit seinem flauschigen weißen Hund, bis es wieder Zeit war heimzukehren. Die Trauer stand ihm zwar nicht mehr ins Gesicht geschrieben, doch sie schwang in allem mit. Mich berührte das sehr.

Ich fragte mich, wie es wohl wäre, einen Menschen so sehr zu lieben, dass ohne ihn die Welt blass und farblos würde und die Sehnsucht kein Ziel mehr hätte. Zumindest hatten Gilles und seine Frau für geraume Zeit die große, einmalige Liebe erfahren, die so schwer zu finden ist.

Ich räumte das Teegeschirr weg und überließ den Laden der Dunkelheit – abgesehen von einer kleinen mattgelben Lampe, die in einer Ecke brannte. Draußen war es auf fast unheimliche Weise still. Es herrschte dieser kurze, nur schwer abzupassende Moment, in dem die Stadt innezuhalten und einmal tief einzuatmen schien, bevor der Trubel der Nacht losbrach. Das Essen, Tanzen und Lachen. Eine kurze Atempause des Tages, in der ich über das Leben im Allgemeinen und meines im Besonderen nachdenken konnte.

In der Rue de Babylone blieb ich kurz stehen, um an den ausgestellten Blumen eines Ladens zu schnuppern. Es waren wunderhübsche Blüten, blassrosa und zart wie Seidenpapier. Pfingstrosen, eine der schönsten Blumen, die ich kannte. Ihre Blütenblätter neigten sich nach innen, um das Herz der Blüte zu schützen.

Die Blumenhändlerin machte gerade Feierabend und nickte mir freundlich zu. Lächelnd schüttelte ich den Kopf. Sosehr ich diese Blumen auch liebte, kaufte ich doch immer in Rachelles Laden in der Nähe der Notre-Dame und hätte ein schlechtes Gewissen, wenn ich mein Geld woanders ausgäbe.

Ich ging ein paar Straßen weiter und erreichte die Église Saint-Sulpice mit der beeindruckenden Säulenfassade und dem Brunnen auf dem Platz vor ihrem Eingang.

Eine Ecke weiter war die kleine *Boulangerie*, in der ich immer meine Baguettes und diverse kleine Köstlichkeiten kaufte. Heute war mir nach einer würzigen Dreikäsequiche zumute. Trostessen *à la française*.

Ich ging zur Theke und bemühte mich, beim Bestellen nicht auf die verlockenden, zuckerglänzenden, gerollten Schweinsohren zu achten, die ich gern zu einer Tasse schwarzem Kaffee trank. Aber so spät am Abend wären Koffein und Zucker keine gute Grundlage für erholsamen Schlaf, also verzichtete ich.

Mit der Quiche in der Hand machte ich mich auf den Weg zu meiner Wohnung und war überrascht, den Balkon und alle Fenster im Dunkeln liegen zu sehen. Lilou und Henry mussten ausgegangen sein, und wieder einmal fragte ich mich, wie sich meine Schwester mit ihrem schmalen Geldbeutel ein so ausschweifendes Leben leisten konnte. Sie hatte gesagt, sie wolle sich jetzt auf ihren Schmuck konzentrieren, aber es sah nicht so aus, als würde sie viel daran arbeiten. Ich hoffte, sie könnte sich weiter dazu motivieren, denn sie war wirklich gut darin, die Kreativität ihrer Entwürfe beeindruckend. Ich wollte, dass sie an sich glaubte und einer Sache treu blieb.

Mit ihr zusammenzuleben war dennoch eine Herausforderung. Ich bereitete mich innerlich auf das Schlimmste vor, aber als ich die Wohnungstür öffnete, fand ich das Wohnzimmer in bester Ordnung vor. Abgesehen von zwei leeren Tellern auf dem Couchtisch war es bei weitem nicht so chaotisch, wie ich befürchtet hatte. Vielleicht wurde sie ja wirklich langsam erwachsen. Ich brachte meine Quiche in die Küche – und wäre beinahe hintenübergefallen. *Mon Dieu!* Die Schränke mussten vollkommen leer sein, denn auf allen Ablageflächen standen schmutzige Schüsseln, Töpfe, Teller, Tassen und Weingläser verteilt. Was hatte sie nur gekocht, wofür sie jedes einzelne Teil meiner Küchenausstattung gebraucht hatte? Und warum? Sie hasste kochen.

Mein Essen musste warten. Ich gehörte zu den Menschen, die sich in so einem Durcheinander unwohl fühlten. Meine Mutter hatte mir beigebracht, sauber, ordentlich und gut organisiert durchs Leben zu gehen. Irgendwie hatte Lilou diese Lektion zu Hause verpasst. Ich ließ Wasser in die Spüle laufen und krempelte schimpfend und fluchend die Ärmel hoch. Da klingelte es an der Tür.

Als ich öffnete, lehnte meine Schwester lässig am Türrahmen und strahlte mich an.

»Lilou …«

»Hab meinen Schlüssel vergessen«, sagte sie, schnitt eine Grimasse und schlenderte an mir vorbei. »Ach ja, der hier muss für dich sein.« Sie reichte mir einen Briefumschlag, auf dem in großer Handschrift mein Name stand.

Ich schob ihn in meine Jackentasche. »Lilou, was ist in der Küche passiert? Du hast meinen gusseisernen Topf anbrennen lassen!«

Sie schüttelte den Kopf, als würde ich mich über das Wetter beschweren, und erwiderte mit Blick auf meine Jacke: »Willst du ihn nicht lesen?«

»Willst *du* mir nicht antworten?« Ich verschränkte die Arme und fühlte mich wieder einmal in die Rolle der strengen älteren Schwester gedrängt.

Mit schuldbewusstem Blick kam nun Henry dazu und fuhr sich unsicher durch die Haare. »Tut mir leid wegen der Küche, das war meine Schuld. Ich räume sofort auf.«

Ich schwieg und zog nur die Augenbrauen hoch, als er an mir vorbeiging. Musste ich jetzt all meine guten Küchenutensilien verstecken? Einige der Teller, die ich von meiner Mutter bekommen hatte, stammten noch von ihrer Mutter und bedeuteten mir sehr viel. In diesem Moment klingelte das Telefon, und nach einem weiteren bösen Blick auf Lilou nahm ich das Gespräch an.

»*Bonsoir?*«

»*Bonsoir*, Anouk. Wo seid ihr Mädchen nur gewesen? Ihr seid unmöglich zu erreichen«, machte mein Vater seinem Ärger Luft.

Obwohl ich achtundzwanzig, erwachsen und selbst für mein Leben verantwortlich war, fühlte ich mich schuldig. »Tut mir leid, Papa, ich …« Ich sah finster zu Lilou, die kreidebleich geworden war, sobald sie Papas Namen gehört hatte. »Ich habe sehr viel zu tun, und auf der Mailbox war nie eine Nachricht.«

»Ich spreche nicht wie ein brabbelnder Idiot mit einer Maschine«, brummte er. »Das ist lächerlich. Aber wo ist Lilou? Von der Schule kam ein Brief, sie wäre nicht zu den Prüfungen erschienen, aber ich habe der Frau gesagt, dass das unmöglich sein kann. Nicht, wo du dich doch darum kümmerst, dass sie hingeht. Da muss ein Fehler vorliegen.«

Hilflos blickte ich zu Lilou, die ihre Hände zusammenlegte und ihren Kopf seitlich darüber neigte. »Sag ihm, ich bin schon im Bett«, gab sie mir leise zu verstehen.

»Ja, das ist seltsam«, erwiderte ich und überlegte fieberhaft, was ich ihm erzählen könnte. Ich hätte ihm gern die Wahrheit gesagt, wusste jedoch, dass Lilous freies Leben in Paris damit beendet wäre. Dann bliebe ihr nichts anderes übrig, als nach Hause zurückzukehren, und sosehr sie mich auch nervte, wollte ich ihr das nicht antun. Wie sollte ich also mit diesem Schlamassel umgehen?

»Am besten, ich rufe morgen in der Schule an und frage, was da los ist. Ich bin sicher, sie ist zur Prüfung gegangen ...« Bei dieser Lüge kniff ich die Augen zusammen
und hoffte, er würde mir glauben. »Ganz sicher bin ich mir
übrigens auch, dass sie mit ihren Schmuckstücken große Fortschritte macht – tatsächlich *so* große, dass sie darüber nachdenkt, es zu ihrem Beruf zu machen.« Hinter
mir sprang Lilou freudig auf und ab und klatschte in die
Hände.

»Was? Was will sie machen?«, dröhnte Papas Stimme
durch den Hörer. Herrjemine, das war wohl doch zu früh
gewesen.

»Weißt du, im Moment ist das nicht mehr als eine Idee,
die sie hat. Sie ist aber wirklich *sehr* gut darin.«

»Sehr gut dies, sehr gut das ... Nein, Anouk, da darfst
du sie nicht auch noch ermutigen. Mit Schmuck wird sie
nie ihre Miete bezahlen können, und nächste Woche will
sie sowieso wieder etwas anderes und vergeudet so ihr ganzes Leben. Sie braucht eine gute Anstellung, damit sie die
richtige Art von Mann kennenlernt, der sie dann heiratet.«

Ich verdrehte die Augen. »Papa, bitte! Das ist nun wirklich ein vollkommen veraltetes Konzept.«

Er schnaufte und prustete wie ein mürrischer Brumm-
bär. »Meine Güte, Anouk, du bist achtundzwanzig und
solltest selbst längst verheiratet sein und Kinder haben. Da
siehst du, was diese ganze Unabhängigkeit für Folgen hat.
Sie macht aus Frauen alte Jungfern!«

»Papa, was sagst du denn da, das ist nun wirklich nicht
nett.« Ich schloss die Augen und bemühte mich, ruhig zu
bleiben. Von manchen Aspekten des modernen Lebens
hatte unser Vater keine Ahnung. Sicher wollte er niemanden beleidigen, aber hin und wieder musste ihm mal jemand Bescheid stoßen, und diese Aufgabe fiel üblicher-
weise mir zu.

»Aber es stimmt doch. Wäre es nach mir gegangen, hättest du den netten Jungen am Ende der Straße geheiratet, dann hätte ich jetzt hundert Enkel. Aber nein, du musstest ja nach Paris gehen und ein Geschäft eröffnen und bist in die Falle der ›modernen Frau‹ getappt. Ich will nicht, dass meine beiden Töchter denselben Fehler begehen.«

»Papa, nun sei doch realistisch. Der nette Junge am Ende der Straße war nicht im mindesten an mir interessiert und ich nicht an ihm. Tatsächlich bin ich ziemlich sicher, dass er lieber mit Männern ausgeht … Du warst der Einzige, der uns gern zusammen gesehen hätte, und das auch nur, weil er in der Nähe wohnte.«

»Er geht mit Männern aus? Jeder Mann braucht auch mal Zeit mit seinen Freunden, was ist so schlimm daran? Ich bin sicher, er hätte dir auch Zeit mit deinen Freundinnen zugestanden.«

Ich biss mir auf die Lippe, um nicht laut loszulachen. »Das meinte ich nicht.«

»Was meintest du dann?«

Es hätte keinen Sinn, meinem Vater zu erklären, dass der Mann, den er meinte, schwul war – er würde es einfach bestreiten. »Ich meinte, dass du nicht unser Leben verplanen kannst, Papa. Wir wissen, dass du unser Bestes willst, aber manchmal musst du dem Schicksal einfach seinen Lauf lassen.«

»Das kann ich, und das werde ich auch. Aber wo ist deine Schwester?«, beharrte er. »Ich will diese Prüfungsgeschichte klären, damit ich die Schule zurückrufen und ihnen klarmachen kann, dass sie mir endlich ihr Abschlusszeugnis zusenden sollen. Ich habe das Gefühl, dass die einfach mehr Geld aus mir herausquetschen wollen.«

In diesem Moment wünschte ich, ich wäre ihm gegenüber von Anfang an ehrlich gewesen. Nie wieder, so schwor ich mir, würde ich mich in Lilous Chaos hineinziehen lassen. Aber ich war mit meinen Notlügen schon zu weit gegangen, als dass ich jetzt hätte zurückrudern können. »Äh, sie ist ...« Lilou riss die Augen auf. »... im Bett. Sie hatte einen anstrengenden Tag im ... in ihrer Lerngruppe.« Lerngruppe! Das war die Rettung!

»Dann sag ihr, sie soll mich zurückrufen. Wenn ich sie anders nicht erreichen kann, muss ich sonst höchstpersönlich nach Paris fahren, hörst du?« Im Hintergrund dröhnte der Fernseher. Wie üblich hatte Papa die Lautstärke aufgedreht.

»Gut, Papa, ich werde es ihr sagen.«

»Danke.«

»Wie geht's Maman?«

»Sie macht gerade den Nachtisch.«

»Aber wie geht es ihr?«

Er knurrte vor sich hin. »Es geht ihr, wie es ihr immer geht. Was ist das hier? Die spanische Inquisition?«

Ich seufzte. Sobald er Dampf abgelassen hatte, war er nicht mehr sonderlich gesprächig.

»Na, dann grüß sie bitte ganz lieb, und wir telefonieren bald wieder. Ja, Papa?«

Noch bevor ich auflegen konnte, warf Lilou sich mir an den Hals und drückte mich so sehr, dass ich kaum noch Luft bekam. »O mein Gott, ich danke dir, Anouk! Du warst so überzeugend. Hat er wieder von alten Jungfern geredet?«

Ich nickte und musste kichern. Er war wie ein Vater aus einem historischen Roman. »Siehst du, was die Unabhängigkeit mit Frauen macht? Sie werden alte Jungfern!«, imitierte ich seinen brummigen Tonfall.

Lilou lachte aus vollem Halse. »Wie ein Relikt aus dem neunzehnten Jahrhundert.«

Die nächsten zehn Minuten verbrachten wir damit, Papas Schwächen auseinanderzunehmen. Dann, wieder ernst geworden, sagte ich: »Was wirst du denn jetzt wegen der Prüfung unternehmen? Sie haben bei ihm angerufen, dass du nicht angetreten bist. Und wir haben beide gelogen. Das kann nicht gut ausgehen, so viel ist sicher.«

Lilou fläzte sich auf ihre typisch lässige Art auf die Chaiselongue und zuckte die Achseln. »Ich habe ihm nie versprochen, dass ich die Ausbildung beende. Er ist einfach davon ausgegangen, dass ich seinen Befehlen Folge leiste, aber das werde ich nicht, Anouk. Ich bin kein Kind mehr, auch wenn jeder das zu denken scheint. Ich weiß, dass ich mit dieser Schmuckgeschichte Erfolg haben werde, und ich weiß auch, dass niemand mir glaubt, aber das ist in Ordnung, weil ich euch alle eines Besseren belehren werde.« In ihrem Blick lag Entschlossenheit, aber das war immer so, wenn sie sich etwas Neues in den Kopf gesetzt hatte.

»Vielleicht solltest du einfach so viel und so gut wie möglich daran arbeiten, dann kannst du Papa sagen, dass du sein Geld nicht mehr brauchst«, war mein vorsichtiger Vorschlag. »Erst dann wirst du *wirklich* frei sein.«

Sie lachte. »Nun ja, wir wollen es nicht überstürzen. Unterhalt ist Unterhalt, und ich bin nun mal das Küken der Familie.«

Ich schüttelte den Kopf, auch wenn ich mir ein Schmunzeln nicht verkneifen konnte. »Du bist unmöglich.«

Erst im Bett fiel mir der Brief wieder ein. Ich stand noch einmal auf, holte ihn aus der Jackentasche und las:

Liebe Anouk,
ich kann kaum mit ansehen, wie Sie von Ihrer Arbeit auf-
gefressen werden. Ich habe ein gutes Rezept für Fromage
soufflé gefunden und fleißig geübt (sehen Sie, ich weiß so-
gar, wo der Akzent hingehört!) und bin überzeugt, dass das
Ergebnis Sie beeindrucken wird.
Tristan

Ich musste schmunzeln und stellte mir Tristan in der Küche vor … Französisch müsste er allerdings ebenfalls üben – es hieß *Soufflé au Fromage* und nicht *Fromage soufflé*. Wie war Lilou an den Brief gekommen? Mein Briefkasten hing unten im Hausflur, und nur ich hatte einen Schlüssel. Ich nahm mir vor, sie am nächsten Morgen danach zu fragen. Und dennoch: Was hätte dieses Abendessen für einen Sinn? Plötzlich hatte ich das Bild vor Augen, wie wir uns beim Essen gegenübersitzen, und als ich mir Tristans Augen vorstellte, überlief mich ein wohliges Kribbeln. Sofort schalt ich mich selbst. *Genau so hat es letztes Mal begonnen, und du weißt, was passiert ist!*

Andererseits: Was wäre so schlimm an einem gemeinsamen Abendessen? Da ich ohnehin auch mal etwas essen musste, könnten wir das ja auch gemeinsam tun.

Kapitel 10

Entsetzt schaltete ich die Morgennachrichten aus und zog mich für die Arbeit an. Schon wieder hatte es einen Diebstahl gegeben. Diesmal ging es um eine kostbare Juwelensammlung mit so dunkelblauen Saphiren, dass man bei ihrem Anblick an die Tiefen des Ozeans dachte. Sie waren im gut besuchten Museum *Avant* ausgestellt gewesen und am helllichten Tag gestohlen worden, ohne dass das Alarmsystems angeschlagen hatte. Als wäre der Dieb unsichtbar gewesen! Eine derartige Dreistigkeit machte mich fassungslos. Wann würde das Ganze bloß enden? Wenn es nichts mehr zu stehlen gäbe?

Ich musste in meinen Laden und sollte versuchen, mir den schönen Frühlingstag nicht durch dieses Verbrechen verderben zu lassen. Immer wieder schweiften meine Gedanken zu Tristan und seinem Brief. Lilou hatte mir erzählt, dass er gegen die Haustür gelehnt gewesen war, und ich fragte mich, woher Tristan meine Adresse kannte.

Ein wenig beeindruckt war ich schon, das musste ich zugeben, denn erst ein Mann, der kochen konnte, war in meinen Augen ein richtiger Mann. Wann immer ich mir das Leben in einer Beziehung vorgestellt hatte, waren Szenen von geschäftigem Hin und Her und Umeinander-Herum in einer Küche dabei gewesen, in der ich und mein Partner gemeinsam kochten und lachten. Aber nur mein Tagebuch wusste von diesen geheimen Wünschen.

Als ich draußen die von Rosenduft durchzogene Luft in

meine Lungen sog, musste ich schmunzeln. Paris war zu jeder Jahreszeit phantastisch, aber am schönsten fand ich es, wenn die Blumen zu blühen begannen und ihre bunten Blüten sich verführerisch wie Burlesque-Tänzerinnen im Wind wiegten.

Durch Paris zu spazieren war, wie sich zu verlieben … als würde man in eine andere Zeit versetzt. Überall lauerte die Geschichte, und ich konnte nie genug davon bekommen. Immer gab es etwas zu bestaunen – von der gotischen Architektur der Notre-Dame mit ihren grotesken Wasserspeiern, die auf die Stadt hinunterblickten, bis hin zum klassizistisch barocken Invalidendom mit seiner goldenen Kuppel – Napoleons letzter Ruhestätte. Wenn man hier genug Zeit verbrachte, fand man so außergewöhnliche Orte, dass man Paris nie wieder verlassen wollte.

Die Promenade Plantée war ein solcher Ort, ein fast fünf Kilometer langer, wunderbar begrünter Weg auf den ehemaligen Gleisen einer Hochbahntrasse. Manche Leute sagen, sie könnten beim Spazierengehen noch immer die Vibrationen spüren, so als würde ein Geisterzug bis heute seine tägliche Fahrt absolvieren. Am Ende einer abgehenden Brücke befindet sich ein hübscher kleiner Garten mit berankten Torbögen, der ein beliebter Rückzugsort für Verliebte ist. Es war auch einer meiner Lieblingsorte, an dem ich gern mit einem guten Buch saß und darüber nachdachte, ob ich wohl jemals meinem passenden Gegenstück begegnen würde …

Heute allerdings nicht, denn auf mich wartete Arbeit. Es wehte ein leichter Wind, der die Stimmen von Touristengruppen mit sich trug, eine Vielfalt von Sprachen. Ich blieb kurz stehen und beobachtete die Menschen am Fuß des Eiffelturms, die mit zurückgelegten Köpfen das Wunder bestaunten. Jedes Mal war ich von neuem ergriffen, dass dieses Bauwerk eine ähnliche Ehrfurcht bei allen noch so unterschiedlichen Leuten hervorrief. Aus der Nähe war der Turm ein grandioser Anblick, und kein Foto wurde ihm wirklich gerecht. La Tour Eiffel war ein Phänomen.

Als ich um die Ecke kam, geriet ich in eine Wolke aus Zigarettenrauch und Parfüm. Madame Dupont lehnte an der Wand neben ihrem Geschäft, dem *Time Emporium*, und winkte. Lächelnd ging ich auf sie zu.

»*Bonjour*, Madame … Wie geht es Ihnen?«

Sie sog an ihrer Zigarette, und ich sah, dass ihre Hände zitterten. Hätte ich es nicht besser gewusst, hätte ich gesagt, sie wirkte zerknirscht, als hätte sie etwas getan, das sie bereute.

Hatte Madame Dupont gestern nicht erwähnt, sie wolle das *Avant Museum* besuchen, um etwas Geschäftliches zu besprechen? Man hatte ihr das Angebot unterbreitet, sie könne dem Museum eine Reihe antiker Uhren für eine Ausstellung ausleihen, wofür sie ausnehmend gut bezahlt würde. Könnte sie wohl …? Nein. Der Koffeinmangel ließ mein Gehirn Kapriolen schlagen. Sie würde doch niemals … Madame Dupont hatte genug Geld und damit kein Motiv, etwas zu stehlen.

Es sei denn, sie täte es für einen ihrer Geliebten …

Ihr Gesicht wirkte angespannt und trotz ihres wie üblich dicken Make-ups ungesund grau. »*Chérie*, das waren aber nicht Sie, oder?«

»Wie bitte?«

Nach einem weiteren Zug an ihrer Zigarette neigte sie sich zu mir und raunte: »Sie waren es nicht, oder? Der Diebstahl …« Nervös sah sie von links nach rechts, um sich zu vergewissern, dass uns niemand belauschte. »Ich würde es auch niemandem verraten«, fügte sie eindringlich hinzu.

Jetzt begriff ich es und lachte auf. »Ich? Du liebe Zeit, Madame Dupont … Einen kurzen Moment lang dachte ich, es wären vielleicht *Sie* gewesen! Sie waren es doch, die unbedingt nach Sorrent wollte, und bevor wir wieder abreisten, konnte ich Sie ein paar Stunden lang nicht finden, wissen Sie noch? Und wollten Sie nicht gestern zum *Avant Museum*? Ich nehme an, Sie haben die Nachrichten heute Morgen gehört ...«

Nun lachte sie ebenfalls, heiser und ein wenig scheppernd, und mit der Erleichterung kehrte auch die Farbe in ihr Gesicht zurück. »Und mir war eingefallen, dass Sie ja Postkarten sammeln und ebenfalls in Sorrent waren ... Da führte eins zum anderen, und ich hielt es für besser, dass wir ehrlich zueinander sind.« Madame Dupont war eine durchtriebene alte Dame, was man bei ihrem überschäumenden Temperament und der lockeren Art nicht vermuten würde. Unter dieser Fassade jedoch war sie wachsam und hinterfragte alles – so leicht konnte man ihr nichts vormachen. Allerdings: Hätte ich nicht gleichzeitig auch sie verdächtigt, hätte ich es ihr wohl ziemlich übel genommen, dass sie mich verdächtigt hatte. Eine groteske Situation. Wahrscheinlich schätzten wir Antiquitäten beide so sehr, dass jegliche Vorstellung von Diebstahl uns äußerst misstrauisch machte.

»Madame Dupont, ich kann Ihnen versichern, dass ich nicht das Geringste mit den Diebstählen zu tun habe.«

»Ich auch nicht. Wir sollten uns trotzdem Gedanken darüber machen, denn es könnte sein, dass wir den Dieb gesehen haben ... dass er sich als ein Kollege ausgibt.«

Ich nickte und überlegte, ob irgendjemand, den wir regelmäßig auf Auktionen und Ausstellungen sahen, dieser ominöse Postkartenräuber sein könnte. »Sie haben recht, Madame. Vielleicht sollten wir auf die Gästelisten achten und sehen, ob uns ein Name auffällt.«

»Lassen Sie uns auf der Gala weiter darüber nachdenken. Morgen fahre ich erst einmal nach Monaco, da habe ich kurzfristig ein Rendezvous vereinbart und muss noch einiges organisieren.« Madame Dupont wandte sich zum Gehen, hielt dann jedoch inne. Leise fügte sie hinzu: »Nur um das klarzustellen: Ich hätte der Polizei nichts gesagt, wenn Sie es gewesen wären.«

Ich lachte befangen. »Ich bin sicher, ich wäre hin- und hergerissen gewesen ...« Ich brach ab. Tatsächlich war ich nicht sicher, ob ich gleichermaßen großmütig gewesen wäre. Sosehr ich Madame auch mochte – Diebstahl war Diebstahl, und abgesehen von Habgier konnte ich mir kein Motiv vorstellen, das einen Menschen zu solch einer Tat treiben würde. Und wenn tatsächlich Habgier im Spiel war, würde ich sehr mit mir ringen müssen, ob ich dieses Geheimnis bewahren würde – egal, um wen es sich dabei handelte. Zum Glück musste ich mich diesem inneren Kampf jedoch nicht aussetzen.

»Dann wünsche ich Ihnen viel Spaß bei Ihrem Rendezvous, Madame. Wer ist denn der Glückliche?«

Sie lächelte hintergründig. »Ein ganz phantastischer Mann. Monsieur Neeson heißt er ... und das ist auch schon alles, was ich verrate.«

»Der Schauspieler?«

Sie sah mich mit regloser Miene an. »Kein weiterer Kommentar.«

Ich schüttelte nur den Kopf und hielt die Luft an, während ich mich durch den Rauch vorbeugte, um ihr drei Abschiedsküsschen zu geben.

• • •

Nach einem besonders betriebsamen Tag schloss ich das Geschäft später als gewöhnlich ab. Im schwarzblauen Himmel über mir funkelten die Sterne, als wollten sie mir den Weg nach Hause weisen. In Gedanken legte ich mir schon zurecht, was ich zu Abend essen wollte und welche Zutaten dafür noch im Kühlschrank wären – falls meine Untermieter mir nicht alles weggefuttert hatten. Da ich noch Papierkram erledigen musste, würde ein schneller *Salade niçoise* wohl reichen. Ganz in meine Überlegungen vertieft, ging ich um die Ecke in eine überraschend menschenleere Straße und hörte nur noch das Miauen einer einsamen Katze.

Während ich mir die Fächer meines Kühlschranks vor Augen rief, überkam mich plötzlich ein eigenartiges Gefühl. Schauerartig überlief mich am ganzen Körper eine Gänsehaut, obwohl niemand zu sehen war – in einer Pariser Frühlingsnacht um diese Uhrzeit ganz und gar ungewöhnlich. Ich ging schneller und hoffte, dass mir niemand folgte. Als ich dann tatsächlich Schritte hinter mir hörte, kroch kalte Angst meinen Rücken hinauf.

Ich beschleunigte noch einmal meinen Gang, ließ meine Blicke schweifen und überlegte, in welche Richtung ich am besten gehen sollte. Links um die Ecke gab es ein Café, das wusste ich, und ein paar hundert Meter weiter rechts stand ein erleuchtetes Haus, aus dem Musik drang. Aber was, wenn sie mein Klopfen dort gar nicht hören würden?

Instinktiv verfiel ich in den Laufschritt, wurde aber umgehend gestoppt, als jemand nach dem Schulterriemen meiner Handtasche griff. »Her damit!«

Das Herz klopfte mir bis zum Hals. Verdammt, warum war ich nur diesen Weg gegangen? »Nein!« Ich hätte einfach loslassen sollen, aber in der Tasche befanden sich die gesamten Tageseinnahmen, und meine finanzielle Situation war noch immer kritisch. Ich nahm allen Mut zusammen, drehte mich um und riss an der Tasche. Das Gesicht des Räubers war in der Dunkelheit nicht zu erkennen, außerdem hatte er sich ein Käppi tief in die Stirn gezogen. Sein Atem roch scharf nach Alkohol. »Da ist kein Geld drin, lassen Sie los!«

Der Typ gab ein scharfes Lachen von sich, das mich schaudern ließ, und kam mir so nahe, dass sein Oberkörper gegen meinen drängte. Plötzlich waren mir Tasche und Geld unwichtig. Ich wich abrupt zurück – und stolperte. Mein Kopf schlug auf etwas Hartes, Kaltes. Mit zwei Schritten war der Mann wieder bei mir, und sein Mund hing viel zu dicht vor meinem Gesicht. Ich stieß einen gellenden Schrei aus und konnte nur hoffen, dass die Menschen in dem Haus mit der Party mich hörten.

»Du bist aber eine Hübsche!«

Meine Panik schmeckte bitter. »Wagen Sie es nicht, mich anzufassen!«, schrie ich.

Plötzlich wurde der Mann nach hinten gerissen. Ich konnte wieder frei atmen und sog tief die frische Luft ein, bevor ich mich zur Flucht hochrappelte. Dabei entdeckte ich Tristan, der meinen Angreifer am Schlafittchen hielt. Vor Erleichterung wäre ich beinahe wieder in die Knie gegangen.

»Los, laufen Sie«, sagte er und deutete auf die nächste beleuchtete Querstraße. »Ich komme gleich nach.« In seinen Augen funkelte Mordlust.

»Sollten wir nicht die Polizei rufen?« Meine erste Sorge war, dass der grässliche Kerl in der Dunkelheit gleich die nächste Frau überfallen könnte.

»Ich kümmere mich darum«, erwiderte Tristan. »Gehen Sie jetzt.«

Sobald ich im Licht der Straßenlaternen stand, fühlte ich mich sicherer. Mein Puls beruhigte sich schnell wieder, aber meine Hände hörten nicht auf zu zittern. Ich fasste mir an die Stelle am Kopf, wo ich mich gestoßen hatte, und sah Blut an meinen Fingern. Was wäre geschehen, wenn Tristan nicht gekommen wäre? Ich wollte gar nicht daran denken. Wenn man solche Überlegungen zuließ, konnte man keine Nacht mehr ruhig schlafen. So spät in der Nacht hätte ich mein Pfefferspray eigentlich in der Hand tragen müssen, hätte ich nur durch hell erleuchtete Straßen gehen dürfen … hätte ich …

Hinter mir klangen Schritte, und für einen kurzen Moment geriet ich wieder in Panik, doch es war Tristan, der mich schnell einholte. »Ist bei Ihnen alles in Ordnung?«, wollte er wissen und musterte mich besorgt von oben bis unten. Dann nahm er meine Hände, die vom Aufprall auf dem Asphalt zerschrammt waren; sogar ein paar Fingernägel waren abgebrochen. »Sie zittern. Das kommt vom Schock. Ich bringe Sie nach Hause.«

Als er einen Arm um mich legte, brach ich in Tränen aus und war über die Intensität meiner Reaktion selbst erschrocken, als wäre es jemand anders, der da weinte, nicht ich. Tristan hielt mich fest und murmelte tröstende Worte. In der Wärme seiner Umarmung fühlte ich mich sicher. Als könnte mir dort nichts mehr gefährlich werden.

»Ist schon gut, Anouk, ich halte dich«, flüsterte er. »Ich halte dich fest.«

· • ·

Tristan begleitete mich nach Hause. Die frische Nachtluft kühlte meine Wangen.

In meiner Wohnung holte er eine Wolldecke von meinem Bett, mummelte mich darin ein und verfrachtete mich auf die Chaiselongue. Wenig später kehrte er mit einem halben Glas Wein aus der Küche zurück.

»Austrinken«, kommandierte er sanft. »Das beruhigt.« Roboterhaft folgte ich seinen Anweisungen und spürte mich bald von einer wohltuenden Ruhe umhüllt. Ich war zu Hause. Die Tür war verschlossen. Tristan war hier.

»Geht es dir besser?«, erkundigte er sich.

Ich entspannte mich immer mehr und genoss seine Nähe, nicht nur, weil er mich vor dem Straßenräuber gerettet hatte, sondern auch, weil er sich ehrlich Sorgen machte. Zumindest wirkte es so.

Ich versuchte ein Lächeln. »Ja, es geht mir gut. Danke für deine Hilfe.«

»So leicht wirst du mich jetzt nicht los«, sagte er. »Ich werde ein paar Sachen besorgen und bin so schnell wie möglich wieder da.«

Eine halbe Stunde später kehrte er mit zwei Papiertüten im Arm wieder zurück, ließ mich aber nicht hineinsehen. Er füllte mein Weinglas nach, ließ mir ein Schaumbad einlaufen, führte mich ins dampfende Badezimmer und meinte, ich solle mir so viel Zeit lassen, wie ich brauche. Ich war es nicht gewöhnt, dass jemand meine Bedürfnisse über seine eigenen stellte. Nachdem ich die Tür verschlossen hatte, ließ ich mich in das duftende Badewasser sinken, dessen Hitze mir zunächst den Atem verschlug. Dann war sie nur noch balsamisch beruhigend.

Ich seifte mich von oben bis unten ein und schrubbte alle Spuren des Überfalls von meinem Körper. Die verletzte Stelle an meinem Kopf pochte, aber es war wohl nur eine kleine Wunde, denn sie hatte längst aufgehört zu bluten. Ich war froh, dass ich nicht noch zu einem Arzt gehen musste.

Ich lächelte, als ich Tristan in der Küche singen hörte. Seine aufreizende Stimme wurde vom Klappern der Schranktüren und dem Schieben von Schubladen untermalt, so als würde er sich mit meiner Wohnung vertraut machen wollen. Was hatte er vor? Etwa kochen?

Ich beschloss, alles mit mehr Gelassenheit zu nehmen, ohne gleich jede Aussage Tristans zu hinterfragen. Ich war einfach nur dankbar, dass er da war.

Während das Badewasser gurgelnd durch den Abfluss rauschte, zog ich mir eine bequeme Schlabberhose an, die ich sonst nie vor Gästen getragen hätte, aber heute fühlte ich mich darin einfach wohl und geborgen.

Dann machte ich mich auf die Suche nach Tristan. Ich wollte ihm sagen, dass es mir wieder gut gehe und er nicht länger auf mich aufpassen müsse.

In den Türrahmen der Küche gelehnt, beobachtete ich die Szene vor mir: Dort stand mit lässig über die Schulter geschwungenem Handtuch ein Mann und kochte, als hätte er das schon eine Million Mal getan.

»Geht es dir besser?«, wollte er wissen.

Ich nickte, während mich plötzlich ein Gefühl von Schüchternheit überkam. »Viel besser. Danke für alles. Ich bin dir wirklich sehr dankbar. Aber du musst nicht ...« Ich deutete auf die Küchentheke.

»Ich möchte aber«, erwiderte er. »Setz dich hin und unterhalte mich, während ich koche. Ein gefüllter Bauch ist die beste Voraussetzung für guten Schlaf, und den brauchst du heute dringend. Und der Wein löst die Anspannung.«

Ich stellte mich neben den kleinen Esstisch und beobachtete ihn weiter. Er hatte große starke Hände, was mir vorher gar nicht aufgefallen war. In dem matten Licht, das von oben auf seine blonden Haare schien, und mit der Leichtigkeit seiner Bewegungen wirkte er fast wie eine Erscheinung, als wäre ich in einen Traum geraten. Vielleicht hatte ich mir den Kopf doch stärker angestoßen, als ich dachte.

Die Verspannung meiner Schultern ließ mit jedem Schluck des Burgunderweins weiter nach. »Du siehst aus, als würdest du öfter in einer Küche stehen.« Nie im Leben hätte ich Tristan als einen häuslichen Typen eingestuft, aber so wirkte er zweifellos, während er summend Zwiebeln bräunte, Knoblauch hackte und in Töpfen rührte.

Er grinste. »Lass mich raten: Du dachtest, ich hätte einen privaten Koch auf meiner Luxusjacht, der mir all meine kulinarischen Wünsche erfüllt?«

War er etwa doch nicht der reiche Leichtfuß, nach dem

er aussah? »Irgendwie so«, gestand ich reumütig. »Ich dachte ja schon, dass du gewisse Talente hast, aber im häuslichen Bereich hätte ich die nie vermutet.« An den Kochdüften und der Art, wie er mit den Töpfen und Pfannen hantierte, konnte ich sehen, dass er durchaus wusste, was er tat.

»Ich werde versuchen, das nicht als Beleidigung zu werten.« Er lachte. »Ich habe allerdings selten Gelegenheit, in einer so gut ausgestatteten Küche zu kochen. Wenn man von einem Hotel zum anderen zieht, hat man wenig Möglichkeiten.«

Die Küchentheke war mit einer dünnen Schicht Mehl bestäubt, und auf einer seiner Wangen prangte ein weißer Fleck. Mit konzentrierter Miene, die Glasschüssel fest unter den Arm gepresst, schlug er das Eiweiß zu Schnee.

Es kam mir vor, als hätten wir das hier in einem anderen Leben schon einmal erlebt, so vertraut fühlte es sich an. Ich trank schnell einen Schluck Wein, um diesen lächerlichen Gedanken zu vertreiben, und sagte: »Es muss schwer sein, die ganze Zeit umherzuziehen, ohne irgendwo Wurzeln schlagen zu können.«

Er zuckte die Achseln. »Man gewöhnt sich daran. Ich nehme mir jedes Jahr ein paar Wochen frei und fahre in meine kleine Blockhütte mitten im Nirgendwo. Von dort aus gehe ich wandern, fahre mit dem Boot raus – das übrigens kleiner ist als ein Peugeot – und genieße all diese häuslichen Tätigkeiten in vollen Zügen ... So lange, bis ich wieder bereit bin, mich in das nächste Projekt zu stürzen.«

Ich versuchte, mir die beschriebene Umgebung vorzustellen: eine gemütlich warme Blockhütte irgendwo im Wald, hinter der ein kleiner idyllischer Bach rauschte. Das einfache Leben. Ich fragte mich, ob er wohl allein dort hinfuhr und die Zeit in stiller Einsamkeit verbrachte oder ob die Frauen Schlange standen, um ihn zu begleiten.

Als könnte er meine Gedanken lesen, sagte er: »Manchmal wird es dort auch ziemlich einsam, wenn die einzige Ansprache das Heulen eines traurigen Wolfes ist, aber die meiste Zeit genieße ich es. Ich nehme genug Vorräte mit, und jeder Tag gehört mir. Die Zeit verlangsamt sich dort, fast wie Zauberei. Und ich kann einfach nur ich sein …«

Ich schlang die Arme um meinen Körper, um mich warm zu halten, weil ich plötzlich eine innere Kälte spürte, obwohl es eine laue Frühlingsnacht war. »Das hört sich an, als würdest du mehr davon brauchen. Wenn das der Ort ist, an dem du Wiedergutmachung erfährst, solltest du öfter dorthin fahren.«

»Wiedergutmachung?«

»Du weißt schon … wo sich die Welt wieder zurechtrückt oder wie auch immer ihr das in Amerika sagt.« Auch wenn ich Englisch sehr gut verstand, gingen mir dennoch manche Bedeutungsnuancen verloren.

»Ja«, stimmte er zu und wandte sich abrupt ab, als wollte er in dieses Thema nicht weiter vordringen. Vielleicht hatte er Heimweh? Es gab Zeiten, in denen ich die Einfachheit des kleinen Dorfes vermisste, in dem meine Eltern lebten und ich aufgewachsen war. Mich zu einem Ort, einem Gefühl, einer Zeit hingezogen fühlte, in der alles einfacher gewesen war.

»Ich weiß nicht, was mich dazu gebracht hat, ausgerechnet diesen Weg nach Hause einzuschlagen. Ich war völlig in Gedanken. Wenn du nicht gekommen wärst …« Ich brach ab. Warum war er eigentlich dort gewesen?

Tristan wischte sich die Hände im Handtuch ab und sah mich an, als könnte er meine unausgesprochenen Gedanken lesen. »Ich hatte gehofft, dich zu erwischen, bevor du deinen Laden schließt. Ich bin auf die Nachlassauktion in Saint-Tropez eingeladen worden und wollte dich wegen ein paar Stücken um Rat fragen. Auf dem Weg zu deinem

Laden habe ich mich verlaufen. Im Dunkeln sind manche Straßen dieser Stadt für mich immer noch wie das Labyrinth eines Kaninchenbaus. Bevor ich um die Ecke bog, hörte ich Geräusche und den Schrei einer Frau. Aber erst, als ich den Mistkerl von dir wegzog, erkannte ich, dass du es warst. Noch nie im Leben bin ich so dankbar gewesen, mich verlaufen zu haben ...«

Bei der Erinnerung überlief mich erneut ein Schauer. »Gott sei Dank bist du gekommen! Als wäre es Schicksal gewesen ... Eine Minute früher, und du wärst vielleicht um eine andere Ecke gebogen. Alles passierte rasend schnell.« Ich versuchte, mich zu erinnern, aus welcher Richtung der Straßenräuber gekommen war, aber alles war verschwommen. »Glaubst du, er ist mir gefolgt?« Was, wenn der Mann auf mich gewartet hatte? Wenn er wusste, wer ich war und dass die Chance bestand, dass ich Bargeld aus dem Geschäft bei mir hatte? Ich wollte nicht jedes Mal Angst haben, wenn ich abends meinen Laden abschloss.

Tristan schüttelte den Kopf. »Nein, das glaube ich nicht. Ich denke eher, dass es ein Betrunkener war, der einfach sein Glück versucht hat. Du bist zufällig die Straße entlanggekommen, und er hat die Gelegenheit beim Schopf gepackt.«

Da fiel mir etwas ein. »Wird die Polizei eine Aussage von mir wollen?«

Er presste die Lippen zusammen und wandte den Blick ab. »Ich habe ihnen meinen Bericht gegeben, und sie sagten, sie würden anrufen, wenn sie mehr Details bräuchten.«

»Er wird doch nicht damit davonkommen, oder? Ich meine, es geht mir ja wieder gut, und Gott sei Dank ist nicht mehr passiert, aber ich möchte mir nicht vorstellen, dass er bald der nächsten Frau auflauert ...«

Tristan stand so schnell auf, dass der Tisch wackel-

te. »Glaub mir, der wird nie wieder eine Frau anfassen.«
Ich sah, wie in seinem Kiefer ein Muskel arbeitete. »Aber
jetzt«, wechselte er abrupt das Thema, »gibt es französische Zwiebelsuppe, die dich wärmen und all deine Sorgen
vertreiben wird.«

Er nahm Suppenteller aus einem der oberen Hän-
geschränke, Löffel aus der Besteckschublade und Serviet-
ten aus der Anrichte. »Man könnte meinen, du hättest hier
ausgiebig herumgeschnüffelt ...«, sagte ich, während er
den Tisch deckte.

»Natürlich habe ich das. Ich bin Amerikaner. So sind
wir nun mal ...« Er grinste. »Ich hatte allerdings nicht erwartet, hier ausnahmslos alle Küchenutensilien zu finden,
die man sich nur wünschen kann.«

Ich lachte. »Ich bin Französin. So sind wir nun mal.«

Wir sahen einander über die dampfenden Teller hinweg
an, und mir wurde schlagartig bewusst, dass dies etwas
war, was ich mir schon immer gewünscht hatte: jemanden, mit dem ich in einer warmen Küche das Brot teilen
und gemeinsam Suppe löffeln konnte. Jemanden, dem
ich vertrauen konnte und mit dem ich mich sicher fühlte. Mit dem ich Lachen und Liebe teilen könnte ... Moment mal ... *Lachen und Liebe?* Der gute Mann hatte mich
in einer dunklen Gasse aufgegabelt und mir geholfen, das
war alles. Dennoch bekam ich das Gefühl, dass in diesem
Vorfall die Mahnung lag, wieder richtig zu leben. Nach Joshua war ich so voll Kummer gewesen, dass ich mich nur
noch hatte verstecken wollen. Aber ich konnte mich nicht
vor allem schützen, ohne in die totale Einsamkeit abzudrif-
ten. Und das wollte ich nicht.

Wenn Tristan entspannt war, schien sein Gesicht zu
leuchten. Er stellte unsere Teller in die Spüle und fuhr mit
dem nächsten Gang fort. »Glaub mir: jetzt kommt das beste Käse-Soufflé, das du je gegessen hast«, verkündete er.

»Und du kannst dich glücklich schätzen, an seiner Entstehung teilhaben zu dürfen. Das ist bei uns nämlich ein Geheimrezept der Familie, das von Generation zu Generation weitergegeben wird.«

»Tatsächlich? Erzähl mir mehr von deiner Mutter und ihren geheimen Rezepten.« Ich lehnte mich gegen die Küchentheke und sah Tristan neugierig an.

Doch er senkte den Kopf, und sein Lächeln verlosch. »Okay«, sagte er, »jetzt bin ich schon vor dem ersten Hindernis eingeknickt. Es ist tatsächlich kein Geheimrezept. Ich habe es aus dem Internet und nur mit ein, zwei Ergänzungen versehen.« Er sprach nun mit etwas höherer Stimme, und seine Lockerheit wirkte ein wenig gezwungen. Ich fragte mich, was diesen Wandel wohl bewirkt hatte. Die Frage nach seiner Mutter? Auch seine Schultern wirkten verspannt – es war also offensichtlich, dass meine Frage ihn irritiert hatte.

Für mich bedeutete Kochen Erinnerungen an Familienfeiern und vor allem an meine Mutter, die mir als Kind schon beigebracht hatte, wie man Karotten schneidet, welche Kräuter zu welchem Gericht passen und, als ich älter wurde, wie man die verschiedenen Geschmacksrichtungen ins Gleichgewicht bringt. Jeder Moment in ihrer Küche war ein wichtiger Schritt auf meinem Weg zur Köchin gewesen, und ich hielt jeden einzelnen in Ehren. In diesem Moment kochte meine Mutter sicher gerade Abendessen für meinen Vater, überlegte, welcher Wein am besten passte, und hantierte mit den heißen Töpfen. Vielleicht stand Tristan seiner Mutter nicht so nahe? Vielleicht weckte der Gedanke an seine Familie schlechte Erinnerungen? Obwohl meine Familie weit verstreut lebte, standen wir alle uns doch sehr nahe, und mir taten Menschen leid, denen es nicht so erging. Familie war mir ungemein wichtig. Doch ich ließ das Thema auf sich beruhen und fragte Tristan nicht weiter aus, auch wenn ich auf seine Geschichte sehr neugierig war.

Im Zuge meiner selbstauferlegten Gelassenheit samt der Entscheidung, im gegenwärtigen Moment zu leben, machte ich Musik an und füllte Tristans Weinglas nach. »Du hast da einen Mehlfleck ...« Ich strich ihm über die weiße Stelle auf der Wange und ließ meinen Finger etwas länger als nötig auf seiner Haut verweilen. Was tat ich da? Bisher war nie ich es gewesen, die körperlichen Kontakt gesucht hatte – wenn, dann war Tristan für einen Begrüßungs- oder Abschiedskuss auf mich zugekommen. Eigentlich kannte ich diesen Mann überhaupt nicht, und dennoch standen wir hier einträchtig zusammen, als wären wir seit Ewigkeiten Freunde.

Ja, wir könnten Freunde werden, dachte ich, und das wäre in Ordnung.

»Du wolltest mich nur anfassen«, meinte er lachend.

Ich verdrehte die Augen und war froh, meine stürmischen Gefühle mit Humor überspielen zu können. »Stimmt. Da war gar kein Mehl, das habe ich mir nur ausgedacht.«

Tristan fügte den geschlagenen Eiern noch Käse hinzu und hob ihn vorsichtig unter, ehe er das Ganze langsam in Souffléförmchen goss.

»Du wirst eines Tages einen guten Ehemann abgeben«, kommentierte ich. Er führte jeden Schritt mit höchster Konzentration aus, und ich fragte mich, ob er in seinem Beruf ebenso arbeitete. Aufmerksam, gründlich, ehrgeizig. Aber was genau war eigentlich sein Beruf? Warum redete er nicht darüber? Eigentlich war eher ich die Reservierte, und dennoch hatte ich ihm schon viel von mir erzählt.

»Ist das etwa ein Heiratsantrag?« Er schmunzelte, und ich konterte mit einem entrüsteten Schnauben.

»Noch habe ich nicht probiert.« Ich deutete auf die

Soufflés, die mit Sicherheit perfekt aufgehen würden, weil er jeden Schritt exakt ausgeführt hatte – nachdem ich ihn davor bewahrt hatte, die Eier allzu stark zu schlagen.

»Dann hebst du dir deinen Antrag wohl besser für später auf …«

Er schob die Förmchen in den Ofen und setzte sich an den Esstisch.

»Hast du vor, irgendwann zu heiraten?«, fragte ich ihn ganz unverblümt. Nach dem schrecklichen Erlebnis auf der Straße fühlte es sich plötzlich normal an, mit ihm über persönliche Dinge zu sprechen, als wären wir uns dadurch nahe gekommen. Auch wenn es ihm offensichtlich Spaß machte zu kochen, wirkte er trotzdem nicht wie jemand, der dabei Kinder an seinem Rockzipfel hängen haben wollte.

»Ja.« Er streckte die Beine aus, lehnte sich zurück und schwenkte sein Weinglas. »Ich würde gern heiraten und Kinder haben und ihnen beim Fußball oder bei Ballettaufführungen zusehen – das ganze Programm. Bei meinem Beruf ist das allerdings nicht einfach. Ich reise viel und hatte bisher nicht die Möglichkeit, länger an einem Ort zu bleiben.«

Ich neigte den Kopf zur Seite. »Kannst du das nicht ändern? Dich irgendwo fest niederlassen und andere für dich reisen lassen? Du bist doch dein eigener Chef. Wobei mir immer noch nicht ganz klar ist, worin genau deine Arbeit eigentlich besteht …« Erst hatte ich gedacht, er sei ein Sammler, dann hatte ich ihn für einen Händler gehalten, und jetzt war ich mir nicht einmal mehr sicher, ob er überhaupt im Antiquitätengeschäft arbeitete. Vielleicht kaufte er einfach nur gern schöne Dinge. Allerdings schaffte er es, zu allen wichtigen Auktionen eingeladen zu werden, und das war nur möglich, wenn man in der Szene bekannt war.

Der Mann war mir ein Rätsel und ließ viele Fragen unbeantwortet.

»Um ehrlich zu sein, ist es beruflich bei mir ein ziemliches Durcheinander.« Er drehte sein Weinglas am Stiel. »Ich habe mehrere Auftraggeber, und obwohl ich eigenständig arbeite, muss ich allen Rechenschaft ablegen und komme mir manchmal wie eine Marionette vor, an deren Fäden in alle Richtungen gezogen wird, so dass ich ständig hin und her reisen und Dinge erledigen muss.«

»Und was heißt das jetzt genau?« Ich lachte und schüttelte den Kopf. »Das ist keine Antwort auf meine Frage.«

Er nickte, und in seinen Augen blitzte es, als würde er es genießen, mich aufs Glatteis zu führen. »Ich bin Unternehmensberater, was im Prinzip bedeutet, dass ich um die Welt reise, Zahlen analysiere, Lösungen für Probleme finde und dann weiterziehe. Ehrlich gesagt, ist es nicht gerade ein spannender Job. Das Herumreisen hört sich nach Abenteuer an, aber in Wahrheit ist es ein Leben in Hetze, ohne geregelte Abläufe. Antiquitäten zu sammeln ist für mich einfach ein Ausgleich zu der monotonen Arbeit, Tabellen zu lesen und Daten zu berechnen. Schöne Dinge erinnern mich an jeden Ort, an dem ich gewesen bin, und ich liebe Schönheit ...«

Ich fühlte mich ein wenig erleichtert. Wenn er nicht mit Antiquitäten handelte, war sein Interesse an mir vielleicht echt. Vielleicht war er nur ein einsamer Reisender, der eine Pause brauchte, um Luft zu holen und ein paar hübsche Sachen zu kaufen, um sich an seine Zeit in der Stadt der Liebe zu erinnern.

»Was ist mit deinem Privatleben?«, hakte ich nach. »Suchst du dir an jedem Ort Freunde? Was du sagst, klingt nach einem Nomadenleben.« Um die Welt zu jetten, hatte sicher seine Vorteile, doch die wären meiner Ansicht nach gering, wenn man immer allein bliebe, ohne sich mit jemandem darüber austauschen zu können. Auch Einzelgänger brauchten Freunde, wobei mir Tristan nicht wie ein Eigenbrötler vorkam. Vielleicht hatte er auch in jedem Städtchen ein Mädchen … Wer wusste das schon?

»Meine engsten Freunde leben in Amerika. Ich habe ein Haus, in dem ich selten wohne, ein Auto, das ich selten fahre, und Fische, die ein anderer füttern muss, während ich weg bin. Dass ich noch etwas anderes vom Leben will, ist mir erst vor kurzem klargeworden. Und wie ich das anstellen soll, weiß ich noch nicht.« Er wurde rot. »Das ist schwer zu erklären.«

Auf einmal lag Traurigkeit in seinem Blick.

»Du solltest tun, was dich glücklich macht«, sagte ich.

»Es hört sich wie ein Klischee an, aber das Leben ist so kurz. Deshalb schlafen wir Franzosen gern aus, nehmen eine lange Mittagspause, trinken Wein zu den meisten Mahlzeiten – das tägliche Leben sollte nicht gehetzt und unter Druck ablaufen, es sollte genossen und gefeiert werden, jede einzelne Minute. Denn wer weiß, ob es ein Morgen gibt?«

Tristan trank einen Schluck und sah mich über das Glas hinweg nachdenklich an. »Im Vergleich zu meinem scheint mir dein Leben geradezu paradiesisch. Nach diesem Auftrag muss sich bei mir etwas ändern.«

Der köstliche Duft der Käse-Soufflés zog durch den Raum, und mir knurrte der Magen. Schnell räusperte ich mich, um das Geräusch zu vertuschen.

»Dein Körper weiß offenbar genau, was du brauchst.« Er lachte kurz und wurde dann wieder ernst. »Es ist nichts verkehrt daran, sich auf seine Arbeit zu konzentrieren, wenn sie einem Spaß macht. Man muss sich niemandes Vorstellung anpassen, wie das Leben zu leben ist. Ich lebe auf keinen Fall angepasst, das weiß ich wohl, aber die Sache ist die, dass ich es manchmal gern würde.«

»Und dein Jetsetter-Image aufgeben? Wohl kaum.«

»Gut, da würde mir natürlich mein Privatjet fehlen, ganz zu schweigen von meiner Jacht.« Er grinste verschmitzt.

Ich warf meine Serviette nach ihm. »Natürlich würde dir das fehlen. Alter amerikanischer Angeber!«

Er lachte lauthals los. »Wenn du wüsstest! Aber jetzt komm und lass dich verführen … natürlich nur zu meinem Käse-Soufflé.«

»Also gut, Romeo. Wollen wir mal sehen, was du zu bieten hast … natürlich nur in der Küche.«

Wir flirteten ganz unbeschwert, und anstatt rot zu werden oder zu stottern, verdrehte ich die Augen und machte einen Scherz daraus. Unschuldiger Spaß zwischen zwei Erwachsenen.

Nachdem Tristan gegangen war, krabbelte ich hundemüde ins Bett und ließ den Abend Revue passieren. Auch wenn Tristan ein hübsches Gesicht, einen durchtrainierten Körper und umwerfenden Charme besaß, so waren es nicht diese Dinge, die mich an ihm beeindruckten, sondern eher die stillen Momente mit ihm. Wenn er gar nicht merkte, dass ich ihn musterte. Seine Augen wurden dann dunkler, tiefer, sein Gesichtsausdruck weicher, und ich konnte mir vorstellen, wie er später im Alter einmal aussehen und was für ein Mann er dann sein würde: einer, der von wahrer Liebe und Familienleben träumte und der die kleinen Dinge im Leben genoss und zu schätzen wusste – aber vielleicht war das auch nur Wunschdenken.

Als Lilou nach Hause kam, knallte sie lautstark mit den Türen und alberte lachend mit Henry herum. Über mein erschreckendes Erlebnis hatte ich die beiden ganz vergessen und war froh, dass sie nicht in unser Essen geplatzt waren.

Ich knüllte mein Kissen zusammen und sah, wie das Mondlicht einen Streifen Licht durch den Vorhangspalt warf. Seufzend schloss ich die Augen.

Kapitel 11

Nach dem Frühstück – Erdbeerkuchen und starker schwarzer Kaffee – räumte ich die Teller ab und wischte den Tisch. Während ich summend durch die Wohnung tanzte, musste ich unwillkürlich schmunzeln. So eifrig Tristan gestern auch in der Küche gewerkelt hatte, waren trotzdem weder ein Körnchen Mehl noch ein schmutziger Teller zu sehen. Ein Mann, der kochte *und* putzte … *Gut mit den Händen*, würde Madame Dupont kommentieren und vielsagend mit den Augenbrauen wackeln.

Obwohl ich befürchtet hatte, in der Nacht von Alpträumen geplagt zu werden, hatte ich wunderbar geschlafen. Ein gefüllter Bauch, ein Abend voller Lachen und das Gefühl der Sicherheit, das mir Tristan gegeben hatte, waren offenbar genau die Heilmittel gewesen, die ich gebraucht hatte. Ich war mir nicht sicher, was ich eigentlich empfand, aber irgendetwas in mir prickelte, und ich brauchte Zeit, um herauszufinden, was das bedeutete.

Im Schlafzimmer öffnete ich alle Schranktüren und überlegte, was ich für meinen Kurztrip zu dem Nachlassverkauf in Saint-Tropez einpacken sollte. Beim Blick auf die Uhr schrak ich zusammen. Ich musste mich beeilen: Der Zug ging in zwei Stunden.

Was war mit der Frau passiert, die immer pünktlich kam? Ich hatte beim Frühstücken getrödelt und tagträumend die Stille genossen. Lilou war für die Arbeit an einer neuen Schmuck-Kollektion in ihrer »Werkstatt«, und Henry war ausgeflogen, noch bevor ich aufgestanden war.

Es war schön, meine Wohnung in aller Ruhe für mich zu haben, und der einzige Hinweis auf die Anwesenheit anderer waren ihre halb geleerten Kaffeetassen.

Ich war träge und hielt mich nicht an meinen Zeitplan. Ein paarmal erwischte ich mich dabei, wie ich in Erinnerung an den Abend mit Tristan vor mich hin grinste. Höchste Zeit, aus dieser mädchenhaften Träumerei zu erwachen und wieder in mein normales Leben einzutauchen!

Ich freute mich auf Saint-Tropez – den salzigen Meergeruch, den Sand unter meinen Füßen … Aber erst musste ich packen, und zwar schnell. Ich zog zwei Kleider aus dem Schrank, beide mit breiten Gürteln um eine schmal geschnittene Taille. Dazu einige Tücher und ein Paar Handschuhe, falls die Situation es erforderlich machen sollte, sowie ein Paar Schuhe mit Keilabsatz und für alle Fälle auch noch Ballerinas.

Meine Mutter sagte immer, ich sei eine alte Seele in einem neuen Leben, die ihre Vergangenheit nicht abschütteln könne – von der Art, mich zu kleiden, über meinen Antikladen bis hin zu meiner schwärmerischen Besessenheit von alten Zeiten. Vielleicht hatte sie recht. Vielleicht fand ich es aus diesem Grund auch so bedauerlich, wenn alte Traditionen sich verflüchtigten. Es kam mir vor, als würde Paris im Eilschritt immer moderner werden wollen und dabei seine Geschichte vergessen. Aber wenn wir die Hinterlassenschaften früherer Generationen samt den Erinnerungen, die Vergangenheit und Gegenwart verbanden, nicht schätzten und bewahrten, würden sie irgendwann für immer verloren sein. Das mochte sentimental klingen, aber genau darum liebte ich Antiquitäten so sehr.

Seufzend sah ich auf die Uhr, stopfte schnell noch ein

Buch in die Handtasche – *Pariser Mode der zwanziger Jahre* – und eilte aus der Wohnung.

Während ich zum Bahnhof fuhr, spürte ich kribbelnde Vorfreude. Auf mich wartete ein Sekretär, der früher einmal Anaïs Nin gehört hatte. Wenn ich die Augen schloss, sah ich sie als junge Frau mit schulterlangem, gewelltem braunen Haar vor mir, wie sie im Paris der Dreißiger an diesem Sekretär saß, aus dem Fenster sah und auf Inspiration wartete. Sie war ihrer Zeit voraus gewesen und zur Ikone geworden.

Nach ihrer Rückkehr in die Vereinigten Staaten war der Sekretär glücklicherweise in Frankreich geblieben und hatte mehrfach die Besitzer gewechselt – allesamt Schriftsteller, die in irgendeiner Weise mit Anaïs Nin verbunden gewesen waren. Ich hatte bereits eine Käuferin dafür, eine Autorin namens Marie, so dass seine Geschichte adäquat fortgesetzt würde. Sie freute sich schon sehr darauf und hatte mir Fotos ihres leicht chaotischen Büros geschickt samt der Stelle, an die der Schreibtisch wunderbar passen würde.

Das Schönste an meinem Beruf war, das Leuchten in den Augen meiner Kunden zu sehen, wenn sie das Objekt ihrer Begierde endlich erhielten, wenn in diesem Moment, in dem die zwei Welten aufeinandertrafen, die Zeit stehen zu bleiben schien.

Vergangenheit und Gegenwart. Damals und heute.

Mit diesem Sekretär würde Marie eine Eingebung bekommen und ihre Schreibblockade, die sie seit einer Weile plagte, überwinden, da war ich sicher, sei es nun durch die Kraft ihres Unterbewusstseins oder den Geist Anaïs Nins persönlich.

So viele Kunden riefen mich nach einem Kauf an und erzählten mit schüchterner Stimme, dass ihnen auf irgendeine skurrile Weise die Geister der Vorbesitzer erschienen seien. Hauptsächlich erlebte ich so etwas bei Antiquitäten, die Künstlern gehört hatten. Große Geister fanden es wohl schwieriger, unsere Welt hinter sich zu lassen und in die nächste hinüberzugehen. Der Klang einer Violine aus dem frühen neunzehnten Jahrhundert ertönte bei Nacht, so dass der neue Besitzer aus dem Bett aufstand, der Melodie folgte und dann einen Vorhang hin- und herschwingen sah, obwohl das Fenster fest verschlossen und die Tür verriegelt war.

Eine Schreibmaschine, die einst einem stämmigen, Whiskey liebenden Schriftsteller gehört hatte, war eines Nachts zum Leben erwacht und hatte in der Dunkelheit vor sich hin geklappert – ganz so, als hätte der Autor sich im Nachhinein noch einmal bei seinem Schreibgerät bedanken wollen, dass seine Werke unsterblich geworden waren.

Auch ich war einmal von einem Geist besucht worden. Ich besaß eine alte Standuhr aus dem Besitz einer französischen Schauspielerin der fünfziger Jahre, die für ihre Unpünktlichkeit am Set berühmt gewesen war und weil sie gern ganze Nächte hindurch feierte. Als ich die Uhr bei mir aufstellte, tickte sie anfangs zur Geisterstunde immer ein wenig lauter, als wollte sie ihre Vorbesitzerin damit grüßen. Die Schauspielerin war auf tragische Weise verstorben, jung und hübsch, und schien nach ihrem Tod von dem besessen, was ihr im Leben gefehlt hatte: Zeit.

In Gedanken erstellte ich auf dem Weg nach Saint-Tropez eine Liste der Leute, die ebenfalls vor Ort sein würden. Tristan. Ombre. Louis von der Gesellschaft für die Erhaltung der Kunst … und womöglich auch der Dieb. Es war durchaus denkbar, dass der Kunsträuber um uns herumschlich, ohne dass wir es bemerkten. Ich würde die Augen offen halten und unauffällig prüfen, ob ich neue und verdächtige Personen sähe.

Ich bestieg den TGV für die lange Fahrt nach Saint-Raphaël, wo mich ein Wagen am Bahnhof abholen und weiter nach Saint-Tropez bringen würde. Gebannt starrte ich aus dem Fenster, hinter dem lautlos die Landschaft vorüberglitt. Selbst in meinem Alter fand ich Zugfahren nach wie vor faszinierend, und die Reise zu einem neuen Ziel gab mir einen Energieschub. Ich sah üppige grüne Wiesen und Weiden und dazwischen, wie hineingetupft, einzelne Häuser oder Weiler. Das rhythmische Schwanken des Zuges lullte mich ein, und ich musste tatsächlich eingeschlafen sein, denn als ich aufwachte, lag ein kleiner Strauß aus blassrosa Pfingstrosen auf meinem Schoß. Ihr Geruch war so süß und durchdringend, dass ich sicher war, der ganze Waggon müsste den sinnlichen Duft wahrnehmen. Neugierig öffnete ich den beigefügten Umschlag und las die Karte.

Du bist wunderschön, wenn du schläfst, wie aus einem prä-raffaelitischen Gemälde. Ich wollte dich nicht stören ...
Vielleicht können wir uns in Saint-Tropez treffen?
Tristan

Tristan war auch hier? Auf dem Bahnsteig hatte ich ihn nicht gesehen. Plötzlich war ich ganz aufgeregt und auf angenehme Weise nervös.

Nach dem gestrigen Essen hatte sich zwischen uns etwas verändert. Es war zwar nichts offen ausgesprochen worden, doch die Änderung war spürbar gewesen – hier ein Blick, dort eine Berührung, die plötzlich mehr Bedeutung gehabt hatten. Ich kannte Tristan noch immer nicht sehr gut, aber wie Madame Dupont sagen würde: *gut genug wofür?* Es war ja nicht so, dass ich ihm gleich mein Geschäft überschreiben oder eine Familie mit ihm gründen wollte. Es ging lediglich darum, dass ich *ansatzweise in Erwägung* zog, ihm vielleicht auf die eine oder andere Weise näherzu-kommen.

Der Zug wurde langsamer, ich bereitete mich auf den Ausstieg vor und hoffte, Tristan dabei zu sehen. Auf dem Bahnsteig trödelte ich, solange es ging, jedoch ohne Erfolg, und mein Fahrer wartete schon auf mich. Als ich in den Wagen stieg, konnte ich es kaum erwarten anzukommen.

· ● ·

In Saint-Tropez wehte ein kräftiger Wind. Ich marschier-te am Hafen entlang, in dem unzählige Boote und Jachten lagen, die von den Wellen umspült wurden. Sie schienen unablässig »schsch« zu raunen, während der Ozean »ent-spann dich« sang.

Augenblicklich spürte ich, wie sich meine Schultern lockerten. Die natürliche Schönheit des Meeres und das Blau des weiten Himmels bezauberten mich – hier war es leicht, im Augenblick zu leben, nur zu *sein*.

Ich checkte in ein Zimmer mit Balkon ein, von dem aus ich das kobaltgrüne Wasser mit seinem diamantenen Glitzern sehen konnte. Das Zimmer selbst war klein und einfach, aber mit der Aussicht konnte ohnehin nichts kon-kurrieren. Der einzige Lärm kam von ein paar Kindern am Strand, deren fröhliches Gejohle den Moment noch voll-kommener machte.

Ich schlüpfte in meine hohen Schuhe, trat in den hel-len Nachmittag hinaus und machte mich auf den hügeligen Anstieg zum Nachlassverkauf.

Kapitel 12

Um die Bucht standen Gruppen von Häusern, in deren Fenstern sich die kabbelnden Wellen spiegelten. Ich zog eine eilig mit der Hand hingeworfene Skizze aus meiner Handtasche und versuchte zu ergründen, wo ich war. Anscheinend nicht mehr weit entfernt.

Ich stieg weiter aufwärts, und der wunderbare Ausblick lenkte mich von der Anstrengung ab. Oben auf dem Hügel stand majestätisch ein jahrhundertealtes Schloss, dem nicht einmal die rauen Seewinde etwas hatten anhaben können.

Auch wenn es zu meinem Geschäft gehörte, in solchen Anwesen Antiquitäten zu erwerben, machte es mich jedes Mal traurig, dass so hübsche Häuser samt Ausstattung verkauft werden mussten, sei es wegen Tod, Überschuldung oder anderweitig begründeter Räumung. Sicher gab niemand freiwillig einen Sekretär von Anaïs Nin her, aber aus irgendeinem vielleicht tragischen Grund musste er versteigert werden. Bei all meinen Käufen und Verkäufen war mir bewusst, dass der Anlass oft ein trauriger war.

Ganz außer Atem erreichte ich die Hügelkuppe und konnte das Schloss nun aus der Nähe bestaunen. Hinter den weit geöffneten schmiedeeisernen Toren lag herrlich grüner Rasen. Auf den Blumenbeeten daneben blühten üppige Azaleen in strahlendem Pink. Das Schloss selbst wirkte riesig und verdeckte ein gutes Stück des leuchtend blauen Himmels. An den Mauern rankten fuchsiarote Bougainvilleen, deren seidige Blüten sich im Wind wiegten.

Ich stellte mir das Schlossinnere vor: perlendes Lachen, das durch die weiten Gänge hallte. Das Echo von Stimmen, das sich an den hohen Zimmerdecken brach. Ein großer Ballsaal ... Würde der nun für immer in einsamer Stille liegen und sich auf seinem Parkettboden nie wieder ein Tanzschuh drehen? Welche Erinnerungen hatten diese alten Mauern im Laufe der Jahrhunderte in sich aufgenommen? Wie gern hätte ich das alles miterlebt, die Moden der *Mesdemoiselles* von Generation zu Generation gesehen.

In einiger Entfernung bellten Hunde, und es klang, als wären sie für diesen Tag weggesperrt worden, damit sie die Besucher nicht belästigten. Ich ging den mit Muschelsand bestreuten Weg entlang, an dessen Rändern Hahnenfuß blühte. An der Tür nickte mir ein Mann in dunklem Anzug freundlich zu. »Haben Sie Ihre Einladung dabei?«, erkundigte er sich.

Ich zog sie aus der Tasche. »Sind viele Gäste da?«

»*Oui*«, antwortete er und musterte kurz meine Einladungskarte. »Sehr viele. Gehen Sie bitte durch den breiten Korridor nach rechts, dann kommen Sie zum Salon, in dem Getränke und Canapés gereicht werden. Wenn Sie die Waren sehen wollen, können Sie die im dahinterliegenden Wintergarten besichtigen. Sie haben noch eine halbe Stunde Zeit, bevor die Auktion beginnt.«

»*Merci*.« Ich nahm einen Katalog entgegen. Jetzt wurde es spannend. Ich wollte diesen Sekretär unbedingt und hoffte, niemand würde den Preis in die Höhe treiben. Man konnte nie wissen, wer bei solchen Nachlassauktionen plötzlich auftauchte. Bei dieser Art von Auktion ging es manchen auch nur darum, gesehen zu werden und demonstrativ viel Geld auszugeben. In dem Fall konnte ich nicht viel tun, um die kostbaren Stücke zu schützen, außer ein paar davon selbst zu ergattern.

Meine Absätze klackerten über die Holzdielen, die auf

Hochglanz poliert waren. Als ich den Salon erreichte, begrüßte mich ein Kellner, der in Schulterhöhe ein Tablett balancierte. »Champagner?«

Ich schüttelte den Kopf. »*Non, merci.*« Ich würde mir erst zuprosten, sobald ich den Sekretär ergattert hätte.

Ich winkte ein paar Bekannten, ohne für einen Plausch stehen zu bleiben, und steuerte den Wintergarten an. Wie immer überkam mich ein überschäumendes Glücksgefühl, sobald ich von exquisiten Antiquitäten umgeben war. So viel Geschichte in einen Ort gepfercht, so viel ungewisse Zukunft – es war, als würden die einzelnen Stücke selbst mit angehaltenem Atem auf ihr Schicksal warten.

Es war später Nachmittag, und die tiefstehende Sonne tauchte all die Schätze in warmes, weiches Licht. Zwei Aufseher lehnten mit verschränkten Armen an der Wand und unterhielten sich. Nach einem kurzen Nicken in meine Richtung nahmen sie ihr Gespräch wieder auf.

Es gab viel zu sehen: Lampen, Globen, ein fürstliches Himmelbett mit pompösen Samtvorhängen. Seltene Bücher – vermutlich Erstausgaben – in einer verschlossenen Glasvitrine. Ich ging hin, um sie zu begutachten; ein Buch von Anaïs Nin würde natürlich hervorragend zu dem Sekretär passen. *Gertrude Stein, Hemingway, F. Scott Fitzgerald* las ich auf den Buchrücken – ein edles Trio amerikanischer Schriftsteller, die alle für eine gewisse Zeit in Paris gelebt hatten. Wenn ich den Sekretär zu einem guten Preis erstehen könnte, würde ich für meine eigene Sammlung auf diese Kostbarkeiten bieten.

Auf einmal schien die Luft zu vibrieren, und ich spürte, dass jemand hinter mich trat. Ich wirbelte herum und stand *ihm* gegenüber. Mein Puls beschleunigte.

»Danke für die Blumen. Pfingstrosen mag ich am liebsten.« Ich spürte, dass ich rot wurde, und schämte mich, dass mein Körper meine Gefühle derart offenbarte.

Tristan schmunzelte. »Dann habe ich ja gut geraten.« Er war stilvoll, aber lässig gekleidet, das blonde Haar zurückgekämmt, das blitzende Blau seiner Augen eine Nuance heller als das Meer.

»Das hast du.« Was mich betraf, hatte er bereits häufiger gut geraten.

»Interessiert dich irgendetwas hier besonders?« Ich sah ihn fragend an.

»O ja, sehr«, antwortete er, ohne den Blick von mir zu wenden. Ich spürte, wie mir heiß wurde. Sosehr ich auch versuchte, es abzuschalten, es gelang mir nicht.

Mit dem besten mir in diesem Moment möglichen Pokerface erwiderte ich: »Lass es mich anders formulieren: Interessiert dich irgendeines der Auktionsstücke hier besonders?«

Er musterte mich von oben bis unten, während er mit der Hand einmal die gesamte Länge seiner Krawatte entlangstrich, dann sah er mir wieder in die Augen.

»Die Skizzen gefallen mir sehr.«

Die Bilder, die er meinte, waren außergewöhnliche Bleistiftzeichnungen, die man erst vor kurzem zwischen Buchseiten geklemmt gefunden hatte und die Matisse zugeschrieben wurden. Sie waren wunderschön und würden mit Sicherheit eine hohe Summe einbringen. »Ich drücke dir die Daumen, dass du nicht allzu viel Konkurrenz hast.«

Wir standen ein wenig unschlüssig herum, was ihm mit Sicherheit nur selten passierte. Zwischen uns lag spürbar Spannung in der Luft. Um sie zu vertreiben, schwang ich meine Handtasche über die andere Schulter und lächelte Tristan an. »Dann suche ich mir wohl mal einen Platz«, brachte ich schließlich hervor.

»Sicher«, sagte er. »Vielleicht können wir uns hinterher wiedertreffen?«

»Vielleicht.« Ich sollte jetzt besser jeden Gedanken an ihn aus meinem Kopf verbannen, sonst könnte ich nicht richtig arbeiten.

In seiner Gegenwart locker und unverbindlich zu bleiben, wurde immer schwieriger. Mir war die Gefahr bewusst, und dennoch konnte ich nicht verhindern, dass ein Teil von mir ihn begehrte. Ich suchte mir nicht sofort einen Platz, sondern schritt die Auktionswaren noch einmal auf der Suche nach den Skizzen ab, die er ersteigern wollte.

Ich fand sie in einer mit einem Sicherheitsschloss versehenen Vitrine, direkt neben den Aufsehern. Von Nahem sahen die Bilder noch schöner aus als auf den Fotos im Internet. Matisse musste ein außergewöhnlicher Mann gewesen sein, um mit so wenigen Bleistiftstrichen eine solche Perfektion zu erreichen. Kein Wunder, dass hier mehr Gäste zugegen waren als sonst auf solchen Auktionen. Die Zeichnungen waren sicher heiß begehrt. Ich senkte meine Lider und begutachtete heimlich die anwesenden Bieter. Einige von ihnen kannte ich, andere nicht. Wie gut, dass die Diebstähle nur auf Schmuck ausgerichtet waren, denn diese Bilder an den Schwarzmarkt zu verlieren, wäre ein Verbrechen an der Kunstgeschichte.

Wie würde ein Räuber in diesem Umfeld vorgehen? Würde er sich unter die Leute mischen oder abseits stehen? Aus den Zeitungen war darüber nicht viel zu erfahren gewesen.

Während ich noch mit halb gesenktem Kopf den Auktionsraum musterte, trat ich aus Versehen jemandem auf den Fuß. »Oh, Entschuldigung«, murmelte ich, sah zu dem Mann auf – und fiel vor Schreck beinah in Ohnmacht. Es war tatsächlich Joshua, dieser Mistkerl!

Wieso war der denn schon wieder hier? Unwillentlich sah ich für den Bruchteil einer Sekunde in Richtung des Sekretärs, aber mehr bedurfte es auch nicht, falls Joshua aufmerksam genug war. Verdammt – genauso gut hätte ich auch ein Schild hochheben können, auf dem *KAUF DEN SE-KRETÄR VON ANAÏS NIN!* stand. Hatte er es bemerkt? Ich hätte heulen mögen.

Lektion eins, wenn man eine Auktion besucht: Man zeigt nie, niemals, woran man interessiert ist. Menschen wie Joshua sind wie Haifische, die jedes Zeichen wittern wie Blut.

»Lass mich bloß in Ruhe.« Böse funkelte ich ihn an und machte eine scheuchende Handbewegung. Dann betrachtete ich ausgiebig eine hübsche Zwanziger-Jahre-Tischlampe aus Murano-Glas, damit er dachte, ich würde dieses Objekt ersteigern wollen. Sie war wirklich wunderbar gearbeitet.

Er trat näher. »Anouk, meine kleine Französin. Wie schön, dich hier zu sehen. Willst du mir heute wieder etwas schenken?«

Am liebsten hätte ich ihm sein zynisches Grinsen aus dem Gesicht geschlagen. »Die Zeit deines Untergangs wird kommen, Joshua. Und dann denk an meine Worte.« Aber wahrscheinlich würde sie nicht kommen. Leute wie er schienen ihrer wohlverdienten Strafe ständig zu entgehen.

»Dann heißt das wohl nein zu einem gemeinsamen Abendessen? Wäre doch schade, die Chance auf eine Nacht im Paradies zu vertun.«

Ich bekam eine Gänsehaut bei der Vorstellung. »Du bist ein Schwein. Warum verziehst du dich nicht? Geh und ruinier jemand anderem das Leben.« Dass er so tat, als wäre das alles ein Spiel für ihn, verletzte mich von neuem.

Ich senkte meine Stimme und raunte ihm drohend zu: »Du kannst von Glück sagen, dass ich nicht jedem erzähle, was du mir angetan hast. Das Einzige, was mich davon abhält, ist meine Scham.«

»Komm schon, Anouk! Du hast ein paar schlechte geschäftliche Entscheidungen getroffen. Das ist noch lange kein Grund, auf mich böse zu sein.« Sein jungenhaft gutes Aussehen und seine falsche Freundlichkeit konnten jeden täuschen, und mir blieb keine Möglichkeit, ihn aufzuhalten, ohne mich selbst als Opfer zu offenbaren – auch wenn ich am liebsten mit dem Fuß aufgestampft und aller Welt verkündet hätte, was für ein mieser, hinterhältiger Betrüger er war.

»Noch ein Wort, und ich sage alles, egal, was das für mich bedeutet«, bluffte ich in der Hoffnung, meine feste Stimme würde ihn überzeugen.

»Versuch's doch, Anouk, aber du wirst nur wie die verbitterte Verschmähte dastehen.« Ein fieses Grinsen im Gesicht, machte er kehrt und marschierte geradewegs auf meinen Sekretär zu. *Er hatte meinen Blick bemerkt!*

Dann sah ich Tristan, der mit den Aufsehern plauderte, und war erleichtert. Offenbar hatte er mich und Joshua nicht beobachtet. Das Letzte, was er denken sollte, war, dass ich gerettet werden müsste.

Ich unterdrückte meine Wut, ging in den Salon, nahm eine Champagnerflöte vom Tablett des Kellners und leerte sie in einem Zug. Ich wusste, dass ich damit meine selbstgesetzte Regel brach, aber ich brauchte etwas, um mich zu beruhigen. Warum hatte Joshua nur wieder einmal die Oberhand gewonnen? Als der Kellner das nächste Mal vorbeikam, tauschte ich das leere Glas gegen ein volles und trank auch dieses. Die Wirkung setzte umgehend ein.

Beschwipst, aber um einiges gelassener, kehrte ich zur Auktion in den Wintergarten zurück. Meine Absätze knallten laut auf den Holzboden und kündigten hörbar mein Erscheinen an.

Alle Augen waren auf mich gerichtet, während ich zu den Stühlen ging. Das nächste Mal sollte ich wohl doch lieber Ballerinas anziehen und mich geräuschlos unter die Menge mischen. Meine mit Bedacht erarbeiteten Regeln brachen wie ein Kartenhaus zusammen, weil mich diese beiden Amerikaner – jeder auf seine Weise – aus dem Konzept brachten. Ich hatte mir immer etwas auf mein Pokerface und mein professionelles Auftreten eingebildet, aber diese Maske war immer schwerer aufrechtzuerhalten.

Vorn gab es keine freien Stühle mehr, also musste ich ganz hinten Platz nehmen, wo der Auktionator es kaum sehen würde, wenn ich eine Augenbraue hob. Ich würde für alle sichtbar mit meiner Zahlenkelle bieten müssen.

Die Auktion begann, und ich verfluchte mich zusätzlich dafür, dass ich mitten am Tag Champagner getrunken hatte. Das monotone Gerede des Auktionators machte mich schläfrig, und als die Sonne tiefer sank, schien sie durch die Scheiben des Wintergartens direkt in mein Gesicht und verstärkte meine innere Hitze.

Als der Sekretär aufgerufen wurde, setzte ich mein Pokerface auf, ignorierte den Auktionator und sah nach oben, als würde ich vor mich hin träumen, was mir in meinem beschwipsten Zustand relativ leichtfiel. die Gebote kamen langsam, aber stetig, und ich musste mich sehr zusammennehmen, um nicht jedes Mal zu zucken. Die Frau neben mir lehnte sich zu ihrer Freundin und flüsterte: »Wie ich gehört habe, hat Anaïs Nin an eben diesem Schreibtisch *Das Delta der Venus* geschrieben. Kannst du dir das vorstellen?« Dann hob sie ihre Kelle und bot ebenfalls. Mist!

Der Preis ging schnell in die Höhe und lag jetzt schon doppelt so hoch, wie ich erwartet hatte. Dann nahmen die Gebote allmählich ab, bis nur noch ein Mann übrig war, Piers, der regelmäßig zu Auktionen in Südfrankreich ging. In seinem Antiquitätengeschäft in Monaco war Grace Kelly früher eine treue Kundin gewesen.

Nun sah ich meine Chance gekommen. Piers hielt sich

zumeist an sein Budget und ließ sich nicht von Emotionen leiten. Ihm ging es nur um Zahlen. Der Auktionator verkündete: »Zum ersten, zum zweiten und zum dri...« Da hob ich meine Kelle, aber so auch Joshua, der mitten in der ersten Reihe saß.

Der Auktionator nahm sein Gebot und hatte meines nicht gesehen, also musste ich das Undenkbare tun und zum Bieten einmal kurz aufstehen.

Joshua drehte sich halb um und grinste hämisch, dann ließ er seine Kelle oben als Zeichen, dass er nicht aufhören würde, gegen mich zu bieten. Ich lag schon weit über meinem Budget, wollte aber so dringend gewinnen, dass wieder einmal mein rationales Denken aussetzte. Plötzlich zog eine Wolke vor die Sonne, und als ich so abrupt im Schatten saß, kam ich wieder zu Sinnen. *Was tat ich hier eigentlich?* Wenn ich so weitermachte, würde ich noch bankrottgehen. Aber es ging ums Prinzip – ich konnte nicht zulassen, dass dieser Mann mich besiegte.

Die Frauen neben mir kicherten und zeigten mit dem Finger auf Joshua. »Ist der Mann nicht eine Augenweide?«, meinte die eine. Die Freundin nickte. Ich war kurz vorm Explodieren. »Tatsächlich ist das ein gemeiner Schwindler«, zischte ich. Die beiden sahen mich entgeistert an, als wäre ich eine Irre. »Ein fieser Betrüger«, fügte ich noch eindringlicher hinzu. Aber die Frauen schüttelten nur verständnislos die Köpfe, sahen einander an und verdrehten demonstrativ die Augen.

Ohne es bewusst zu wollen, hob ich meine Kelle ein weiteres Mal, nur um gleich wieder von Joshua überboten zu werden. Frustration stieg in mir hoch, und ich musste mich mit aller Kraft zusammennehmen, um auf meinem Stuhl sitzen zu bleiben. Viel lieber wäre ich zu Joshua gegangen, hätte ihm die Kelle entrissen und mitten durchgebrochen.

Diese Auktion wurde gefährlich für mich. Ich lag so weit über meinem Budget, dass ich auf keinen Fall mehr bieten durfte. Wohl oder übel musste ich mich von dem Sekretär verabschieden. Als ich mich abwandte, um Joshuas hämisches Grinsen aus meinem Sichtfeld zu verbannen, entdeckte ich plötzlich Tristan, der mich fragend ansah, ob er für mich weiterbieten solle. Ich schüttelte den Kopf. Nie wieder wollte ich einem Mann etwas schuldig sein, egal, was weiter passierte.

Noch während ich mir dieses schwor, deutete der Auktionator mit dem Hammer auf mich als stumme Frage, ob ich weiterbieten wolle. »*Non*«, sagte ich laut.

Joshua drehte sich zu mir um und zwinkerte frech. Beim abschließenden Hammerschlag brach mir das Herz.

Joshua hatte auf den Sekretär nur geboten, weil ich daran interessiert war. Ich hatte gedacht, ich hätte die Sache mit ihm endlich hinter mir gelassen, aber nun saß er da und vermochte es immer noch, mich zu quälen. Wenn alles im Leben einen Sinn hatte, würde ich gern wissen, warum mir dieser Mann geschickt worden war. Welche Lektion sollte ich lernen außer der, dass man niemandem trauen konnte? Es schien mir eine zu hohe Strafe für das simple Vergehen, mich in den falschen Mann verliebt zu haben. Ich erhob mich, so würdevoll ich konnte, und verließ den Raum.

Draußen zwitscherten die Vögel in den dicht belaubten Bäumen. Aufgebracht stampfte ich den Weg hinunter und verfluchte den Tag, an dem ich Joshua begegnet war.

Als ich das Tor erreichte, packte mich jemand am Arm. »Warte«, sagte Tristan.

Ich holte tief Luft und drehte mich um.

»Lass uns was trinken gehen. Du siehst aus, als könntest du es gebrauchen. Und vielleicht kannst du mir dann erzählen, warum dir dieser Typ andauernd und mit aller

Macht weh tun will.« Er stand so nahe, dass ich sein Aftershave riechen konnte, seinen minzigen Atem und den pudrigen Duft von Seife. Und obwohl ich nicht wollte, dass er meine Schlachten für mich schlug, war die Vorstellung, mich ihm anzuvertrauen und von Joshuas Verrat zu erzählen, mehr als verlockend. Ich hatte mit kaum jemandem darüber geredet, und vielleicht hatte Lilou recht – ich sollte denjenigen gegenüber ehrlich sein, die mir etwas bedeuteten. Sich zu verstecken brachte nichts.

»Gehen wir«, sagte ich. »Von diesem Typen hab ich so sehr die Nase voll, dass es mir bis ans Lebensende reicht.«

Kapitel 13

Wir ließen das Anwesen hinter uns, und irgendwie schaffte ich es, den Berg hinunterzusteigen, ohne über meine eigenen Füße zu stolpern.

»Ich hätte ihm am liebsten eine verpasst und möchte jetzt einfach die ganze Geschichte hören«, sagte Tristan und riss mich aus meinen Gedanken.

»Eine verpasst? Das hätte ihm wahrscheinlich noch gefallen, damit er dich bis auf dein letztes Hemd verklagen kann. Er gehört zu denen, die in allem nur die Dollarzeichen blinken sehen.« Und gehörte Tristan zu denen, die später aus dem Nähkästchen plaudern würden? Die jemanden lieben und danach genauso wieder von ihm lassen konnten? Oder schlimmer, die mich bestehlen und es mir bei jeder Gelegenheit unter die Nase reiben würden?

»Ich möchte mich erst ein wenig frisch machen«, sagte ich und deutete in Richtung meines Hotels. »Unten am Strand ist eine Bar, in der können wir uns in einer Stunde treffen, in Ordnung?« Bevor sie es von jemand anderem erfuhr, musste ich Marie die schlechte Nachricht übermitteln, dass ich den Sekretär nicht bekommen hatte. Und nachdem Joshua mir so sehr auf die Pelle gerückt war, hatte ich das dringende Bedürfnis, mich zu waschen, als wäre ich durch seine Nähe beschmutzt worden.

»Bis gleich«, sagte er und schenkte mir ein Lächeln.

Ich duschte, zog mich um und erledigte meine Telefonate. Bei Einbruch der Dämmerung verließ ich das Hotel und spazierte in der lauen Luft die Promenade hinunter. Der Mond schien durch die dunkelblauen Wolken, die die Farbe des Meeres zurückwarfen. Im Hafen funkelten die Lichter der imposanten Jachten. Pärchen gingen Hand in Hand und raunten sich gewiss innige Liebesschwüre zu. Saint-Tropez war das perfekte Setting für Frischverliebte.

Jazzige Klänge schwebten auf mich zu, und ich folgte ihrem Klang zu einer Bar am Ufer. Die Musiker spielten auf einer im Sand aufgebauten Bühne, vor dem Hintergrund anrollender Wellen.

Auf einer Holzterrasse standen bequeme weiße Lounge-Sessel. Während ich mich in einen hineinsinken ließ, kam ein Kellner in hellblauer Hose und weißem T-Shirt und reichte mir eine Getränkekarte. Was konnte an der französischen Riviera besser passen, als unter dem blinkenden Sternenhimmel einen fruchtigen Cocktail zu trinken?

Wenig später kam auch Tristan und setzte sich in den Sessel gegenüber. Mit seinen intensiv blauen Augen und dem charmanten Lächeln war er ein ebenso betörender Anblick wie die Umgebung. Er wirkte so selbstsicher und natürlich und schien sich hier wie an jedem anderen Ort zu Hause zu fühlen.

Ich bestellte zwei Cocktails »Saint-Tropez« und merkte erst danach, dass ich – wie sonst Lilou – einfach bestimmt hatte, ohne zu fragen. Verlegen räusperte ich mich. »Ich dachte, wo wir schon mal hier sind … Also …«

»Eine perfekte Wahl.« Er lachte, und ich entspannte mich wieder.

Aufmerksam musterte er meine Frisur mit der Pinup-Haartolle und den gewellten Haaren, dann meine knallrot geschminkten Lippen. »Du siehst heute noch mehr als sonst so aus, als kämst du direkt aus dem Paris der vierziger Jahre. Dein Haar, deine Kleidung – jemanden wie dich habe ich noch nie getroffen.«

Ich wollte protestieren, doch er hob eine Hand.

»Man sieht sonst keine Frauen, die aussehen, als wären sie gerade einem Schwarzweißfilm entstiegen. Du bist wirklich etwas Besonderes. Sogar deine Art, dich zu bewegen, scheint wie aus einer anderen Ära. Dramatisch, resolut und faszinierend.«

Ich klappte den Mund auf und zu und überlegte fieberhaft, was ich erwidern könnte. Schließlich sagte ich einfach: »Danke.«

»Es ist nur die Wahrheit.« Sein eindringlicher Blick und die Art, wie er über meinen Stil sprach, überraschten mich. Steckte in diesem Mann etwa viel mehr, als ich anfangs angenommen hatte? Oder war das nur ein Versuch, mich zu betören? Allerdings hatte ich nach dem gestrigen Abend nicht den Eindruck, dass er ein Draufgänger war. Er hatte sich aufopfernd um mich gekümmert. Und genau das war mir wichtig: Sicherheit … ein Mann, der mich vergessen ließ, dass die Liebe manchmal ein Schlachtfeld war.

Die Cocktails kamen, und wir genossen schweigend die ersten Schlucke.

»Was ist das nun mit diesem Typen?«, hakte er dann nach. Er schien ehrlich interessiert.

»Joshua … Offen gesagt, ist er ein Betrüger, und ich habe mich von ihm übers Ohr hauen lassen. Bestimmt hat halb Paris über mich gelacht.« Und ob es nun am Meer lag oder am sanften Wind, der über mein Haar strich, oder daran, dass mir ein Mann überraschend aufmerksam und mitfühlend zuhörte, ich erzählte Tristan alles bis ins Kleinste.

Dann kam ich zum schlimmsten Teil der Geschichte, der mir immer noch am meisten weh tat. »Wir wollten ein Museum eröffnen, also zumindest dachte ich, dass wir das wollten. Er bot sogar an, alles schriftlich festzuhalten für den Fall, dass zwischen uns irgendwas passierte. Er schlug das so ernsthaft und nachdrücklich vor, dass ich darauf verzichtete. Es hätte unser Vorhaben nur gebremst, und ich habe ihm voll und ganz vertraut. Er schien denselben Traum wie ich zu haben, und ich wäre nie auf die Idee gekommen, das in Frage zu stellen. Jedenfalls brauchten wir Kapital, um der Bank zu beweisen, dass wir das Darlehen für die Ankäufe auch zurückzahlen könnten. Joshua sagte, er hätte Geld, aber das sei noch fest angelegt. Und dass er einen Käufer für den Flügel hätte, den ich gerade ersteigert hatte – ein Erbstück des französischen Pianisten und Komponisten Fania Fénelon. Das wäre auf jeden Fall genug für den Anfang, bis er an sein Geld herankäme und mich ausbezahlen könnte. Danach würden wir das Darlehen zurückzahlen, und alles wäre gut.«

Tristan rieb sich die Schläfen und stöhnte. »Ich kann mir schon vorstellen, wie es endete ...«

Ich biss mir auf die Lippen aus Ärger, dass ich so naiv gewesen war. »Es ging nicht nur um den Flügel, sondern um alle möglichen Sachen, für die er angeblich Käufer hatte – einschließlich des Gemäldes, nach dem du mich gefragt hast. Ich war ganz und gar geblendet von der Vorstellung, dass mein Traum in Erfüllung gehen würde und wir ein paar wirklich seltene Antiquitäten und vor allem ihre Geschichten mit der ganzen Welt teilen könnten.« Ich atmete tief aus. »Ich verkaufe Antiquitäten, um mir meinen Lebensunterhalt zu verdienen, aber ein Teil von mir fühlt sich fast schuldig, dass sich nicht jeder diese Sachen leisten kann – ihren Anblick genießen und von ihrer Bedeutung erfahren kann. Das Museum wäre eine Möglichkeit, das zu ändern. Ich weiß, es gibt in Paris schon viele Museen, wie auf der ganzen Welt, aber dieses sollte anders sein. Spielerisch, mit Kursen für Leute, die restaurieren lernen wollen, oder Workshops zu bestimmten Themen der Kunst. Mit professionellen Musikern, die historische Musik auf den alten Instrumenten der Künstler spielen. Mit Dingen, die auch jüngere Leute inspirieren, sich interaktiv und mit Spaß mit der Vergangenheit auseinanderzusetzen und etwas über unsere Geschichte zu lernen.«

Die Jazzband machte eine Pause, und es wurde still.

»Wie hast du gemerkt, dass alles ein Schwindel war?«, fragte Tristan dann.

»Zufällig sah ich, dass der Flügel online von einem amerikanischen Auktionshaus angeboten wurde. Der Flügel und die meisten anderen Sachen, die Joshua genommen hatte. Er versicherte sofort, das wäre ein Fehler, aber es dauerte nicht lange, und ich bekam heraus, dass die Spur doch zu ihm führte. Seine potentiellen Käufer hat es nie gegeben. Für mich brach eine Welt zusammen. Ich stellte ihn zur Rede, dann tauchte er plötzlich unter. Die Polizei half mir nicht. Er hatte vorgesorgt und Abschriften meiner Textnachrichten von mir an ihn vorgelegt. So stand ich plötzlich als rachsüchtige verlassene Geliebte da.«

Ich trank einen kräftigen Schluck. »Natürlich verfluchte ich mich selbst, dass wir nichts schriftlich festgehalten hatten, aber ich ahnte, dass er mich auch damit irgendwie betrogen hätte. Bald geriet ich in ernsthafte finanzielle Schwierigkeiten. Kein Flügel, kein Darlehen und kein Geld von Joshua. Ich hatte alle Not, mein Geschäft zu halten, und musste viele Leute um große Gefallen bitten. Fast jede Minute verbrachte ich damit, Käufer für meine Sachen zu finden, und nahm auch Verluste in Kauf. Selbst jetzt noch habe ich Mühe, wieder in die schwarzen Zahlen zu kommen. Nun kennst du die ganze Geschichte.«

Zaghaft blickte ich zu ihm hin und erwartete halb, er würde bei so viel Dummheit davonlaufen. Doch das tat er nicht. Er sah mich nur lange an, als wollte er sich ausreichend Zeit nehmen, um alles zu verstehen. »Das ist eine schwere Zeit für dich – und bewundernswert, wie du das alles schaffst.«

»Ich breche so ungefähr alle Regeln, an die ich mich halten wollte, aber ich habe keine andere Wahl.«

»Das ist fast immer der Grund, weshalb Regeln gebrochen werden«, erwiderte er. »Verzweiflung. Jetzt will ich dem Kerl erst recht eine reinhauen.«

»Ich habe es dir ja gesagt – das Leben in Kreisen der Antiquitätenhändler ist nie langweilig.« Ich versuchte zu lachen. Der Wind frischte auf, und die Wellen schlugen mit größerer Wucht ans Ufer.

»Einem Mann wie Joshua muss eine Lektion erteilt werden«, sagte er schließlich. »Und irgendwer sollte sich darum kümmern.« Er sprach leise, fast drohend, und ich sah wieder diesen entschlossenen Ausdruck in seinen Augen, als würde er meinen, er müsse mich beschützen.

»Du musst dich nicht um mich kümmern, falls du das damit andeuten willst.« Auf einmal hatte ich wieder die dunkle Seitenstraße vor Augen und den Geschmack von Angst auf der Zunge. »Na ja, zumindest nicht die ganze Zeit.«

Er lächelte. »Das weiß ich, Anouk. Ich weiß, dass du auf dich selbst aufpassen kannst.« Dann verfinsterte sich seine Miene wieder. »Aber das ändert nichts daran, dass ich den Kerl für das, was er dir angetan hat, irgendwann zur Rechenschaft ziehen will. Ich kann nicht anders.«

Noch nie hatte jemand angeboten, für mich zu kämpfen. Einerseits tat es gut zu wissen, dass er auf meiner Seite stand, andererseits wollte ich nicht für so schwach gehalten werden, dass ich nicht selbst für mich einstehen konnte. Tristan schien zu den Männern zu gehören, die Ungerechtigkeiten wieder geradebiegen mussten, und ich war dankbar, dass er auch nach meinem Geständnis noch zu mir hielt. Es war das erste Mal, dass ich jemandem die ganze Geschichte erzählt hatte, jede Verletzung meiner Seele samt der Narben, die sie davongetragen hatte. Dennoch sah ich kein Mitleid, sondern tiefes Mitgefühl, ja, fast so etwas wie Zärtlichkeit in seinem Blick.

Geradezu hypnotisiert von seinen Augen, lehnte ich mich näher zu ihm hin, als plötzlich jemand dicht an mir vorbeiging und an meinen Sessel stieß, so dass ich den Rest meines Cocktails verschüttete. Der Bann war gebrochen, und ich sah mich suchend nach einer Serviette um. Dabei fiel mein Blick auf den Übeltäter – und ich erstarrte. Wieso konnte dieser Mann mich nicht einfach in Ruhe lassen? Schnell winkte ich mit wilden Gesten dem Kellner, um Tristan von Joshua abzulenken, der sich völlig ungerührt abwandte und hoffentlich gleich ans andere Ende der Terrasse verschwinden würde.

Aber wie üblich hatte ich Joshua falsch eingeschätzt. Ihm machte es natürlich erst richtig Spaß, wenn er mich provozieren und genüsslich meine Reaktion beobachten konnte. Er setzte sich mit seiner Begleitung direkt an den Nachbartisch und sagte laut: »Der Sekretär, den ich heute ersteigert habe, wird dir gefallen – und wenn nicht, können wir ihn immer noch als Brennholz benutzen …« Die beiden lachten, und Joshua warf mir einen spöttischen Blick zu.

Tristan sah von Joshua zu mir, und in seinen Augen blitzte die Wut auf. Ich schüttelte den Kopf – dieser Mistkerl war es einfach nicht wert. Denn genau das war es, was Joshua wollte: Aufmerksamkeit.

Wenn ich etwas über Joshua wusste, dann, dass er niemals etwas verbrennen würde, das er zu Geld machen könnte. Seine Bemerkung war als bloße Demütigung gedacht gewesen, aber ich würde nicht anbeißen. Stoisch blinzelte ich die Tränen weg und hegte Fluchtgedanken.

»Also«, sagte ich. »Warum gehen wir nicht …« Doch ehe ich den Satz beenden konnte, stand Tristan auf, setzte sich auf meine Sessellehne, beugte sich über mich und umfasste meine Wangen mit beiden Händen. Mir war sofort klar, dass er das nur tat, damit ich vor Joshua mein Gesicht wahren konnte. Als er fragend eine Augenbraue hochzog, spitzte ich die Lippen zu einem Kuss und schloss die Augen.

Meine Sinne waren so geschärft, dass ich seinen Mund schon spürte, bevor er mich berührte. Seine Lippen waren warm und unfassbar weich, und ich ließ mich einfach fallen und vergaß alles um uns herum.

Das überwältigende Erlebnis eines ersten Kusses raubt einem jedes Mal den Atem. Mein Herz schlug schneller, mein Körper schien innerlich zu vibrieren … Aber war es denn ein echter Kuss? Oder nur eine Maßnahme, um Joshua eifersüchtig zu machen? In diesem Moment war mir das egal. Ich ließ mich berauschen und gab mich diesem Kuss voll und ganz hin.

Nach einer gefühlten Ewigkeit löste Tristan sich von mir. Die zweite Runde Cocktails wurde gebracht, und ich drückte das kalte Glas gegen meine erhitzten Wangen. Trotz der kühlen Seebrise war mir heiß.

»Lass uns essen gehen und reden«, sagte er und nahm meine freie Hand.

»Das klingt wunderbar.«

Und so ließen wir Joshua hinter uns.

Nach einem äußerst leckeren Essen – frisch zubereiteter Fisch mit köstlichem trockenen Weißwein – in gemütlicher Atmosphäre begleitete Tristan mich zu meinem Hotel. Ich genoss den Spaziergang unter sanftem Mondlicht, fühlte mich auf unkomplizierte Weise wohl und versuchte, die Erinnerung an unseren Kuss beiseitezuschieben.

Vor der Tür nahm Tristan meine Hand. »Ich wünschte, ich könnte noch bleiben«, sagte er mit sehnsuchtsvollem Blick, »aber ich muss morgen ganz früh in Paris sein.«

»Dann hoffe ich, dass du im Zug schlafen kannst.«

»Ich werde es versuchen«, erwiderte er lachend. »Wenn man in so vielen verschieden Zeitzonen arbeiten muss, lernt man, bei jeder sich bietenden Gelegenheit zu schlafen.«

»Hier verpasst du leider etwas«, sagte ich. »Der Sonnenaufgang in Saint-Tropez ist einzigartig schön.«

»Vor allem ein Sonnenaufgang mit dir …« Er brach ab und wirkte plötzlich bedrückt. »Ich hoffe, wir können Freunde sein, Anouk. Auch nach …«

Freunde? Ging es tatsächlich nur darum? Ich ließ mir nichts anmerken. »Nach dem heutigen Abend?«

Er blickte zu Boden und verlor für einen Moment die lässige Leichtigkeit, die ihn von anderen Männern unterschied. »Nach allem.«

Irgendetwas hatte sich plötzlich verändert, aber was, konnte ich mir nicht erklären. Vielleicht war es mir so sehr zur Gewohnheit geworden, alles zu hinterfragen, dass ich jetzt zu viel hineininterpretierte. Bereute er unseren Kuss? »Natürlich«, meinte ich leichthin und vermied jegliche Bemerkung mit tieferer Bedeutung, falls er sich doch lieber zurückziehen wollte.

Er küsste mir die Hand, und seine Lippen verweilten einen Moment auf meiner erhitzten Haut. Ich war froh, dass er abreisen musste, weil ich den dringenden Wunsch verspürte, ihn mit auf mein Zimmer zu nehmen, alle Vorsicht zu vergessen und einfach den Moment zu genießen. Das wahre Leben schien hier am Meer ewig weit entfernt.

»Ich sehe dich in Paris.« Er nahm mich in die Arme. Ich schloss die Augen, schmiegte mich an seinen warmen Körper und atmete seinen Duft ein. Tristan war die Ahnung einer zweiten Chance. Heute Nacht hatte er einen Test bestanden, von dem ich nicht einmal wusste, dass ich ihn ausgeschrieben hatte, und ich konnte nur hoffen, dass mich mein Gefühl nicht trog. »Danke für den wunderbaren Abend, Anouk. Du bist so wunderschön, und das macht das Leben so viel schwerer.«

Ich lachte. »Warum?«

»Eine schöne Französin tritt in mein Leben, und plötzlich ist Paris um einiges verlockender. Da kann ein Mann schnell sein Herz verlieren.«

Sollte das eine Warnung sein? Was auch immer zwischen uns war, würde zweifellos enden, sobald er seine Arbeit erledigt hätte, aber sollte mich das abhalten? Wäre Madame Dupont hier, würde sie sagen: *Ganz sicher nicht – geh das Risiko ein!* Also würde ich das zur Abwechslung einmal tun. Und wenn es danebenging, weil er nur ein elender Herzensbrecher war, dann würde ich es danach eben nie wieder tun. Aber mal ehrlich: Ein Blitz schlägt nicht zweimal an derselben Stelle ein. Mit anderen Worten: Ein solches Drama wie Joshua würde mir nie wieder passieren. Das durfte das Schicksal nicht zulassen.

»Paris ist der perfekte Ort für … was auch immer. Warten wir einfach ab, was passiert.«

Vielleicht lag es am Wein, vielleicht auch an der Magie der Nacht, aber ich fühlte mich ungewöhnlich mutig. In Paris konnte alles wieder anders aussehen, aber das würde nur die Zeit offenbaren.

Er sah mich wehmütig an. »Ich muss jetzt wirklich gehen … sonst verpasse ich meinen Zug.«

»Dann sehen wir uns auf der Mai-Gala.«

Er lächelte, und dann küsste er mich von neuem. Meine Beine wurden zu Gummi, und mein Puls beschleunigte. Während ich ihm im Mondschein hinterhersah, konnte ich noch immer seine Lippen auf den meinen spüren.

Kapitel 14

Nach einem entspannten Morgenspaziergang am Strand, bei dem ich die Wärme der Sonne und die Weite des tiefblauen Meeres genoss, verließ ich Saint-Tropez erfrischt, aber auch ein wenig benommen von den Ereignissen.

Am Nachmittag war ich wieder in Paris, packte meinen Koffer aus und wollte noch ein wenig arbeiten. Die Wohnung war einigermaßen aufgeräumt und Lilou samt ihrem Couchsurfer nirgends zu entdecken. Anscheinend hatte Papas Anruf sie ausreichend beunruhigt, dass sie sich zur Abwechslung einmal besonnen hatte. Seltsamerweise vermisste ich ihre melodiöse Stimme, aber ich wusste, es würde nicht lange dauern, bis sie wieder durch die Tür wirbelte.

Mein Handy klingelte, und ich zog es hastig aus der Tasche. Als ich *Dion* auf der Anzeige las, spürte ich spontan Enttäuschung. Und bekam dann ein schlechtes Gewissen. Dion war ein guter Mensch und lieber Freund – auch wenn ich insgeheim auf Tristans Anruf gehofft hatte.

»*Salut*, Dion.«

»*Salut*, Anouk«, erwiderte er. »Madame hat mich gebeten, dich anzurufen, um dir zu sagen, dass wir dich zur Mai-Gala abholen werden.«

Ich zögerte. Was, wenn Tristan noch anriefe und mich ebenfalls abholen wollte? Nein, dachte ich sofort, für einen Mann sollte ich meine Freunde nicht enttäuschen. Das wäre ein erstes Anzeichen von Wahn.

»Das wäre großartig, Dion. Richte Madame meinen Dank aus.«

»Gern«, sagte er und legte auf.

Ich ließ mich auf die Chaiselongue sinken und befühlte meine Lippen. Noch immer spürte ich dort die Erinnerung an unsere Küsse. Doch irgendetwas an Tristan irritierte mich. Als ich unsere Gespräche noch einmal rekapitulierte, hörte ich eine leise Warnung heraus. Zwar wollte ich mir nicht mehr zu viele Gedanken machen, aber trotzdem konnte ich gewisse Bedenken nicht vollkommen abschütteln.

Wohl, weil es in der Wohnung so still war, schlief ich ein, während mir die Sonne das Gesicht wärmte. Als ich aufwachte, stand Henry, der Couchsurfer, über meinen Schreibtisch gebeugt und stöberte in meinen Papieren. Verwundert hielt ich die Luft an und beobachtete ihn einen Moment.

Was machte er da?

Neben meinem Computer lagen Dutzende noch unbezahlte Rechnungen sowie einige vertrauliche Geschäftspapiere. Zuerst dachte ich, er wollte nur aufräumen, aber dann hielt er ein paar Blätter hoch und studierte sie eingehend.

»Entschuldigung«, sagte ich und richtete mich auf. »Was genau tust du da?«

Er fuhr zusammen. »Anouk ... jetzt hast du mich aber erschreckt.«

»Warum hast du meine Unterlagen durchwühlt?« Ich versuchte, ruhig zu bleiben, empfand es jedoch als deutlichen Eingriff in meine Privatsphäre. Ich kannte diesen Kerl überhaupt nicht, und er stöberte in meinen Papieren!

Immerhin besaß er den Anstand zu erröten. »Das habe ich nicht. Ich habe nur aufgeräumt. Lilou hat mir aufgetragen, überall Staub zu wischen, also habe ich das gemacht.«

Ich stand auf, stellte mich neben ihn, nahm ihm meine Unterlagen aus der Hand und sah nach, ob sie noch vollständig waren. »Du wischst also Staub – ohne Staubtuch«, kommentierte ich trocken.

»Ich wollte gleich eins holen und vorher schon mal Ordnung schaffen ...«

Die Wohnungstür flog auf, und Lilou spazierte herein, eine Schachtel vom Konditor unterm Arm. »Was?«, fragte sie und sah von mir zu Henry, da sie wohl die frostige Atmosphäre spürte. »Was ist los?«

Ich drückte meine Papiere gegen die Brust. »Henry hat meine Unterlagen durchwühlt, behauptet aber, er wollte nur Staub wischen. Ich weiß auch nicht genau, was hier los ist ... Aber genau das ist es, was ich meinte, Lilou, als ich dir sagte, ich brauche meine Privatsphäre.«

Henry schüttelte den Kopf. »Ich wollte Staub wischen, wie Lilou es mir aufgetragen hat. Und wie ich schon sagte: Ich habe die Sachen nur sortiert, damit ich dann besser drum herum wischen kann. Du hast da völlig falsche Schlussfolgerungen gezogen.«

Skeptisch kniff ich die Augen zusammen.

Lilou schlenderte an uns vorbei und stellte ihre Schachtel auf den Couchtisch. »Anouk! Bleib doch mal locker. Du tust, als wäre Henry ein Spion oder so etwas. Wer um alles in der Welt sollte denn Interesse an deinem Papierkram haben? Das sind doch stinklangweilige Sachen. Kaffee irgendjemand?«, wechselte sie dann das Thema.

Ich atmete bewusst langsam aus, um mich zur Ruhe zu zwingen. Vielleicht hatte ich Henrys Vorgehen tatsächlich vorschnell verurteilt, aber wenn jemand zwischen meinen Verkaufszahlen und Lagertabellen wühlte, war ich eben empfindlich. »In Ordnung, tut mir leid, Henry. Aber in Zukunft brauchst du bei meinen Sachen nicht mehr Staub zu wischen. Mein Schreibtisch, mein Schlafzimmer und meine Bücherregale lässt du bitte in Ruhe. Räumt einfach eure eigenen Sachen auf, mehr verlange ich nicht.«

Ergeben hob Henry die Hände und sah mich so unschuldig an, dass ich dachte, ich hätte wirklich überreagiert. Trotzdem war ich sicher, dass er meine Sachen nicht nur geordnet, sondern aufmerksam studiert und jede Rechnung gelesen hatte. Vielleicht war er nur neugierig und hegte keinerlei böse Hintergedanken. Und doch ...

»Tut mir leid, Anouk, ich wollte nur helfen.«

Ich nickte und ging in mein Zimmer, wo ich die Dokumente in einer Schublade versteckte. Zwischen den Rechnungen steckten Briefe von Gläubigern, die mich immer noch wegen unbezahlter Rechnungen anschrieben, und etliche Mahnungen mit roten Zahlen riefen: *Letzte Warnung!* Ich hatte so viel bezahlt, wie es mir möglich gewesen war, nun brauchte ich nur noch ein paar Glückstreffer, um den Rest zu begleichen – eine seltene Schmuckkollektion zum Beispiel, für die ich eine vertrauenswürdige Käuferin fände. Aber solche Informationen sollten unter Verschluss bleiben und nicht irgendwelchen Fremden zu Gesicht kommen.

Es wurde Abend, und nach kurzem Klopfen streckte Lilou ihren Kopf durch meine Tür. »Du bist schon seit Ewigkeiten hier drin«, schalt sie mit Blick auf meinen Laptop, dessen Bildschirm ein gespenstisch weißes Licht ins Zimmer warf. »Komm, und iss mit mir. Ich habe eine Schachtel voller Köstlichkeiten aus Jean-Claudes Confiserie.«

Beim Gedanken an Jean-Claudes essbare Kunstwerke lief mir das Wasser im Mund zusammen.

»Komm schon«, bettelte sie. »Da ist ein Stück Haselnuss-Kaffee-Dacquoise mit deinem Namen drauf ...«

»Haselnuss? Ganz sicher?« Lilou kannte meine Schwächen.

Sie zog die Augenbrauen hoch. »Ganz sicher. Tatsächlich sind es sogar zwei. Ich koche noch Kaffee, dann können wir schlemmen, okay? Und dann erzählst du mir, was dich bedrückt, denn ich bin sicher, das lag nicht nur an Henry, der ein paar staubige Unterlagen von rechts nach links geschoben hat ...«

Ich krabbelte aus dem Bett, klappte den Rechner zu und verstaute ihn in einer Schublade. Lilou war plötzlich so aufmerksam, dass ich meine Meinung über sie vielleicht revidieren musste. Vielleicht war sie doch nicht mehr das unbedarfte kleine Mädchen, für das ich sie hielt. Ich wünschte nur, ihre neue Eifrigkeit würde auch auf ihr Arbeitsverhalten überspringen.

»Bei mir ist alles gut«, sagte ich und folgte ihr in die Küche. Inzwischen war es Nacht geworden, und die Straßenlaternen hoben sich mit ihrem gelben Licht gegen den tintenschwarzen Himmel ab. Ich war so sehr mit Online-Auktionen beschäftigt gewesen, dass ich nicht an Abendessen gedacht hatte. Und da mein Mittagessen ebenfalls ausgefallen war, merkte ich auf einmal meinen riesigen Hunger.

Lilou setzte Kaffeewasser auf und sagte: »Du scheinst gar nicht du selbst zu sein, Anouk. Ist es der Laden?«

Ich holte Teller aus dem Hängeschrank. Henry war nirgends zu entdecken, und ich freute mich über unsere geschwisterliche Zweisamkeit. Von meiner prekären finanziellen Situation hatte Lilou keine Ahnung. Ich hatte sie nicht damit belasten wollen und dachte außerdem, sie würde die Tragweite ohnehin nicht ermessen.

»Nein, eigentlich geht es nicht um den Laden.« Wir setzten uns an den Tisch, die Schachtel mit den Petit Fours zwischen uns. »Ich möchte ausnahmsweise einmal alle Vorsicht in den Wind schießen und nur für den Moment leben, aber ich weiß nicht, wie ich das anstellen soll. Andauernd fällt mir ein, was alles schiefgehen oder dass ich wieder verletzt werden könnte, und das kann ich einfach nicht abstellen.«

Sie goss den dampfend heißen Kaffee in unsere Tassen. »Geht es um einen Typen oder um Geschäftliches?«

»Ein bisschen von beidem.« Ich war darauf gefasst, dass sie mich jetzt nach intimen Details ausquetschte, aber das tat sie nicht. Stattdessen rührte sie bedächtig heiße Milch in ihren Kaffee.

»Das ist wie bei allem, Anouk: Man braucht Übung. Je länger du etwas versuchst, desto leichter wird es dir irgendwann fallen. Jetzt tust du dich vielleicht noch schwer, deine Angst zu vergessen, aber wenn du dranbleibst, wird es irgendwann ganz einfach. Ich kenne die ganze Geschichte mit Joshua aus deinem Tagebuch, das weißt du, aber wenn du ihn auch jetzt noch dein Leben bestimmen lässt, gewinnt er schon wieder.«

Ich runzelte die Stirn. »Er bestimmt doch nicht mein Leben ...«

Sie seufzte. »Das tut er wohl, weil du zulässt, dass das, was er dir angetan an, dich von deinem Leben im Hier und Jetzt abhält. Ich weiß nicht, ob es dir bewusst ist, aber du hast dich sehr verändert. Du schreckst vor jeder Entscheidung zurück, sei es wegen Geld, Vertrauen oder irgendeines anderen Hakens, den du siehst. Ich weiß, dass dieser Mistkerl dich emotional verletzt hat und finanziell vermutlich auch, aber er wird dir immer weiter schaden, wenn du bei all deinen Entscheidungen eine Wiederholung seiner Untaten fürchtest. Nicht alle Menschen sind wie er. Tatsächlich sind die meisten ganz anders.«

Auf einmal spürte ich Tränen hinter meinen Augen brennen. Ich dachte, ich hätte meine innersten Gefühle gut vor der Welt verborgen, nun jedoch zu hören, dass ich mich so verändert hatte, tat weh. Ich hatte nicht damit gerechnet, dass es so offensichtlich wäre.

»Aber was ist, wenn ich meine Ängste überwinde, und es passiert noch einmal? Ich glaube nicht, dass ich das verkraften würde.«

»Und was, wenn es nicht wieder passiert? Was, wenn du eine neue Liebe findest, die dir auch an jedem noch so verregneten Tag ein strahlendes Sommersonnenlächeln ins Gesicht zaubert? Willst du es nicht einfach wagen und den alten Mist als Lebenserfahrung verbuchen?«

Ich nippte an meinem Kaffee und staunte über den Wandel in meiner Schwester. So sprach nun also die junge Frau, die sich sonst mit dem Wind treiben ließ und alle drei Wochen einen neuen Freund hatte. »Ja, ich denke, das könnte ich versuchen«, sagte ich und fühlte mich spontan wie ein verliebter Teenager. »Was könnte schlimmstenfalls denn schon passieren?«

Kapitel 15

Der Abend der Mai-Gala war gekommen. Sie fand im Hôtel d'Évreux statt, einem Privathaus an der Place Vendôme. Tagsüber wurde der Salon durch eine gläserne Kuppel von Tageslicht durchflutet, am Abend jedoch würden die funkelnden Sterne des Nachthimmels darüber stehen.

Nervös zog ich die Rüschen meines roten Seidenkleids zurecht und betrachtete prüfend mein Spiegelbild. Das trägerlose Kleid mit dem herzförmigen Ausschnitt machte ein wunderbares Dekolletee, umspielte schmeichelnd meine Taille und reichte weich und fließend bis zum Boden. Ich schlüpfte in meine hohen Schuhe, klipste ein Paar Ohrringe mit tropfenförmigen Rubinen an und entschied mich gegen die dazugehörige Kette, da das Kleid auch ohne Accessoires schon aufsehenerregend genug war.

Es klopfte. Schnell tupfte ich noch etwas Parfüm auf und ging zur Tür.

»*Bonsoir*, Dion. Du siehst gut aus!«

Er lächelte schüchtern. »Madame Dupont sitzt im Wagen. Sie hat darauf bestanden, dass ich den Smoking anziehe, aber ich komme mir wie ein Pinguin vor. Wie soll man sich so eingezwängt nur locker bewegen?«, klagte er, während sein Blick verriet, dass er sich dennoch freute.

So frisch vom Friseur und Barbier und mit dem neuen Smoking, der wie maßgeschneidert saß, wirkte Dion ganz verwandelt. Schwarzglänzende Lackschuhe und eine rosa Nelke komplettierten das Outfit.

»Das war eine gute Idee von Madame, Sie sehen phantastisch aus.«

Dion zog den Kopf ein. So viel Aufmerksamkeit war ihm unangenehm. »Können wir?«

»Wir können.«

Er fasste mich am Ellbogen, und wir gingen die Treppe hinunter zur Straße, wo er mir die Tür der Limousine öffnete. Ich begrüßte Madame Dupont mit einem Winken. Sie trug ein mitternachtsblaues Seidenkleid, diamantene Ohrringe und eine Tiara.

»Sie sind ein Abbild der Eleganz, Anouk. Geradezu atemberaubend, wenn ich das so sagen darf.«

»Das Kompliment kann ich zurückgeben, Madame. Ihr Kleid ist eine Wucht.«

Ich setzte mich zu ihr und nahm die angebotene Champagnerflöte entgegen. Dion warf die Tür zu und stieg auf der Fahrerseite ein.

Madame zog die Augenbrauen in die Höhe. »Wie ich hörte, ging es in Saint-Tropez mehr um einen gewissen Mann als um Antiquitäten. Stimmen die Gerüchte?«

Ich wurde rot bis unter die Haarwurzeln. Öffentliche Zärtlichkeitsbekundungen waren eher etwas für Teenager, und doch hatten wir uns in der Bar geküsst, wo uns die halbe Antiquitätenszene hatte beobachten können.

Schuld war dieser umwerfend attraktive Mann, der mich die Welt um uns herum hatte vergessen lassen.

»Es mag ein paar Küsse gegeben haben, aber das war auch schon alles. Oh, sehen Sie nur, wir sind da!« Mein stummer Dank galt dem Pariser Verkehr, in dem wir ausnahmsweise einmal schnell vorangekommen waren. Fürs Erste konnte Madame Dupont mich nicht weiter ausfragen, weil wir uns unter die Gäste der Gala mischen und unsere jeweiligen Bekannten begrüßen mussten.

»Sie kleines Biest«, meinte sie lachend. »Wir sehen uns

gleich drinnen. Das Rauchverbot dort finde ich äußerst lästig ... Ich werde mir schnell noch eine Portion Nikotin einverleiben und Sie dann suchen gehen.«

Ich beobachtete, wie Dion sich nach hinten beugte, um Madame eine Zigarette anzuzünden, und holte dann die Einladungskarte aus meiner Clutch, um sie dem Sicherheitsmann an der Eingangstür zu zeigen. Im Innern des Hauses standen bereits Gruppen von Gästen, und ihre Stimmen füllten den hohen Saal.

Ein Kellner kam mit einem Tablett Champagner auf mich zu, und ich nahm ein Glas.

»Ein Traum in Rot«, flüsterte eine Stimme, und mich überlief ein wohliger Schauer. »Möchtest du tanzen?« Tristan wanderte einmal um mich herum und blieb dann vor mir stehen. Mit seinem blonden Haar und den leuchtend blauen Augen stach er aus der Menge der dunkelhaarigen Männer in ihren dunklen Anzügen heraus.

Normalerweise betrachtete ich solche Veranstaltungen als rein geschäftliche Angelegenheit, sprach mit Kollegen über die letzten Auktionen und pflegte meine Kontakte, bis es akzeptabel war, wieder zu gehen. Dieser Mann jedoch hatte anderes im Sinn, und während er mir tief in die Augen sah, dachte ich: Zum Teufel mit den Vorsätzen! »Ja, tanzen wir.« Ich leerte mein Glas in einem Zug und genoss das augenblicklich einsetzende beschwingte Gefühl.

Lächelnd nahm er meine Hand und führte mich zur Tanzfläche, auf der bereits einige Paare zu Klaviermusik ihre Runden drehten. Tristan zog mich an sich und legte eine Hand auf meinen Rücken.

»Ich konnte nicht aufhören, an dich zu denken«, raunte er.

»Ach ja?« Ich genoss das Gefühl, seinen Körper so nah an meinem zu spüren.

»Tu nicht so erstaunt.« Er lachte. »Ich würde gern mehr Zeit mit dir verbringen.«

»Schön«, erwiderte ich munter. Ich fühlte mich leicht. »Aber eins musst du mir versprechen.« Ich sah zu ihm auf. »Sag mir ehrlich, ob ich dir vertrauen kann.« Ich beobachtete ihn genau, ob irgendeine Regung ihn verraten würde, ein Muskelzucken oder Blinzeln, doch sein Gesichtsausdruck änderte sich nicht im Geringsten.

»Dieser Mistkerl hat dich sehr verletzt. Ich verstehe, dass du vorsichtig bist«, sagte er, neigte sich vor und berührte meine Lippen sanft mit seinen. »Lass uns den Abend nicht verderben, indem wir über ihn reden.«

Die Gala mit all ihren Gästen wurde bedeutungslos, während wir tanzten, erzählten und uns einfach nur ansahen. Ich wünschte, die Nacht würde ewig dauern, was mir bei so einem Anlass noch nie passiert war.

»Manchmal«, sagte Tristan, »möchte ich dich einfach schnappen und irgendwohin entführen. Würdest du mitkommen?«

»Und wohin würden wir gehen?«

»Irgendwohin ganz weit weg, wo niemand uns finden kann.«

»Etwa in deine Blockhütte im Wald?«

»Warum nicht? Da könnten wir uns unser Abendessen angeln. Am Kamin sitzen …«

Die Vorstellung solch einer idyllischen Szenerie war zauberhaft. Ich war ohne Zweifel ein heimeliger Typ, und die Vision einer abgeschiedenen Hütte im Wald war äußerst verlockend …

»Wunderbar«, ging ich auf seinen Vorschlag ein. »Ich würde mich auch gern für eine Weile mit dir vor der Welt verstecken.« Allein, es zu sagen, verursachte ein aufregendes Prickeln. Was war schöner, als jemanden an seinem Lieblingsort kennenzulernen, umgeben von Natur?

»Hervorragend«, sagte er, presste mich eng an sich und neigte sein Gesicht zu meinem. »Dann können wir ja genau das tun. Bald.«

War das nur romantisches Geplänkel? Unsere Leben waren so verschieden, und seine Arbeit würde ihn bald weitertreiben. Hatte er eine Fernbeziehung im Sinn, bei der wir uns hin und wieder in seine Blockhütte zurückzogen? Oder war das alles nur ein hübsches Märchen? Egal, was es war – in diesem Moment stellte ich mir vor, wie wir vor einem knisternden Kaminfeuer verschlungen dalagen. Und im selben Moment wusste ich, dass es um mich geschehen war. Ich wollte, dass dieses Märchen wahr wurde.

Erst viel später, als ich zu Hause im Bett lag, noch ganz benebelt von der Musik, dem Champagner und Tristans Nähe, fiel mir ein, dass er meine Frage, ob ich ihm vertrauen könne, nicht beantwortet, sondern lediglich auf Joshua angespielt hatte.

Kapitel 16

*D*as Wochenende rückte näher, und ich hatte Mühe, in entsprechende Stimmung zu kommen. Am Vorabend hatte Tristan unser erstes offizielles Date abgesagt, weil er arbeiten musste, aber ich war so sehr mit dem Aufstocken meines Warenlagers beschäftigt, dass ich ohnehin keinen Moment für mich hatte. Jetzt freute ich mich erst einmal auf einen ruhigen Morgen – bis ich in die Küche ging und sie wieder einmal in schrecklicher Unordnung vorfand. Selbst die Drohung, dass ich Papa alles erzählen würde, schien nicht mehr zu wirken. Lilou war so chaotisch wie eh und je und behauptete, da sie bis spät in die Nacht arbeiten müsse, habe sie keine Zeit zum Aufräumen.

Meine Geduld wurde bis zum Äußersten strapaziert, während ich schmutzige Teller in die Spüle stapelte, leere Flaschen in eine Tüte sammelte und saubermachte. Ich schrieb eine Notiz mit ein paar Aufgaben, die Lilou und Henry erledigen sollten, und fügte die Drohung hinzu, sie rauszuwerfen, falls sie es nicht täten.

Seufzend räumte ich den Rest des Durcheinanders weg und flüchtete dann mit der Zeitung und einem Kaffee auf den Balkon. Goldene Sonnenstrahlen bahnten sich ihren Weg durch die morgendliche Dunstglocke über Paris. Im Moment hörte man nur das ferne Zwitschern von Vögeln, die den Tag begrüßten. Bald würden die Straßen zum Leben erwachen: Autotüren würden zugeschlagen, Fensterläden aufgestoßen und Kinder zur Schule gescheucht. Im

Moment jedoch waren es nur die Vögel und ich, die die friedvolle Atmosphäre genossen.

Nach einem Schluck Café Noisette – einem starken Espresso mit einem Schuss Milch – schlug ich die Zeitung auf. Wieder gab es schlechte Nachrichten.

Postkartenräuber schlägt erneut zu

In der letzten Nacht wurde wieder in ein Auktionshaus eingebrochen, diesmal bei Dopellier, und wiederum zeichnet der Postkartenräuber verantwortlich. Nach Angaben der Ermittler wird der Täter immer dreister: Auf der hinterlassenen Postkarte verspottet er die Polizei ob mangelnder Spuren und unterzeichnet erstmalig mit »T«. Die Ermittler vermuten, dass die Diebstähle mit dem zunehmenden Bekanntheitsgrad des Täters noch häufiger werden könnten. Bitte leiten Sie etwaige Hinweise und Informationen an die nächstgelegene Gendarmerie weiter.

Nachdem ich den Artikel durchgelesen hatte, beschlich mich ein beklemmendes Gefühl.

Es konnte nicht sein. Oder doch? Zuerst hatte ich Madame Dupont vorschnell ins Visier genommen, und es wäre sicher dumm, erneut voreilige Schlüsse zu ziehen. Dennoch war die Vorstellung nicht ganz abwegig, vor allem bei meiner Tendenz, an die falschen Typen zu geraten.

Signiert mit »T«?

Tristan?

Nein, das war nicht möglich … Unsere Verabredung am Vorabend hatte er aufgrund seiner Arbeit abgesagt und nicht, weil er ein Auktionsaus ausrauben wollte. Und zur Zeit der ersten Diebstähle war er nicht in Sorrent gewesen – er wäre mir dort mit Sicherheit aufgefallen. Plötzlich dachte ich an unser erstes Zusammentreffen …

Ich schloss die Augen und versuchte, mich an unser Gespräch zu erinnern. *Ich komme gerade aus Italien, und nichts dort lässt sich mit dem vergleichen, was ich heute hier gesehen habe ... Die Qualität ist atemberaubend.* Ich spürte, wie meine Wangen heiß wurden. Er war tatsächlich in Italien gewesen! Hatte er die ganze Zeit nur mit mir gespielt? Es war durchaus verdächtig, dass er genau zur Zeit der ersten Diebstähle in Paris aufgetaucht war.

Mein Herz klopfte wie wild, und ich versuchte, mich wieder zu beruhigen, um konzentriert nachdenken zu können. Wäre Tristan zu solchen Taten fähig? Ich kannte ihn nicht wirklich, aber solche Einbrüche mussten minutiös geplant und ausgeführt werden. Sollte er ein gerissener Fassadenkletterer sein? Oder wollte ich ihn nur deshalb verdächtigen, weil er mir etwas bedeutete und ich Angst bekam, mich ernsthaft auf jemanden einzulassen? Ich schluckte.

Was waren die Fakten, und was wusste ich über ihn? Erstens war er in der Pariser Antiquitätenwelt ein Neuling. Niemand aus den einschlägigen Kreisen kannte ihn, dennoch war er zu den wichtigsten Ereignissen eingeladen gewesen, einschließlich der Mai-Gala. Zweitens hatte er sich zur Zeit der ersten Diebstähle in Italien aufgehalten. Drittens hatte er unsere Verabredung an genau dem Abend abgesagt, an dem ein Auktionshaus beraubt wurde.

Meine Gedanken wirbelten durcheinander. Das klang alles sehr weit hergeholt, aber es passte. War alles von Anfang an gut inszeniert gewesen? Hatte er mich mit der Cello-Geschichte absichtlich auf seine Seite gezogen? War ich von Anfang an Bestandteil seines Plans gewesen? Warum ging er überhaupt auf Auktionen und bot dort mit? Ein Krimineller würde sich doch wohl eher bedeckt halten ...

Ich lachte über meine Dummheit.

Das beste Versteck ist die Öffentlichkeit.

Natürlich musste er mitbieten, denn als reiner Beobachter hätte er sich weitaus mehr verdächtig gemacht. Bestimmt hatte er auch nur deshalb mit mir geflirtet. *Ein netter Mann*, würde man sagen, *sogar der exzentrischen Anouk gegenüber war er freundlich*. Und das alles nur, um sich zu tarnen, während er in Wahrheit die Lage erkundete. War ich tatsächlich schon wieder so leichtgläubig gewesen? Bei der ersten Auktion hatte er sich einfach an die einzig anwesende Frau gehalten, und ich war ihm prompt auf den Leim gegangen …

Ich blies die Backen auf und legte meine Handballen an die Schläfen, um das Pochen zu besänftigen. Ich würde zur Gendarmerie gehen. Aber was genau sollte ich dort erzählen? *Er ist in Italien gewesen …* Die Polizisten würden mich auslachen, denn ein Großteil der Antiquitätenhändler reiste hin und wieder nach Italien, um dort an Auktionen teilzunehmen.

Ich nippte an meinem Kaffee und überlegte. Es musste doch einen Weg geben, ihn zum Reden zu bringen. Wahrscheinlich war es nur eine Frage der Zeit, bis er sich verriet, vor allem, wenn ich ganz unbedarft die richtigen Fragen stellte. Dass ich ihn verdächtigte, durfte er natürlich nicht merken. Aber was dann? Sollte ich ihn verhaften lassen? Ich dachte wieder an den Abend, als er bei mir gekocht und mich umsorgt hatte … Konnte ich das wirklich tun? Er hatte mich vor einem Straßenräuber beschützt, war ohne Zögern dazwischengegangen …

Und dennoch.

Um unserer kostbaren Antiquitäten willen müsste ich Tristan ausliefern. Bei dem Gedanken an mein weiteres Vorgehen durchfuhr mich kribbelnde Aufregung. Sollte ich ihn raffiniert aushorchen, indem ich die Naive spielte? Ich musste grinsen. Nein, ich würde mich von keinem Mann mehr für dumm verkaufen lassen. Ich schloss die Augen und malte mir die Szene genüsslich aus … bis ich von Lilou abrupt aus meinen Tagträumen gerissen wurde. Mit lautem Gähnen trat sie auf den Balkon, gefolgt von Henry, der wie ein Oktopus beide Arme um ihre Mitte geschlungen hatte. »*Bonjour*«, murmelte sie schläfrig.

»Ihr seid aber früh auf.« Ausgerechnet heute.

»Henry hat gleich ein Vorstellungsgespräch.«

Aus der aufgeschlagenen Zeitung leuchtete die Schlagzeile hervor und weckte Henrys Aufmerksamkeit. Schnell klappte ich die Seite zu.

Doch Lilou schnappte mir die Zeitung aus der Hand. »Die braucht Henry heute.«

Ich holte sie mir zurück. »Ein paar Häuser weiter ist ein Tabakladen, der Zeitungen verkauft. Holt euch selbst eine.« Ich ärgerte mich und spürte meine Anspannung.

»Anouk.« Lilou stemmte die Hände in die Hüften und sah mich indigniert an. »Es ist doch nur eine Zeitung.«

»Genau. Und für nur einen Euro kannst du dir dein ureigenes Exemplar besorgen.«

Sie grinste frech, nahm meine Kaffeetasse, hob sie an, als wollte sie mir zuprosten, und trank einen großen Schluck. »Mhmm, köstlich.«

Ich verschränkte die Arme und sah sie böse an. »Wir müssen uns wohl mal unterhalten. Du weißt schon … weil ich sonst Papa anrufe und ihm alles erzähle …« Kaum waren die Worte aus meinem Mund gekommen, da hörten wir die Wohnungstür aufklappen und meine Mutter rufen. Maman? Wie so viele aus meinem Heimatdorf mied sie für gewöhnlich Besuche im lauten und für ihr Dafürhalten viel zu hektischen Paris.

Ich stellte mich an die Balkontür und sah sie ins Wohnzimmer stürmen.

»O Gott, sie haben das mit der Schule herausgefunden«, zischte Lilou. »Bitte lüg sie an, ich mach alles wieder gut.«

Aber wie? Papa würde fuchsteufelswild werden. »Ich kann es versuchen, aber das ist deine letzte Chance. *Und* ihr müsst euch andere Mitbewohnermanieren zulegen!«, raunte ich zurück. Henry trat von einem Fuß auf den anderen und schob die Hände tief in die Taschen.

»Anouk? Lilou?« Maman warf ihre Handtasche auf die Chaiselongue. »ANOUK? LILOU?«, wiederholte sie noch einmal lauter und sah sich verwirrt um.

Lilou machte große Augen und nickte. »Alles, was du willst.«

»Hier draußen, Maman«, sagte ich.

Sie folgte meiner Stimme und kam mit hochrotem Gesicht zu uns auf den Balkon.

»Maman!« Als mir klarwurde, dass Papa nicht wie sonst dabei war, bekam ich plötzlich ein ungutes Gefühl. »Was ist los? Wo ist Papa? Ist alles in Ordnung?«

Meine Mutter schnappte Lilou die Kaffeetasse aus der Hand, was ich höchst amüsant fand, und trank sie in einem Zug leer. Dann leckte sie sich über die Lippen und sagte: »Euer Papa? Dem geht es gut, wie immer.« Lilou entspannte sichtbar.

Maman setzte sich auf einen Stuhl und legte die Hände auf den Bauch.

»Und wo ist er?«, fragte ich weiter. Maman ging nie allein auf Reisen, sie fuhr auch kein Auto. In ihrem kleinen Dorf an der Küste ließ sie sich von Papa chauffieren, und für ihre seltenen Besuche in Paris nahmen sie den Zug. Normalerweise besuchten wir sie und nicht umgekehrt.

Unsere Mutter schürzte die Lippen und atmete schwer, als wolle sie verhindern, dass sie gleich explodierte. »Euer Vater sitzt zu Hause vor dem Fernseher, hat die Füße hochgelegt und einen großen Teller Leckereien auf dem Schoß.« Angewidert zog sie die Nase kraus, allerdings war an dem Szenario nichts Neues.

»Und was stimmt damit nicht?«, fragte ich vorsichtig nach, während ich Kaffee nachschenkte. »Du verreist doch nie allein. Was ist los?«

Sie schnaubte. »Ich sag dir, was los ist. Ich habe ihn verlassen, das ist los.«

Mir klappte die Kinnlade herunter. »Du ... hast ihn verlassen? Meinst du, du hast ihn allein zu Hause gelassen? Oder du hast ihn *und* euer Zuhause verlassen? Also so richtig verlassen ...?«

Sie schnalzte mit der Zunge und hob die Hände. »Was stammelst du dir da nur zusammen, Anouk? Ich habe nicht jeden Cent für eure Ausbildung gespart, damit ihr euch am Ende nicht richtig ausdrücken könnt. ›Richtig verlassen‹ – als ob es ein falsch verlassen gäbe.«

Ich wurde blass. Meine Mutter war sonst immer sehr gefasst und in unserer Familie der ruhende Pol. Diese aufgebrachte Frau war mir ganz fremd. Mir war schleierhaft, was sie so sehr gereizt haben könnte, dass sie beschlossen hatte, meinen Vater zu verlassen. Ich hatte immer zu meinen Eltern aufgeschaut und ihre Liebe als leuchtendes Beispiel betrachtet, weil sie schon so lange unerschütterlich andauerte. Zumindest hatte ich es so empfunden.

»Du stehst bestimmt unter Schock, Maman. Wir sind für dich da und hören dir gern zu ...«, sagte Lilou liebevoll und erntete ein dankbares Lächeln. Ich sah sie an und verzog das Gesicht. Sie grinste zurück und schnitt eine Grimasse. Selbst als Erwachsene fielen wir noch in unsere alten Gewohnheiten aus Kindertagen zurück.

»Hol mir einen Rotwein«, sagte Maman zu Lilou. »Und dann erzähle ich euch alles.«

»Maman! Es ist noch nicht mal neun Uhr«, warf ich entrüstet ein.

»Entschuldige bitte?« Sie sah mich herausfordernd an. »Wer ist hier die Mutter?«

Ich biss mir auf die Zunge. »Na ja, normalerweise trinkst du doch kaum Alkohol ...«

Sie schnaubte erneut. »Normalerweise tue ich so einiges nicht, aber das, *ma belle fille*, wird sich jetzt ändern.«

Ich fasste Lilou am Arm und zog sie mit mir in die Küche. Wir diskutierten eine Weile in unterdrücktem Flüstern, bis wir einen Plan entworfen hatten.

»Vergewissere dich, dass sie keinen Nervenzusammenbruch hat oder so etwas«, raunte Lilou.

»Ich versuch's, aber geht jetzt besser, damit ich in Ruhe mit ihr sprechen kann.«

Sie nahm Henry mit in das Bistro unten im Haus, kam jedoch gleich wieder zurück und streckte mir ihre leere Hand entgegen. Seufzend legte ich ein paar Münzen hinein. »Jetzt aber los, damit ich mit ihr reden kann.«

Lilou lachte. »Schon gut. Aber reiß dich zusammen und versuch nicht sofort, all ihre Probleme zu lösen. Hör ihr einfach zu.«

Ich verdrehte die Augen. »Was weißt du denn schon?«

Maman rief nach mir, also schob ich Lilou schnell zur Tür hinaus und kehrte auf den Balkon zurück, wo meine Mutter vor sich hin schimpfte und fluchte. Was war mit meiner sonst so sanftmütigen Mutter passiert?

»Vierzig Jahre! Vierzig lange Jahre habe ich diesem Mann geschenkt, und wofür? Mittagessen, Abendessen, Mitternachtssnacks! Meine Suppe ist zu heiß, meine Suppe ist zu kalt, meine Suppe ist nicht salzig genug!«

Ich setzte mich neben sie und reichte ihr die Kaffeetasse in der Hoffnung, das Koffein würde sie beruhigen. Und betete darum, dass sie den Wein vergessen hatte. Meine Mutter war sonst immer so gesetzt, dass Alkohol überhaupt nicht zu ihr passte, höchstens einmal ein Glas Wein zum Abendessen.

»Er ist eben heikel mit seinem Essen. Aber das war schon immer so, Maman«, sagte ich sanft. Mein Vater hatte ganz bestimmte Vorstellungen, wie sein Essen gekocht und serviert werden musste: auf einem strahlend weißen Tischtuch, mit poliertem Besteck und angewärmten Tellern. Ich konnte nachvollziehen, dass Maman die entsprechende Wertschätzung für ihren Service fehlte, war aber davon ausgegangen, dass sie sich damit längst arrangiert hatte.

Maman hatte stets ein Kochbuch vor der Nase und suchte nach neuen Rezepten. Wenn ich sie sonntags anrief, fragte sie mich nach den neuesten Menükreationen in Paris oder bat mich, ihr irgendwelche schwer zu beschaffenden Zutaten zu schicken.

»Ich hätte mein Leben nicht an ihn vergeuden sollen.« Ihr stiegen Tränen in die Augen. Die Male, die ich meine Mutter hatte weinen sehen, konnte ich an einer Hand abzählen. Es musste ihr wirklich miserabel gehen.

Nie hatte sie ein böses Wort über meinen Vater fallen lassen, noch nicht einmal zu den Gelegenheiten, wo er es verdient hätte. Sie war ihm treu ergeben gewesen und hatte uns oft ermahnt, auf ihn zu hören. Während ich darauf wartete, dass sie fortfuhr, fielen mir die Sorgenfalten zwischen ihren Augen und ihre bleiche Hautfarbe auf.

»Erzähl von Anfang an, Maman. Sag mir, was dich so unglücklich macht. Sicher geht es nicht nur um die Suppe, oder?«

»Die Suppe, das Besteck, den Abwasch – es geht um alles!« Sie lehnte sich zurück und schickte einen Stoßseufzer gen Himmel. »Für diesen egoistischen Mistkerl werde ich nie mehr den Fußabtreter spielen!«

Wenn ihre Liebe auf so wackligen Beinen stand, welche Hoffnung konnten wir anderen dann noch haben? Ich spürte Resignation aufkeimen. Und ein schlechtes Gewissen: Nie im Leben hätte ich mit so etwas gerechnet, und ich fühlte mich wie die egoistischste Tochter aller Zeiten.

Mein Papa war sehr traditionell. Er war der Meinung, Frauen sollten Kinder bekommen und sich um den Haushalt kümmern. Wenn wir Schwestern ihm zu erklären versuchten, dass die Dinge sich geändert hatten, war es, als redeten wir gegen eine Wand. Er verließ ihr Dorf nicht oft und hatte wenig Ahnung von dem, was in der Welt vor sich ging. Und natürlich hörte er auf niemanden außer auf sich selbst. Als Teenager unter seiner Obhut zu leben, war schon schlimm genug gewesen, aber für meine erwachsene Mutter musste es noch viel schlimmer sein.

Maman hatte Papa immer unterstützt und gesagt, er wisse es eben am besten. War sie etwa die ganze Zeit unglücklich gewesen? Ich hoffte sehr, dass es nicht so war, sonst hätte ich grundsätzlich an der Liebe zweifeln müssen.

»Maman ...« Ich wusste nicht, was ich sagen sollte.

Sie zuckte mit den Schultern und sah an mir vorbei. »Das Einzige, was dieser Mann an mir liebt, ist, dass ich ihm sein Essen hinstelle.« Sie imitierte das Absetzen eines Tellers und spielte dann Papas Part: rieb sich den Bauch und ließ die imaginären Hosenträger schnalzen. »Ich bin nur seine Bedienstete.« Es klang so verzweifelt, dass auch mir die Tränen kamen. »Mein Leben besteht nur aus dem Führen des Haushalts. Nie hilft er mit oder fragt mich, was *ich* möchte.«

Nach außen hatte es immer gewirkt, als würde Maman ihre Aufgaben gern erledigen, vom Nähen der Vorhänge übers Backen von Zitronenkuchen bis hin zum Gärtnern in ihrem kleinen Gemüsebeet. Ich fragte mich, ob Papa über ihren Ausbruch ebenso schockiert war wie ich. Ob sie ihm überhaupt gesagt hatte, was sie empfand. Ich traute ihr auch zu, einfach eine Tasche gepackt und das Haus verlassen zu haben, um zu demonstrieren, wie unsichtbar sie für ihn war. »Aber er liebt dich, Maman. Das weißt du doch, oder?«

Sie schnaubte. »Er liebt mich, o ja, das tut er. Er liebt mich an Macaron-Montagen und noch mehr an Bœuf-bourguignon-Donnerstagen. Ach nein, warte: An Hühner-frikassee-Freitagen liebt er mich noch leidenschaftlicher!« Sie schlug mit der flachen Hand auf den Tisch, dass die Tassen klirrten. Blitzschnell griff ich nach meiner Lieblings-kristallvase, die fast umgekippt wäre und schon ein paar Tropfen über meine Zeitung verteilt hatte.

»Hast du Papa gesagt, wie es dir geht?« Er war ein Mann weniger Worte, aber ich war sicher, dass er sie liebte und sie keinesfalls unglücklich wissen wollte.

»Was glaubst du denn, warum ich hier bin?« Sie kniff die Augen zusammen und sah mich düster an. »Ich habe gesagt: Ich bin nicht dein Fußabstreifer, ich lasse nicht mehr auf mir herumtrampeln, nein, nein! Und weißt du, was er gesagt hat?« Sie stemmte die Hände in die Hüften. »Er hat gesagt: Was gibt's zu essen? Siehst du? Verstehst du mich jetzt, *ma belle fille*? Er hört mich nur, wenn ich von Essen rede.«

Was für ein Drama! Essen war meinem schwer arbeitenden Vater natürlich wichtig. Er war ein großer, stattlicher Mann mit einer Vorliebe für guten Wein und herzhafte französische Gerichte. Als Steinmetz arbeitete er mit hohem körperlichen Einsatz und häufig an der frischen Luft, womit er seinen großen Appetit immer gerechtfertigt hatte. Allerdings war er in letzter Zeit dazu übergegangen, Arbeit abzugeben und seine Angestellten nur noch anzuleiten. »Vielleicht hat er dich nicht gehört? Ich kann mir nicht vorstellen, dass Papa dir nicht …«

»Oh, er *hat* mich gehört. Er hat mich gehört, als ich sein Mittagessen genommen und es den Vögeln hingeworfen habe. Da hat er es dann wohl verstanden.« Sie atmete tief durch. »Und nun bin ich hier und fange ein neues Leben an. Ich werde nicht mehr ständig in der Küche stehen, es sei denn, ich habe Lust zu kochen.«

Wenn es tatsächlich so schlimm geworden war, konnte ich sie für ihren Entschluss nur bewundern. »Also gut, eine kleine Auszeit ist bestimmt das Richtige.« Vielleicht würde eine vorübergehende Trennung die Dinge wieder gerade-rücken und die beiden danach erneut zusammenführen. »Was hast du in Paris vor?«

»Ich werde meine verlorene Jugend wiederfinden … meine Liebe. Ich werde durch Paris wandern, in schicken Bistros zu Mittag essen. Jede Minute eines jeden Tages werde ich nur das tun, was ich möchte.«

Ich stand auf und gab ihr einen Kuss auf die Wange. Meine einst so ruhige Wohnung war nun übervoll, und ich fragte mich, wie ich damit klarkommen würde. Zumindest hatte ich jetzt die Hoffnung, gemeinsam mit Maman mei-ne Schwester überzeugen zu können, unserem Papa gegen-über ehrlich zu sein. Außerdem würde sie sich, solange un-sere Mutter da wäre, sicher gut benehmen.

»Ich muss jetzt zur Arbeit. Kommst du allein zurecht?«

Sie legte die Füße auf meinen Stuhl und hielt das Ge-sicht in die Sonne. »*Parfait*«, sagte sie. »Heute ist der erste Tag vom Rest meines Lebens.«

Ich dachte an Papa, der nun ganz allein in ihrem kleinen Haus saß. Ohne Maman war er sicher nicht in der Lage, die einfachsten Dinge selbst zu erledigen. Dann aber lächel-te ich. Vielleicht würde es ihm guttun zu sehen, wie viel Arbeit so ein Haushalt überhaupt machte. Wenn Maman nicht da war, würde sich alles anhäufen, und er würde ihre Mühen viel mehr schätzen. Trotzdem musste ich mich na-türlich vergewissern, dass es ihm dabei einigermaßen gut ging. Sobald ich unterwegs war, rief ich ihn von meinem Handy aus an.

»*Bonjour*, Anouk«, sagte er ohne den üblichen Schwung.

»Papa, was ist bei euch los?«

»Ist sie bei dir?«

»Ja. Sie ist vollkommen aufgelöst.«

»Hat sie es dir gesagt?« Er brummte etwas Unverständliches vor sich hin. »Sie hat mein Essen nach draußen geworfen!«

Ich verkniff mir ein Lachen. Vielleicht hatte Maman recht, und er hörte nur zu, wenn es um Essen ging. »Ich weiß, Papa, aber sie fühlt sich von dir nicht beachtet. Als wäre sie unsichtbar. Sie hat versucht, mit dir zu reden, aber du hast ihr nicht zugehört.«

Er seufzte. Ich sah ihn vor mir, wie er am Wohnzimmerfenster stand und hinausblickte. »Ich habe nur mit halbem Ohr hingehört«, antwortete er. »Die ganze Zeit redet sie mit sich selbst. Ich wusste nicht, dass sie sich über mich ärgert. Und ich weiß auch nicht, was ich falsch gemacht habe. Wir sitzen beim Frühstück, beim Mittag und beim Abendessen zusammen, wie kann sie sich da unsichtbar fühlen – *sie sitzt mir doch genau gegenüber!* Wann kommt sie wieder nach Hause?«

»Im Moment hat sie das nicht vor, Papa«, erwiderte ich. »Vielleicht solltest du sie in meiner Wohnung anrufen? Und dich entschuldigen?«

»Mich entschuldigen? Wofür?« Er verstand tatsächlich nicht, warum sie gegangen war, und erwartete, dass sie ohne Diskussion zurückkehrte.

»Papa! Sie kommt sich wie deine Sklavin vor! Als wäre sie dir vollkommen egal, wenn sie nicht gerade einen Teller voll Essen vor dich hinstellt. Kannst du das nicht verstehen?«

Er schnalzte abschätzig mit der Zunge. »Anouk, der Platz deiner Mutter ist nun mal im Haus. Ich verdiene das Geld, und sie kocht das Essen. So war es schon immer. Warum sollte ich mich entschuldigen? Jetzt muss ich arbeiten gehen und zu Hause auch noch selber kochen. Und putzen! Und ich werde wohl auch auf dem Markt einkaufen gehen müssen. Und mich um das Gemüsebeet kümmern …« Er stöhnte.

Armer Papa. Er war in einer anderen Zeit stecken geblieben, in der die Männer sich einfach nur bedienen lassen konnten, und hatte keine Ahnung, dass es heute nicht mehr so lief. Irgendwer, vermutlich ich, würde ihn da rausholen müssen. »Und was ist daran so schlimm? Die meisten Menschen müssen arbeiten und sich dazu um ihren Haushalt kümmern. Ich finde, du solltest sie anrufen und sagen, dass es dir leid tut. Und dann solltest du versuchen, sie mit etwas Romantik zurückzugewinnen.«

Er schnaubte. »Ich bin sechzig, Anouk, und keine sechzehn! Wir haben immer so gelebt, und ich sehe nicht ein, warum sich etwas ändern muss.«

Stur wie ein Esel! »Kannst du nicht wenigstens darüber nachdenken? Es würde dich weiß Gott nicht umbringen, wenn du dich abends mal mit in die Küche stellst und Maman hilfst. Dabei könntet ihr euch unterhalten und jeder dem anderen *zuhören*.«

»Die Welt ist verrückt geworden«, sagte er bekümmert. »Aber deine Mutter wird schon irgendwann zur Vernunft kommen. Ich werde mich nicht entschuldigen, weil ich nichts Schlimmes getan habe.«

»Du bist ein störrischer Narr, Papa.« Ich war mit meiner Geduld am Ende. Warum konnte er nicht wenigstens versuchen, sie zu verstehen?

»Du wirst sehen, Anouk: Irgendwann wird sie einsehen, wie gut sie es hier hatte, und sie wird zurückkommen und mich um Verzeihung bitten. Inzwischen werde ich eben kochen und putzen und bügeln und zeigen, dass das nun wirklich nicht so schwer ist.«

»Tu das, Papa. Mach's gut, ich ruf dich bald wieder an.«
Er würde das Haus gewiss nicht so sauber halten, wie er
es gewohnt war, und dazu auch noch kochen können,
wie Maman es geschafft hatte. Sie hatte von morgens bis
abends geschuftet, das Haus von oben bis unten auf Vor-
dermann gebracht, sich um das Gemüsebeet und den Garten voller Obstbäume gekümmert und drei Mahlzeiten am
Tag zubereitet.

Eine Woche ohne sie, und er wäre sicher bereit, ihr auch
einmal im Haushalt zu helfen, dachte ich. Zwar arbeitete
er immer noch im Steinmetzbetrieb, aber die schweren Arbeiten wurden mittlerweile von Jüngeren übernommen, so
dass Papa auch viel Zeit zu Hause verbrachte und Maman
oft sogar im Weg war.

Und auch wenn er nicht viel von Romantik hielt, könnte er mal Kerzen zum Essen anzünden oder ihr beim Un-
krautjäten helfen. Natürlich würde er trotzdem brummen
und schimpfen, um seinen Stolz zu wahren, aber ich war
sicher, ich könnte ihn dazu bringen, selbst wenn ich ihn jeden Tag anrufen müsste. Mamans Wutausbruch hatte mich
zwar schockiert, doch ich konnte sie verstehen. Und bei all
dem Drama war ihr zumindest nicht eingefallen, sich nach
Lilous Ausbildung zu erkundigen.

Kapitel 17

*W*enn ich morgens bei meinem kleinen Antikladen an-kam, dachte ich manchmal, dass er geradewegs aus einem Bildband über das alte Paris stammen könnte – mit seiner sonnengebleichten hellrosa Fassade und den hölzernen Blumenkästen voll duftender pfirsichfarbener Rosen.

Während ich gerade noch meine Schlüssel suchte, kam Océane aus der Buchhandlung *Once Upon A Time* auf mich zu. Ihr kurzes blondes Haar war vom Wind verweht und stand frech vom Kopf ab. Sie hatte hohe Wangenknochen, volle Lippen und klare eisblaue Augen und war eine echte Erscheinung.

Als sie mich sah, lächelte sie. »*Bonjour*, Anouk.«

»*Bonjour*«, antwortete ich. »Du siehst aus, als hättest du es eilig.«

Océane war ein wahres Energiebündel. Wollte man mit ihr Schritt halten, geriet man schnell außer Atem und musste fast rennen, weil sie stets mit Hochgeschwindigkeit unterwegs war.

Sie schüttelte den Kopf. »Ach, nein. Ich wollte mir vor der Arbeit nur ein wenig die Zeit vertreiben.«

Ich schloss die Ladentür auf. Immer, wenn ich in den leicht schummrigen Verkaufsraum trat, löste sich alle An-spannung von mir, so als würde mich die Anwesenheit all der schönen Sachen aus der Vergangenheit erden und mir Halt geben. Ein vertrauter Duft erwartete mich, eine Mi-schung aus Alt und Neu, bei dem die alten Schönheiten mit den frischen Blumen um Beachtung rangen. Océane war genau die Kundin, die ich heute Morgen brauchte: Sie war frisch verliebt, wie ich wusste, voller Hoffnung auf die Zukunft – und jemand, der mich daran erinnerte, dass so etwas möglich war. Nach meinen Zweifeln an Tristan und dem schockierenden Ausbruch meiner Mutter aus ihrer Ehe tat es gut, wieder von positiver Stimmung umgeben zu sein.

Océane betrachtete den Inhalt einer Vitrine neben der Kasse. Über ihr hing eine Reihe alter Sonnenschirme, die in der leichten Brise, die durch die offene Tür wehte, hin und her pendelten und Staub aufwirbelten, so dass Océane niesen musste. Sie lachte, sah nach oben und stupste einen hellroten Schirm mit dem Finger. »So etwas Filigranes wird heutzutage gar nicht mehr hergestellt«, sagte sie.

»Das stimmt.« Die Schirme wiegten sich im Luftzug, als bettelten sie um Beachtung ihrer angestaubten Schönheit. Einer von ihnen war aus heller Spitze, die über die Jahre so versteift war, als hätte sie die Erinnerungen in sich aufgesogen. Ein anderer aus Seide leuchtete noch immer in kräftigem Weinrot, doch der Stoff wirkte dünn wie Pergament, so dass ich mich fragte, ob er beim Öffnen nicht zerfallen würde.

»Wir sollten sie wieder in Mode bringen«, meinte sie mit einem Funkeln im Blick. Und tatsächlich: Würde Océane mit etwas so Einzigartigem durch die Stadt spazieren, würde zumindest ein Teil ihrer Bewunderer diesen Trend sicher bald kopieren. »Ich nehme den grünen.« Dieser Schirm war aus dickem Brokatstoff und grün wie eine Avocado. Von den Rändern baumelten smaragdgrüne Perlen. Wenn er zu jemandem passte, dann zu Océane.

»Warum kommst du nächste Woche nicht einmal zum Essen vorbei?«, fragte sie. »Und bring doch deinen neuen Freund mit.« Sie zwinkerte.

»Woher weißt du von ihm?« Paris war eine große Stadt, doch was Gerüchte betraf, manchmal klein wie ein Dorf.

»Die Mai-Gala ... Alle reden davon, dass du den ganzen Abend in den Armen eines attraktiven Fremden gelegen hast.«

Ich hatte mir keine Gedanken über die Geschwätzigkeit der Leute gemacht. Wie dumm von mir. »Das hatte nichts weiter zu bedeuten.« Wenn sich herausstellte, dass er tatsächlich der Postkartenräuber war, würde mir das auf ewig anhängen, wenn man glaubte, dass ich mit ihm zusammen war.

Sie legte den Kopf schräg. »Ich glaube dir nicht.«

Ich setzte ein breites Lächeln auf. »Es stimmt aber. Wir sind nichts weiter als gute Bekannte.« Mein Herz tat bei den Worten zwar weh, aber daran musste ich mich wohl gewöhnen.

»Ich merke doch, dass du mir nicht alles sagst.«

Wie konnte ich auch? *Oh, der Typ, in den ich mich verliebt habe, könnte ein Juwelenräuber sein, aber sonst geht's mir gut ...*

»Es ist nur ...« Ich suchte nach einer glaubwürdigen Antwort. »Er wird ohnehin bald wieder abreisen, also habe ich beschlossen, dass es sich nicht weiter lohnt. Eine Fernbeziehung ist mir zu kompliziert.«

Sie runzelte die Stirn. »Aber machbar. Du reist doch auch viel herum. Und es wäre doch sehr romantisch, sich immer wieder neu zu begegnen.«

Ich dachte an die Blockhütte und wie sehr mir die Vorstellung gefallen hatte. Doch woher sollte ich wissen, ob sie nicht nur eine Chimäre war? Wohl nicht ohne Grund war sie mir allzu märchenhaft erschienen. »Ja, für die Romantiker unter uns. Ich dagegen muss an mein Geschäft denken und kann nicht immer wieder wegfahren, selbst wenn er der Richtige sein sollte. Was er nicht ist.«

Bitte sehr. Mit diesem nüchternen Ton hätte ich mich fast selbst überzeugt.

Océane sah mich durchdringend an. »Wenn du meinst. In diesem Fall: Wie wär's, wenn wir beide mal wieder ausgingen?«

Ich lächelte dankbar. Fast hatte ich erwartet, dass sie mich zu verkuppeln versuchen oder irgendeinen Kommentar über die hübschen Söhne anderer Mütter vom Stapel lassen würde. »Das wäre wunderbar«, sagte ich und meinte es auch so. Ich konnte mich nicht erinnern, wann ich das letzte Mal ohne beruflichen Anlass ausgegangen war.

»Abgemacht. Ich schreib dir noch, wann und wo. Und danke für den tollen Sonnenschirm.«

Wir verabschiedeten uns per Küsschen. Océane ging mit ihrem grünen Schirm hinaus, spannte ihn auf und spazierte davon, als wäre sie im Paris der zwanziger Jahre. Ein paar Passanten sahen ihr sofort staunend hinterher, bevor sie sich noch einmal umdrehte und mir zuwinkte.

Anschließend hatte ich etwas Zeit für mich, um nachzudenken. Dass ich den Artikel über den Postkartenräuber gelesen hatte, schien Ewigkeiten her. Ich startete meinen Rechner und suchte nach mehr Informationen über die gestohlenen Juwelen. Ich hoffte, zwischen den Zeilen etwas zu finden, das mir Hinweise auf Tristan gäbe.

Die verschiedenen Nachrichtenportale schrieben alle dasselbe. Es hieß, der Täter sei technisch überaus kundig und habe es geschafft, überaus komplexe Alarmsysteme und Kameraüberwachungen auszuschalten. Und man wusste, dass der Dieb jeweils innerhalb von sechzig Sekunden hinein- und hinausgelangt war.

Sechzig Sekunden.

Ich brauchte länger, um Lippenstift aufzutragen. Vom Ankleben falscher Wimpern ganz zu schweigen …

Er musste sich so flink bewegen können wie eine

Raubkatze. Die Auktionshäuser waren umfangreich ge-
sichert, von Infrarotkameras, die Bewegungen registrie-
ren konnten, über Ultraschallgeräte, die mehr hörten als
das menschliche Ohr, bis hin zu photoelektrischen Strahlen, wie man sie aus Filmen kennt. Vor ungefähr einem
Jahr, als das Auktionshaus *Cloutiers* für den Einbau neuer
Sicherheitstechnik vorübergehend geschlossen war, hatte Gustave mir alles ganz genau erklärt. Zusätzlich war
noch Sicherheitspersonal vor Ort, das in einer Kammer die
Übertragungsbildschirme überwachte.

Wie konnte der Dieb das alles in nur sechzig Sekunden
überwunden haben? Zwar gab es stets eine kleine Verzöge-
rung, bis die Informationen bei den Wachen ankamen,
aber das waren nur wenige Sekunden – nicht genug, um
ungesehen hinein- und hinauszukommen. Und es konnte
sein, dass die Wachen mal einnickten, aber wie sollte ein
Einbrecher davon wissen?

Hatte er womöglich ihren Kaffee mit Schlafmittel versetzt? Oder schlimmer noch: Hatte er sie bestochen, damit
sie sechzig Sekunden lang in eine andere Richtung schau-
ten?

Ich suchte nach Neuigkeiten über die Diebstähle in Italien. Die Berichte darüber klangen ganz ähnlich: Immer
hatte es sechzig Sekunden gedauert, immer wurden Kollektionen seltener Juwelen entwendet. Der Einbrecher
hatte ein Gemälde von Picasso, eine altägyptische Münz-
sammlung und viele andere unschätzbar wertvolle Dinge
links liegen lassen. Eine Leinwand durch die Straßen zu
tragen, wäre zu auffällig, Münzen wären schwer zu verkaufen. Schmuck konnte man in die Tasche stecken und damit
wegspazieren, und auf dem Schwarzmarkt gäbe es dafür
am leichtesten einen Käufer zu finden.

Natürlich war es nicht meine Aufgabe, den genauen
Hergang der Einbrüche zu rekonstruieren, ich wollte nur

helfen, den Dieb zu fangen, und dazu brauchte ich ein Geständnis. Wenn Tristan unschuldig war, würde nichts weiter passieren – im anderen Fall könnte ich ihn melden und die Polizei sich um alles Weitere kümmern.

Mit einem kurzen Blick zur Tür vergewisserte ich mich, dass ich noch allein war, dann beugte ich mich wieder über meinen Rechner und tippte *Tristan Black* in die Suchmaschine ein. Das Ergebnis ließ mich staunen.

Black Enterprises.

Ich hatte zuvor schon einmal im Internet nach ihm gesucht und nichts gefunden, und jetzt hatte er plötzlich eine eigene Webseite? Merkwürdig. Ich klickte den Link an und überflog den Inhalt. Vielleicht lag es an der englischen Sprache, aber es erschloss sich mir nicht, was für ein Unternehmen *Black Enterprises* war. Es gab einen Stichpunkt *Beratung*, aber wer wen worin beraten sollte, war nicht ersichtlich. Es wirkte eher wie ein Code für etwas anderes.

Ich runzelte die Stirn, klickte auf *Über uns*, und da erschien sein Gesicht: sein strahlendes, gewinnendes Lächeln, der betörende Blick, das zurückgekämmte blonde Haar.

»Das muss ja eine spannende Lektüre sein.«

Ich fuhr zusammen und klappte den Rechner zu. »Eigentlich überhaupt nicht. Eher ein Haufen Blabla.« Das Herz hämmerte mir in der Brust, und ich zwang mich zu einem Lächeln. Auf der anderen Seite der Verkaufstheke stand Tristan. Eigentlich konnte er nicht gesehen haben, welche Seite ich aufgerufen hatte, aber sein süffisanter Blick deutete genau dies an.

»Dann hast du also nicht gerade das Bild eines heißen Kerls angeguckt?«

»Natürlich nicht«, gab ich zurück, während ich mich insgeheim ertappt fühlte.

»Du solltest den Spiegel hinter dir mal putzen, da sind Fingerabdrücke drauf.«

Mein Gesicht begann zu glühen. Über den Spiegel hatte er meinen Bildschirm sehen können! Aber warum sollte ich ihn nicht online überprüfen dürfen? Jede Frau sah doch heutzutage mal im Internet nach, wenn sie ein Mann interessierte. Man suchte nach einem Facebook-Eintrag, nach Fotos oder was auch immer. Das war kein Stalking, das war einfach unsere moderne Welt.

»Du siehst blass aus«, sagte er und fuhr mit einem Finger über meine Wange. »Als hättest du dich ernsthaft erschreckt.«

Wenn ich ihn überführen wollte, musste ich ganz normal reagieren. »Ich habe mir gerade meine Monatsabrechnung angesehen, da kann man schon einen Schreck bekommen …«

Er lachte. »O je, das tut mir leid. Genau wie meine Absage gestern … Kann ich es mit einer Essenseinladung für heute Abend wiedergutmachen? Ich würde dich zwar gern jetzt schon entführen, aber die Arbeit ruft …«

Ich schluckte. »Sicher … gern.«

»Wunderbar.« Er gab mir einen festen Kuss auf den Mund, und ich wurde rot. Erst als er gegangen war, beruhigte sich mein Puls, und ich konnte wieder klar denken. Was würde ich tun, wenn Tristan tatsächlich der Postkartenräuber war? Würde ich ihn warnen – oder ihn bei der Polizei verpfeifen? Mit einem Mal spürte ich eine schwere Last auf meinen Schultern.

In diesem Moment betraten Gilles und sein Hund Casper das Geschäft. Ich zwang mich zu einem Lächeln und begrüßte ihn herzlich. Sobald er fort wäre, würde ich Madame Dupont aufsuchen und erkunden, was sie von alldem hielt.

Kapitel 18

*A*ls Gilles und Casper gegangen waren, schloss ich die Ladentür ab und spurtete um die Ecke zum *Time Emporium*. Madame Dupont winkte mir zu, so dass der Rauch ihrer Zigarette in alle Richtungen wehte.

»Madame! Gott sei Dank!«

»Anouk, haben Sie schon vom Auktionshaus *Bellamy* im Quartier Latin gehört?«

Mir fiel vor Schreck der Unterkiefer herunter – ein weiterer Diebstahl in so kurzer Zeit?

»Nein. Was ist passiert?«

»Der Einbrecher hat eine Kollektion antiker Uhren gestohlen. Die Polizei hat gerade eine Erklärung abgegeben.«

»Um wie viel Uhr wurde der Diebstahl begangen?«

Sie sah auf die Uhr. »Vor etwa einer Stunde.«

Gilles und Casper waren gekommen, kurz nachdem Tristan gegangen war. Und das war etwas über zwei Stunden her. Konnte er tatsächlich ganz gemütlich zu mir in den Laden spaziert sein und danach ein Verbrechen begangen haben? Von der Zeit her war es möglich. Und er hatte gesagt: *Ich würde dich zwar jetzt schon gern entführen, aber die Arbeit ruft.* Er war es, das konnte ich spüren.

»Ich gehe davon aus, dass die Uhren sehr wertvoll waren?« Ich versuchte, die Panik aus meiner Stimme herauszuhalten.

Madame Dupont nickte bedächtig. »Sehr. Sie stammten aus dem Besitz der Capulets.« Ihr Blick verdüsterte sich.

Wieder war ein Schatz aus der Vergangenheit der Welt verloren gegangen. »Ich hatte gehofft, die ganze Serie zu erwerben. Es waren höchst elegante Stücke. Und jetzt sind sie – puff! – einfach weg!«

Traurig schüttelte sie den Kopf, drückte ihre Zigarette in einem Aschenbecher neben der Tür aus und zündete sich direkt eine neue *Gauloise* an. »Wer immer das war, ist äußerst clever. Das Alarmsystem austricksen und binnen sechzig Sekunden rein- und rauskommen? Das ist eine Leistung, vor allem, wenn man bedenkt, wie groß und verschachtelt diese Häuser teilweise gebaut sind. In manchen braucht man doch schon länger als sechzig Sekunden, um die Eingangshalle zu durchqueren. Ich fürchte, bis die Polizei einen Plan entwickelt hat, um den Täter zu fangen, ist er längst über alle Berge – und mit ihm all die schönen alten Dinge.«

Laut überlegte sie weiter, und ich wartete auf eine Möglichkeit, auch etwas zu sagen. Als ich zu ungeduldig wurde, fasste ich sie an beiden Armen. »Madame, ich habe schlechte Nachrichten: Ich glaube, dass der Dieb Tristan ist! Ich bin mir sogar ziemlich sicher.«

Madame Dupont lachte heiser. »Ach, meine Liebe, Sie tun es ja schon wieder.«

»Was tue ich schon wieder?« Ich ahnte, dass jetzt eine ihrer berüchtigten Standpauken folgen würde. Sie besaß große Menschenkenntnis und war gut darin, Situationen zu deuten. Daher hörte ich normalerweise auf ihren Rat, aber diesmal hatte sie die Ernsthaftigkeit in meiner Stimme wohl überhört. Ich hatte nicht über das Wetter gesprochen, sondern über meine Beziehung zu einem Juwelendieb.

»Sie sabotieren bewusst Ihr Liebesleben. Wegen Joshua haben Sie allen Männern abgeschworen, doch nun hat sich Tristan in Ihr Herz geschlichen, und schon geraten Sie in Panik. Sie müssen wieder lernen, einem Mann zu vertrauen – also machen Sie sich das mit ihm nicht kaputt. Wenn der ein Dieb ist, bin ich Madame Bovary.« Sie sah mich eindringlich an.

»Madame, ich weiß, was Sie meinen, aber ich halte ihn wirklich für schuldig. Das ist nicht nur ein Zeugnis meiner Bindungsangst, und ich möchte Sie warnen: Wir sollten vorsichtig sein. Bei Lichte besehen weisen sehr viele Details auf ihn hin.«

Nun lag Bedauern in ihrem Blick. Stimmte es, dass ich mir selbst Hindernisse in den Weg legen wollte? Ich gebe zu, dass es keinen stichhaltigen Beweis gab, aber wenn man etwas im Innersten *weiß*, dann weiß man es eben.

»Meine Liebe … Einen Unschuldigen zu belasten ist keine gute Idee. Mit Gerüchten kann man Rufmord begehen, also sehen Sie sich bitte vor.«

Ich schnitt eine Grimasse. »Ich erzähle es ja nur Ihnen, Madame. Sie wissen, dass ich ohne Grund niemanden beschuldigen würde. Vielleicht können wir das Ganze einmal in Ruhe durchgehen.«

»Gern. Aber solange es keine Beweise gibt – und ich glaube nicht, dass es irgendwann welche geben wird –, versprechen Sie mir, dass Sie Ihr Herz nicht vor ihm verschließen.«

Widerstrebend nickte ich.

War Tristan wirklich fähig, mich im Geschäft zu besuchen und kurz danach einen Raub zu begehen? War ich sein Alibi? Ich brauchte Zeit, um über alles nachzudenken.

Nachdem ich mich von Madame verabschiedet hatte, beschloss ich, meinen Laden nicht wieder aufzumachen, und ging früher als üblich nach Hause.

Ungeachtet der verführerischen Düfte aus dem Bistro unten betrat ich das Haus und nahm die Treppe anstelle des Fahrstuhls. Von oben hörte ich lautes Lachen. War das Maman? Hatte sie sich etwa schon mit Papa vertragen?

In der Wohnung roch es unverkennbar nach Mamans Kochkünsten. Ich nahm mein Halstuch ab und folgte dem Duft in die Küche. Maman trug eine Schürze und erklärte einem jungen Mann in der weißen Jacke eines Kochs, wie man eine perfekte Bouillabaisse zubereitete.

Ich sah die beiden fragend an und wartete auf eine Erklärung, doch es kam keine. Der junge Mann schrieb ehrfürchtig alles auf, was Maman sagte.

»Sehen Sie, eine gute Basis ist bei jedem Rezept das Allerwichtigste. Wenn Sie die richtig hinbekommen, haben Sie schon die Hälfte geschafft. Sie können es mit dem Anfangsstadium des Verliebtseins vergleichen. Das Fundament einer Beziehung muss langsam errichtet werden, man muss sich liebevoll darum kümmern, ganz *zärtlich* die Zutaten vermengen und auch nur das Beste und Frischeste dafür verwenden. Alles andere kommt einem Betrug gleich, und das dürfen wir nicht zulassen.«

Der Koch schrieb alles in sein Notizbuch.

»Äh – Maman?«

Die zwei sahen mich überrascht an. Offenbar waren sie so vertieft gewesen, dass sie mein Kommen nicht bemerkt hatten. »Oh, Anouk ... Das ist Luc.«

»Hallo Luc«, sagte ich und nickte. »Und Luc ist hier, weil ...?«

Maman beachtete mich nicht weiter und reichte Luc den Löffel. »Kommen Sie, Luc, probieren Sie meine und dann Ihre und schmecken Sie den Unterschied.« Erst jetzt fiel mir die Ansammlung von Pfannen und Töpfen in der Spüle auf. Meine Mutter brachte diesem Koch das Kochen bei? Ich vermutete, dass er unten aus dem Bistro kam. Aber dann müsste er doch wissen, wie man Bouillabaisse zubereitete?

Luc tat, wie ihm geheißen, und bekam leuchtende Augen. »Ich erkenne meine Fehler sofort – ich kann sie schmecken. Da ist ein bitterer Nachgeschmack. *Merci, Madame!*«, bedankte er sich überschwänglich. »Kann ich Ihre Suppe mitnehmen, damit die anderen sie auch probieren können?«

Maman nickte. »Aber sicher. Und morgen kommen Sie wieder, und ich zeige Ihnen, wie Sie eine gute Mehlschwitze machen. Sie lassen das Mehl nicht lange genug in der Butter rösten, aber das lässt sich ja leicht beheben.«

»*Oui, oui.*« Luc nahm den Topf mit einem Trockentuch vom Herd und küsste Maman auf beide Wangen. Er wirkte sichtlich inspiriert.

Ich wartete, bis die Wohnungstür ins Schloss gefallen war, dann wandte ich mich an Maman. »Was war das?«

Sie wanderte in der Küche umher, ließ Wasser in die Spüle laufen und weichte die Töpfe ein, ehe sie antwortete. »Ich habe unten im Bistro Lucs Bouillabaisse zum Mittagessen probiert und fand sie nicht gut. Sie schmeckte bitter. Da habe ich ihn aus der Küche kommen lassen und es ihm gesagt.«

Ich verschränkte die Arme und lehnte mich gegen die Küchentheke. »Und dann ist er gleich mit nach oben gekommen und hat eine Unterrichtsstunde im Kochen absolviert?«

Heißer Dampf stieg aus dem Waschbecken auf und beschlug die kleine Fensterscheibe. »Ganz genau. Ihm fehlten so viele Grundlagen. Anstatt Orangenschale und Fenchel hat er Zitrone und Chinakohl genommen. Aber er war sehr wissbegierig. Unten im Bistro werden vor allem Touristen bedient, also geht es mehr um Masse als um Klasse, und das ist einfach nicht akzeptabel. Wenn man kocht, muss man es richtig machen, sonst sollte man es lassen.«

Ich schmunzelte über meine Mutter. Hätte man mich gefragt, wie ich sie beschreiben würde, hätte ich Worte wie »reserviert«, »ruhig«, »in sich gekehrt« genannt. Doch der Tag heute blieb wohl voller Überraschungen. »Das war sehr freundlich von dir, Maman.«

Sie streifte sich Gummihandschuhe über und stellte sich ans Spülbecken. »Es hat mir Freude gemacht. Ich kann mich nicht erinnern, wann mir das letzte Mal jemand so aufmerksam zugehört hat. Als wäre alles, was ich sage, von Bedeutung.«

Ich stellte mich hinter sie und rieb liebevoll ihre Arme. »Ich finde, Luc kann sich glücklich schätzen, eine so gute Lehrerin wie dich zu haben. Und noch glücklicher, dass du ihm deine geheimen Familienrezepte verrätst.« Ich nahm ein sauberes Geschirrhandtuch aus der Schublade und trocknete die Teller ab. Es war eine Szene wie in früheren Zeiten, als wir zusammen in der warmen Küche gestanden, Hausarbeiten verrichtet und fröhlich geplaudert hatten.

Maman lachte leise. »Na ja … ein paar Zutaten habe ich für mich behalten. Der junge Mann muss ja nicht all unsere Geheimnisse kennen, nicht wahr?«

Wenn Maman kochte, tat sie es mit Bedacht und Leidenschaft. Jede Zutat wurde sorgsam gewählt, jeder Arbeitsschritt mit Liebe ausgeführt. Sie behauptete, Hektik, Zwang oder Stress beim Kochen würde man aus einem Essen herausschmecken. Anscheinend konnte man schon an der Art und Weise, wie jemand sich beim Kochen den Arbeitsplatz einrichtete, erkennen, wie er oder sie sich fühlte. Und wenn man die Vorbereitung schon nicht richtig hinbekam, konnte auch der Rest nicht gut funktionieren.

»Ich hatte einen wundervollen Tag«, sagte sie. »Und nachher werde ich ein bisschen durch das siebte Arrondissement spazieren. Stell dir vor: Ich habe noch nie gesehen, wie der Eiffelturm bei Nacht blinkt.«

»Ich komme mit.«

»Ach, nein. Du musst nicht auf mich aufpassen, Anouk.

Ich bin eine erwachsene Frau und komme allein zurecht. Ich will Pariser Luft atmen, mir in Ruhe alles anschauen und abwarten, wer und was mir so über den Weg läuft – einfach die Freiheit genießen, genau das zu tun, was mir gefällt.«

»Na schön. Solange du dich an gut beleuchtete Straßen hältst.«

Das Leben war manchmal ziemlich kompliziert. Aber Mamans fröhlicher und ausgeglichener Gesichtsausdruck zeigte mir, dass es nie zu spät war, etwas Neues auszuprobieren. Ich wünschte nur, Papa könnte sie so sehen.

· • ·

Henry, der Couchsurfer, raubte mir den letzten Nerv. Wieder einmal erwischte ich ihn beim Herumschnüffeln, und diesmal war ich mir meiner Sache sicher. Er war dabei, den Flurschrank zu durchwühlen, der zwischen den zwei Schlafzimmern stand.

Ich schlich mich von hinten an und tippte ihm auf die Schulter, so dass er vor Schreck zusammenfuhr. »Was genau suchst du eigentlich? Geld?«

Immer noch erschrocken, legte er mit Unschuldsmiene eine Hand auf seine Brust. »Ich habe nach sauberen Laken für die Chaiselongue gesucht. Um den Samtbezug zu schützen.«

»Du hast sie doch gestern erst neu bezogen.«

»Hab ich das? Oh, das hab ich ganz vergessen.«

Wir starrten einander böse an, bis es auf einmal an der Tür klopfte.

Ich erstarrte. Ich wollte nicht, dass irgendjemand meine Wohnung in diesem unordentlichen Zustand sah. Bettlaken auf den Möbeln, Jacken und Schuhe überall verstreut ... Und jedes Mal, wenn Henri seine Jobsuche ergebnislos aufgab, ließ er die Zeitung einfach da liegen, wo er sie gerade gelesen hatte.

Maman kam mit einem Geschirrtuch über der Schulter aus der Küche. »Willst du nicht aufmachen?« Sie deutete zur Tür.

Noch ehe ich antworten konnte, zog Henry die Tür auf – und davor stand ein lächelnder Tristan. O Gott, ich hatte noch gar keine Zeit gehabt, über ihn nachzudenken oder darüber, wo er sich gerade aufhielt.

»Oh, Tristan. Was führt dich hierher?« Da fiel es mir ein. *Unsere Verabredung zum Essen!* Sein Besuch in meinem Laden schien eine Ewigkeit her. Was für ein ereignisreicher Tag!

Schamesröte stieg mir ins Gesicht, als ich an das Durcheinander hinter meinem Rücken dachte. Ich hatte meinen Stolz und wollte auf keinen Fall, dass mich jemand für schlampig hielt, egal, wer es war. Bei seinem letzten Besuch war meine Wohnung aufgeräumt gewesen, nun aber herrschte das reinste Chaos.

Tristan betrat die Wohnung und nickte Henry und Maman zu.

»Du bist früh dran«, sagte ich bemüht locker. Innerlich fühlte ich mich gespannt wie eine angriffsbereite Schlange. Hatte er überhaupt eine Zeit erwähnt? Ich konnte keinen klaren Gedanken mehr fassen und hatte auch keine Zeit mehr, mich zu sammeln.

Maman setzte ihre Brille auf, lehnte sich vor und inspizierte meinen Gast. Ich konnte direkt sehen, wie in ihrem Kopf die Gedankenmaschinerie anlief. Sie sah kurz zu mir, dann wieder zu Tristan und begann zu lächeln. »*Ma chérie!* Du hast einen Verehrer? Na, endlich!« Sie wollte es wohl nur zu mir sagen, aber ihre Worte waren laut genug, dass alle sie hören konnten. Höchstwahrscheinlich sah sie sich schon mit einer Horde Enkelkinder auf dem Schoß.

Ich zog den Kopf zwischen die Schultern. Jetzt wusste Tristan nicht nur, dass ich im Chaos lebte, sondern auch noch, dass ich langjähriger Single war. »Er ist nicht mein Verehrer ...«

Tristan räusperte sich. »Ach nein? Haben wir denn kein Rendezvous?« Seine Augen blitzten vor Belustigung, als würde er das Drama meines Lebens wie ein Lustspiel genießen.

»Wir gehen doch nur essen ...« Dann überlegte ich. Wenn ich irgendetwas aus ihm herausbekommen wollte, sollte ich ihm lieber schmeicheln.

Mit betörendem Lächeln ging er auf Maman zu, nahm ihre Hand und hob sie zum Kuss an den Mund wie ein perfekter Gentleman. Aber das war er nicht. Er war ein Dieb. Und ein gerissener dazu. Als Maman rot wurde, hätte ich am liebsten die Augen verdreht. Offenbar schaffte er es, jede Frau um den Finger zu wickeln.

Sie nickte in meine Richtung. »Ich freue mich, dass Anouk mal einen Verehrer hat. Immer nur arbeitet und arbeitet sie und lebt wie eine Einsiedlerin. Ohne richtige Freunde. Nun ja, da ist Madame Dupont, aber selbst die hat ein ausgefüllteres Privatleben als Anouk...«

»Das reicht, Maman.« Für eine ruhige, zurückhaltende Frau redete sie eindeutig zu viel.

»Was?«, erwiderte sie entrüstet. »Ist doch wahr. Deine Antiquitäten können dich schließlich nicht im Arm halten, oder?«

»Maman!« Nun wurde ich rot bis unter die Haarwurzeln »Du musst entschuldigen«, sagte ich zu Tristan. »Maman ist im Moment nicht sie selbst.«

Er lachte. »Kann ich dich vor dem Essen noch irgendwohin auf einen Drink einladen?«

»Nein, ich habe noch zu tun. Ich muss ein paar Dinge klären ...«

Ich sollte Papa anrufen und ihm ein paar Vorschläge für romantische Maßnahmen unterbreiten; dann Henry loswerden und Lilou sagen, dass er schon wieder in meinen Sachen geschnüffelt hatte; und einen Plan entwerfen, wie ich Tristan auf die Schliche käme ... *Und* ein ernstes Wort mit Maman reden, dass sie vor Fremden nicht alles über mein Privatleben ausplapperte!

»Sie muss nichts mehr erledigen. Eine Frau kann nicht endlos Hochzeitsannoncen lesen – sonst stirbt sie irgendwann an gebrochenem Herzen.« Maman sah mich durchdringend an.

Ich wäre am liebsten im Boden versunken. Ich las gern Hochzeitsanzeigen, na und? War das ein Verbrechen? Es war doch schön zu wissen, dass es Paare gab, die zu einem Happyend gefunden hatten. Es war ja nicht so, dass ich deshalb weinen musste ... na ja, hin und wieder vielleicht.

Maman ließ sich nicht beirren. »Nehmen Sie sie mit! Bringen Sie ihre Augen wieder zum Leuchten!« Ich bekam das ungute Gefühl, dass sie beim Kochen schon reichlich Wein getrunken hatte.

Nun kam Lilou dazu, die Arme voller Tüten. »Hallo zusammen!« Sie stellte ihre Einkäufe auf dem Esstisch ab. »Ist das etwa der schöne Prinz, der mich vor der bösen Schwester rettet?«

»Lilou! Also bitte!« Was sollte Tristan nur denken? Verstohlen sah ich zu ihm hin und war überrascht, dass er nicht entsetzt, sondern eher amüsiert wirkte.

»Was?«, meinte Lilou unschuldig. Dann hellte sich ihr Gesicht auf. »Oh, du hinterhältiges kleines Biest! Du hast tatsächlich einen neuen Freund!« Sie klatschte in die Hände. »Und hast nichts verraten!«

Sie sah mich so freudestrahlend an, als hätte ich gerade meine Verlobung oder etwas ähnlich Überraschendes verkündet. »Manche Geheimnisse lohnen sich eben, nicht wahr, Anouk?« Sie grinste.

»Ja«, erwiderte ich in der Hoffnung, sie würde es dabei bewenden lassen.

»Wir haben alle unsere Geheimnisse«, sagte Tristan lächelnd, spazierte durch den Raum, nahm hier und da etwas aus dem Regal, betrachtete es aufmerksam und stellte es zurück. »Das ist nur menschlich.«

Plötzlich lag eine Spannung in der Luft, als wäre zu viel gesagt worden. Ich mochte es nicht, wenn man über mich sprach, als wäre ich nicht anwesend. Aber vielleicht war ich nur nicht bereit zu hören, was andere über mich dachten, weil ich möglicherweise ihrer Meinung sein könnte?

Als Tristan zum Bücherregal kam, ging er in die Knie, um die Titel zu studieren. »Du liest Krimis? Ich hätte gedacht, dass du dich für andere Themen interessierst.«

Ich wollte ihm nicht die Genugtuung geben zu erfahren, dass es Joshuas Bücher waren. »Ja«, erwiderte ich etwas brummig. »Ich finde nichts schöner, als über Verbrecher zu lesen – vor allem, wenn sie gefasst werden.«

Ohne auf meinen Kommentar einzugehen, las er weiter. »*Der Juwelenraub?*«, deutete er auf einen Buchrücken. Für ihn war das wahrscheinlich mehr ein Sachbuch.

»Hast du es gelesen?«, fragte ich spitz.

»Was gibt's zum Essen?«, warf nun Henry ein.

Um zu verhindern, dass mir gleich der Kopf platzte, sagte ich: »Also gut, Tristan, gehen wir was trinken.«

Kapitel 19

*T*ristan und ich spazierten schweigend durch die Dämmerung. Was meine Familie gesagt hatte, hatte mich zum Nachdenken gebracht. Machten sie sich wirklich Sorgen, ich könnte mutterseelenallein enden? Dass ich keine Freunde hatte, weil ich niemandem vertraute?

Freundschaften zu pflegen war mit der zunehmenden Arbeit im Geschäft in letzter Zeit tatsächlich immer schwieriger geworden. Aber es ging mir doch gut, oder etwa nicht? Meine Erfolge beim Aufstöbern antiker Schätze machten mich glücklich. Ich traf mich mit Madame Dupont, und auch Océane war eine Freundin. Hin und wieder saßen wir mit einer guten Flasche am Ufer der Seine, und jetzt planten wir, gemeinsam auszugehen. Ich führte ein gutes und erfülltes Leben.

Und es war beileibe nicht so, dass ich es mit der Liebe nicht probiert hätte. Nur war ich nach meinem letzten Fehlgriff in Sachen Männer etwas angeschlagen und musste jetzt gegen meine Gefühle für einen Kriminellen ankämpfen.

Selbst mit achtundzwanzig Jahren blieb mir immer noch viel Zeit. Die Liebe findet uns und nicht andersherum – also konnte ich, während ich darauf wartete, mich ebenso gut auf meine Arbeit konzentrieren. In diesem Moment wurde mir bewusst, dass ich gerade neben jemandem hermarschierte, der genau das Gegenteil beabsichtigte, was mir bei meiner Arbeit am Herzen lag: ein Mann, der meine Heimat ihrer Historie berauben wollte – und dennoch fühlte es sich nicht falsch an. Seine Masche war wirklich überzeugend. Um mir monatelangen Liebeskummer zu ersparen, musste ich überaus vorsichtig sein.

Tristan zog sein Jackett aus und warf es sich über die Schulter. »Deine Mutter und deine Schwester sind sehr sympathisch. Und lustig.«

Ich musterte ihn prüfend, ob das sarkastisch gemeint war. »Ich glaube, die Hitze ist ihnen zu Kopf gestiegen.«

Er lachte. »Gut möglich, immerhin ist ja bald Sommer. Aber sie machen sich Sorgen um dich, das ist doch rührend.«

Ich entspannte mich ein wenig. »Normalerweise lebe ich allein in meiner Wohnung. Deshalb fühle ich mich mit so vielen Leuten etwas eingeengt. Mein Leben ist sonst … viel ruhiger, geordneter. Ich bin so viel Lärm und Unordnung nicht gewöhnt. So viel Chaos.«

»Es ist nett von dir, sie dennoch alle aufzunehmen. Du bist eben gut zu den Menschen, die dir nahestehen. Nicht nur deiner Familie gegenüber, sondern auch anderen. Alle reden von dir und deinem Laden.«

Er blieb stehen und legte einen Finger unter mein Kinn. Mein Herz klopfte so laut, dass ich dachte, er müsste es hören. Obwohl die Szene im silbrigen Mondschein höchst romantisch anmutete, musste ich mich ermahnen, dass er möglicherweise der Böse war. Und dass er mich wahrscheinlich nicht mehr so nett finden würde, wenn er wüsste, dass ich ihn für kriminell hielt.

Unfähig, etwas zu sagen, starrte ich ihm in seine blauen Augen.

Er fixierte mich und schien zu überlegen, was er sagen sollte. »Warum tust du das alles?«

»Warum tue ich was? Meine Arbeit?« War ihm nicht klar, dass die meisten von uns arbeiten mussten, um zu leben? War er so sehr in seiner glitzernden Scheinwelt gefangen, dass er vergessen hatte, wie echte Menschen klarkommen mussten?

Er ließ seinen Arm wieder sinken.

»Egal.« Nun schien er seine Maske wieder aufzusetzen. »Gehen wir etwas trinken.«

Leicht verwirrt folgte ich ihm in eine matt beleuchtete Weinbar mit bibliophilem Ambiente. Die Bänke bestanden aus Stapeln alter gebundener Bücher und polierten Holzdielen. An die Wände waren Zitate aus Büchern über Paris gemalt – von Autoren, die sich in die Stadt verliebt und über sie geschrieben hatten. Paris war ihnen unter die Haut gegangen, und sie hatten die Erinnerung daran nie vergessen. Mein Lieblingszitat stammte aus Hemingways *Paris – Ein Fest fürs Leben*. Auch wenn der großartige Hemingway natürlich schon lange fort war, sprach aus seinen Büchern immer noch seine Stimme vom Paris der zwanziger Jahre. Eine Zeit, in die ich mich gern hineinversetzen lassen würde.

Tristan wählte einen Tisch in einer schummrigen Ecke und hängte seine Jacke über den Stuhlrücken.

»Das Lokal ist wunderbar«, sagte er. »Da bekomme ich sofort Lust, all die Bücher wieder zu lesen.« Lächelnd deutete er auf ein Zitat von F. Scott Fitzgerald.

»Amerikanische Literaten haben Paris schon immer geliebt.«

»Alle Amerikaner lieben Paris, vor allem der, den du vor dir siehst.« Wir setzten uns und betrachteten einander länger, als es ungefährlich war. Im flackernden Kerzenlicht schien es beinahe möglich zu vergessen, dass ich einen Dieb vor mir hatte, er schien mir eher wie jemand, den man lieben und von dem man zurückgeliebt werden konnte … Bis mir abrupt die Realität wieder bewusst wurde. Vielleicht stand ich doch zu sehr unter Stress? *Lieben und zurückgeliebt werden …* Du liebe Zeit – was spann mein

Unterbewusstsein sich da zusammen? Lag das an den Unkenrufen meiner Familie, dass ich ein leeres Leben führte?

»Was ist los?«, wollte er wissen. »Du wirkst plötzlich so traurig.«

Ich blinzelte meine Sorgen fort. »Es tut gut, mal …« Ich erstarrte. *Sag jetzt nicht: mit einem Mann auszugehen!* »… mal wieder Bücher zu lesen, die einem etwas bedeuten«, beendete ich stattdessen meinen Satz. Es war, als würde in seiner Gegenwart jeder vernünftige Gedanke aus meinem Gehirn getilgt und mein Mund von ganz allein sprechen. Daran waren seine Augen schuld. Und seine vollen, geschwungenen Lippen, die immer so aussahen, als würde er gleich sein ganz besonderes Lächeln lächeln.

»Champagner?«, fragte er.

»Sehr gern.«

Tristan winkte dem Kellner und bestellte einen exquisiten Champagner. Mit einem Schlag wurde ich wieder nüchtern. Der Champagner war sehr teuer – was er sich zweifellos nur wegen all der gestohlenen Antiquitäten leisten konnte. Und hier saß ich nun und durfte an den Früchten seiner Beutezüge teilhaben. Machte mich das zu seiner Komplizin? Dieser Gedanke reichte, mich wieder an meine Mission zu erinnern: ihn zum Reden zu bringen. Und dafür wäre Alkohol ein gutes Mittel. Es war zwar normalerweise nicht mein Stil, aber der Zweck heiligt die Mittel, wie es so schön heißt.

Der Kellner brachte die Flasche auf einem silbernen Tablett. Gekonnt ließ er den Korken knallen und füllte zwei Champagnerflöten mit der perlenden, schäumenden Flüssigkeit.

»*Chin-chin*«, sagte ich und hob mein Glas. Wir stießen an, und er zwinkerte mir zu.

»Auf neue Freundschaften«, sagte ich.

Er fuhr sich mit einer Hand durchs Haar, das im Kerzenschein hell glänzte und ihn ganz unschuldig erscheinen ließ. »Auf neue Freundschaften.«

Ich trank einen großen Schluck und forderte ihn mit meinem Blick auf, dasselbe zu tun. Wie viel würde er trinken müssen, damit sich seine Zunge löste und er mir sein wahres Gesicht zeigte? Er hielt meinen Blick fest und ging auf die Herausforderung ein. Nach einem tiefen Schluck schürzte er genüsslich die Lippen. »So durstig?«

»Sehr«, antwortete ich.

»Na dann, auf ex.«

Auf Ex? Wieso sollten wir auf Joshua trinken?

Er musste bemerkt haben, dass ich leicht widerwillig die Lippen aufeinanderpresste, denn er fügte hinzu: »Das sagt man bei uns, wenn man alles auf einmal austrinkt … Es hat nichts mit ehemaligen … irgendwas zu tun.«

»Oh.« Wir stießen noch einmal an. »Dann auf ex.«

Schnell wollte ich sein leeres Glas wieder füllen, aber ich war zu hastig, so dass der Schaum fast überquoll. Während ich wartete, dass er sich zurückbildete, schenkte ich mein Glas voll. Wir tranken erneut, und der Kellner guckte ganz besorgt, weil er sich vermutlich fragte, warum wir den 300 Euro teuren Champagner wie Wasser hinunterschütteten.

Mein Magen knurrte und erinnerte mich daran, dass ich noch nichts gegessen hatte. Normalerweise trank ich keinen Alkohol, ohne dazu etwas zu essen. Wurde außerhalb eines normalen Essens Wein serviert, dann gab es meist ein paar Canapés oder Häppchen dazu. Aber jetzt auf das Essen zu warten, würde unsere Unterhaltung aufhalten, so dass ich diesmal meine Gewohnheiten hintanstellen musste.

»Jemandem wie dir bin ich noch nie begegnet«, sagte Tristan und sah mich bedeutsam an. »Immer wieder entdecke ich neue Facetten, neue Schichten …«

»Das klingt, als wäre ich ein Kuchen.«

»Ein äußerst verlockender«, erwiderte er und lachte. »Ich dachte, ich hätte durchschaut, worum es dir in deinem Leben geht, aber da gibt es doch mehr. Wir wissen wohl niemals alles über einen Menschen.«

Meinte er die Sorge meiner Familie, ich könnte als einsame Katzentante enden? »Da könntest du recht haben. Natürlich gibt es Dinge, die niemand von mir weiß.« Ich gab mir Mühe, so verführerisch und geheimnisvoll wie nur irgend möglich zu wirken, da ich hoffte, dass ihm das wiederum seine Geheimnisse entlocken würde. »Wenn du alles von mir wüsstest, würdest du wahrscheinlich auf der Stelle davonlaufen.«

Er setzte sich aufrecht. »Was denn alles?«

Ich füllte erneut sein Glas. Er erwiderte den Gefallen und schenkte auch mir nach. Der Champagner prickelte mir auf der Zunge. Vielleicht war das der Grund, weshalb Menschen zu Verbrechern wurden – damit sie sich Champagner leisten konnten, der wie Sternenglanz schmeckte.

»Das kann ich dir unmöglich verraten«, antwortete ich kichernd. »Dann müsste ich dich hinterher nämlich töten – und Blut gibt immer so schlimme Flecken.« Ich schmunzelte keck und trank einen weiteren Schluck.

Tristan lehnte sich wieder zurück und faltete die Hände über dem Bauch. Ungewollt stellte ich mir die Frage, wie sein schlanker gebräunter Körper wohl unter seiner Kleidung aussah. Vom Champagner wurde mir heiß, aber vielleicht war es auch die Hitze im Lokal. Und von meiner Rolle als Verführerin fühlte ich mich ein wenig überfordert.

»Mir kannst du dich aber vertrauen, oder nicht?«, raunte er. Ich schenkte ihm noch einmal nach, dann war die Flasche leer. Mit einem Winken gab ich dem Kellner zu verstehen, dass wir eine zweite wollten, und konnte nur hoffen, dass Tristan auch diese bezahlen würde. Sonst müsste ich mein antikes Onyxarmband als Pfand dalassen.

»Dir vertrauen? Ich kenne dich doch kaum. Jedenfalls nicht wirklich.« Ich versuchte zu ergründen, ob er inzwischen beschwipst war, aber aus irgendeinem Grund sah ich nicht mehr alles scharf. Vermutlich lag es am Kerzenlicht.

»Sicher tust du das«, antwortete er und hob eine Augenbraue. »Du weißt, dass ich Amerikaner bin. Du kennst meinen Namen. Du hast im Internet meine Firma«, er hob jeweils zwei Finger und setzte Anführungszeichen in die Luft, »überprüft.«

Jetzt verschluckte ich mich fast an meinem Champagner. »Deine Firma?«, wiederholte ich skeptisch. »Die ist doch bestimmt nur eine Tarnung. Glaub mir, ich weiß, wie es ist, wenn man sein wahres Ich verbergen muss.«

Ich hoffte, meine Andeutungen ergaben für ihn einen Sinn, denn ich wusste schon selbst nicht mehr genau, was ich sagte. *Ich hätte etwas essen sollen!* Der Champagner hatte mich so sehr entspannt, dass ich mich kaum noch rühren konnte.

Tristan grinste schief und lehnte sich über den Tisch. »Du willst damit also sagen, dass du nach außen die Unschuldige spielst, in Wahrheit aber gerissen und berechnend die Leute manipulierst …«

»*Moi? Mais non!*« Ich lachte. Meine Stimme klang zu hoch und leicht hysterisch, aber plötzlich fand ich die Situation zu komisch, weil er sich doch damit selbst beschrieb. Und wahrscheinlich dachte er, ich wollte andeuten, dass ich mich um seinetwillen ebenfalls in eine Kriminelle verwandeln ließe. Doch da hatte er mich unterschätzt – ich war schlauer, als er dachte, und spielte hier nur eine Rolle.

»Erwischt«, sagte ich also. »Gerissener und berechnender, als die Leute ahnen. Wenn sie nur erkennen würden«, ich senkte verschwörerisch die Stimme und lehnte mich ebenfalls vor, »wen sie da vor sich haben.«

»Und du bist schon so lange damit durchgekommen,

nicht wahr? Niemand verdächtigt die hübsche kleine Französin direkt vor der Nase.«

Ich nickte. »Jahrelang«, behauptete ich.

Er schüttelte den Kopf, fast ehrfürchtig. »Ich habe schon viele seltsame Menschen kennengelernt, aber niemanden wie dich.«

Mein Theater zeigte Wirkung! »Danke«, entgegnete ich. »Unter dem Radar zu fliegen ist wohl einfacher, wenn man weiß, was man tut.«

Er leerte sein Glas in einem Zug. »Hast du dir je überlegt, was du machst, wenn du erwischt wirst?«

Erwischt? Erwischt wobei? Er war doch der gemeine Dieb, nicht ich! Ich hatte noch nie im Leben etwas gestohlen, nicht einmal Süßigkeiten als Kind. Aber besser, ich spielte weiter mit, also lächelte ich kokett und sagte: »Ich würde das Blaue vom Himmel herunterlügen. Oder hattest du erwartet, dass ich die nackten Tatsachen auf den Tisch lege?«

»Das ist ein schönes Bild ...« Seine Schultern sackten ein wenig nach vorn, wohl, weil der Alkohol nun endlich auch bei ihm wirkte.

»Reißen Sie sich zusammen, Monsieur Black.« Ich zwinkerte ihm zu.

»In deiner Nähe ist es schwer, überhaupt etwas zu tun, Anouk – ich werde viel zu leicht abgelenkt, und das ist nicht gut.«

In meinem Kopf schwirrte alles, und ich bekam kaum einen klaren Gedanken zu fassen. Es fühlte sich an, als führten wir zwei verschiedene Gespräche gleichzeitig. »Nein, das ist nicht gut. Und bald wirst du wieder abreisen, nicht wahr? An den nächsten Ort, immer der Sonne nach ...«

»Mein Leben ist nicht so aufregend, wie du offenbar denkst.« Wiederum wirkte er irgendwie gequält, aber bei seinen kriminellen Machenschaften war das kein Wunder. Sicher empfand er manches Mal Reue.

»Ich glaube dir nicht«, erwiderte ich. »Warum solltest du sonst weitermachen? Suchst du vielleicht eine Bonnie, mein Clyde?«

Er lachte, tief und melodiös. »Bewirbst du dich etwa um die Stelle?«

Ich verschränkte die Arme. Das war immerhin ein Beinahe-Geständnis – mehr würde ich an diesem Abend wohl nicht bekommen. Und ich hoffte, mein Gesichtsausdruck würde mich nicht verraten. »Mehr Champagner?«, fragte ich, um Zeit zu schinden.

Er nickte und legte die Finger zusammen, als erwartete er eine Antwort wie bei einem Bewerbungsgespräch. »Ich wünschte tatsächlich, ich könnte bleiben«, sagte er. »Aber das kann ich leider nicht.«

Eben, weil sie dich dann schnappen würden.

»Das ist wirklich schade.«

Er lächelte bedauernd. »Ja, manchmal ist es das.«

Ich überlegte, was ich als Nächstes sagen sollte. Ein Teil von mir wollte ihn bitten, mit dem Stehlen aufzuhören. Aber würde er auf mich hören? Ich musterte ihn verträumt, sah seine blauen Augen, die blonden Haare, die strahlend weißen Zähne und die gerade Nase … Vielleicht war dieses perfekte Äußere die Fassade eines weichen Herzens – vielleicht war er eine Art moderner Robin Hood. Der die Reichen bestahl, um es den Armen zu geben. Wäre das nicht romantisch?

»Ich weiß nicht, wo du gerade bist«, sagte er da mitten in meinen Tagtraum hinein.

Ich lachte. »O doch. Ich bin hier … ganz nah bei dir …« Der Raum begann sich zu drehen.

»Ich glaube, wir sollten jetzt lieber essen.«

Kapitel 20

*S*onnenlicht drang durch den Spalt zwischen meinen Schlafzimmervorhängen. Instinktiv nahm ich die Hände hoch und erkannte, dass der Schmerz nicht von außen kam, sondern von innen. Die letzte Nacht fiel mir wieder ein.

Oh, nein!

Stöhnend zog ich mir ein Kissen über das Gesicht, während die Erinnerungen über mich hereinbrachen. *Ein moderner Robin Hood* – was hatte ich mir nur gedacht? Mit meiner ersten Mission war ich kläglich gescheitert: Ich konnte mich an nichts erinnern, was er gesagt hatte. Alles, was mir einfiel, waren Sachen, die *ich* gesagt hatte, und das war schlimm genug.

In neongrünen Ziffern schrie mir der Wecker neben meinem Bett zehn Uhr entgegen. Ich schlug die Decke zurück und erstarrte. Auf dem Nachttisch lag eine Nachricht.

Liebe Anouk,
wenn ich die Augen schließe, schmecke ich noch immer den Champagner auf Deinen Lippen. Aber wir sind wohl verdammt, allein durchs Leben zu schweifen – zumindest hast Du es so formuliert. Wer hätte gedacht, dass eine so poetische Umschreibung so traurig sein kann?
Ich hoffe, Du bist nicht allzu schlimm verkatert. Du kannst ganz schön was vertragen!
Bis unsere Wege sich wieder einmal kreuzen …
Tristan

Was? Wir hatten uns wieder geküsst? Ich schloss die Augen und versuchte, der Erinnerung nachzuspüren, doch es gelang mir nicht. Wenn ich ihn geküsst hätte, müsste ich mich daran doch erinnern, oder nicht? Die Küsse in Saint-Tropez hatten mich noch lange bis in meine Träume verfolgt ... Ich fuhr mit den Fingern über meine offenbar so vergesslichen Lippen, als könnte das meiner Erinnerung helfen, doch da war nichts.

Schnappschussartig tauchten vor meinem inneren Auge Bilder meiner Rückkehr auf ... Maman war gerade von ihrem Spaziergang zum blinkenden Eiffelturm zurückgekehrt, und Lilou tanzte leichtfüßig durch die Wohnung, während Henry Folksongs auf der Gitarre spielte.

Tristan hatte gebluff! Ich war an allen vorbeigegangen, hatte in der Küche ein Glas Wasser getrunken und war anschließend sofort in meinem Bett eingeschlafen. Netter Versuch, Mr. Black, aber Sie müssen sich schon etwas Besseres einfallen lassen! Das nächste Mal würde ich nur Mineralwasser bestellen.

Allerdings: Wie war diese Nachricht in mein Zimmer gekommen? Nun, vielleicht hatte er sie Lilou oder Maman gegeben, denn wenn er in mein Zimmer geschlichen wäre, hätte ich das sicher gemerkt.

Doch genug der Spekulationen – ich war spät dran. Als ich auf dem Nachttisch außerdem ein Glas Wasser samt Kopfschmerztabletten entdeckte, seufzte ich erleichtert.

»Bist du wach?« Lilou schob sich ins Zimmer und schenkte mir ein mütterliches Lächeln. »Du musst dringend deine Wasserspeicher auffüllen. Trink das, und nimm eine Tablette. Ich hab dir zum Frühstück einen Smoothie gemixt, voller Anti-Kater-Vitamine.«

»Seit wann bist du so fürsorglich?« Während ich mir den hämmernden Kopf hielt, wurde mir bewusst, dass unsere Rollen sich vertauscht hatten: Lilou gab für mich die Krankenschwester. Den Tag musste ich rot im Kalender anstreichen.

Sie zuckte die Achseln. »Ich bin einfach eine gute Schwester. Dass du beim Aufwachen nicht besonders glücklich sein würdest, war vorauszusehen.«

»Sag nichts. Ich will gar nicht wissen, was ich gesagt oder getan habe.«

»Ach, alles in Ordnung«, meinte sie kichernd. »Manchmal tut es gut, sich fallen zu lassen. Du kannst nicht dein ganzes Leben brav und vernünftig sein.«

»Wenn das hier der Preis fürs Lockerlassen ist, bleibe ich in Zukunft sehr gern brav und vernünftig. Magst du mich zur Arbeit begleiten?« Noch immer hing sie die meiste Zeit bei Madame herum unter dem Vorwand, dort ihren Schmuck zu entwerfen.

»Nein, ich kann nicht«, antwortete sie. »Ich habe einen Termin mit einem Einkäufer von *Charbonneau* und muss gleich los.«

Ich sperrte Mund und Augen auf. *Charbonneau* war eine bekannte Designerladen-Kette mit äußerst exklusiven Angeboten. Ich kannte einen Pariser Modedesigner, der mehrmals vergeblich versucht hatte, einen Termin bei einem ihrer Einkäufer zu ergattern. Und nun hatte Lilou einen für ihren selbstgefertigten Schmuck?

»Mit einem Einkäufer von *Charbonneau*?«, wiederholte ich staunend. Jetzt fiel mir auf, dass sie einen schicken grauen Hosenanzug trug, ihr Haar zu einem eleganten Knoten gedreht und dezentes Make-up aufgetragen hatte. Sie sah … erwachsen aus. Kompetent.

»Ja, für meine neuesten Kollektionen. Ich habe ihnen Fotos geschickt, und sie haben angerufen, um einen Termin zu vereinbaren. Letzte Nacht habe ich noch lange gearbeitet, um meine Winterdesigns fertigzustellen, und jetzt hoffe ich, dass sie die ins Sortiment nehmen. Sie schienen wirklich interessiert.«

Ich setzte mich zu schnell auf, und vor meinen Augen drehte sich alles. »Lilou, das ist ja phantastisch! Ich hätte nicht gedacht, dass du so weit vorausplanst.«

Sie lächelte selbstbewusst. »Du bist nicht die Einzige, die liebt, was sie tut.«

· • ·

Eine Stunde später marschierte ich mit klappernden Absätzen zu meinem Geschäft und bestaunte wieder einmal unseren wunderschönen, Ehrfurcht gebietenden Eiffelturm, als Madame Dupont aus ihrem *Time Emporium* trat.

»Oh, là, là«, sagte sie und musterte mich von oben bis unten. »Sieht aus, als hätte jemand den Vormittag im Bett verbracht. Sie haben unser Frühstück versäumt, meine Liebe, aber jetzt sehe ich, warum. Hatten Sie ein besseres Angebot?« Sie grinste verschmitzt, und ich zog beschämt die Schultern nach oben. Unsere Verabredung, die Sache mit Tristan zu besprechen, hatte ich vollkommen vergessen.

»Tut mir leid, Madame, ich habe verschlafen …«

»Nicht so schlimm.« Sie zündete sich eine Zigarette an, nahm einen tiefen Zug und blies Rauchkringel in die Luft. »Sie sehen jedenfalls ganz anders als sonst aus.« Wissend zwinkerte sie mir zu.

»Ach, das … Nein, Madame, Sie sehen lediglich das Ergebnis von viel zu viel Alkohol auf nüchternen Magen.«

»Mit ihm?« Sie kniff die Augen zusammen und lehnte sich näher an mich heran. »Ich kenne Sie, und Sie wirken normalerweise nicht so fahrig und nervös.«

»Das kommt nur, weil ich zu spät dran bin.«

Sie grinste. »Sie haben zwei verschiedene Schuhe an.«

Ich schickte ein Stoßgebet in den Himmel, dass ich auf der Stelle in den Boden versinken möge, doch nichts geschah. Wie hatte mir das passieren können? In meiner Hektik hatte ich einfach irgendwelche Schuhe aus dem Schrank gezogen.

»Ach, die Schuhe«, sagte ich nun und hüstelte, als weitere Rauchkringel zwischen uns aufstiegen. »Ich dachte, ich probiere mal was Neues aus ... Ein Schuh weiß, einer schwarz, das bringt etwas Abwechslung in die Sache.«

Madame stieß ihr raues Lachen aus. »Denken Sie, Sie können mich hinters Licht führen?« Entrüstet schnalzte sie mit der Zunge. »Ich will alles bis ins kleinste Detail erfahren!«

Mit leicht verkniffenem Lächeln erwiderte ich: »Tatsächlich kann ich mich an nicht mehr viel erinnern. Es ist alles sehr verschwommen. Ich gehe jetzt lieber, Madame, und wenn ich mich später an etwas erinnern sollte, rufe ich Sie an. Falls ich mich nicht mehr melde, ist mein Kreislauf zusammengebrochen – dann können Sie mir etwas gegen den Kater bringen lassen.«

Sie lachte, als wäre sie stolz auf mich. Ich hielt die Luft an, um keinen Rauch einzuatmen, und küsste sie zum Abschied auf beide Wangen.

»Eine Sache noch ...«, sagte sie, als ich schon ein paar Schritte gegangen war. Sie zögerte, doch ich bedeutete ihr fortzufahren. »Er ... kam in mein Geschäft und fragte, ob ich an der Audrey-Uhr interessiert wäre.«

Ich eilte so schnell zu ihr zurück, dass ich beinahe gestolpert wäre. »Was ist los? Was haben Sie gesagt?«

»Ihr hübscher Amerikaner war in meinem Laden. Vielleicht war es eine Finte, um zu sehen, ob ich gestohlene Waren kaufen würde. Es tut mir leid, Anouk, aber vielleicht hatten Sie doch recht.«

»Er hat versucht, Ihnen die gestohlenen Uhren zu verkaufen?« Würde er tatsächlich so dreist – und so durchschaubar – vorgehen?

»Nun ja, er hat mir ein paar Uhren angeboten, wollte wissen, was sie wert sind und so weiter, hatte aber keine bei sich. Doch wenn man so lange im Geschäft ist wie ich, merkt man, was los ist. Auf meine Fragen hat er ausweichend geantwortet, sich ständig im Laden umgesehen und wie unter Zeitdruck gewirkt. Gleichzeitig hat er versucht, mich auszufragen. Ich sage es nur ungern, aber ich glaube, Sie hatten recht: Er könnte der Täter sein.«

Ich konnte kaum fassen, was sie da erzählte. »Ich habe einen Verbrecher geküsst. Und das mehrmals«, sagte ich resigniert. Warum musste er nur ein durchtriebener Krimineller sein? Ich wünschte mir so sehr, dass er der angelnde, kochende Blockhüttenbewohner an irgendeinem See in Amerika war.

»Mon Dieu«, sagte sie. »Aber wir dürfen jetzt auf keinen Fall in Panik geraten.«

Ich schüttelte den Kopf. »Ich habe versucht, ihn zum Reden zu bringen. Mein großer Plan bestand darin, ihn betrunken zu machen ...«

Sie zog die Nase kraus. »Lassen Sie mich raten: Stattdessen waren Sie am Ende selbst betrunken? Anouk, Sie brauchen dringend Nachhilfe im Umgang mit Männern.«

Ich schnaubte. »Das kann schon sein, aber wie geht es nun weiter? Was, wenn er es wirklich ist?«

»Dann suchen Sie mit ihm irgendwo ein schönes, abgelegenes Heim und kriegen ein Dutzend Kinder.«

Ich schüttelte den Kopf. »Ich meinte doch, was, wenn er der Dieb ist, nicht der Eine!«

»Das weiß ich doch«, erwiderte sie. »Daher ja die Notwendigkeit, sich zurückzuziehen. Wie romantisch!« Sie bekam einen verträumten Gesichtsausdruck, während sie sich offensichtlich vorstellte, wie ich mich mit Tristan in irgendwelchen Wäldern versteckte.

»Um Himmels willen, Madame. Hat die Tatsache, dass er andere bestiehlt, für Sie überhaupt kein Gewicht?«

»Nun, natürlich. Aber mit solch einem Körper und diesem überaus angenehmen Auftreten – stellen Sie sich nur vor, wie es an seiner Seite sein wird ...« Ihr Blick schweifte in die Ferne.

»Madame!« Wenn Sex den Menschen jung hielt, so hatte das bei Madame mit Sicherheit funktioniert, aber es schien ihr Moralsystem auch kräftig durcheinandergerüttelt zu haben. Allein die Vorstellung, mich mit diesem Schurken irgendwo zu verstecken, war schlichtweg absurd!

»Sie werden schon sehen, *ma chérie*. Manchmal sind es eben Lügner und Diebe, die einem den Puls in die Höhe treiben, was soll man da machen?«

Ich hob eine Hand, um sie zu unterbrechen. »Hat er irgendetwas gesagt, das wir der Polizei mitteilen können? Ich weiß, dass er vor Paris in Italien war. Aber das reicht nicht.«

»Sie wollen ihn tatsächlich verhaften lassen? Können Sie damit nicht bis *nach* einem kleinen romantischen Intermezzo warten?«

An diesem sonnigen Tag, an dem mein Körper vor Schlafmangel und Dehydrierung schmerzte, könnte ich ihn mit Leichtigkeit von der Polizei abführen lassen. Fort aus meinem Leben! Ich war maßlos enttäuscht, dass er nicht der Mann war, den ich in ihm sehen wollte. Er würde mich nur in Schwierigkeiten bringen.

Ich sah Madame nur durchdringend an, bis sie irgendwann kapitulierte. »Schon gut. Er hat nur gesagt, er müsse wegfahren, werde aber bald wiederkommen.«

»Wegfahren wohin?«

»Nach Amerika.«

Und wann hatte er das mir erzählen wollen? Ich schürz-

te die Lippen. »Er wird dort die gestohlenen Stücke verkaufen.« Offenkundig war ich auf ganzer Linie gescheitert.
»Wahrscheinlich hat er bei Ihnen herausfinden wollen,
welchen Preis Sie zahlen würden, und das benutzt er jetzt
als Richtlinie für seine Käufer auf dem Schwarzmarkt.«

»Vielleicht aber auch nicht. Er ist nun einmal Amerikaner – möglicherweise besucht er nur seine Eltern? Und
wieso sind Sie überhaupt so sicher, dass er es ist? Ich finde, wir sollten lieber vorsichtig sein … in dieser delikaten
Situation.«

Ich zählte es an den Fingern ab: »Er taucht eines Tages
aus dem Nichts auf, und niemand hat je von ihm gehört. Er
kommt frisch aus Italien, wo gerade ein Juwelenraub statt-
gefunden hatte. Seine Webseite ist absolut nichtssagend,
und am Anfang hatte er noch nicht einmal eine. Er kann
auf den ersten Blick einen echten Opal erkennen, den
nicht einmal der Verkäufer als solchen identifiziert hatte.
Er sagt Verabredungen ab, und dann findet zu dieser Zeit
zufällig gerade ein weiterer Raub statt. Der Postkartenräuber hat mit einem T unterschrieben – T für Tristan?«

Madame kniff die Augen zusammen. »Aber, Anouk, bedenken Sie bitte – für jeden dieser Punkte könnte es eine
Reihe anderer Erklärungen geben.«

Wie sollte ich ihr all die kleinen Zeichen erklären? Ich
wusste es einfach, ich konnte es *fühlen*, es aus seiner Kör-
persprache ablesen: Er war an den Diebstählen beteiligt.
»Sie werden schon sehen, Madame. Bis dahin versprechen
Sie mir bitte, dass Sie niemandem davon erzählen.«

»Das verspreche ich«, bestätigte sie mit Nachdruck.
»Aber seien wir trotzdem nicht zu voreilig. Vielleicht sollten wir es lieber den Ermittlern überlassen, den Schuldi-
gen zu finden. Die haben doch bestimmt schon Verdächtige im Visier.«

»Gut, keine voreiligen Schuldzuweisungen«, log ich.

Nach dem Desaster mit Joshua traute ich der Polizei nicht mehr viel zu.

»Allerdings«, sagte sie nun und tippte sich nachdenklich ans Kinn, »haben wir der Polizei gegenüber einen großen Vorteil, da wir dem inneren Kreis der Antiquitätenszene angehören. Vielleicht sollten wir einmal in Ruhe eine Liste von Pros und Kontras erstellen.«

Dankbar umarmte ich sie. »Das tun wir. Aber nun muss ich los.«

Wir verabschiedeten uns, und ich zog mich in die geschützte Umgebung meines Geschäfts zurück, wo ich das Türschild auf *Nur nach Verabredung* drehte. Mit meinen zwei verschiedenen Schuhen und den mörderischen Kopfschmerzen war ich nicht in der Stimmung für Kundschaft, aber immerhin war ich hier.

Das Telefon hinter der Theke klingelte, und ich hoffte inständig, dass es nicht Tristan wäre.

Ich meldete mich.

»*Bonjour*, Anouk. Hier ist Vivienne, und ich hätte gern Ihren Rat. Mein Vater ist vor ein paar Wochen verstorben, und wir räumen gerade seine Wohnung aus. Würden Sie wohl seine Antiquitäten begutachten und uns eine Schätzung geben?«

Ihre Stimme klang rau, als hätte sie geweint. »*Bien sûr*, natürlich. Mein herzliches Beileid zum Tod Ihres Vaters.« Solche Anfragen bekam ich häufiger und versuchte immer, so einfühlsam wie möglich zu sein.

»*Merci*. Es ist nur so, dass wir nicht sicher sind …«

Ich unterbrach sie, weil ich ahnte, was kommen würde. »Ich gebe Ihnen eine Schätzung, aber Sie brauchen die Entscheidung, was Sie verkaufen, natürlich nicht gleich zu treffen. Sie werden wissen, wann der richtige Moment gekommen ist. Und wenn das nie passiert, ist es auch in Ordnung.«

Ich versprach, sie nach Geschäftsschluss aufzusuchen, und freute mich, auf diese Weise eine Ablenkung vom wilden Durcheinander in meinem Kopf zu bekommen.

Kapitel 21

*A*ls es dunkel wurde, machte ich mich auf den Weg zu der Adresse, die Vivienne mir gegeben hatte. Meine Kopfschmerzen hatten nach zahlreichen Gläsern Wasser allmählich nachgelassen.

Die Wohnung lag im 8. Arrondissement, in der Nähe des Arc de Triomphe. Ich stellte mich dem Portier vor, der mich in der Wohnung ankündigte und mit dem Aufzug nach oben schickte.

Vivienne öffnete die Tür. Sie trug einen schicken Hosenanzug und einen kurzen Bob und war sorgsam geschminkt. Trotzdem konnte man unter ihren Augen tiefe Ringe erkennen. »Treten Sie ein«, sagte sie und gab mir zwei Begrüßungsküsschen. »Danke, dass Sie so schnell kommen konnten. Mein Vater war übrigens Besitzer der *Parfumerie Leclère*, also entschuldigen Sie bitte, wenn es hier etwas überschwänglich duftet.«

Mich überkam eine plötzliche Traurigkeit. Vincent war ein liebenswerter alter Parfümeur gewesen. »Ich habe bei Ihrem Vater über viele Jahre Jasminparfüm gekauft«, sagte ich leise. Von seinem Tod hatte ich nichts mitbekommen. Wie schade, dass ich ihn nun in dem kleinen Geschäft nahe den Champs-Élysées nicht mehr antreffen würde. Er war ein bescheidener, freundlicher älterer Herr gewesen, der sein ganzes Leben der Kreation von Düften gewidmet hatte. »Ich werde ihn sehr vermissen.«

»Danke«, sagte sie. »Es kam sehr plötzlich, wir stehen

noch unter Schock. Mein Bruder wird die Parfümerie übernehmen – nach einer gewissen Zeit der Trauer.«

Ihr Bruder war Vincent sehr ähnlich – ein Träumer, der sich in den Ideen für seine Kreationen verlor. Der Grund weshalb die Parfümerie so erfolgreich lief, war, dass Vincent seine Rezepte wie kostbare Schätze gehütet und immer wieder Neues ausprobiert hatte.

»Ich freue mich, dass Ihr Bruder sein Erbe fortführt.« Zumindest würden seine legendären Parfüms dadurch weiterbestehen.

»Maman auch«, sagte sie. »Auch wenn die beiden sich vor Ewigkeiten getrennt haben. Sie wird aus der Provence wieder hierherziehen, um meinen Bruder zu unterstützen.« Ich erinnerte mich wieder an Vincents Exfrau. Sie war fröhlich und temperamentvoll gewesen, aber Vincents Liebe zu seinem Beruf hatte seinen Preis gehabt.

Vielleicht würde sie jetzt nach all der Zeit Trost in seinem Geschäft finden und im Nachhinein mehr Verständnis für ihn entwickeln. Vincents Leidenschaft für seine Profession konnte ich gut verstehen – mir ging es mit meinem Laden ja genauso.

In der Wohnung roch es wie in der Parfümerie, eine Mischung aus den verschiedensten Düften, die einander zu übertrumpfen versuchten. Der gute Mann hatte also auch zu Hause mit seinen Kreationen gearbeitet.

Das Wohnzimmer war voller unregelmäßig aufgeschichteter Bücherstapel, auf denen graue Staubschichten lagen; ein altes, rissiges Ledersofa stand darin, das links ein wenig nach unten hing, dort, wo er offenbar am liebsten gesessen hatte.

»Wie Sie sehen können«, sagte Vivienne, »herrscht hier ein ganz schönes Durcheinander. Er hat alles Mögliche gesammelt, ob alte Parfümflaschen oder Gemälde …«

Auf einmal wünschte ich, ich hätte mir mehr Zeit genommen, Vincent kennenzulernen. Durch seine Wohnung zu gehen war, wie auf Gold zu stoßen. An all dem Nippes, das in jedem Winkel stand, konnte ich erkennen, dass Vincent jedes einzelne Stück geliebt und geschätzt hatte. Ich mochte wetten, dass er – genau wie ich – nachts oftmals dagesessen und seine Schätze bewundert hatte. An der Wand hing ein wunderschönes abstraktes Gemälde mit so dunkelroten Flecken, dass sie wie ein Ruf nach Beachtung wirkten. Auf einem verspiegelten Regal standen nach Größe geordnete Parfümfläschchen. Ihre Schönheit wurde durch die Reflexion verdoppelt, und ein schwacher, kaum noch wahrnehmbarer Duft ging von ihnen aus.

»Er hatte einen erlesenen Geschmack«, sagte ich lächelnd. Auf einem Beistelltisch lagen eine Handvoll Muscheln, die einen Hauch von Meeresduft verströmten.

»Er liebte den Ozean«, kommentierte Vivienne, die meinen Blick bemerkte. »Sein letztes Parfüm sollte die Schönheit eines Tages am Strand einfangen. Er wollte das Flair des Mittelmeers in Flaschen füllen – nicht nur die Seeluft, die Wellen und den Sand, sondern vor allem die Gefühle. Frieden, Entspannung und – Hoffnung. Es war stets sein Wunsch, mit seinen Kreationen Emotionen auszulösen. Nichts anderes hatte für ihn Bedeutung.«

Der Gedanke, dass Vincent nicht nur Düfte, sondern auch Gefühle hatte vermitteln wollen, rührte mich so sehr, dass ich eine Gänsehaut bekam. Spontan kam mir Tristan in den Sinn, der immer nach stürmischer Meeresbrise duftete, doch ich schob den Gedanken schnell beiseite. Stattdessen dachte ich an den armen Vincent, der seinen letzten Traum nicht hatte erfüllen können. Wie nahe er ihm wohl gekommen war?

»Vielleicht kann Ihr Bruder seinen Traum fortsetzen und diesen Duft kreieren?« Ein solches Parfüm würde ich sofort kaufen.

Sie lächelte und wirkte dadurch gleich frischer und lebendiger. »Das hoffe ich. Er ist genauso begabt im Komponieren von Düften, wie Papa es war, nur oft voller Selbstzweifel. Wir werden sehen. Darf ich Ihnen einen Kaffee anbieten, während Sie sich umsehen?«

Ich nickte und ließ erneut meinen Blick schweifen. Wo in diesem Durcheinander sollte ich nur anfangen? Vivienne verließ das Zimmer. Sie war noch nicht bereit, diesen Haushalt aufzulösen, das konnte ich spüren. Die Wohnung mit all den unzähligen Schätzen würde noch eine Weile ruhen müssen.

»Deine Schätze sind wundervoll«, flüsterte ich und hoffte, der alte Vincent könnte es hören.

Nun fiel mir in einer Ecke ein Schrank ins Auge. Ich öffnete die Türen und entdeckte Stapel von Notizbüchern. Aus Neugier öffnete ich ein paar und blätterte darin, doch dann klappte ich sie schnell wieder zu und schloss die Türen leise wieder. Es waren chemische Formeln darin, komplexe Tabellen und Farbzeichnungen – die Geheimnisse seiner Duftkreationen, die mich nichts angingen. Auch nach seinem Tod respektierte ich seine Privatsphäre. Ich würde Vivienne raten, die Bücher an einen sicheren Ort zu bringen.

Vom Wohnzimmer aus betrat ich den Flur und bewunderte dort eine Reihe Schwarzweißfotos an der weißen Wand. Dann verharrte ich einen Augenblick auf der Schwelle zu seinem Schlafzimmer. Sollte ich wirklich hineingehen? Ich meinte, Schatten an der Wand zu erkennen, Schemen in einer Zwischenwelt, halb hier, halb dort, und wusste sofort, dass er hier gestorben war. Ich atmete tief durch und trat ins Zimmer. Das Mondlicht fiel durch den breiten Spalt zwischen den halb zugezogenen Vorhängen. Was gab es hier, das ich sehen sollte? In diesem Moment hörte ich Viviennes Schritte.

»Dies war sein Lieblingszimmer«, sagte sie und lehnte ihren Kopf gegen den Türrahmen. »Hier fand er den Ausblick immer am schönsten.«

Durch das Fenster war die obere Hälfte des Eiffelturms zu erkennen, der gerade in diesem Moment wieder zu blinken begann, ein kleines Feuerwerk. »Ich würde auch jeden Abend hier sitzen und das Spektakel genießen«, erwiderte ich.

»Ich kann ihn noch spüren«, sagte sie leise.

Ich strich ihr freundschaftlich über den Arm. »Und in dem Lehnsessel hat er jeden Morgen gesessen, bereit, einen weiteren Tag in Angriff zu nehmen?«

Sie lächelte und hob den Kopf. »Ja«, antwortete sie überrascht. »Dort hat er immer gesessen, sich die Schuhe angezogen und verkündet: ›Heute ist ein guter Tag. Heute werde ich ein unsterbliches Parfüm kreieren, das uns alle überlebt.‹ Und wir haben es ihm geglaubt. Er war so voller Enthusiasmus, dass man alles für möglich hielt … Wenn man nur mit ganzem Herzen und ganzer Seele dabei wäre, so wie er.«

Aus genau diesem Grund hatten Antiquitäten und die Hinterlassenschaften eines Menschen mehr als nur materiellen Wert. Das Lebensgefühl ihrer Besitzer war mit ihnen verknüpft, all deren Träume und Leidenschaften.

»Er hat seine Lebenserinnerungen aufgeschrieben, müssen Sie wissen.« Sie sprach kaum hörbar, als hätte das Bild ihres Vaters in seinem Lehnsessel sie vollkommen überwältigt. »Ich werde sie lesen, eines Tages, wenn die Zeit reif ist. Was er wohl am meisten bedauerte, war, dass er unsere Mutter hatte gehen lassen. Aber es war zu spät.« Sie war so sehr in ihre Erinnerungen versunken, dass ihre Stimme nur noch als Flüstern kam. »Sein Leben drehte sich vor allem darum, Düfte zu erschaffen.«

Als ich darüber nachdachte, erkannte ich einige Parallelen. Auch ich stellte meine Arbeit über alles. Sicher, ich hatte noch andere Dinge, um die ich mich kümmern musste, aber mein kleiner Laden war mein Zufluchtsort, der Platz, an dem ich in Krisenzeiten Halt fand. Würde ich dasselbe Schicksal erleiden wie Vincent? Der Gedanke ließ mich erschauern.

»Hat Ihre Mutter je angedeutet, dass sie ihn noch liebt?«, fragte ich vorsichtig nach. Ich hoffte, dass es für den alten Mann zumindest irgendeine Form von Happyend gegeben hatte. Hätte er gewusst, dass sie ihn noch liebte, hätte ihn das in langen, dunklen Winternächten vielleicht getröstet.

Vivienne hob eine Schulter. »Sie hat sich mir nie anvertraut. Aber als Papa starb, war sie die Erste, die sagte, sein Erbe müsse fortgesetzt werden und dass Sébastien Hilfe bräuchte. Ihr zweiter Mann ist vor kurzem ebenfalls gestorben, nun kehrt sie also nach Paris zurück ...«

Der Gedanke an eine Liebe, die nicht zu ihrem Recht gekommen war, ernüchterte mich. Hatten die beiden ihre Liebe zu früh verraten und es dann immerfort bereut? Ich würde es nie erfahren. Diese Möbel – sein liebster Ohrensessel, die Ottomane am Fuß seines Bettes, der Sekretär, an dem er seine Memoiren geschrieben hatte – würden es wissen. Über Jahrzehnte hinweg hatten seine Tränen das Holz gesalzen, hatte sein Lachen die Stoffbezüge verdichtet – die Möbel hatten seine Seele, seinen Geist geatmet, und das machte sie zu etwas Besonderem.

»Ich denke, Sie brauchen noch Zeit mit den Dingen Ihres Vaters«, sagte ich. Vivienne und ihr Bruder mussten noch eine Weile in der Wohnung bleiben und sich in Ruhe an alles erinnern. Und wenn ihre Mutter käme, sollte auch sie durch die Räume gehen und die Düfte, die Fotos, die nächtliche Stimmung mit dem sanft einfallenden Mondlicht genießen können. Vielleicht würde es ihr helfen, den

Tod ihres früheren Mannes zu akzeptieren, und ihr die Gewissheit vermitteln, dass er trotz allem ein gutes Leben geführt hatte.

Vivienne lächelte dankbar. »Ich glaube, Sie haben recht.« Sie sah sich im Zimmer um, als würde sie nach ihrem Vater suchen. »Ich habe zunächst nur pragmatisch gedacht, aber jetzt hier zu sein, umgeben von den Erinnerungen an Papa, macht es viel schwerer, sich davon zu trennen. Es tut mir leid, dass ich Sie so übereilt hergerufen habe.«

Ich schüttelte den Kopf. »Sie brauchen sich nicht zu entschuldigen. Unter solchen Umständen ist es immer schwierig zu entscheiden, was man tun soll.«

»Danke für Ihr Verständnis. Kein Wunder, dass alle Menschen so gut von Ihnen sprechen.«

Ich wurde rot. »Wenn Sie mal jemanden zum Reden brauchen, wissen Sie ja, wo Sie mich finden.«

Sie nahm mich fest in den Arm und bedankte sich.

Als ich ging, stand sie am Schlafzimmerfenster und blickte versonnen auf den blinkenden Eiffelturm.

Die Hände in den Taschen, ging ich die Treppe hinunter und dachte über alles nach. Das Leben ging so schnell vorbei, und wenn der Tod kam, nützte es nichts, in Aktionismus zu verfallen, um der Trauer zu entgehen. Menschen unter Schmerzen taten das, was sie rational für das Beste hielten und was man von ihnen erwartete, obwohl sie lieber anerkennen sollten, dass Trauer ihre Zeit brauchte und es besser wäre, alles ihrem Tempo anzupassen.

Von unten ertönten Schritte, und ich wechselte automatisch auf die rechte Treppenseite, um Platz zu machen. Als ich ihn dann sah, hätte ich vor Schreck fast aufgeschrien.

»Hallo Anouk! Wie schön, dich zu sehen – hübsch wie immer!«

Ich verzog das Gesicht. »Lass sie in Ruhe!«, zischte ich.

»Wie bitte?« Er sah mich mit gespielter Überraschung an. »Ich bin nur hier, um ein paar Antiquitäten zu schätzen. Was für ein schrecklicher Verlust – so ein wunderbarer Mann.« Seine Stimme troff vor Sarkasmus. Wie ich ihn hasste!

»Wie hast du es erfahren?«

»Ein Anruf aus der Familie ... Wie? Willst du etwa behaupten, ich hätte mir unrechtmäßigen Zugang erschlichen?«

Missbilligend sah ich ihn an – ich traute ihm zu, dass er die Adresse ohne jeden Skrupel aus anderer Quelle beschafft hatte. Vivienne hatte ihn mit Sicherheit nicht angerufen. Joshuas sogenannte Firma hatte nicht einmal einen Namen. Von vorn bis hinten war alles Betrug. »Lüg nicht, das macht dich nur *noch* armseliger«, sagte ich.

Sein Lächeln versiegte, und sein Blick wurde eiskalt. »Komm schon, Anouk. Das ist rein geschäftlich. Du kannst nicht erwarten, dass ich mich jedes Mal verdrücke, wenn wir denselben Kunden haben.«

Würde es nur ums Geschäft gehen, müsste ich hinnehmen, dass ich hin und wieder den Kürzeren zog, aber das war nicht der Fall. Es war ein Katz-und-Maus-Spiel, und ich hatte keine Lust, es zu spielen. »Niemand aus der Familie hat dich angerufen. Also verzieh dich. Sie ist noch nicht bereit zu verkaufen.«

Er grinste. »Ach, nein? Ein paar Bemerkungen über die Stufen der Trauer, ein verständnisvoller Blick, eine kleine Umarmung, und ich denke, sie wird sehr wohl bereit sein. Ihr Mann hat sie gerade verlassen, wusstest du das? Ihr Vater ist gestorben, ihr Stiefvater ist tot, die arme Frau ist in großer Trauer. Sehr verletzlich. Und ich kann ihr helfen. Gehört alles zum Service.«

Bei seiner Gefühlskälte schauderte mir. Wenn es um seinen Vorteil ging, würde er alles und jeden ausnutzen. »Du bist ein Scheusal, ein Monster ...« Ich senkte die Stimme. »Lass sie ihn Ruhe«, wiederholte ich. »Dass du dir jetzt die Sachen ihres Vaters unter den Nagel reißt, hat sie nicht verdient.«

Er lachte vollkommen unbeeindruckt. »Aber dass du dein Spielchen spielst, geht in Ordnung, oder wie?« Er flötete mit hoher Stimme, um mich zu imitieren. »*Nehmen Sie sich Zeit, setzen Sie sich eine Weile hin und spüren Sie den Dingen Ihres Vaters nach* ... Was für ein sentimentaler Blödsinn! Im Leben geht's ums Leben, aber er ist tot, und seine Möbel sammeln nur noch Staub an. Vielleicht ist es also besser, wenn von hier an ich übernehme.«

Es gab so viele Scharlatane in diesem Geschäft, und Joshua war mit Abstand der größte. Nur mit Mühe unterdrückte ich den Impuls, umzudrehen und sie zu warnen. Doch es hätte albern gewirkt: wie zwei Schulkinder, die sich um ein Spielzeug stritten. Stattdessen knurrte ich nur böse und schob mich an Joshua vorbei.

»Ach, Anouk?«

Ich reagierte nicht.

»Anouk?«, wiederholte er mit mehr Nachdruck.

Mit bitterbösem Gesicht fuhr ich herum. »Was?«

Seine Augen blitzten, und ich wusste, dass er einen Trumpf im Ärmel hatte. Ich erstarrte. »Dein Freund ...« Er setzte eine Kunstpause, und ich bemühte mich weiter um Fassung. »Ganz schön mysteriös, oder? Ich frage mich, ob du wohl genug über ihn weißt.«

Seit Saint-Tropez war mir klargewesen, dass so etwas irgendwann hatte kommen müssen. Fieberhaft suchte ich nach einer passenden Antwort. Schließlich sagte ich: »Du warst eine gute Übung für mich – eine Lektion in Lügen. Vielleicht wird er mich trotzdem genauso bestehlen, wie du es getan hast.« Ich wollte ihm nicht die Genugtuung geben zu erfahren, was er meinem Herzen angetan hatte.

Er machte große Augen. »Dich bestehlen? Ich habe keine Ahnung, wovon du sprichst, Anouk. Vielleicht solltest du vorsichtiger sein, wenn es um Geschenke geht. Nur ein Kind verlangt seine Sachen zurück, wenn die Freundschaft vorbei ist ...«

Hinter meinen Augen brannten Tränen, aber ich hielt sie zurück. »Ich hoffe, dich behandelt auch einmal jemand so, wie du mich behandelt hast. Dann weißt du, wie das ist. Du hast mich fast in den Bankrott getrieben, Joshua. Ich habe keine Ahnung, wie du morgens noch in den Spiegel sehen kannst.«

Er lachte leise, und ich wandte mich ab. Mich zusammenzureißen fiel mir unendlich schwer. Wie hatte ich nur so blind sein können? Sogar Lilou hat mich gewarnt und gesagt, sie halte Joshua für durchtrieben.

Ich schickte ein stummes Stoßgebet zum Himmel, dass Vivienne ihn sofort durchschauen möge, aber mein Gefühl sagte mir, dass sie trotz ihres labilen Zustands einen Gauner wie ihn erkennen würde.

Wenn ich mir Joshua da oben vorstellte, wie er Süßholz raspelte, falsches Beileid bekundete und sicher gegen alles anredete, was ich gesagt hatte, bekam ich Kopfschmerzen. Aber ich versuchte, die negativen Gedanken abzuschütteln, und machte mich auf den Nachhauseweg.

Kapitel 22

Der Sommer kam, und mit ihm wurden die Tage länger und das Licht der Sonne wärmer, so dass es geradezu wie eine Verschwendung wirkte, morgens lange zu schlafen.

Während ich mich für die Arbeit zurechtmachte, schien auch meine Wohnung zu erwachen: Lilou plauderte am Telefon über ihre Kreationen, und in der Küche summte Maman vor sich hin. So ungern ich es auch zugeben mochte, aber manchmal war es schön, beim Aufwachen Gelächter zu hören und zu wissen, dass ich nicht allein lebte.

Der Streit meiner Eltern hielt an, und obwohl ich ständig damit rechnete, dass mein Vater angereist käme, um sich zu entschuldigen, blieb er zu Hause.

»Du klingst vergnügt«, sagte ich zu Maman und sah, dass sie eine neue Frisur, neuen Lippenstift und ein neues Kleid mit einem Muster aus roten Rosen trug.

»Nachher kommen die Köche von unten, um sich etwas vorkochen zu lassen«, erwiderte sie, sammelte eine Reihe Zutaten aus den Regalen zusammen und stellte sie auf die Arbeitsfläche.

»Köche? Plural?«

»So ist es. Sie wollen das Rezept für meine Vichyssoise mit Spargel und Sauerampfer. Als ich sie letzte Woche gekocht habe, haben sie das gerochen und sind sofort neugierig geworden. Die servieren hier das ganze Jahr über Kürbissuppe, kannst du dir das vorstellen?«

Ich lächelte. Mamans Suppen wechselten mit jeder Jahreszeit. Dieselbe Suppe das ganze Jahr über zu kochen, war ein echtes Sakrileg für sie. All ihre Rezepte änderten sich über das Jahr, und sie kaufte auf den Märkten nur die frischesten Zutaten.

»Das klingt ja wunderbar, Maman.« Es war deutlich spürbar, wie sehr sie ihre Freiheit in Paris genoss. Sie summte, backte und kochte die ganze Zeit – nur mit Papa sprach sie leider kein Wort.

»Es *wird* wunderbar. Ich habe ihnen erklärt, dass ich die original provenzalische Küche nur für meine Familie, nie in einem Restaurant gekocht habe, aber sie meinten, all die Aromen meiner Rezepte könnten sie nicht aus Büchern lernen, ob ich ihnen nicht zeigen würde, wie ich kochte. Natürlich habe ich zugesagt. Es freut mich, wenn ich jemanden inspirieren kann.«

Ich gab ihr einen Kuss und freute mich, dass sie sich durch die Begegnung mit diesen Köchen endlich wertgeschätzt fühlte. »Und was ist mit Papa? Hast du schon mit ihm gesprochen?« Ich wusste sehr wohl, dass sie das noch nicht getan hatte, aber irgendwie musste ich sie dazu bringen, über dieses Thema zu reden.

Sie zog den Kopf ein. »*Non*, und das werde ich auch nicht. Denn es geht um genau das hier.« Sie deutete auf die Küchentheke mit den Zutaten und Kochgeräten. »Für diese Köche bin ich nicht unsichtbar. Sie interessieren sich für das, was ich zu sagen habe. Wenn etwas schmutzig wird, helfen sie beim Saubermachen. Wenn sie wieder gehen, bedanken sie sich ausgiebig. Und diese Männer sind praktisch Fremde! Verstehst du, Anouk? Dein Vater, der mich besser kennt als jeder andere, könnte mühelos dasselbe tun.« Ihre Worte klangen ruhig und gefasst. Mit den Tagen war ihr Ärger nach und nach der Resignation gewichen.

»Das verstehe ich gut, Maman, und ich bin froh, dass du hier so viel glückliche Momente erlebst. Aber ich mache mir auch Sorgen um Papa, der jetzt ganz allein zu Haus hockt, nur weil er zu stolz ist, um sich zu entschuldigen.«

Maman legte die Hände an eine Rührschüssel und sah aus dem Fenster, als wollte sie ihre Worte gut abwägen. »Anouk, diesmal gebe ich nicht nach. Wenn er mich wirklich liebt, dann wird er sich entschuldigen und seine Einstellung ändern. Wenn man ständig das Gefühl hat, die eigenen Worte werden nicht beachtet, tut das irgendwann nur noch weh. Ich kam mir wie eine Sklavin vor, deren Arbeit nie gewürdigt wird. Genug ist genug. Wenn ich hier etwas sage, hören mir die Leute zu, und das tut gut! Vermisst dein Vater mich wirklich? Ich weiß es nicht, denn als ich bei ihm war, hat er mich kaum beachtet. Alles, was er vermisst, ist seine Köchin, seine Putzfrau und seine Gärtnerin.«

Was sollte ich darauf erwidern? Bevor Maman in Paris auftauchte, hatte es für mich keinen Hinweis gegeben, dass sie sich unglücklich fühlte, und mir taten meine beiden Eltern leid. »Also gut, Maman. Dann hoffe ich, dass er bald zur Besinnung kommt. Und genieß deinen Tag mit den Köchen.«

Sie küsste mich auf beide Wangen und drückte meine Hände. Ich spürte dieselbe Vertrautheit und Nähe wie früher, wenn sie mich in den Arm genommen und getröstet hatte.

»Das werde ich, und du grüß Tristan von mir.« Sie sah mich fragend an.

Ich wurde ernst. »Ich weiß nicht, wann ich ihn wiedersehe, Maman.«

»Bestimmt wirst du das.«

Ich schüttelte den Kopf. »Er ist kein fester Freund, nichts dergleichen.«

Er war einfach so verschwunden. Nach Amerika – wenn es stimmte, was er Madame erzählt hatte. Ich fragte mich langsam, ob ich ihn je wiedersehen würde. Es hätte ihm, weiß Gott, keinen Zacken aus der Krone gebrochen, wenn er mir selbst gesagt hätte, dass er wegfährt. War er mir das nicht schuldig? Aber vielleicht ahnte er, dass ich ihn verdächtigte, und war gerade deshalb abgetaucht. Ich wusste nicht, woran ich bei ihm war.

Maman zuckte nur die Achseln, als würde sie mir nicht glauben, und summte erneut vor sich hin. »Er ist ein netter junger Mann«, sagte sie noch.

Ich schnitt eine Grimasse. »*Salut*, Maman, bis später.«

· • ·

Draußen war es sommerlich warm, und auf den Boulevards tummelten sich die Touristen. Die Schlangen am Eiffelturm waren lang, und alle Besucher mussten geduldig warten, bevor sie die 704 Stufen zur Aussichtsplattform mit dem spektakulären Rundumblick auf Paris erklimmen konnten.

Die Nacht in der Bar fiel mir wieder ein. Mein kühner Versuch, Tristan auszuhorchen, war zwar nicht gut durchdacht gewesen, aber ich hatte die Zeit sehr genossen. Dann empfand ich plötzlich Scham: Wie konnte ich das Zusammensein mit einem wie ihm bloß genießen? Hatte ich kein Gefühl für Moral? Warum zog ich Männer wie ihn und Joshua überhaupt an?

Ich schloss mein Geschäft auf und füllte als Erstes die Gießkanne mit Wasser, um die pfirsichfarbenen Rosen in den Pflanzkübeln vor der Tür zu gießen. Dabei spürte ich die Sonne auf meinem Rücken und hätte mich am liebsten wie eine Katze in der Wärme geräkelt. Doch ich hatte anderes zu tun. Es war nun richtig Sommer, und auf den Wegen um das Marsfeld drängelten sich die Touristen mit tropfenden Eistüten in den Händen.

Die Tür wurde aufgestoßen, und Madame rauschte herein. Sie trug ein silbrig glänzendes Kleid, als wollte sie in die Oper gehen. Ihre Hände zitterten.

»Madame Dupont, ist alles in Ordnung?«

»Anouk … Es ist schon wieder passiert!« Ihr Brustkorb hob und senkte sich vor Aufregung.

Ich erschrak. »Schon wieder ein Diebstahl?«

»Ja. Letzte Nacht. Diesmal im *Le Louis* im siebten Arrondissement.«

Ich hob die Hände an den Mund. *Le Louis* war das exklusivste Auktionshaus in ganz Frankreich und sein Sicherheitssystem das neueste und beste, das man sich vorstellen konnte. »Etwa die Cartier-Juwelen?« Irgendwann einmal, so hatte ich gehofft, würde ich auf eines dieser geschichtsträchtigen Stücke bieten können.

»Diesmal war er noch dreister – er hat fast die Hälfte des gesamten Bestands gestohlen.«

Was für ein Verlust! Über die bevorstehende Auktion war schon viel geredet worden, weil Schmuckstücke aus der Zeit um 1900 versteigert werden sollten. Die Sammlung stammte von Cathérine Lacroix, einer französischen Schauspielerin, die in den fünfziger Jahren berühmt gewesen war. Sie war einen Tag nach ihrem neunzigsten Geburtstag verstorben und hatte verfügt, dass ihr Schmuck versteigert und der Erlös dem Tierschutz zugeführt werden solle, für den sie sich schon zu Lebzeiten sehr engagiert eingesetzt hatte.

Ihre Schmucksammlung umfasste zahlreiche Stücke von Cartier, von einfachen Solitären bis hin zu Halsketten, die dicht mit Diamanten besetzt waren. Madame Dupont hatte einen Artikel ersteigern wollen, der passenderweise den Titel »Zauberuhr« trug.

»Wie abscheulich!«, rief ich. »Haben die Ermittler schon eine Spur? Sicher gibt es doch auch diesmal Hinweise.«

»Wie ich aus sicherer Quelle hörte«, sagte sie, »ermittelt die Polizei bereits mit Hochdruck, will aber keine Details bekannt geben. Was für ein Affront gegen die Verstorbene, die sich mit dem Erlös Hilfe für die Tiere wünschte, die sie so sehr liebte.«

Diesmal war Tristan gar nicht in Frankreich gewesen. Vielleicht galt für die anderen Diebstähle, dass er sich einfach zur falschen Zeit am falschen Ort aufgehalten hatte? War er möglicherweise doch unschuldig? Der Gedanke gab mir Hoffnung.

»Sie wäre über alle Maßen schockiert«, sagte ich. »Ihr Vermächtnis ... einfach dahin.«

»Die Versicherung wird zahlen«, sagte Madame Dupont, »aber darum geht es nicht. Das Tragische ist, dass die kostbaren Schmuckstücke an jemanden gehen, der sie nicht verdient hat. Anouk, denken Sie, das war Ihr Freund? Dieser schöne Mann?« Sie wirkte ganz und gar entsetzt, als sie sich Tristan nun zum ersten Mal als herzlosen Kriminellen vorstellte, ohne seine Taten zu romantisieren.

Ich zuckte mit den Schultern. »Vielleicht ist er es doch nicht. Ich habe ihn schon seit Wochen nicht mehr gesehen.«

Ihr Gesicht hellte sich auf. »Es sind seine Augen«, sagte sie. »Dieser Blick bringt jedes Frauenherz zum Schmelzen. Ich habe so ein Gefühl, dass der wahre Dieb ein finsterer Typ ist, mit scharfkantigem Gesicht. Sie wissen schon: schwarze Seele, schwarzes Herz und ein düsterer Blick, der einem das Blut in den Adern gefrieren lässt ...«

»Halten wir Tristan nun wegen seines Aussehens für unschuldig?« Als Detektive würden Madame und ich nie bestehen.

Sie schüttelte den Kopf. »Alle guten Ermittler vertrauen auf ihr Bauchgefühl. Und ich traue eben meinem.«

»Ich weiß nicht, Madame. Es ist schon verdächtig,

dass die Einbrüche in Paris begannen, nachdem er hergekommen war. Unsere Vorstellungen von einem typischen Schurken könnten trügerisch sein.« Nachdenklich runzelte ich die Stirn. »Wir könnten eine Liste aller Auktionshäuser in Frankreich aufstellen, aber wozu sollte das gut sein? Sie alle verkaufen Schmuck … Wie soll man da wissen, wo als Nächstes eingebrochen werden könnte?«

»Wollen Sie etwa andeuten, wir sollten die Sache selbst in die Hand nehmen? Eine klassische Observierung wie in guten alten Krimis?« Bei der Vorstellung hellte sich Madames Gesicht auf, und ich musste lachen. So ein Abenteuer wäre sicher ganz nach ihrem Geschmack.

Doch bevor sie sich an der Idee festbeißen konnte, sagte ich: »Nein, ich wollte keine Observierung vorschlagen. Eher ein …«

Sie hob eine Hand, die so sehr mit Goldringen bestückt war, dass ich mich fragte, wie sie sie überhaupt hochhalten konnte. »Es ist der einzige Weg. Die Polizei ist offensichtlich nicht daran interessiert, etwas zu unternehmen – denn so lange kann es eigentlich nicht dauern, diese Fälle aufzuklären. Wir müssen selbst aktiv werden.« Sie sah sich im Verkaufsraum um. »Wir brauchen eine Kamera. Haben Sie noch etwas anderes als dieses Ding da?« Sie deutete auf eine antike *Le Phoebus*-Boxkamera aus den siebziger Jahren.

Ich lachte. »Alle meine Kameras sind antik. Für künstlerische, stimmungsvolle Bilder sind sie perfekt, aber nicht für moderne, hoch aufgelöste Detailaufnahmen.« Ich hielt inne. Diesen Gedanken verfolgte ich doch nicht wirklich? Mich mitten in der Nacht in einem Auto irgendwo auf die Lauer zu legen? »Aber, Madame, wie hoch wäre die Chance, dass wir zur richtigen Zeit am richtigen Ort wären? Es würde Monate dauern, alle Auktionshäuser zu kontrollieren, und selbst dann könnten wir das falsche Ziel erwischen. Oder, schlimmer noch, überhaupt nichts sehen, weil er dann übers Dach geht oder so etwas.«

Madame Dupont machte Anstalten, sich eine Zigarette anzuzünden, unterließ es jedoch, als ich sie strafend ansah. »*Chérie*, Sie müssen daran glauben, welche Möglichkeit bleibt uns sonst? Das wird Spaß machen. Wir nehmen meinen alten Bugatti ...«

Ich schüttelte den Kopf. »Den Bugatti können wir auf keinen Fall nehmen, der ist viel zu auffällig«, gab ich zu bedenken. Man munkelte, der Wagen sei ein Geschenk des Filmstars Olivetti gewesen, mit dem sie in den Siebzigern eine kurze Affäre hatte.

»Gut, ich schätze, Sie haben recht. Dann ein Mietwagen? ... Wie wäre das?«

»Wir könnten Monate in dem Auto sitzen, ohne dass etwas passiert. Das ist lächerlich, Madame Dupont. Es ist ja nicht so, als ob er einen Schlüssel hätte und zum Haupteingang hineinspaziert.«

»Man kann nie wissen.« Madame Dupont schnitt eine Grimasse und stellte sich zum Rauchen in die Tür, um die Hand mit der Zigarette nach draußen zu halten. »Meine Liebe, was haben Sie denn sonst zu tun? Lilou sagt, Sie würden wieder stundenlang am Computer sitzen und Patiencen legen. Hatte ich nicht gesagt, Sie sollen damit aufhören? Was für ein Leben ist das nur? Wenn Sie Karten spielen wollen, gehen Sie wenigstens in ein Kasino. Und klimpern ein bisschen mit den Wimpern ...«

Sie schüttelte den Kopf, als wäre sie von mir enttäuscht, und wieder einmal wurde mir klar, warum sie und Lilou sich so gut verstanden. Das Alter war für Madame eine unbedeutende Zahl, und sie war genauso lebenslustig und spontan wie meine Schwester.

»Mein Leben ist nicht so einsam und leer, wie Lilou Sie glauben lässt«, behauptete ich.

Madame legte den Kopf zurück und lachte. »Wenn Sie meinen. Aber zurück zu unserem Geheimkommando Aquamarin ...«

»Aquamarin?«

»Na, die Farbe seiner Augen«, gestand sie mit verträumtem Blick. »Falls er uns irgendwann belauscht, wird er nicht wissen, dass wir über ihn sprechen. Also benutzen Sie immer dieses Codewort, wenn es um ihn geht, einverstanden?«

»Vor einer Minute meinten Sie noch, er wäre unschuldig.« Jetzt kam ich überhaupt nicht mehr mit. In was für ein Durcheinander war ich da geraten? »Ich bin sicher, die Polizei hat Ermittler eingesetzt, die die Auktionshäuser beobachten, und die haben Nachtsichtgeräte und ...« Ich überlegte fieberhaft, welche Ausrüstung moderne Ermittler verwendeten. »Und ... Pistolen. Und was haben wir? Eine alte Boxkamera.«

»Ich kaufe eine neue Kamera. Nein, zwei! Und Ferngläser ...«

Langsam fürchtete ich, man würde uns eher wegen Erregung öffentlichen Ärgernisses festnehmen. »Madame! Meinen Sie nicht, das wäre zu auffällig?«

»Schon gut, schon gut, aber wir brauchen die richtige Ausstattung ... Moment mal!« Sie hob eine Hand. »Dion! Er wird wissen, was uns fehlt. Ich rufe ihn gleich an.«

Ich unterdrückte ein Schmunzeln. »In Ordnung.« So verrückt die Idee auch war, allmählich gefiel sie mir. Madames Enthusiasmus konnte man nur schwer widerstehen. Und natürlich wäre es wichtig zu wissen, ob ich mich in ein kriminelles Genie verliebt hatte. »Sie sollten aber wissen, dass ich nicht Monate meiner Zeit dafür opfern werde.«

Madame blies eine Rauchwolke in die Luft. »Geben Sie uns ein paar Wochen, und wenn wir einen Hinweis finden, dass er es ist, können wir über den nächsten Schritt sprechen. Es könnte genauso gut eine Gruppe von Frauen sein oder Lilous neuer Freund oder Gott weiß wer.«

»Gut, ich sehe ein, dass wir helfen müssen. Frankreich darf keine weiteren seiner kostbaren Juwelen mehr verlieren. Und Sie liegen ganz richtig, Lilous Freund halte ich nämlich ebenfalls für verdächtig. Auch er tauchte zur selben Zeit auf, als die Einbrüche begannen. Finden Sie das nicht seltsam?«

Sie seufzte. »Ich finde, Sie klammern sich an jeden Strohhalm, nur um Ihren Freund reinzuwaschen.«

Ich wurde rot. Tat ich das? »Nun ja, aber dieser Henry hat in meiner Wohnung herumgeschnüffelt und meine Papiere durchwühlt.«

»Der sucht wahrscheinlich nur nach Geld. Ein armer, mittelloser Couchsurfer – wer könnte es ihm verübeln?« Auf meinen fassungslosen Gesichtsausdruck reagierte sie nicht. »Erstellen wir eine Liste von allen Auktionshäusern und anstehenden Auktionen. Dann können wir abwägen, auf welchen Schmuck er es wohl als Nächstes abgesehen hat.«

Eine Stunde später hatten wir die Liste möglicher Einbruchsziele zusammengestellt. Zum Abschied verkündete Madame Dupont, sie werde mich am folgenden Abend mit einem Mietwagen abholen. Außerdem habe sie Dion instruiert, eine Sammlung von Überwachungsutensilien zu besorgen.

Ich versteckte die Liste in meiner Handtasche. Wären wir wirklich in der Lage, einen Einbrecher und Schmuckdieb zu stellen?

Das Telefon klingelte und verhinderte weitere Überlegungen, aus diesem verrückten Plan doch noch auszusteigen.

»*Bonjours?*«

»Anouk! Das Feuer ist überall!«

»Wie bitte? Langsam, Papa! Wo ist Feuer?« Ich sprang auf, um einzugreifen, bis mir einfiel, dass ich ja viel zu weit entfernt war, um zu helfen.

»Das Haus brennt! Na ja, also die Küche ...«

Im Hintergrund war das Heulen von Feuerwehrsirenen zu hören. »O mein Gott, Papa! Raus mit dir! Raus aus dem Haus!«

»Ich kann nicht, weil ich kein Handy habe, und wie soll ich es dir sonst sagen?«

Ich stöhnte. »*Mon Dieu!* Lauf einfach raus und such eine Telefonzelle!«

»Gut. Sag Maman, sie soll zurückkommen. Es tut mir leid!«

»Geh jetzt! Die Feuerwehrmänner werden sich schon darum kümmern.«

Angst beschleunigte meinen Puls. Die Verbindung wurde unterbrochen.

Sofort wählte ich die Nummer meiner Wohnung. Maman ging ans Telefon. »*Bonjour.*«

»Maman, es brennt. Irgendwie hat Papa die Küche angezündet.«

»Oh, danke für die Mitteilung.«

»Maman!«

»Was? Das ist doch nur ein Schrei nach Aufmerksamkeit. Ich wette, er hat versucht, das große schwere Tischtuch zu bügeln, das er immer unbedingt benutzen will, und es dann mit dem alten Bügeleisen überhitzt.«

Ich war entsetzt. Es war, als würde es sie nicht im Mindesten berühren. »Aber, Maman, euer Haus brennt!« Vielleicht hatte sie nicht richtig gehört?

»Tut mir leid, dass er allein nicht zurechtkommt, aber jetzt erkennt er vielleicht, wie unsinnig er sich aufführt. Du wirst schon sehen, *ma chérie* – noch ist die Zeit nicht reif.«

»Reif wofür? Was, wenn das Haus vollständig ab-brennt?«

»Das Haus wird schon nicht abbrennen. Er übertreibt einfach, so wie immer. Anouk, wenn du wirklich aufmerk-sam wärst, dann wüsstest du, dass er immer noch zu ego-istisch ist, um sich ernsthaft zu entschuldigen. Stattdessen hofft, dass ich auf diese Weise einknicke.«

Wer war diese Frau? Maman hatte ihr Zuhause mit sei-ner über die Jahre liebevoll gestalteten Einrichtung und Dekoration immer geliebt. Wie konnte sie so sicher sein, dass der Brand harmlos war?

»Ich hoffe, er hat nicht zu viel Rauch eingeatmet …«

»Das hat er schon nicht.«

»Maman, wieso bist du so gefühllos?«

Sie seufzte lang und schwer. »Mathieu, unser Nachbar, hat mich schon angerufen. Er hat den Rauch bemerkt und ist hinübergegangen, um nach Papa zu sehen. Sie haben einen Eimer Wasser auf die Tischdecke und die Vorhänge gegossen, und das Feuer war gelöscht. Die Feuerwehr war aber schon unterwegs – vielleicht hätte er lieber sie anru-fen und abbestellen sollen, anstatt dich, um dir etwas vor-zujammern und mich zur Rückkehr zu bewegen.«

»Dann war er also nicht in Gefahr?«

»Vielleicht ein paar Minuten lang, aber sie hatten alles schnell wieder unter Kontrolle. Solche Tricks ziehen bei mir nicht.«

Entgeistert schüttelte ich den Kopf. Papa wollte lieber, dass Maman wegen eines Feuers nach Hause käme, als dass er mit ihr redete und sich auf Kompromisse einließe? Liebe war manchmal schwer zu verstehen.

»Warte, bis ich mit ihm gesprochen habe.«

Kapitel 23

Am folgenden Nachmittag stand Staubwischen auf dem Programm. Mit einem Straußenfederstaubwedel streichelte ich den alten Schrank, in dem etliche Rollen antiker Spitzenbordüren lagerten, farblich sortiert von Pastellrosa bis Goldbraun, in unterschiedlichen Breiten und Mustern. Aufgrund des herrlichen Sonnenscheins war es im Laden ausgesprochen ruhig, und für die friedliche Stille war ich sogar dankbar. So hatte ich Zeit, über unser Observationsprojekt nachzudenken und wie wir reagieren sollten, wenn wir Tristan tatsächlich bei einem Einbruch erwischten. Und was, wenn der Täter doch jemand anders wäre? Tatsächlich kämen gar nicht so wenige in Frage.

Als die Sonne tiefer stand, schimmerte bernsteingelbes Licht wie Feenstaub durch die feinen Spitzenvorhänge. Aufregung schwirrte mir im Magen wie eine Horde Schmetterlinge. Nur eine Nacht, so versprach ich mir selbst, dann würde ich Madame Dupont sagen, dass wir uns lächerlich machten.

Ich klaubte die Einnahmen zusammen, steckte sie in meine Tasche und schloss das Geschäft ab. Anstatt nach Hause zu gehen, begab ich mich zur nächsten Métro-Station. Ich wollte eine Kundin im Ménilmontant aufsuchen, im 20. Arrondissement. Marianna bat mich gelegentlich, Antiquitäten zu schätzen, die sie auf Antikmessen oder Flohmärkten aufgestöbert hatte.

Zur Feierabendzeit war die Station erwartungsgemäß

voll mit vom heißen Tag erschöpften Menschen. Ich kämpfte mich in einen bereits überfüllten Waggon und hielt mich an der Schlaufe über meinem Kopf fest, um im ruckelnden Zug nicht gegen die anderen Fahrgäste zu fallen. Bei jeder Haltestelle wurde ich von neuem geschubst und gestoßen und bereute, dass ich so früh mit der Arbeit aufgehört hatte.

Plötzlich stellten sich meine Nackenhaare auf. Jemand stand viel zu dicht hinter mir. Gerade, als ich etwas sagen wollte, hörte ich seine Stimme. »Dein Hut gefällt mir.«

Er war es.

Ich drehte mich zu Tristan um. »Ich hätte nicht gedacht, dass Leute wie du mit öffentlichen Verkehrsmitteln fahren.« War er vielleicht doch die ganze Zeit über in Paris gewesen? Oder war er eigens zum Raub des Cartier-Schmucks zurückgekommen?

Zwischen all den müden Gesichtern stach Tristan mit seinen blonden Haaren und seinem strahlenden Lächeln deutlich hervor. Während wir anderen mit leerem Blick vor uns hin starrten, schien er vor Energie zu sprühen.

»Manchmal werden mir die schnellen Autos und Privatflugzeuge eben langweilig.«

Ich war immer noch wie benommen vor Schreck, ihn zu sehen, spürte jedoch gleichzeitig das Bedürfnis, die Hand auszustrecken und ihn zu berühren. Wie um mich zurechtzuweisen, schüttelte ich den Kopf und rief mir ins Gedächtnis, dass er vermutlich nur einen neuen Fluchtweg ausprobierte. Ich sollte kein einziges Wort glauben, das ihm über die seidenweichen Lippen kam.

»Aber so trägst du nur zu dem Chaos bei, das hier ohnehin schon herrscht«, gab ich schnippisch zurück.

Er legte den Kopf schräg und musterte mich, um meine Stimmung zu ergründen. Ich spürte, dass ich ungehalten wurde, aber das musste ich verbergen. Diese Chance, an

Informationen zu kommen, durfte ich mir nicht entgehen lassen. Ich musste herausfinden, ob er der Dieb war, von dem mittlerweile jeder sprach.

Schwankend fuhr der Zug weiter, so dass wir immer wieder gegeneinanderstießen. »Hast du mich vermisst?«

»Mehr, als ich sagen kann«, erwiderte ich gepresst.

Er schmunzelte. »Wie schön.«

Ich merkte, dass ich fast schon wieder schwach wurde, und mahnte mich zur Kontrolle. Wie konnte ich ihn möglichst unauffällig ausfragen? »Was hast du heute Abend vor?«, erkundigte ich mich in der Hoffnung, durch seine Antwort einen Hinweis auf unseren späteren Beobachtungsposten zu erhalten.

»Tut mir leid, heute Abend habe ich zu tun. Aber morgen hätte ich Zeit, wenn du kannst. Zuerst sollten wir allerdings essen gehen.« Er hustete sich in die Hand. »Wenn dir das recht ist.«

Ich wurde rot bis unter die Haarwurzeln. So viel Champagner zu trinken war an jenem Abend definitiv ein Fehler gewesen. »Ich muss zu ein paar Auktionen und habe morgen viel zu erledigen.«

Er runzelte die Stirn. »Auch abends?«

»Ich sehe mir die Stücke online immer vorher an und treffe eine Auswahl. Was ist mit dir? Hast du in letzter Zeit etwas entdeckt, das dich interessiert?« Ich brauchte nur einen Namen.

»Ja, es gibt tatsächlich etwas, das ich will.«

Der Zug nahm eine Kurve, und ich stieß erneut gegen ihn. »Und das wäre?«

»Das ist ein Geheimnis.«

Besonders gut lief das mit dem Ausfragen ja nicht. Ich verfing mich nur noch mehr in seinem Netz aus Lügen. Sollte ich ihn vielleicht doch warnen? Paradoxerweise hatte ich auch Angst, dass er geschnappt würde und lebenslang ins Gefängnis käme. *Warum musste er ausgerechnet ein Verbrecher sein?*

»Und wann werde ich erneut das Vergnügen deiner Gesellschaft genießen dürfen?«, fragte er mit zuckersüßer Stimme.

Das war es also. Ich musste jetzt und hier eine Entscheidung treffen. In mir wirbelten die unterschiedlichsten Gefühle durcheinander, aber ich dachte an Joshua und das nachfolgende Drama und wusste, so etwas wollte ich nicht erneut erleben. Ich musste einen sauberen Schnitt machen. »Ich bin nicht auf diese Weise an dir interessiert, Tristan. Tut mir leid.«

»*Diese* Weise? Was ist diese Weise? Meinst du – sexuell?« Seine Stimme in dem kleinen Raum war laut, viel zu laut, und einige Passagiere drehten sich zu uns um.

»Schsch, wie kannst du nur!«, zischte ich.

»Beantworte meine Frage. Meintest du etwa, du fühlst dich sexuell nicht zu mir hingezogen?« Er wollte mich provozieren, mich aus der Reserve locken, und es gelang ihm hervorragend.

Nun antwortete ich ebenfalls laut. »Nein, Tristan Black, ich fühle mich sexuell nicht von dir angezogen. Nicht das geringste bisschen.« Mein Gesicht wurde heiß.

Er warf den Kopf zurück und lachte. »Lügnerin! Und weißt du, woran ich das erkenne? An der Art, wie du …« Er hielt inne und grinste. Ich wartete gespannt, was er als Nächstes sagen würde. »Wie du meinen Kuss erwidert hast. Diese Leidenschaft kann man nicht vortäuschen.«

»Sie haben seinen Kuss erwidert?«, fragte eine dicke, dunkelhäutige Frau neben mir.

Ich schürzte die Lippen, als ich merkte, dass uns jetzt alle anstarrten. Ich kam mir vor wie in einem spontanen Straßentheater. »Das habe ich nur, weil …«

Ihr Blick ließ mich verstummen »Wie oft haben Sie ihn geküsst?«

Ich schluckte. »Zwei Mal … oder vielleicht drei … höchstens fünf, aber es ist nicht so, wie es sich anhört.«

Die Frau warf Tristan einen wissenden Blick zu und sagte: »Klingt wie jemand, der sich seine Gefühle nicht eingestehen will. Passen Sie auf, sonst verschrecken Sie sie noch. Ist wahrscheinlich eine von den Komplizierten, Sie wissen schon …«

»Entschuldigung, ich stehe direkt neben Ihnen!«

Sie zuckte die Achseln. »Sie haben seinen Kuss erwidert. Ich weiß, ich bin alt, aber das klingt, als würden Sie sich zu ihm hingezogen fühlen. Ich meine, sehen Sie ihn sich doch an.« Inzwischen war es wie bei einem Tennisspiel: Die Leute guckten von Tristan zu mir und wieder zu ihm.

»Er hat ein hübsches Gesicht – na und?«

Sie sah mich fassungslos an, und ein paar Fahrgäste schüttelten tadelnd die Köpfe.

»Was?«, wollte ich wissen. »Zufällig mag ich lieber Männer, die … ein bisschen hässlicher sind.« Du meine Güte, Anouk, was sollte das denn? *Hässlicher?*

»Der hat mehr zu bieten als ein hübsches Gesicht, da wette ich drauf. Man sieht doch gleich, dass er Gefühle für Sie hat. Was hält Sie davon ab, dem Jungen eine Chance zu geben?«

Tristan stand triumphierend da wie ein König, dessen Untertanen bewundernd zu ihm aufsahen.

»Ich will keinen Amerikaner«, sagte ich und reckte trotzig das Kinn.

Die Frau verdrehte die Augen. »Das ist das Dümmste, das ich je gehört habe. Ich wette, Sie träumen von ihm, oder? Daran können Sie es nämlich erkennen … wenn er sich in Ihr Unterbewusstsein stiehlt.«

»Stehlen tut er tatsächlich … ich meine, sich in … äh, mein Unterbewusstsein.« Die Leute um uns herum nickten und starrten mich immer noch an. Es war nicht gerade typisch für Pariser, sich in der Métro in das Gespräch anderer Leute einzumischen. Aber so etwas schaffte Tristan nun mal – als hätte er sie allesamt hypnotisiert. Wie machte er das nur?

»Entschuldigung.« Dankbar, dass der Zug in eine Haltestelle einfuhr, schob ich mich an allen vorbei zur Tür. »Ich muss hier aussteigen.«

Als die Bahn wieder anfuhr, blieb ich erst einmal auf dem Bahnsteig stehen und lehnte mich gegen die gekachelte Wand. Für mich bestand nun kein Zweifel mehr, dass Tristan der Schuldige war. Er brachte mühelos eine ganze Wagenladung Fahrgäste auf seine Seite. Das war für ihn die reinste Routine. Wahrscheinlich hatte er auf diese Weise seine vielen Coups gelandet: weil er mit seinem durchdringenden Blick unschuldige Menschen der Gehirnwäsche unterziehen konnte.

Aufgewühlt hastete ich zu meinem Termin mit Marianna. Madame Dupont wäre bald bei mir, ich musste noch duschen und mir unauffällige Kleidung anziehen, es war also Eile geboten. Mein Entschluss, Tristan zu stellen, war nun fester denn je. Nach dem Besuch bei Marianna fuhr ich, so schnell es ging, nach Hause.

Als ich vor meiner Wohnungstür stand, erstarrte ich. Meine Handtasche! Sie war weg. Überflüssigerweise klopfte ich mich selbst von oben bis unten ab. Hatte ich sie im Geschäft vergessen? Nein, ich hatte an der U-Bahn meine Fahrkarte herausgenommen, um durch die Ticketschleuse auf den Bahnsteig zu gelangen.

Tristan! Zu seinen vielen Fähigkeiten musste ich nun noch Geschicklichkeit im Taschendiebstahl hinzufügen. Aber warum wunderte mich das? Immerhin konnte er in

Auktionshäuser mit Hochsicherheitssystemen einbrechen. Resigniert rannte ich die Treppe wieder hinunter und auf die Straße.

Schon kam Madame Dupont vorgefahren, hupte fröhlich und strahlte mich durch die Windschutzscheibe freudig an. Ich riss die Beifahrertür auf und schob mich auf den Sitz.

»Wollen Sie sich gleich umziehen?« Sie reichte mir einen Overall mit Dschungelmuster. »Zur Tarnung.«

»Er hat meine Handtasche gestohlen!«

»Wer?«

»Tristan! Ganz zufällig war er im selben Métro-Waggon wie ich.«

Sie sah mich erschrocken an. »Wo ist unsere Liste mit den verdächtigen Auktionshäusern? Sagen Sie nicht, die war da drin. Sonst weiß er, dass wir hinter ihm her sind.«

Ich stöhnte und schlug die Hände vors Gesicht. »Doch, die war in meiner Handtasche – aber in einem sehr versteckten Fach. Vielleicht findet er sie nicht?«

Madame Dupont legte die Hände auf das Lenkrad und starrte nach vorn. »Was hat ihn dazu bewogen, Ihre Handtasche zu stehlen?«

Ich hob eine Schulter. »Geld? Die heutigen Einnahmen waren darin. Wobei die für ihn ja nur ein kleines Trinkgeld darstellen.«

Madame Dupont runzelte die Stirn. »Ihre Ladenschlüssel? Glauben Sie, er will auch Sie ausrauben?«

»Das geheime Hinterzimmer!« Mein Puls beschleunigte sich. Vielleicht hatten ihn all die Andeutungen zu diesem Raum neugierig gemacht. Allerdings war sein Inhalt nur ein kleiner Fang gegenüber dem, was er in Auktionshäusern erbeuten könnte. Fieberhaft überlegte ich, was ich alles in der Handtasche gehabt hatte. Die Wohnungs- und Geschäftsschlüssel mitsamt dem zum Hinterzimmer, dessen Alarmanlage er sicher mühelos außer Kraft setzen könnte. Die Liste der Auktionshäuser, bei denen sich ein Einbruch lohnte. Diverse Lippenstifte, eine Puderdose. Mein Handy. Hatte ich darauf irgendwelche belastenden Informationen?

»Oh, Madame!«, rief ich. »Auf meinem Handy sind unsere Textnachrichten! Was, wenn er sie liest?«

Während sie nachdachte, trommelte sie mit den Fingern aufs Lenkrad. »Wir haben in Codes geschrieben, wissen Sie noch? Er kann nicht wissen, dass *Gargoyle am Fluss* das Auktionshaus *Clocher* bedeuten soll. Und *Aquamarin* war doch auch eine gute Idee, oder? So hat er keine Ahnung, dass wir ihn meinen.«

»Aber was ist mit den Nachrichten über unsere Observation?«

»Wir haben lediglich geschrieben, dass wir uns treffen.« Sie holte ihr Handy aus einer schmalen Samthandtasche und überprüfte unseren Chat. »Moment mal, spricht er überhaupt gut genug Französisch?«

Wir sahen uns an. »Nein, tut er nicht!« Erleichtert atmeten wir auf.

Madame lachte. »Also gut, dann kann er unsere Nachrichten nicht genau verstehen, und vielleicht findet er auch die Liste nicht. Schlimmstenfalls hat er die Schlüssel zu Ihrer Wohnung und dem Antikladen. Aber irgendetwas sagt mir, dass, falls er Ihr Geheimzimmer ausspionieren wollte, er das schon längst getan hätte. Vielleicht hat er Ihre Handtasche nur gestohlen, damit er sie Ihnen wiedergeben kann? Das ist doch der älteste Trick der Welt, wenn Amors Pfeil getroffen hat.«

Ich blies die Backen auf. »Glauben Sie wirklich?«

»Natürlich. Er ist nicht sicher, wo er bei Ihnen steht. Das ist genug Grund, Sie zu Hause zu besuchen.«

Sie hatte recht. Er brauchte meine Schlüssel nicht.

Wenn er in meinen Laden einbrechen wollte, hätte er das längst tun können. »Also gut, konzentrieren wir uns auf unseren Plan. Wir haben zwar die Liste nicht mehr, aber die brauchen wir auch nicht. Wir wissen, dass dort als Erstes das Auktionshaus *Trésor* steht. Lassen Sie uns hinfahren und es von der anderen Straßenseite aus beobachten. Ich bin sicher, dass vor Einbruch der Dunkelheit noch nichts passiert, aber wir sollten auf jeden Fall vor ihm da sein.«

Sie ließ den Motor an. »Schnappen Sie sich die Kamera vom Rücksitz, und los geht's!« Ihre Fingerknöchel wurden weiß, als sie das Lenkrad umklammerte und konzentriert auf die Straße starrte.

Ich wusste nicht, ob ich mich verängstigt oder euphorisch fühlen sollte. Mir entfuhr ein nervöses Lachen, als ich nach der von Madame organisierten Ausrüstung griff. Auf der Rückbank lagen Kameras, Ferngläser und seltsam geformte Schutzbrillen. »Was haben Sie denn alles gekauft?«

»Alles«, erwiderte sie grinsend. »Wärmebildkameras und auch Kameras mit Stirnriemen. Uns darf nichts entgehen. Wir setzen alles ein und werten es später aus.«

»Und was ist das hier?« Ich hielt eine merkwürdig runde Schutzbrille hoch.

»Das sind Nachtsichtgeräte. Falls wir ihn verfolgen müssen, können wir ihn damit noch aus einiger Entfernung erkennen.«

»Wollen wir hoffen, dass das nicht nötig sein wird.« Ich stellte mir vor, wie wir mit Nachtsichtgeräten und Umschnallkameras auf unseren Stöckelschuhen durch die Straßen rannten. Obwohl Madame Dupont ihren Tarnanzug anhatte, trug sie dazu mörderhohe Stilettos. Schließlich waren wir Pariserinnen. Mit hohen Absätzen könnten wir notfalls einen Marathon bewältigen.

Sie schüttelte den Kopf. »Wo bleibt dann der Spaß? Ich würde ihn liebend gern verfolgen.« Wir sausten durch die

Straßen. Madame Dupont trat aufs Gaspedal, als wäre sie eine Formel-1-Pilotin. In der nächsten Kurve musste ich mich an der Armstütze festklammern und die Füße gegen den Boden stemmen, während mich die Fliehkraft seitwärts drückte.

Schließlich lenkte meine Freundin abrupt in eine freie Parklücke und bremste. Es roch nach verbranntem Gummi. »Ganz unauffällig«, kommentierte ich trocken.

»Was ist? Ich fahre wie alle hier. Als müsste ich dringend irgendwohin.«

»Sie waren kurz davor, die Handbremse zu ziehen und rückwärts in die Parklücke zu schlittern.«

Sie grinste. »Stimmt. Sie kennen mich.«

»Madame, Sie werden uns noch verraten.« Kopfschüttelnd sortierte ich unsere Ausrüstung. Wir legten die Fotoapparate in Reichweite und fuhren die Sitzlehnen zurück, so dass wir das Armaturenbrett in Augenhöhe hatten.

»Damit komme ich mir allerdings ziemlich lächerlich vor.« Ich zeigte auf das dicke Nachtsichtgerät vor meinen Augen und die Kamera an meiner Stirn.

»Entspannen Sie sich, meine Liebe. Sie sind hübsch wie immer. Würde ein Glas Rotwein helfen? Sie wirken etwas verspannt.«

Das stimmte, aber ich kam mir auch vor, als würde ich in den Krieg ziehen. »Wir sollten im Dienst besser nichts trinken.«

Sie winkte ab. »Ist doch aus medizinischen Gründen.« Sie griff hinter ihren Sitz und holte eine Flasche Wein samt zwei Gläsern hervor. Das musste man ihr lassen: Sie war auf alles vorbereitet.

Mit den Weingläsern in der Hand saßen wir da und warteten. Der Himmel wurde grau, die Luft kühler. Ich sah auf die Uhr. Wir saßen seit einer Stunde hier, doch es fühlte sich an wie fünf.

Madame Dupont verschränkte die Arme. »Ich muss zugeben, ich hatte ein wenig mehr Action erwartet.«

Als es an die Scheibe klopfte, fuhren wir zusammen. Lilou spähte durchs Fenster. »Was macht ihr denn hier?«, hörten wir ihre durch das Glas gedämpfte Stimme.

Madame Dupont entriegelte den Wagen, und Lilou klemmte sich hinter uns auf den Rücksitz.

»Woher wusstest du, wo wir sind?«, wollte ich wissen.

Sie runzelte die Stirn. »Das wusste ich nicht, ich war auf dem Weg nach Hause. Ein Laden am *Quai Voltaire* hat mich gerade beauftragt, Schlüsselringe zu gestalten.«

»Lilou, das ist ja phantastisch!«, rief ich aufgeregt.

Sie winkte ab. »Und was ist hier los?«

»Das können wir dir nicht sagen«, erwiderte Madame Dupont mit ernster Stimme. »Das ist top secret.«

»Ihr wollt den Juwelendieb fangen, oder?«

In meinem Leben gab es einfach keine Geheimnisse, so sehr ich mich auch bemühte. »Hast du wieder in meinem Zimmer geschnüffelt?« Ich hatte Zeitungsausschnitte über die Einbrüche gesammelt und in meinem Kleiderschrank versteckt.

»Ich brauchte ein schickes Outfit für mein Treffen«, erwiderte sie achselzuckend.

»Lilou!«

»Was?« Ihr vorgeblich unschuldiger Blick war perfekt einstudiert.

»Wieso kaufst du dir nicht etwas von Papas Unterhalt?« Das Geld rann ihr nur so durch die Finger.

»Von diesem Hungerlohn kann doch keiner leben. Damit kann ich mir nicht mal Lippenstift leisten.«

Es nützte nichts, mit ihr zu streiten – wir hatten anderes zu erledigen. »Wenn du bleiben willst, musst du versprechen, zu niemandem auch nur ein Wort zu sagen. Abgemacht?«

»Abgemacht. Gib mir mal einen Schluck von deinem Wein.«

Eine weitere Stunde kroch dahin, langsamer noch als die erste. Lilou lehnte sich durch den Spalt zwischen unseren Sitzen. »Also, wonach genau halten wir eigentlich Ausschau? Haben wir einen Verdächtigen?«

Ich wechselte einen Blick mit Madame und schüttelte beinahe unmerklich den Kopf. »Keinen Verdächtigen. Vielleicht sind wir noch nicht einmal am richtigen Ort.«

»Aha«, sagte sie. »Schau mal, da ist ja dein Freund! Ruf ihn ruhig her, wir können dann Plätze tauschen.«

Madame und ich zuckten zusammen. »Pst, Lilou!«, zischte ich. »Runter mit dir, er darf dich auf keinen Fall sehen!«

Lilou rutschte nach unten und flüsterte: »Habt ihr Krach?«

Ich hätte sie schütteln mögen. »Er ist der Dieb.«

»Was?«, kiekste sie schrill.

»Sei still! Wegen dir werden wir noch auffliegen!«

Vorsichtig tastete Madame nach einem Fernglas, ohne den Blick von unserem Verdächtigen zu nehmen. Konnte sie damit zusätzlich zum Nachtsichtgerät überhaupt etwas erkennen? Ich war überzeugt, dass wir alles falsch machten.

»Er rüttelt an der Vordertür«, flüsterte sie kaum hörbar.

»Macht er das wohl immer so? Erst einmal überprüfen, ob die Tür offen ist? Scheint mir nicht sehr clever.« Ich versuchte, ihn durch den Nebel in meinem Nachtsichtgerät zu erkennen. Es waren nur grüne Flecken zu sehen, die wie verkleckerte Flüssigkeit aussahen. Musste man die Dinger vielleicht extra einschalten?

»Jetzt bewegt er sich«, sagte Madame. Ich nahm das Gerät von den Augen und riss mir dabei aus Versehen auch die Kamera von der Stirn. Voll konzentriert lehnte ich mich vor, rieb mir über das Gesicht und spähte durch die Windschutzscheibe.

»Was macht er jetzt?« Lilou quetschte sich durch den Spalt nach vorn auf meinen Sitz und drängte mich so noch weiter Richtung Fußraum.

»Verdammt! Kannst du nicht leise sein? Wir machen hier eine ernsthafte Observation.«

»Ganz ruhig«, sagte sie. »Ich versuche doch nur, etwas zu sehen. Ich habe bessere Augen als du. Jüngere.«

Ich stieß ihr meinen Ellbogen in die Seite.

»Er telefoniert«, berichtete Madame Dupont. »Duckt euch, schnell! Er kommt in unsere Richtung.«

Ich versuchte, noch tiefer zu rutschen, aber mit Lilou hinter mir war das fast unmöglich.

»Was, wenn er uns entdeckt?« Panik stieg in mir auf.

Madame Dupont saß vollkommen erstarrt. Ich konnte noch nicht einmal sehen, dass sie atmete. »Madame?«, flüsterte ich und griff unter Lilous Bein hindurch, um sie zu berühren. Das fehlte mir gerade noch, dass Madame auf dieser Mission an einem Herzschlag starb! Das würde ich mir nie verzeihen. Vielleicht war ihr sonst so starkes Herz doch nicht für diese Art von Abenteuer geschaffen. »Madame?«

Es fehlten nur ein paar Zentimeter, bis ich ihren Arm hätte berühren können, da setzte sie sich plötzlich aufrecht und drehte den Zündschlüssel. »Er kommt über die Straße. Bleiben Sie unten!«

Mein Herz klopfte so heftig, dass ich meinen Puls in den Ohren rauschen hörte. Madame lebte. Und Tristan würde uns gleich entdecken.

»*Mon Dieu*, er sieht mich an. Haltet euch fest, meine Damen. Eins, zwei, drei …« Sie packte das Lenkrad und fuhr mit quietschenden Reifen im zweiten Gang an. Der Wagen schoss vor, und es roch erneut nach verbranntem Gummi.

Ich wurde hin und her geschüttelt, während Madame wie eine Irre im Zickzack fuhr. Als wir weit genug entfernt waren, verlangsamte sie die Fahrt. Ich fasste mir ans Herz und fragte: »War er nahe genug, um ins Auto zu sehen?«

Madame Dupont atmete ein paarmal tief ein und aus, dann antwortete sie: »Nein, ich glaube nicht. Ha! So viel Spaß hatte ich schon seit Ewigkeiten nicht mehr!«

Wo war ich da bloß hineingeraten? Hielt meine Freundin das hier wirklich für ein einziges großes Abenteuer? Ich öffnete die Tür, gerade als Lilou ihre Beine neu sortierte, und wurde unsanft nach draußen gestoßen, so dass ich auf allen vieren auf dem Bürgersteig landete. Da es im Wagen jedoch klaustrophobisch eng gewesen war, begrüßte ich die frische Luft und die Weite der Nacht, die mich besser nachdenken ließen. Lilou stieg aus und half mir auf die Füße.

»Madame Dupont, kommen Sie noch mit nach oben?«, fragte ich sie. »Für eine Nachbesprechung?«

»Nein, danke, ich habe noch ein Rendezvous«, antwortete sie. »Machen Sie sich Notizen.« Ihre braunen Augen funkelten. Unfassbar, wie viel Energie diese Frau hatte. »Ich werde nachher das Filmmaterial durchgehen und sehen, ob ich etwas Brauchbares erkenne.«

Ehe ich antworten konnte, brauste sie davon und bog gefährlich rasant um die Kurve.

Kapitel 24

*H*ustend stand ich in der Abgaswolke, die Madame hinterlassen hatte, und drehte mich zu meiner Haustür um. Ich war vollkommen erschöpft.

Lilou packte mich am Arm und hielt mich zurück. »Willst du mir jetzt endlich sagen, was hier los ist?«

Konnte ich ihr vertrauen? »Nein, will ich nicht. Und auch kein Wort zu Maman. Ich möchte nicht, dass sie sich Sorgen macht.«

Lilou verschränkte die Arme. »Sag's mir, oder ich finde dein Tagebuch und lese alles nach.«

Ich sah sie wütend an, doch sie erwiderte nur stoisch meinen Blick. »Also gut. Ich weiß auch nicht so genau, was hier vor sich geht. Aber ich glaube, wir haben gerade bewiesen, dass Tristan der Juwelendieb ist. Und mehr kann ich im Moment nicht verraten. Sag keinem auch nur ein Sterbenswörtchen, vor allem nicht Henry.«

Sie schnaubte. »Warum ist er der Dieb? Weil er an ein paar Türen gerüttelt hat? Das beweist wohl kaum, dass er ein Krimineller ist. Und was, wenn dort gar nichts gestohlen wird?«

Ich unterdrückte ein Seufzen. Das war genau der Grund, weshalb ich sie nicht hatte einweihen wollen. »Das sind alles gute Argumente, aber es steckt mehr dahinter.«

Sie lächelte nachsichtig. »Du liebst ihn und versuchst, eine Ausrede zu finden, weshalb du dich nicht auf ihn einlassen willst.«

Was redeten da bloß immer alle? »Ich kenne diesen Typen kaum, und lieben tu ich ihn ganz sicher nicht.«

»Weshalb wirst du dann jedes Mal rot, wenn jemand seinen Namen erwähnt?«

»Ich bin rot, weil Madame wie eine Rennfahrerin durch die Nacht gebrettert ist. Mein Blutdruck ist auf hundertachtzig. Mir ist schwindelig.«

»Ja, klar. So machst du das immer, Anouk. Du suchst eine Ausrede, damit sie dir nicht das Herz brechen können. Mit Joshua hast du es riskiert, und es hat nicht geklappt. Aber das bedeutet nicht, dass du ein für alle Mal aufgeben musst. Vielleicht ist Tristan das Beste, was dir je passieren wird, aber du wirst es nie herausfinden, weil du schon wieder kneifst.«

»Ich wusste gar nicht, dass du jetzt auch Psychologin bist.« Also ehrlich – dachten denn alle, ich wäre nicht bei Trost?

Sie zuckte die Achseln. »Ich sag nur, was ich sehe.«

Ein schwacher Wind wehte den Duft von Mamans Bouillabaisse aus dem Bistro herüber. Diesen Geruch hätte ich überall erkannt, er erinnerte mich an zu Hause. »Danke, Lilou. Wenn ich mal Rat von jemandem brauche, der seine Freunde so häufig wechselt wie seine Schuhe, werde ich dich bestimmt fragen.«

Sie legte die Hände auf meine Schultern und starrte mir in die Augen. »Anouk, siehst du es denn nicht? Ich werde mich nicht mit dem Zweitbesten zufriedengeben. Wenn ich den Richtigen gefunden habe, werde ich es spüren. Und ich bin schon seit Monaten mit Henry zusammen. Er hat Potential, aber ich bezweifle, dass er der Richtige ist. Trotzdem hätte ich ihn nicht gefunden, wenn ich mich zurückgezogen hätte. Ein Tiefschlag, und schon gibst du auf. Und jetzt hast du dir irgendeinen Plan zurechtgelegt, wieso du Tristan verdammen kannst. Du hast offenbar nicht bemerkt, wie er dich ansieht – als wärst du ein kostbares Kunstwerk …«

Ich verdrehte die Augen. »Genau, wahrscheinlich überlegt er, ob er mich auf dem Schwarzmarkt verkaufen kann.«

»Wohl eher, warum er sich so anstrengen muss, damit du ihn beachtest. Und jetzt soll er ein Juwelendieb sein? Das glaube ich nicht.« Sie schüttelte den Kopf, als wäre ich verrückt.

Es sah Lilou überhaupt nicht ähnlich, so erwachsen zu reden. Ich hätte nicht erwartet, dass sie irgendetwas anderes wahrnahm als sich selbst. Trotzdem war ich die große Schwester, die weitaus mehr von der wahren Welt mitbekommen hatte. »Du verstehst das nicht. Für dich ist das Leben einfach – du kriegst deinen Unterhalt bezahlt und arbeitest, wenn du Lust hast. Du lebst einfach in den Tag hinein und schnappst dir jeden Mann, der zufällig deines Weges läuft. Eine von uns muss aber Verantwortung übernehmen, und das bin wohl zwangsläufig ich. Muss ich dich daran erinnern, dass Maman immer noch hier ist und sich weigert, mit Papa zu telefonieren? Und er ist ohne sie völlig aufgeschmissen.« Ich sah sie böse an. »Hast du ihn seit dem Feuer mal angerufen? Weißt du überhaupt davon?«

Sie blieb unbeeindruckt. »Meinst du nicht, du solltest die beiden einfach in Ruhe lassen? Papa und Maman sind erwachsen. Warum denkst du, du müsstest dich einmischen und die Sache geradebiegen? Ich weiß, du meinst es nur gut, aber du verschwendest deine Zeit mit Sorgen um uns, anstatt dich lieber um dich selbst zu kümmern. Wir schaffen das schon. Und wenn wir zwischendurch mal ein paar Fehler machen, dann lernen wir eben daraus.« Sie zuckte die Achseln, als wäre es unwichtig. Aber sie verstand es einfach nicht.

Ich seufzte. »Das klingt theoretisch ja ganz toll, Lilou. Aber wenn ich mich nicht kümmern würde, würde alles außer Kontrolle geraten. Papa verfällt in Depressionen, weil er denkt, die Familie braucht ihn nicht. Er steckt das Haus in Brand, um beachtet zu werden. Du benutzt meine Wohnung, als wäre sie ein Hotel. Wenn du willst, dass ich aufhöre, mir Sorgen zu machen, dann fang an, dich wie eine Erwachsene zu benehmen. Verdien dein eigenes Geld, zahl deine eigenen Rechnungen. Ruf Papa an und sag, dass du ihn lieb hast.« Es war unfair, sich zu beschweren, ich würde mich in ihre Leben einmischen, wo sie sich doch einfach so in meines drängten.

»Meinetwegen.« Sie ließ die Arme sinken. »Aber hör auf mich, was Tristan betrifft, in Ordnung?«

Warum dachten nur alle, sie würden diesen Mann kennen? Er war so authentisch wie Selbstbräuner, tarnte sich aber derart gut, dass jeder nur Positives in ihm sah.

»Das kann ich nicht versprechen. Wenn er tatsächlich unschuldig ist, werde ich es versuchen und abwarten, was passiert.«

. • .

Am Morgen nach der turbulenten Nacht erwachte ich mit einem klaren Plan: den Dieb zu fassen und mir über mein Liebesleben – oder dessen Mangel – später Gedanken zu machen. Es war erst kurz vor sieben, also schlich ich zum Telefon in der Küche und wählte Madames Nummer. Sie brauchte mit dem Alter immer weniger Schlaf, also wusste ich, dass sie bereits wach war und wahrscheinlich beim Morgenkaffee in ihrem Wohnzimmer die Zeitung las.

»*Bonjour*, Anouk. Ich habe schon auf Ihren Anruf gewartet.«

»*Bonjour*, Madame. Und? Haben Sie etwas gehört?« Ich wusste, dass sie bei ihrem Netzwerk sofort jede Neuigkeit über einen Einbruch erfahren würde, noch ehe die Reporter davon Wind bekämen.

»Aber natürlich.« Sie klang wach und fröhlich, als hätte ihr unsere Mission neue Lebensfrische beschert. »Wie ich aus sicherer Quelle erfahren konnte, hat es heute Nacht keine Einbrüche gegeben, nicht dort, wo wir waren, und auch nirgendwo anders. Womöglich war er nur zu Erkundigungen vor Ort. Wir sollten uns heute Nacht wieder postieren. Das Filmmaterial hat nichts Ungewöhnliches gezeigt – nur seine hübsche Rückansicht.«

Diese Antwort war so typisch für sie, dass ich kichern musste. »Merkwürdig«, sagte ich. »Ich war so sicher, dass er einbrechen würde.« Ich biss mir auf die Lippe und dachte nach. Irgendetwas störte mich. »Finden Sie es nicht seltsam, dass er sich so auffällig benommen hat?«

»Was meinen Sie? Eigentlich hat er doch überhaupt nichts gemacht.«

»Tristan ist nicht eingebrochen, aber er hat das Haus ohne irgendeine Tarnung inspiziert, so dass er auf den Überwachungskameras sicher gut zu erkennen ist. Ist das nicht komisch?«

»Das stimmt … außer, es ist seine Masche. Wenn man ihn später befragt, kann er sagen, dass er doch nicht so dumm wäre, sich zu zeigen, wenn er tatsächlich der Dieb wäre. Eigentlich ist das sogar brillant.«

»Hm.« Ich war noch nicht überzeugt. »Es ist trotzdem ziemlich riskant. Einfacher wäre es doch, tatsächlich nicht gesehen und deswegen hinterher auch nicht befragt zu werden.«

»Ich muss auflegen, *ma chérie*.« Hinter ihr hörte ich ein sonores Lachen. Sie war unverbesserlich. »Lassen Sie uns heute Abend weiterreden.«

Ich legte auf und kochte Kaffee – und konnte dabei nur an Tristan denken.

· • ·

Eine Woche später stand ich nach einer Reihe nächtlicher Observierungen müde und leicht benommen in meinem Laden. Am liebsten hätte ich mich im Bett zusammengerollt und einen ganzen Monat geschlafen, aber Madame wollte nicht aufgeben, obwohl ich ihr ansah, dass auch sie inzwischen litt. Ich hatte das Gefühl, dass sie eher darauf aus war, Tristans Unschuld zu beweisen, als den Dieb zu stellen. Ich selbst hegte nur noch wenig Hoffnung. Meine Handtasche war nicht wieder aufgetaucht, also hatte ich alle Schlösser austauschen und die Alarmcodes ändern müssen – auch wenn das für diesen versierten Einbrecher sicher keinen Unterschied machte. Die Ladeneinnahmen waren natürlich auch weg, aber der Umsatz war an jenem Tag ohnehin nicht hoch gewesen.

Es hatte keine weiteren Einbrüche gegeben, und Tristan verhielt sich unauffällig. Zum Glück hatte ich viel zu tun und daher ausreichend Ablenkung.

Das Auge dicht an die Lupe gepresst, inspizierte ich den Lapislazuli aus einer alten Brosche, deren Befestigungsmechanismus nicht mehr intakt war. Der Mineralstein war zwar nicht viel wert, aber er war wunderschön – glänzend poliert und leuchtend nachtblau mit gold schimmernden Sprenkeln.

»Ich weiß, dass er wahrscheinlich kam etwas wert ist«, sagte die Besitzerin, die ein gepunktetes Kleid trug und nach Sommer roch, nach einem Hauch Kokosnuss und Sonnenschein. Sie fuhr sich mit den Fingern durch die roten Locken und klopfte dann auf ihre Handtasche. »Ich habe das ganze Set: Ring, Ohrringe, Halskette und eben die Brosche. Alles ist etwa in demselben Zustand, ein wenig abgetragen, aber nicht ohne Charme.«

»Woher haben Sie die Stücke?«

»Sie gehörten meiner Tante. Ich habe sie geerbt, aber die Sachen sind nicht mein Stil.« Sie deutete auf ihre weiße Perlenkette. »Ich fände es jedoch schade, sie in einer Schmuckschatulle zu verstecken.«

»Erzählen Sie mir mehr über Ihre Tante.« Ich wog den Stein in meiner Hand. Er war schwer und eigentlich zu groß für die Brosche, in die er eingefasst war.

Die Frau stützte ihre Ellbogen auf die Theke. »Sie war Meeresbiologin und liebte die Farbe des Ozeans. Mit Menschen konnte sie nicht so viel anfangen.« Sie lachte. »Die Säugetiere des Meeres hatten es ihr allerdings angetan. Als ich sie das letzte Mal sprach, klang sie so glücklich, wie ich sie noch nie erlebt hatte. Sie sprach schnell und aufgeregt, so dass ich sie mehrmals bitten musste, langsamer zu reden.«

»Worüber war sie so aufgeregt?«

»Tante Margot war auf dem Weg zu einer Gruppe von Walen, auf die Jagd gemacht wurde. Sie gehörte zu einigen ausgewählten Spezialisten, und sie war sicher, dass es gelingen könnte, die Tiere zu retten.«

»Das klingt, als hätte sie sich mit sehr viel Leidenschaft engagiert«, sagte ich. Der Schmuckstein glitzerte im Licht, und ich spürte, wie sehr seine Vorbesitzerin es geschätzt hätte, der Geschichte ihrer Nichte zu lauschen.

Die Unterlippe der Frau begann verräterisch zu zittern, und ich setzte mich hinter der Theke auf einen Stuhl und ließ ihr Zeit, sich zu fassen.

»Sie haben die Wale gerettet. Tante Margot und ein paar andere sprangen auf das Schiff der Walfänger und kappten die Seile der Harpunen. Aber als sie danach wieder an Bord ihres eigenen Schiffes springen wollte, fiel sie ins Wasser. Sie haben bis in die Dunkelheit nach ihr gesucht und morgens auch noch einmal, aber sie blieb verschwunden.«

»Das tut mir so leid. Sie haben sie gar nicht mehr gefunden?« Ich bekam eine Gänsehaut. Da war noch mehr, dessen war ich sicher.

Sie schüttelte den Kopf. »Wie ich später herausfand, hatte sie Krebs im vierten Stadium. Ich glaube, sie wollte einfach nicht mehr zurückkehren. Sie hat die Wale gerettet und ist ein letztes Mal mit ihnen geschwommen. Es wäre für sie eine schreckliche Vorstellung gewesen, mit fortschreitender Krankheit immer mehr Menschen um sich herum zu haben und von ihnen abhängig zu sein. Stattdessen ist sie selbstbestimmt gestorben.«

Das Atmen fiel mir schwer – als wäre alle Luft aus dem Geschäft entwichen. Und ich wusste, dass ich auf sanfte Weise den letzten Moment dieser mutigen Frau spürte. Ich sagte: »Sie müssen ihren Schmuck behalten, er bedeutet so viel.«

»Zuerst dachte ich das auch. Aber manchmal ist es, als könnte ich sie hören oder auch kurz sehen, und ich glaube, sie will mir damit sagen, dass ich die Sachen weitergeben soll. Es gibt doch bestimmt jemanden, der mehr damit anfangen kann als ich, jemanden, der durch sie in irgendeiner Weise inspiriert wird.«

Das stimmte vermutlich. Die hübschen Steine mussten auf ihre nächste Besitzerin warten.

»Wenn Sie wirklich sicher sind, dann kann ich Ihnen dafür ...«

Sie griff nach meiner Hand und schloss meine Finger um den Stein. »Nein, ich will nichts dafür haben. Nur Ihr Versprechen, dass die Sachen zu jemandem gelangen, der ihrer wert ist. Es heißt, genau das könnten Sie am besten.«

Ich hatte das Gefühl, dass der Stein Hitze ausstrahlte. »Das ist ein wunderbares Kompliment. Sehr gern suche ich für den Schmuck eine neue, passende Besitzerin. Aber Sie können jederzeit wiederkommen und die Sachen zurücknehmen. Es wird sicher einige Zeit dauern, einen Menschen zu finden, der die Geschichte Ihrer Tante von Herzen versteht, denn mit einem Kauf wird diese Geschichte auch zu seiner.«

Die Frau neigte den Kopf zur Seite und sah mich aufmerksam an. »Sie werden ihre Geschichte erzählen?«

Ich nickte. »Das ist das Wichtigste am Ganzen.«

Nachdem die Frau wieder in den sonnigen Sommertag verschwunden war, reinigte ich den Schmuck und freute mich, dass die wunderschönen Stücke nicht mehr im Verborgenen lagen. Sie verdienten es, ausgestellt zu werden, zu leuchten, bis der Blick eines besonderen Menschen darauf fiel. Ich war mir sicher, dass es jemand sein würde, der Tiere liebte und dabei half, sie zu schützen.

Ich schloss die Glasvitrine auf und schob ein paar Sachen zur Seite, um Platz zu schaffen. Ich dachte an Tante Margot und freute mich für sie, dass sie ihre Mission, die Wale zu retten, erfüllt hatte. Ob sie am Ende wohl Angst empfunden hatte? Ich wollte mir vorstellen, dass sie die Augen geschlossen und unter Wasser die Musik ihrer gewaltigen Freunde gehört hatte, eine Symphonie des Danks. Meine Augen wurden feucht.

Gerade als ich das bestmögliche Arrangement für Tante Margots Schmuckstücke gefunden hatte, ertönte hinter mir eine Stimme. Merkwürdig, ich hatte die Türglocke überhört.

»Ich glaube, das gehört dir.«

Warum schlich dieser Kerl sich immer so an? Ich sah auf seine Schuhe, um zu prüfen, ob es spezielle wären, die das Anschleichen erleichterten, aber sie sahen wie ganz gewöhnliche Sommerslipper aus. Ich schnappte meine Handtasche aus seinem Griff. »War das etwa ein Trick: eine Tasche zu stehlen, um sie später wiederzubringen?«, fragte ich scharf und zog mich hinter die Kassentheke zurück.

Seine blauen Augen blitzten. »Du hast sie fallen lassen«, sagte er. »Was für ein Glück, dass ich da war und es gesehen habe, als du wie vom Wahnsinn verfolgt aus dem Zug gesprungen bist.«

»Natürlich. Genau so ist es bestimmt passiert.« Ich öffnete den Reißverschluss und überprüfte kurz den Inhalt. Mein Handy ließ sich nicht einschalten – sicher war der Akku leer, und Tristan hatte keine Möglichkeit gehabt, die Nachrichten zu lesen.

Dann hätte ich mir am liebsten gegen die Stirn geschlagen. Immer wieder vergaß ich, dass Tristan kein gewöhnlicher Mann war, egal, was Lilou behauptete. Wenn der Akku leer gewesen war, hätte er ihn mit Leichtigkeit wieder aufladen können. Ebenso konnte ein gewiefter Juwelendieb bestimmt einen Sicherheitscode knacken. Die zusammengerollten und mit Gummiband gehaltenen Euroscheine waren noch da; das Geheimfach mit unserer Liste der Auktionshäuser konnte ich jetzt allerdings nicht überprüfen.

»Wo du dich nun so herzlich bedankt hast, ist ja alles wieder gut«, meinte er.

»Ich habe mich nicht bedankt.« Böse sah ich ihn an. »Ich hatte eine höchst unerfreuliche Zeit ohne meine …«

»O ja, ich kann dir ansehen, wie sehr du dich freust, deinen roten Lippenstift endlich wiederzuhaben.«

Dann hatte er die Tasche auf jeden Fall durchsucht. Aber warum?

»Was ist?« Er sah mich in gespielter Unschuld an. »Sie war nicht geschlossen, und ein paar Sachen sind herausgefallen.«

Ich verschränkte die Arme und schürzte die Lippen.

»Aber eigentlich bin ich gekommen, um dich zu einer kleinen Feier einzuladen. Dich und deine Familie …«

»Warum?« Was hatte er vor? Mein erster Instinkt war, nein zu sagen, aber vielleicht wäre das eine gute Gelegenheit, mehr über ihn in Erfahrung zu bringen.

»Die große Wiedereröffnung des *Ritz Paris* ist doch eine Feier wert, oder nicht?«

»Natürlich.« Für umfangreiche Renovierungsarbeiten war das *Ritz* mehrere Jahre geschlossen gewesen, und dann hatte ein Brand die zunächst geplante Wiedereröffnung um weitere Monate verzögert.

Wer träumte nicht davon, eine Nacht in einer der luxuriösen Suiten zu verbringen oder eine der geschichtsträchtigen Lokalitäten des Hauses zu besuchen? Welche Ansammlung von Antiquitäten es dort wohl gab? Ich mochte wetten, Tristan wusste es ganz genau – und er wusste, dass ich allein deshalb solch eine Einladung niemals ablehnen würde.

Schmunzelnd sah er mich an. »Ich habe ihnen gesagt, sie sollen auf dich aufpassen. Du trinkst Champagner wie Wasser und küsst dann fremde Männer.«

»Wollen wir hoffen, dass es diesmal etwas zu essen gibt.«

»*Touché.* Das war bei unserem Rendezvous mein Fehler.«

»Das war kein Rendezvous.«

»Also gut, es war ein Gute-Nacht-Drink, gefolgt von Gute-Nacht-Küssen – und deinem Versprechen, mich ewig zu lieben, sofern ich ein verkleideter Robin Hood wäre.«

Das hatte ich gesagt? O Gott, diese Nacht würde mich auf ewig verfolgen! »Robin Hood? Das ergibt doch gar keinen Sinn.« Ich sah ihn möglichst ausdruckslos an und hoffte, nicht rot zu werden. Hatte ich ihm etwa auch erzählt, dass ich ihn überführen wollte?

»Du hast eine Menge rätselhafter Dinge gesagt«, erwiderte er. »Würdest du nicht so gut Englisch sprechen, würde ich es ja auf die Übersetzung schieben, aber ich glaube, da drin geht mehr vor, als du verraten willst.« Er trat vor und fuhr mit der Kuppe seines Zeigefingers über meine Schläfe. Meine Gedanken begannen zu rasen, ebenso mein Herz. Ich war unsicher, wie ich reagieren sollte, weil ich keine Ahnung hatte, was er wusste. Außerdem hatte er mich berührt, und ich ärgerte mich, dass ein Teil von mir es insgeheim genoss. *Denk daran, er ist ein Betrüger – er ist nicht echt.* »Wenn das alles ist, Tristan … Ich muss wieder an die Arbeit.«

Warum konnte er nicht einfach nur ein Antiquitätensammler sein? Warum musste er kriminell sein?

Draußen vor der Tür hatte sich ein Trompeter aufgebaut und begann nun zu spielen. Passanten verfielen beim Vorübergehen in Tanzschritte, wiegten sich im Takt oder blieben stehen, um zu lauschen. Die meisten hatten Eiswaffeln in der Hand oder tranken eisgekühlte Milchshakes. Paris im Sommer war fast wie ein Fest für sich: Überall fand man Musik, gutes Essen, Lebensfreude. Nur durch eine Tür getrennt wartete eine Stadt der Leichtigkeit und Fröhlichkeit.

Tristan folgte meinem Blick und sagte: »Du hast recht. Manche Menschen widmen ihr Leben allein ihrer Arbeit, egal, zu welchem Preis.« Er wirkte melancholisch.

»Meinst du etwa mich?« Meine Familie hatte in seinem Beisein behauptet, ich sei von meinem Geschäft besessen, hätte keine Freunde und kein Interesse an einer Beziehung. So jemanden konnte man natürlich nur bedauern.

»Nein, warum guckst du so böse? Dich meinte ich nicht.«

»Wen dann?« Ich wollte auf keinen Fall bedauert werden.

Sein Gesichtsausdruck war nicht zu deuten. Er zog sich innerlich zurück, wie er es schon so oft getan hatte. Fast kam es mir vor, als wäre er böse, aber nicht auf mich, sondern auf etwas anderes. Ich musterte ihn eine Weile und überlegte, ob er wohl von schlechtem Gewissen geplagt war. »Vergiss es«, sagte er dann. »Wir sehen uns also im *Ritz*? Heute Abend um neun?«

»Natürlich, wir werden alle kommen. Und wir sind nicht zu übersehen.«

Sicher war diese Feier nur ein Vorwand für irgendetwas anderes. Wie ein Schatten würde ich ihm folgen, und diesmal wäre ich auf alles vorbereitet.

Kapitel 25

*M*aman stolperte über die hubbeligen Pflastersteine. Ich fasste sie am Ellbogen, damit sie nicht hinfiel. »Ich habe dir doch gesagt, zieh lieber nicht die hohen Schuhe an«, schalt ich.

Sie lachte und hob den Rocksaum an, um auf ihre Füße zu sehen, als könnte ihr das beim Gehen mit den bleistift-dünnen Absätzen helfen. »*Ma chérie*, ich bin noch nie im *Ritz* gewesen, aber ich habe mir das schon immer ge-wünscht. Da werde ich gewiss nicht meine Bauerntram-pelschuhe anziehen.«

Ich schüttelte den Kopf. »Du hättest etwas anziehen sol-len, in dem du dich wohlfühlst. Wir müssen uns nicht auf-rüschen und als jemand anderes ausgeben, als wir sind.« Das klang mehr nach einem Befehl als beabsichtigt. Als ich ihnen Tristans Einladung ausgerichtet hatte, war meine Fa-milie, einschließlich Henry, in wildes Freudengeheul aus-gebrochen, so als hätten sie gerade im Lotto gewonnen. Ich hatte zwar versucht, ihre Begeisterung zu dämpfen, aber sie wollten nichts davon hören.

»Anouk!«, gab Maman jetzt entrüstet zurück. »Es ist immerhin das *Ritz*. Ich mag eine einfache Frau vom Land sein, aber selbst mir ist klar, dass man dort nicht in irgend-einem alten Lumpen aufkreuzt. Gerade du solltest das wis-sen.«

»Sie hat recht«, bestätigte Lilou. Vor lauter Aufregung lief sie mindestens fünf Meter vor uns.

»Siehst du?« Meine Mutter strahlte. Sie wirkte glücklich und schön, wie nach einem Bad im Jungbrunnen. Lilou hatte Mamans Haare aufgesteckt und ihre Locken so drapiert, dass sie kaskadenartig herunterfielen. Zu Hause trug sie normalerweise ein Hauskleid und flache Schuhe und das Haar zu einem festen Knoten gebunden, aber hier blühte sie immer mehr auf, und es war, als hätte sie sich zu einer neuen, anderen Frau gehäutet – vielleicht zu der, die sie immer hatte sein wollen.

»Anouk, du musst dich entspannen«, sagte Lilou. »Kommt das, weil du vor diesem Rendezvous nervös bist? Das ist wie Fahrradfahren – wenn man hingefallen ist, muss man sich einfach wieder draufsetzen …« Ich sah sie streng an. Sie wusste genau, warum ich nervös war. Zumindest hatte sie das Geheimnis bisher nicht verraten.

»Das ist kein Rendezvous«, brummte ich. »Und ihr tut alle, als wäre er irgendeine Berühmtheit, aber das ist er nicht.«

Sie wollte etwas erwidern, doch ich hob die Hand. »Jetzt nicht, Lilou.«

Maman stöhnte. »Also ehrlich, Anouk. Manchmal fürchte ich, du hast zu viel Zeit mit altem Kram verbracht und bist dadurch wunderlich geworden. Tristan ist ein toller Mann. Er will dich besser kennenlernen. Er will uns besser kennenlernen. Was ist daran verkehrt?«

»Warte mal … wie bitte? Woher weißt du, dass er uns besser kennenlernen will?«

Sie biss sich auf die Lippe und wurde rot vor Verlegenheit. »Weil er es gesagt hat.«

Ich zog die Stirn kraus. »Wann? Er hat uns doch erst heute Nachmittag eingeladen …« Seit der unsäglichen Champagnernacht hatte sie ihn nicht mehr gesehen. Oder?

Sie wand sich ein wenig, dann sagte sie: »Nachdem er heute Nachmittag in deinem Laden war, kam er auch noch bei uns vorbei. Wahrscheinlich wollte er sichergehen, dass wir die Einladung auch bekommen …« Sie brach ab. »Ich sollte es dir eigentlich nicht sagen.«

Dieser Mann! »Siehst du, was ich meine? Warum dieses Versteckspiel?« Warum wollte er alles kontrollieren und alle manipulieren? »Was hat er sonst noch gesagt?«

Sie zuckte die Achseln. »Ich hatte den Eindruck, dass er einsam ist. Du denkst, er führt ein exotisches Leben, und das tut er vielleicht sogar, aber da ist eine Leere um ihn herum. Er fühlt sich zu dir hingezogen, das merke ich, zu der Art, wie du lebst. Und auch zu uns. Ich verstehe nicht, wieso ihr nicht befreundet sein könnt? Es wäre doch sehr unfreundlich, ihm nicht wenigstens eine Chance zu geben. So habe ich dich nicht erzogen.«

Wie sollte sie es auch verstehen? Ich hatte ihr nichts von meinem Verdacht erzählt, daher hielt sie mich wohl für grundlos zickig. »Na, schön«, gab ich nach. Jetzt war keine Zeit für Erklärungen, außerdem würden sie sich sonst womöglich auffällig benehmen und Tristan misstrauisch machen.

Maman nahm meine Hand und zog mich mit sich. »Dann lächle.« Sie strich mit den Fingern über meine Stirn. »Hör auf, die Stirn in Falten zu legen.«

Mamans Wandel war unfassbar. Sie verteilte gute Ratschläge, war ruhig und entspannt, trug halsbrecherisch hohe Schuhe und eines meiner Vintage-Wickelkleider in leuchtendem Gelb. Als ich an meinen Vater dachte, der allein zu Hause vor verbrannten Vorhängen saß und auf Mamans Rückkehr wartete, versetzte es mir einen Stich. Könnte er sie jetzt sehen, würde er sich bestimmt von neuem in sie verlieben. Ich fragte mich, was die beiden wohl brauchten, um glücklich zu sein.

Niemand will, dass seine Eltern sich trennen, aber Maman wirkte wie ein Vogel, den man aus einem Käfig befreit hatte. Hatte sie sich früher widerstrebend mit ihrem Schicksal abgefunden, obwohl sie sich immer gewünscht hatte, die Flügel auszubreiten und zu fliegen? Würde mir ein ähnliches Schicksal blühen – indem ich mich in meine Arbeit vergrub und statt mit Freunden nur mit Kunden Zeit verbrachte, während das Leben an mir vorbeirauschte und ich am Ende nur von schönen, bedeutungsvollen Dingen umgeben war, die ich mit niemandem teilen konnte?

Ehe ich mich es versah, standen wir vor dem *Ritz Paris*, das mit seinen ausgefahrenen Markisen wie ein frisch Verliebter mit lasziv gesenkten Lidern wirkte.

Ein Türsteher begrüßte uns, indem er sich an die Mütze tippte, und ich fühlte mich geehrt, auch wenn das alles nur dank des skrupellosen Monsieur Black möglich war.

In der Eingangshalle blieben wir vor Bewunderung stehen. Von der Decke hingen glitzernde Kronleuchter, die Wände waren mit kunstvollen Ornamenten und goldgerahmten Spiegeln versehen, und unter unseren Füßen lag dicker, dichter Plüschteppich.

»So etwas Schönes habe ich noch nie gesehen«, flüsterte Maman, als wir weitergingen.

Ein paar Männer in schwarzen Smokings grüßten uns lächelnd und wiesen uns den weiteren Weg. »Herzlich willkommen. Monsieur Black erwartet Sie in der *Hemingway Bar*.«

Das prachtvolle Ambiente verschlug uns die Sprache. Es war wie ein Traum aus goldenem Licht und glänzendem Kristall. So viel Prunk auf einmal hatte ich noch nie gesehen, und ich wagte vor lauter Ehrfurcht kaum zu atmen.

Maman fing sich als Erste wieder und lächelte den Monsieur an. »Haben Sie herzlichen Dank – wir fühlen uns geehrt, hier sein zu dürfen.«

Wir wurden in die Bar geleitet, wo mir erneut der Atem stockte. An den Wänden hingen etliche gerahmte Schwarzweißfotos von Ernest Hemingway. Auf manchen hatte er graues Haar und sah aus, als wollte er loslachen, auf anderen war er jünger und wirkte gedankenverloren. Vor langer Zeit hatte er genau hier gesessen und einem aufmerksamen Publikum seine Geschichten vorgetragen.

Auf einer Seite standen Ledersofas und hohe Lehnsessel um Mahagonitische, auf denen diverse Ausgaben seiner Bücher lagen. Die Bar gegenüber wirkte schmal und elegant, und in den verspiegelten Regalen standen Flaschen aufgereiht, in denen bernsteinfarbene Flüssigkeiten das Licht golden reflektierten. Auf einem der hohen Hocker vor der Theke saß Tristan und schwenkte ein Glas Whiskey auf Eis. Als er uns sah, lächelte er, stand auf und nahm Maman in den Arm.

»Ich bin so froh, dass Sie kommen konnten.« Er küsste sie auf die von Rouge geröteten Wangen und zog ihr einen Hocker heran. Er sprach so freundlich, sanft und aufrichtig, dass ich ganz verblüfft war.

»Das Ambiente ist berauschend«, sagte Lilou, gab ihm die Hand und hakte sich bei Henry ein.

Tristan wandte sich mir zu. »Dein Blick sagt alles. Ich wusste, es würde dir hier gefallen.«

»Ich könnte sofort einziehen«, erwiderte ich. »Es ist atemberaubend schön.«

»Genau wie du.« Er lächelte wieder, sein Blick war offen, und ich fragte mich, was sich geändert hatte. So entspannt, war er der perfekte Gastgeber, der uns das Gefühl vermittelte, an diesem besonderen Ort selbst etwas Besonderes zu sein.

»Was möchtest du trinken?«

Ich schluckte schwer, und meine Gedanken rasten. Ich konnte diesen Mann nicht der Polizei ausliefern. Dessen war ich mir nun sicher. Ich musste neu überlegen und noch heute Nacht eine Entscheidung treffen. Wenn sich herausstellte, dass er der Dieb war, würde ich ihm zur Flucht raten, ohne weitere Maßnahmen zu ergreifen – unter der Voraussetzung, dass er alle gestohlenen Güter wieder zurückgäbe.

»Anouk?« Er berührte mich leicht am Arm. Ach ja, ein Getränk.

»Erst einmal Mineralwasser, bitte.« Ich lächelte und hoffte, arglos und entspannt zu wirken.

Tristan setzte sich neben mich. »Wo sind die anderen?«, wollte ich wissen. Es schien mir doch ziemlich übertrieben, die gesamte *Hemingway Bar* nur für uns und ein paar Kellner zu mieten.

»Die kommen noch.« Er blickte kurz zu Boden. »Sie hatten auf dem Weg noch etwas zu erledigen. Aber die wichtigsten Gäste sind ja da.« Er sah mich lange und durchdringend an, so dass ich nervös an meiner Handtasche herumfummelte und sie schließlich öffnete.

Ich holte ein kleines Geschenk heraus, verpackt in rubinrotes Papier mit Goldschleife. Maman hatte darauf bestanden, dass wir als Dank für die Einladung etwas mitbrächten, und ich wusste sofort, was es sein sollte. Zum Glück hatten Dion und Madame Dupont schnell reagieren können.

»Für dich«, sagte ich und überreichte die schmale Schachtel.

Alle warteten gespannt, was ich wohl ausgesucht hatte. Tristan wickelte sein Geschenk aus und hob es in die Höhe. »Ein Stift! Wie schön!« Er lachte, und ich war verunsichert, ob er sich tatsächlich freute oder meine Wahl ganz und gar unpassend fand.

»Ein Stift?«, fragte Maman tonlos und sah mich mit großen Augen an. »Das ist ja sehr … praktisch.«

Ich nickte. »Es ist nicht irgendein Stift – es ist ein Füllfederhalter.«

»Ich werde ihn immer in Ehren halten«, sagte Tristan mit einem amüsierten Lächeln.

Ich nahm ihm den Füller ab. »Du musst wissen, dass das in Paris gerade ein modisches Statement ist«, log ich und schob den Stift in seine Brusttasche, so dass die Verschlusskappe mit der blauen Glasperle darauf hervorlugte. Darin war eine Minikamera versteckt, die nun auf Tristans Gesicht gerichtet war und alles übertrug, was er jetzt und nach der Feier tun und sagen würde. Madame konnte alles live mit ansehen, und solange die Batterie reichte, würden wir unleugbare Beweise sammeln. Ob und wie wir sie dann verwenden würden, blieb noch abzuwarten.

Wir nahmen unsere Drinks entgegen.

»Was ist?«, fragte ich, als Tristan mich mit einem leicht verkniffenen Lächeln ansah, das so gar nicht zu ihm passte.

»Ich hätte nicht gedacht, dass du kommst, das ist alles.«

Ich zog die Augenbrauen hoch. »Du hast mir ja nicht gerade eine Wahl gelassen, nachdem du auch meine Familie eingeladen hattest …«

Ein Kellner kam mit einem Tablett voll Canapés. Mir knurrte schon der Magen, und ich studierte interessiert die Auswahl.

»Ah, da sind meine Freunde.« Tristan deutete zum Vorhang am Eingang.

Zwei ältere, müde und ernst wirkende Männer kamen herein. Ich fand es seltsam, dass dies seine Freunde sein sollten, die ich mir ganz anders vorgestellt hätte. Die beiden wirkten geradezu langweilig und bieder und ohne jeden Geschmack. Einer trug einen schlecht sitzenden Anzug und zupfte nervös an seinem Hemdkragen, als wäre er zu eng; der andere trug ein Poloshirt und eine so zerknitterte Leinenhose, dass man annehmen konnte, er habe darin geschlafen. Und in diesem Aufzug besuchten sie das *Ritz*? Sie hätten eher auf eine Beerdigung gepasst.

Irgendetwas stimmte nicht. Die Männer gehörten sicher zu seiner Räuberbande, waren Komplizen bei seinen dunklen Machenschaften. Natürlich – man konnte nicht allein in ein Auktionshaus einbrechen, die Juwelen schnappen und wieder verschwinden. Ich hatte genug Krimis gesehen, um zu wissen, dass für jeden Schritt besondere Spezialisten nötig waren.

Ehe ich weiter darüber nachdenken konnte, winkte Tristan die Männer heran und stellte uns einander vor. Sie hießen Ben und Jerry und musterten mich ungewöhnlich lange, so dass ich mich fragte, was in ihren kriminellen Hirnen vor sich ging. Ich wünschte, Madame Dupont wäre hier, um mich zu unterstützen, aber da nur Lilou die Wahrheit kannte, musste ich allein zusehen, dass ich aus der Situation das Beste machte.

»Und?«, fragte ich die Neuankömmlinge. »Sind Sie schon lange in Paris?«

Sie schüttelten die Köpfe.

»Nun, Italien ist auch sehr schön. Waren Sie dort einmal?«

Jerry, der mit dem Anzug, sagte: »Ja, es ist ganz wunderbar. Sie kennen Italien?«

»*Bien sûr*, erst vor kurzem war ich dort.«

Jerry nickte. »Wo sind Sie gewesen?«

Sollte ich die Wahrheit sagen? Was könnte schon passieren? »In Sorrent. Und Sie?« Gespannt wartete ich auf ihre Reaktion, aber ihre Gesichter blieben vollkommen unbewegt.

»Ebenfalls in Sorrent.«

»Ein schöner Ort, besonders für Schmuckliebhaber.«

Ben nickte. »Ein schöner Ort.«

Du meine Güte, es war, als würde ich mit Steinen sprechen. Da hatte selbst meine Suppenschüssel mehr Persönlichkeit.

»Auch in Paris gibt es sehr hübschen Schmuck«, ergänzte ich.

Ben und Jerry nickten.

»Vor allem von Cartier – haben Sie davon gehört?« Sie zuckten mit keinem Muskel, sondern verharrten wie die Statuen.

»Ja, haben wir.«

Meine Mutter, meine Schwester und Henry plauderten angeregt mit Tristan, der sich immer wieder zu mir umsah. Ab und zu lachte einer von ihnen laut auf, als würde Tristan die lustigsten Anekdoten erzählen. Wie gebannt hingen sie an seinen Lippen.

»Noch Wein?«, fragte ich und füllte, ohne eine Antwort abzuwarten, ihre Gläser mit dem Rotwein nach, der auf der Theke stand.

»Tja«, meinte Ben. »Was für eine Party.«

Ich zog die Stirn kraus. Diese Gesellschaft, bestehend aus meiner Familie und den beiden Typen, konnte man wohl kaum eine Party nennen. »Allerdings, das *Ritz* ist prachtvoll.«

Tristan erhob sich, kam zur Bar und flüsterte dem Barkeeper etwas zu, woraufhin der mich kurz musterte. Dann polierte er wieder seine Gläser, sah jedoch immer wieder zu mir her, während Tristan plötzlich hinter den Vorhang am Ausgang verschwand. Wie sollte ich ihm folgen, wenn mich alle so aufmerksam beobachteten? Ich hoffte, Madame Dupont würde alles sehen, aber trotzdem wollte ich nicht, dass Tristan sich unbemerkt davonstahl.

»Entschuldigung«, sagte ich zu Ben und Jerry. »Ich glaube, ich habe zu Hause meinen Ofen angelassen. Ich werde mal eben meine Nachbarin anrufen.« Hastig verließ ich die Bar und wäre auf dem dicken Teppich fast gestolpert. Der Barkeeper sah mir nach und wechselte mit Ben und Jerry bedeutsame Blicke.

Ich schob den Vorhang beiseite und fiel Tristan fast in die Arme. »Meine Nachbarin«, stammelte ich. »Sie hat ihren Ofen angelassen.« Was für einen Unfug redete ich da! »Ich meinte, *ich* habe meinen Ofen angelassen. Ich muss sie anrufen, damit sie nachsieht.«

Er hielt mich am Arm fest. »Ich kann mir nicht vorstellen, dass dein Ofen eingeschaltet ist.«

»Ich sollte trotzdem nachfragen.« Ich wollte Madame Dupont anrufen und fragen, was sie bisher gesehen hatte, aber dabei durfte er natürlich nicht zuhören.

»Hast du denn gekocht, bevor du hergekommen bist?«

»Nein. Ich meine, ja … also Kaffee … also Wasser in meinem Wasserkessel. Der könnte jetzt schon leer und glühend heiß sein.«

»Ich wünschte, du würdest einmal ehrlich zu mir sein. Ich kann dir helfen.« Er zog mich in die Arme, und ich musste sehr an mich halten, um nicht mit der Wahrheit herauszuplatzen. *Lauf weg! Versteck dich! Wenn ich es herausbekommen kann, dann sicher auch die Polizei!*

Ich lächelte gepresst. »Ich brauche keine Hilfe. Ich rufe nur meine Nachbarin an, um sie in meine Wohnung zu schicken.«

Tristan stöhnte. Machte ihm mein heiß gewordener Wasserkessel so zu schaffen?

»Anouk, du hast so eine tolle Familie. Hast du an die mal gedacht? Was das alles für sie bedeutet?«

»Ich kann ja einen neuen Kessel kaufen, Tristan. So schlimm ist das nun auch wieder nicht.«

Er schüttelte den Kopf und ließ resigniert die Hände sinken. »Also gut, wenn du das Spiel weiterspielen willst …«

Er wirkte gequält, und ich hätte ihn am liebsten geschüttelt, um ihn zur Raison zu bringen. »Wie bitte? Ich bin nicht diejenige mit zwei dubiosen farblosen Spießgesellen.

Und was für ein Spiel meinst du, denn ich könnte dich genau dasselbe fragen?«

»Das sind gute Männer, und ich bin ihnen sehr zugetan.«

O ja, als Komplizen. »Das möchte ich wetten. Es muss schön sein, Freunde zu haben, denen man vertrauen kann.«

»Vertrauen? Nun, das muss immer in beide Richtungen gehen.«

Wie konnte er es wagen! Dieser Mann war ein hoffnungsloser Fall. »Ich gehe jetzt lieber telefonieren, bevor meine Wohnung abbrennt. Es dauert nicht lange.«

»Lass dir Zeit.«

Ich suchte mir eine ruhige Ecke und holte mein zweites Handy heraus, das Madame Dupont das »Geisterhandy« nannte. Wie sie behauptete, konnte keine von uns damit identifiziert werden.

»Anouk!«, rief Madame. »Ich muss Ihnen unbedingt etwas erzählen. Sind Sie allein?«

»*Oui*«, flüsterte ich. »Aber ich kann nicht lange sprechen. Was ist los?«

»Der Barkeeper gehört auch dazu! Tristan hat ihn gebeten, ein Auge auf Sie zu haben.«

»Ich wusste es! Aber warum?«

»Sie sagten etwas davon, dass Sie zur rechten Zeit am rechten Ort seien. Oder waren? Ich habe keine Ahnung, was genau das bedeutet, aber vielleicht wollen sie Ihnen die Einbrüche anhängen.«

Mir wurde übel. »Dieser selbstsüchtige, unwürdige ...«

»Versuch, ruhig zu bleiben. Wir müssen nachdenken.«

»Er hat zwei Komplizen dabei: Ben und Jerry. Die sind richtig unheimlich. Wie können wir herausfinden, wer sie sind?«

»Dion«, sagte sie. »Ich werde ihn anrufen und darauf ansetzen.«

»Wunderbar. Was soll ich in der Zwischenzeit tun?«

Madame Dupont lachte laut auf. »Flirten! Tun Sie so, als würden Sie viel Champagner trinken, reden Sie zu laut, benehmen Sie sich, als ob alles in Ordnung wäre und Sie sich erstklassig amüsierten.«

»Aber alle beobachten mich. Das wird schwer.«

»Sie schaffen das. Behalten Sie Tristan im Auge, und ich werde sehen, was Dion herausbekommt.«

Vor Betreten der Bar setzte ich mein strahlendstes Lächeln auf und überlegte, was Hemingway wohl aus diesem Theaterspiel in einer seiner bevorzugten Trinkstätten machen würde.

Tristan tanzte mit Maman, drehte sich mit ihr und wirbelte sie herum. Ihr Gesicht leuchtete vor Freude, und ich wurde beim Zuschauen ganz wehmütig. Noch nie hatte ich erlebt, dass Maman so rasch von einem Menschen begeistert war. Sie wäre schrecklich enttäuscht, wenn sie erfuhr, was für ein Mensch er wirklich war.

»Da ist Anouk ja wieder!«, rief sie. »Zeit für die alte Frau, sich auszuruhen.« Sie reichte Tristans Hand an mich weiter, und ich spielte die Verzückte, obwohl ich am liebsten davongelaufen wäre.

Tristan zog mich an sich und verlangsamte seine Tanzschritte.

»Sie mag dich wirklich sehr«, sagte ich. *Und wenn du im Gefängnis landest, wird sie das ungemein schockieren.*

»Ich finde sie großartig, und ich hoffe sehr, dass sie und dein Vater sich wieder versöhnen. Ich würde auch ihn gern kennenlernen.« Ich lehnte mich zurück und sah ihm ins Gesicht. Was dachte er sich nur? Als ob er so mir nichts, dir nichts meinen Vater treffen und dann weiterziehen könnte! Wie stände ich denn da, wenn sie sein wahres Ich entdeckten?

»Mach es nicht schlimmer, als es schon ist, Tristan. Lass

meine Maman in Ruhe.« Offensichtlich hatte sie ihn ins Vertrauen gezogen, was ebenfalls sehr ungewöhnlich war.

»Ich weiß«, erwiderte er. »Ich habe ja versucht, Abstand zu halten, aber es ist mir einfach nicht möglich.«

»Du musst dich eben mehr anstrengen.« Wir redeten beide um den heißen Brei herum. Warum war das Leben nur so kompliziert?

Um Mamans willen, die uns unverwandt beobachtete, lehnte ich meinen Kopf an seine Brust, was mir zudem den Blick in seine verlogenen Augen ersparte. Ich spürte seinen Herzschlag auf meiner Wange, und mir wurde bewusst, dass es wohl das letzte Mal wäre, dass ich ihn hörte.

»Wo sind deine Eltern, Tristan?« Nach unserem Gespräch in meiner Küche, als er sich abgewandt hatte, ehe es zu persönlich werden konnte, hatte ich mich immer wieder gefragt, was mit ihnen wohl war. Hatten sie überhaupt noch Kontakt?

Er versteifte sich ein wenig. »Sie sind nicht mehr da.«

»Nicht mehr da?«

»Sie sind gestorben. Schon vor langer Zeit.« Er sprach kurzangebunden, als wollte er das Thema nicht weiter vertiefen. Offenbar schmerzte es ihn, aber ich wollte es genauer wissen. Hatte ihr Tod mit seinem Leben als Krimineller zu tun?

»Wie ist es passiert?«

»Ich möchte lieber nicht darüber reden.«

»Hast du Geschwister?«

»Nein. Was soll dieses Verhör?« Er versuchte, locker zu klingen, aber ich merkte, dass es ihn einige Anstrengung kostete. Offenbar hatte er wirklich niemanden, der ihm Halt gab. Was für ein einsames Leben das sein musste. Das war natürlich keine Entschuldigung, aber zumindest eine Erklärung dafür, warum er keine Skrupel hatte zu stehlen – es gab ja niemanden, den er enttäuschen konnte.

Ich zuckte die Achseln. »Du kennst mich und meine Familie und einige ihrer Geheimnisse. Ich hatte gehofft, auch mehr über dich zu erfahren. Dich besser zu verstehen … und was dich so antreibt.«

Wir wiegten uns im Takt der Musik, ohne über Schritte nachzudenken, da wir zu sehr auf unser Gespräch konzentriert waren. »Ich freue mich wirklich sehr, deine Mom und Lilou kennengelernt zu haben. Ich vermisse es, weißt du? Dass ich meine Eltern mal einfach anrufen könnte und sie mir das Gefühl geben, der hellste Stern im Universum zu sein.«

»Wären sie wohl stolz auf dich, was meinst du?«, fragte ich in der Hoffnung, an den Teil in ihm zu appellieren, der noch mit ihnen verbunden war. Ich konnte seine Traurigkeit spüren, fast so, als würde sie durch seine Hände in mich hineinfließen. Keine Eltern der Welt wollten, dass ihr Kind eingesperrt würde. Und selbst wenn ich der Polizei nichts sagte, würde er am Ende doch gefasst werden. Sein Gesicht zu sehen, während er an den Verlust seiner Eltern dachte, brachte ihn mir auf eigenartige Weise näher, und ich fragte mich, was er durchgemacht haben mochte.

»Schwer zu sagen. Sie waren …«, auf der Suche nach dem richtigen Wort blickte er nach oben, »… sehr bodenständige Leute, die gern gemütlich zu Hause saßen und dem hektischen Leben da draußen nicht folgen wollten. Sie machten sich große Sorgen um mich. Aber ich kann nicht ändern, wer ich bin oder was ich tue. Zumindest im Moment nicht.«

Seine Augen glänzten. Ich war nicht sicher, ob es Tränen waren, die da aufblitzten, oder nur ein wehmütiger Blick auf die Vergangenheit. So aufrichtig hatte ich Tristan noch nie reden hören, und ich spürte, dass er es ehrlich meinte. »Das tut mir sehr leid. Aber ich bin sicher, sie sind in irgendeiner Form noch anwesend. Niemand ist für immer fort – hin und wieder besuchen sie uns. Du könntest ihnen immer noch ihre Sorge ersparen … indem du dich änderst.«

Er legte den Kopf schräg, und seine Mundwinkel zuckten, als fände er meine Einstellung amüsant. »Sie sind noch hier, meinst du? Nein, das sind sie nicht. Sie sind so weit entfernt, wie man nur sein kann.«

»Und du willst auf keinen Fall ein besserer Mensch sein – auch nicht, um ihr Andenken zu ehren?«

»Was empfiehlst du mir denn zu tun, um ein besserer Mensch zu sein? Mir war nicht bewusst, dass ich so gravierende Mängel aufweise.«

»Ich glaube, du weißt, was ich meine.«

Er seufzte. »An dieser Stelle muss ich dir leider sagen, dass du die schlimmste Art von Heuchlerin bist, die man sich vorstellen kann. Nein, lass mich ausreden«, sagte er, als ich ihn unterbrechen wollte. »Deine Familie vergöttert dich, du bist der Mittelpunkt ihres Lebens, aber das ist dir absolut egal. Ich würde auf der Stelle mit dir tauschen, um diese Art von Liebe wieder in meinem Leben zu haben – diese bedingungslose Liebe, die einem nur die Familie geben kann … Und doch bedeutet sie dir nichts.«

»Wie kommst du darauf? Und inwiefern bin ich eine Heuchlerin? Es wird Zeit, dass du endlich ehrlich bist und …«

In diesem Moment kam Maman und unterbrach unseren Tanz. »Anouk, Lilou möchte dich eben kurz sprechen. Und es wäre schön, wenn ich noch einmal tanzen dürfte, bevor ich mich in einen Kürbis verwandle.«

Mitternacht war vorbei, und unser Gespräch hatte mich in größte Verwirrung gestürzt. Einerseits rührten mich Tristans Lebensumstände zutiefst, aber dass er mir vorwarf, nicht an meine Familie zu denken, war geradezu unverschämt. Er war derjenige, der sie verletzen würde, nicht ich.

· • ·

Eine Stunde später kletterten wir vor meinem Haus aus der edlen Limousine, die Tristan für uns gerufen hatte. Während der Fahrer uns beim Aussteigen half, überboten Maman und Lilou sich noch immer mit überschwänglichen Lobeshymnen auf unseren Gastgeber und erklärten die Nacht zur schönsten ihres Lebens. Wie gern hätte ich eingestimmt, aber mir war, als schwebte über mir eine düstere Wolke. Es hätte eine wunderbare Nacht sein können, wäre sie nicht durch und durch von Lug und Trug durchzogen gewesen. Allerdings hatte es mich sehr berührt, vom Tod Tristans Eltern zu erfahren, so dass ich in meinen Gefühlen immer noch zerrissen war.

Wir stiegen die Treppe hinauf, und ich hörte weitere lobreiche Kommentare über dieses und jenes, das Tristan gesagt hatte. Als ich meine Wohnungstür aufgeschlossen und Licht eingeschaltet hatte, blieb ich abrupt stehen und breitete die Arme aus, um die anderen am Eintreten zu hindern. »Wartet!«

»Was ist los?«, fragte Lilou schläfrig. Alle wollten nur noch ins Bett.

»Irgendetwas ist anders.« Ich ließ meinen Blick durch die Wohnung schweifen und spürte dabei eine unheimliche Beklommenheit. Auf Anhieb sah nichts verändert aus. Die Chaiselongue war immer noch mit dem Laken bezogen, die Kissen lagen am rechten Platz. Die Balkontür war fest geschlossen, auch wenn eine frische, vormorgendliche Brise leicht daran rüttelte. Trotzdem stimmte etwas nicht.

»Komm schon, Anouk«, jammerte Lilou. »Wir sind müde.«

»Jemand ist hier gewesen«, sagte ich. Tristans Handlanger. Ben und Jerry. Ich war mir ganz sicher. Aber warum? Warum hier bei mir?

»Das ist doch lächerlich«, meinte Lilou. »Alles ist noch am Platz. Die Gemälde, die Lalique-Vasen ...« Sie schob sich an mir vorbei und winkte Henry, dasselbe zu tun. Kurz darauf folgte Maman, die mit ihren hohen Absätzen ein wenig länger für die Treppe gebraucht hatte.

»Wartet«, wiederholte ich. »Lasst mich bitte erst durch die Wohnung gehen, bevor ihr etwas anfasst.«

Ich bekam das unerklärliche Gefühl, dass ich etwas übersehen hatte. *Denk nach!* Dass die Feier nur ein Trick gewesen war, hatte ich gleich geahnt. Aber ich war davon ausgegangen, dass ich nur Tristan im Auge behalten müsste. Als seine Komplizen auftauchten, war ich völlig überfordert gewesen.

Dann fiel es mir wie Schuppen von den Augen: Er hatte uns alle zusammen aus der Wohnung gelockt, damit Ben und Jerry ungestört hier einbrechen konnten. Das *Ritz* war zu verlockend gewesen, als dass wir hätten widerstehen können, und er hatte Maman extra noch persönlich eingeladen für den Fall, dass ich die Einladung nicht weitergebe.

Hatten die zwei Witzfiguren meine Wohnung verwanzt? Sie mussten gemerkt haben, dass sie mir suspekt waren. Nun fragte ich mich, was sie tun würden, um mich zum Schweigen zu bringen.

Tristan wusste, dass wir ihn durchschaut hatten; jetzt brauchte er nur noch die Beweise, die wir gesammelt hatten. All sein Gerede war der Versuch gewesen, mich zu einem Geständnis zu bewegen. *Tja, nicht nur du beherrschst dieses Spiel, Tristan Black!*

»Du hast recht, Lilou«, sagte ich schließlich. »Es fehlt nichts. Das war einfach ein langer Tag.« Wenn er uns belauschte, wäre es das Beste, ruhig und normal zu reden.

Die anderen seufzten erleichtert auf und machten sich bettfertig. Ich schlich auf Zehenspitzen herum und suchte nach Wanzen. Sahen die wirklich aus wie in den Filmen? Als ich das kleine schwarze Rechteck unter dem Esstisch entdeckte, nicht größer als ein Daumennagel, musste ich grinsen. Ich ließ er vorerst unangetastet dort kleben und suchte weiter.

Am Morgen würde ich sehen, was Madame Dupont mittels der Füllerkamera herausgefunden hatte. Mir wurde auf seltsame Weise unwohl. Ich würde so tun müssen, als wäre alles noch beim Alten – würde auf Messen, Flohmärkte und Auktionen gehen, dabei jedoch auf weitere Hinweise achten. Dann würde ich Tristan persönlich zur Rede stellen und eine Erklärung fordern. Ich musste wissen, ob er sich ernsthaft für mich interessiert hatte, und würde die Wahrheit in seinen Augen erkennen.

Stunden später erwachte ich aus unruhigen, aber lebhaften Träumen von Tristan, in denen wir nebeneinander am Meer saßen, im Sonnenlicht badeten und alles um uns herum vergaßen. Ich fragte mich, was mein Unterbewusstsein mir damit sagen wollte.

Kapitel 26

Es war das erste Mal, dass ich Madame Dupont anders als als elegante Erscheinung erlebte. Mein Besuch am frühen Morgen hatte sie überrascht. Ihr langes Haar war unfrisiert und hing ihr in unordentlichen silbergrauen Strähnen über den Rücken. Ohne Make-up fand ich sie erstaunlicherweise viel hübscher, ihr Gesicht war vom Schlaf leicht verquollen, wirkte aber dennoch strahlend, und ihre Augen sahen ohne den dicken Kajalstrich hell und glänzend aus.

»Er hat den Füller weggeworfen«, sagte sie geknickt. »Ich weiß nicht, woran er es gemerkt hat, aber irgendwann hat er ihn auf der Toilette in einen Mülleimer geworfen.«

Ich sah sie mit großen Augen an. »Er hat es gemerkt?«

Madame Dupont nickte. »So muss es gewesen sein, und das bedeutet, dass wir für die Zeit nach der Feier keine Aufzeichnungen von ihm und diesen beiden Typen haben.«

»Verdammt! Er ist uns immer einen Schritt voraus.«

Madame drehte ihr Haar zu einem Knoten und steckte ihn mit Nadeln und einer silbernen Spange fest, die im matten Licht der frühen Morgendämmerung glänzte. »Ich vermute, das wird immer so bleiben, denn das sind Profis. Wobei wir noch ein Ass im Ärmel haben.« Sie zwinkerte mir zu.

»Die Wanzen?«

Sie nickte. »Sie müssen sich ganz normal verhalten. Ändern Sie zu Hause nichts an Ihrem Benehmen, sonst wird er merken, dass Sie die Wanzen entdeckt haben. Drän-

gen Sie Ihre Maman weiterhin, Ihren Vater anzurufen …
Schelten Sie Lilou, dass sie in Ihrem Tagebuch liest.«

»Haben Sie meine Wohnung etwa auch verwanzt?«

Madame lachte. »Nein, Lilou erzählt mir jeden Tag beim
Kaffeetrinken, was bei Ihnen gerade passiert. Jedenfalls
muss alles ganz normal laufen, nur dass Sie hin und wieder Bemerkungen über ein bestimmtes Auktionshaus fallen lassen, sagen wir, über *Cloutier*. Dorthin wird nämlich
bald ein Diamant geliefert, der dem Hope-Diamanten echte Konkurrenz machen wird …«

»Und dann wissen wir, dass dies sein nächstes Ziel werden wird!«

Madame nickte. »Geben Sie die Informationen nur
stückweise heraus. Es darf nicht zu offensichtlich sein,
also senken Sie Ihre Stimme und flüstern Sie, während
Sie direkt am Esstisch sitzen und er es auf jeden Fall hören
wird.«

»Gute Idee.«

»Sagen Sie, er wird am Freitag im Schutz der Dunkelheit geliefert, und dann warten wir dort. Es ist wirklich au-
ßerordentlich wichtig, dass Sie sich zu Hause ganz normal
verhalten.«

»Natürlich«, meinte ich leichthin.

Sie sah mich streng an. »Das meine ich ernst, Anouk.
Sprechen Sie weiter mit Ihrem Suppenteller und heulen
Sie bei den Hochzeitsanzeigen.«

Du meine Güte! »Lilou schon wieder?«

»Ich finde das sehr charmant, Sie sind eben eine sen-
sible Seele. Arbeiten Sie ganz normal weiter und denken
Sie an Tristan einfach als einen Mann, der Ihnen den Hof
macht, dann läuft hoffentlich alles nach Plan.«

Nervös öffnete und schloss ich meine Handtasche. »Ich
glaube aber, er weiß, dass ich ihn durchschaut habe. Letzte Nacht hat er diesbezüglich Andeutungen gemacht, und

obwohl nichts direkt ausgesprochen wurde, war mir klar, was er meinte.«

»Vielleicht. Wir müssen es dennoch versuchen«, erwiderte Madame Dupont und tätschelte beruhigend meinen Arm. »Was ist los? Sie sehen plötzlich aus, als hätte es Ihnen die Stimmung verhagelt.«

Bedrückt sah ich sie an. »Warum verliebe ich mich nur immer in die falschen Männer? Ich wollte nie wirklich glauben, dass er der Bösewicht ist. Tief in meinem Innern habe ich gedacht, dass an der Sache nichts dran ist. Und jetzt wissen wir es, und …«

»Sie empfinden ja doch etwas für ihn.« Sie musterte mich prüfend.

»Es ist verrückt, weil ich ihn eigentlich überhaupt nicht kenne. Aber ich spüre es durch und durch und finde es schrecklich, nicht darauf reagieren zu dürfen. Und er hat sich gestern so hingebungsvoll mit meiner Familie befasst. Als wären Maman und Lilou ihm wirklich wichtig. Jedem Wort, das sie ihm erzählten, hat er aufmerksam gelauscht – aber warum? Wollte er Hinweise? Stellen Sie sich nur vor, er würde all die Einbrüche mir anhängen wollen! Meine arme Familie wäre am Boden zerstört. Sie haben ihn ins Herz geschlossen.«

Madame Dupont lächelte, zog ein Papiertuch aus der Schachtel und reichte es mir, bevor sie sich an ihren hübschen Frisiertisch setzte und Make-up auflegte.

»Das ist wirklich eine knifflige Situation. Aber lassen Sie uns doch abwarten, was passiert. Wenn wir ihn bei *Cloutier* erwischen, können wir ihm ein Ultimatum setzen. Er darf fliehen, wenn er verspricht, als ehrlicher Mensch zu leben und die Juwelen zurückzugeben. Einen Mann, der am Ende das Richtige tut, könnten Sie doch wohl lieben, oder?«

»Ich weiß es nicht, Madame.«

Sie streckte den Arm vor und tätschelte meine Hand. »Warten wir ab, was die Woche bringt.«

· ● ·

»Und was sagt sie? Kommt sie wieder nach Hause?« Mein Vater klang resigniert, als wäre er es müde zu warten. Das Telefon unters Ohr geklemmt, schob ich die Spitzengardinen in meinem Laden auf. Draußen waren schon etliche Leute unterwegs, um die Stadt zu erkunden. Mit seinem strahlend blauen Himmel zeigte sich Paris von seiner besten Ansichtspostkartenseite, und beim Anblick des in der Sonne glänzenden Eiffelturms musste ich fast die Augen zukneifen.

»Ich glaube nicht, Papa.« Ich seufzte. Es wäre schwer, ihm sagen zu müssen, wie sehr Maman hier aufblühte. Sie war eine ganz andere, strahlende Persönlichkeit geworden, und das durften wir ihr nicht wegnehmen. »Warum kommst du sie nicht besuchen? Ich glaube, das ist der einzige Weg. Und du kannst mit eigenen Augen sehen, wie sehr sie sich verändert hat. Vielleicht musst du ihr auf halbem Weg entgegenkommen, damit es mit euch beiden wieder funktioniert.«

Er brummte vor sich hin. »Du meinst, ich soll zugeben, dass ich im Unrecht bin?«

»Nein, Papa. Es geht nicht um Recht oder Unrecht, es geht darum, eure Beziehung neu zu entdecken. Kannst du das nicht versuchen? Wenn du Maman nur sehen könntest, würdest du erkennen, dass sie hier glücklich ist. Vielleicht hat sie in ihrem Leben mal etwas anderes gebraucht, etwas Neues ... das Gefühl, dass es nur um sie geht. Warum soll sie nicht für eine Weile ihre eigenen Träume verwirklichen?«

»Ihre Träume? Nach Paris zu gehen und irgendwelchen fremden Köchen zu zeigen, wie man kocht – das ist ihr Traum?« Seine Stimme triefte vor Sarkasmus, doch ich wusste, er wollte nur seine verletzten Gefühle überspielen, weil Maman sich ein Mal im Leben um etwas anderes kümmerte als um ihn. »Sollten die nicht wissen, wie man kocht, wenn sie Köche sind?«

»Papa, du verstehst nicht, worum es geht. Maman hat das Gefühl, von ihnen für ihre Kochkünste wertgeschätzt zu werden. Sie bringt ihnen das ›richtige‹ Kochen bei, nicht diesen überkandidelten Sterneköchekram, sondern die alte Schule – so wie ihre Mutter schon gekocht hat. Es ist, als würde sie dadurch eine alte Kunst bewahren, und dafür lieben sie sie.«

»Eine Kunst? Es ist doch nur Bouillabaisse.«

Ich seufzte. »Papa, es ist so viel mehr als das, und das weißt du auch.«

Er atmete tief ein und aus. »Vielleicht«, gab er zu. »Ich verstehe aber nicht, warum sie das nicht auch hier machen konnte. Wir haben auch Restaurants. Es ist ja nicht so, dass sie hier nicht auch neue Freunde hätte finden können.«

»Glaubst du das wirklich, Papa? Bei all der anstrengenden Hausarbeit, die sie Tag für Tag zu bewältigen hat?«

»Na schön, wenn du meinst … Ich fühle mich in letzter Zeit überhaupt nicht gut – ich habe da manchmal so Schmerzen in …«

»Vielleicht ist das Einsamkeit, Papa.«

»Nein, nein, bestimmt nicht. Ich arbeite zu viel – deine Maman ist einfach so abgereist, ohne sich weiter Gedanken um mich zu machen. So ganz in Ordnung war das nicht, ich habe da manchmal so Schmerzen im Arm …«

Ich unterbrach ihn, damit er nicht in Selbstmitleid zerfloss. »Also wirklich, Papa, was musst du jeden Tag denn schon großartig tun? Essen, arbeiten und schlafen. Du musst doch nicht alles so perfekt in Schuss halten wie Maman. Wenn du ein bisschen achtgibst, kann eine Tischdecke gut eine Woche lang liegen bleiben und muss erst dann gewaschen und gebügelt werden. Warum machst du alles noch schwieriger?«

»Ich mag es eben, wenn alles seine Ordnung hat.«

»Vielleicht solltest du dir mal vor Augen halten, wie erschöpft du jetzt bist und dass Maman all das ihr ganzes Leben lang gemacht hat – und nebenbei meine Schwester und mich großgezogen hat.«

»Aber sie hat ein Versprechen gegeben, genau wie ich, und wo ist sie jetzt? Glaubst du, sie hat einen anderen?«

»Nein! Papa, hörst du überhaupt zu?«

»Ich frage ja nur, Anouk. Ich finde, sie verhält sich sehr merkwürdig. Sie hat diese Vorhänge geliebt. Ich dachte, sie würde zurückkommen.«

Er spielte offenbar auf das Feuer an. »Papa, ich glaube, Taten sagen mehr als Worte. Du musst ihr *zeigen*, was du empfindest. Komm nach Paris und zeige ihr, dass du sie liebst. Frag sie, was *sie* will.«

»Ich muss jetzt auflegen«, erwiderte er brüsk. »Irgendjemand muss jetzt den Coq au vin kochen, und da ich allein hier bin, ist das wohl meine Aufgabe.«

»Na, dann viel Erfolg, Papa.« Kopfschüttelnd legte ich auf. Ich war hin und her gerissen. Sein Stolz hielt ihn davon ab, nach Paris zu kommen und sich mit Maman auszusprechen. Stattdessen wartete er einfach ab, in der Hoffnung, dass Paris irgendwann seinen Glanz für sie verlieren und sie in ihr Dorf zurückkehren würde. Aber daran, dass er noch nicht einmal nach Lilou und ihrer Ausbildung gefragt hatte, merkte ich, wie sehr er Maman vermisste.

Könnte er sie sehen, dann wüsste er, dass gerade lang gehegte Sehnsüchte gestillt wurden, die sie nun nicht mehr aufgeben würde. Konnte man sich so spät in einer Ehe noch auseinanderleben? Ich dachte an Agnes, die zum vierzigsten Hochzeitstag ihrer Eltern den Rubinanhänger gekauft hatte. Hatten auch die solche Krisenzeiten erlebt? Vielleicht ließen sie ihre Frustrationen an den Brotteigen aus, die sie Seite an Seite in ihrer Bäckerei kneteten, in dem Wissen, dass es im Grunde nur um Lappalien ging, die man bereinigen konnte. Wie bei Kochrezepten brauchte man immer einen gewissen Kniff, das gewisse Etwas. Vielleicht brauchte mein Vater einfach mal jemanden, der ihn am Schlafittchen packte und ins einundzwanzigste Jahrhundert schubste, damit er nicht mehr jammerte, dass eine Frau nun mal ins Haus gehöre.

Mein Handy klingelte erneut, und ich zögerte, es in die Hand zu nehmen. Was, wenn es Tristan wäre? Würde ich ganz normal mit ihm sprechen können, auch wenn ich wusste, dass er meine Wohnung hatte verwanzen lassen? »Bonjour?«, meldete ich mich vorsichtig.

»Ma chérie«, rief Madame Dupont. »Gerade habe ich aus sicherer Quelle einen guten Hinweis bekommen. Sie müssen sofort zum Flohmarkt am Ufer der Seine gehen – Sie werden dort Henry Millers Schreibmaschine finden. Beim alten Mann mit der roten Baskenmütze.«

»Oh, Madame, merci! Ich werde sofort loslaufen!«

Wenn es tatsächlich Henry Millers Schreibmaschine war, musste ich sie unbedingt haben. Noch ein amerikanischer Schriftsteller, der sich in Paris verliebt und hier geschrieben hatte. Miller war mit Anaïs Nin befreundet gewesen – es würde ein wenig über den Schmerz hinwegtrösten, dass ich ihren Sekretär nicht bekommen hatte.

Ich schloss den Laden ab und beeilte mich, zur Seine zu gelangen. Am rechten Flussufer waren Stände aufgebaut. Im Hintergrund hörte man Boote vorbeituckern und Wellen an die Quaimauern schlagen.

Flohmärkte in Paris waren ein großartiges Geschäft.

Obwohl es für manchen auf den ersten Blick so aussehen mochte, als würde dort wertloser Plunder verkauft, fand man oft kunstvolle Antiquitäten. Man brauchte nur ausreichend Zeit, um nach ihnen zu suchen – oder aber verlässliche Quellen, die einem Hinweise gaben.

Den alten Mann mit der roten Mütze entdeckte ich recht schnell. Sein Gesicht sah aus, als würde er viel Zeit im Freien verbringen: Die Haut war wie gegerbt. Er schien gerade mit jemandem zu verhandeln, und beim Sprechen klebte ihm ganz lässig eine Zigarette im Mundwinkel. Ich ließ meinen Blick über seine Tische schweifen, konnte allerdings keine Schreibmaschine entdecken, nur Bücher, die von der feuchten Flussluft leicht aufgequollen waren. Ich tippte dem Mann auf die Schulter, und er drehte sich um. Die Schreibmaschine hielt er in den Händen, und ich zuckte zusammen. Hinter ihm stand Tristan. Und sie hatten französisch gesprochen! Mir wurde heiß und kalt: Dann hatte er also doch alle Textnachrichten auf meinem Handy lesen können, nachdem er meine Tasche gestohlen hatte. Meine Wangen brannten. Zum Nachdenken blieb mir keine Zeit.

In maschinengewehrartig schnellem Französisch redete ich auf den Standbesitzer ein und hoffte, dass Tristan bei dieser Geschwindigkeit nicht mitkäme. »Ich will diese Schreibmaschine unbedingt! Sie können dem Mann nicht trauen. Ich werde sicherstellen, dass sie an eine würdige Person weiterverkauft wird.« Ich redete so laut, dass andere Flohmarktbesucher zu uns herübersahen.

Der Flohmarktverkäufer runzelte die Stirn. »Das mag ja sein, aber er war zuerst hier. Und ich habe den Handel schon vereinbart.«

»*Non!* Das können Sie nicht!«, zischte ich, während er Tristan ein Alles-unter-Kontrolle-Lächeln zuwarf. Ich konnte es nicht fassen. Tristan hatte doch die Juwelen –

wieso wollte er auch noch die Schreibmaschine? »Er ist Amerikaner!«, versuchte ich zu argumentieren.

»Henry Miller ebenfalls«, gab der Verkäufer zurück.

Ich schluckte. Da hatte er natürlich recht. »Bitte, Sie machen einen Fehler.« Ich nahm ihm die Schreibmaschine aus den Händen.

Tristan wirkte verstört. »Bitte, Anouk, hör mich an. Ich brauche diese Schreibmaschine dringend, kann dir aber gerade nicht erklären, warum.« Er sah mir in die Augen. Warum wirkte er so niedergeschlagen? Ich kannte ihn gut genug, um zu wissen, dass es nicht allein an der Schreibmaschine liegen konnte. Was war hier los?

»Warum willst du sie haben? Du hast keinen Antiquitätenhandel, Tristan. Wieso kannst du sie mir nicht überlassen?« Ich appellierte an seine fürsorgliche Seite. Tatsächlich war mit der Schreibmaschine nicht viel Gewinn zu erwarten, sie hatte eher sentimentalen Wert, aber ich kannte genug Kunden, die darüber geradezu in Verzückung geraten würden.

Der Mützenmann hob resigniert die Hände und schüttelte den Kopf. »Wenn einer von Ihnen bezahlen will, lassen Sie es mich wissen«, sagte er und kümmerte sich um den nächsten Kunden.

Tristan nickte dankbar und wandte sich wieder an mich. »Warum willst du sie haben? Henry Miller war Amerikaner. Ich dachte, du willst euer französisches Erbe bewahren.«

»Henry Miller hat in Paris geschrieben. Er war einer von uns.« Wir drehten uns im Kreis, und ich war mir jetzt ganz sicher, dass es um mehr ging als um die Schreibmaschine.

Tristan schüttelte den Kopf. »Er hat nur hier geschrieben, weil er wegen seiner Promiskuität aus Amerika verbannt worden war.« Er zog eine Augenbraue hoch.

»Das mag ja sein, aber er passte hierher. Dieser Ort hat ihn als Schriftsteller auf besondere Weise geformt.«

Tristan seufzte tief. »Anouk, bitte überlass mir die Schreibmaschine. Ich kann dir versprechen, dass du sie später bekommen wirst.«

»Nein.« Warum brauchte er dieses im Vergleich zu den gestohlenen Juwelen so unbedeutende Stück? Nahm er etwa Aufträge an, die er auf jeden Fall zu erfüllen hatte? Es ergab trotzdem keinen Sinn.

»Anouk, gib mir die Schreibmaschine, und ich verspreche, ich werde dir bei keinem weiteren Handel mehr im Weg stehen.«

»Nein.« Dem Mann war nicht zu trauen. Ich wusste, ich würde die Schreibmaschine nie wiedersehen. So albern die Situation auch schien – es tat gut, darauf zu beharren und zu demonstrieren, dass er mir meine Sachen weder wegstehlen noch wegkaufen konnte. Das ließ ich mir einfach nicht bieten.

»Ich gebe dir, was du willst, aber ich brauche dieses Gerät sehr dringend, und das ist nicht nur dahingesagt«, beharrte er.

»Warum?« Seine fast flehende Bitte brachte mich nun doch etwas aus der Fasson. Mit den hängenden Schultern wirkte er, als hätte er seinen letzten Freund auf Erden verloren.

»Das kann ich dir nicht sagen. Aber du musst mir vertrauen, ich brauche die Schreibmaschine – diese ganz spezielle.« Er sah sich um, als fühlte er sich beobachtet. Ich bekam den Eindruck, dass sich die Schlinge um seinen Hals zuzog. »Und dass du jetzt deine Fingerabdrücke darauf verteilst, hilft auch nicht gerade«, fügte er gequält hinzu.

Ah! Die höhnischen Postkarten, die der Postkartenräuber getippt hatte! War dies etwa die Schreibmaschine dazu? Aber wie war sie dann bei dem Mann mit der roten Baskenmütze gelandet?

Ich schnitt eine Grimasse. »Das ist wohl ein Beweisstück, hm?«

Er verzog das Gesicht. »Es ist nicht meine Schuld.«

»Wessen Schuld ist es dann, Tristan?«

Wir standen wenige Zentimeter voneinander entfernt, mit grimmigen Mienen. Frustriert fuhr Tristan sich durchs Haar. »Mir gefällt die Situation ebenso wenig wie dir.« Sein Ton war sachlich; vielleicht war das alles ein vertrautes Spiel für ihn.

»Warum änderst du dann nichts daran?«, gab ich zurück.

»Weil ich nicht kann. Und du?«

»Das ist meine Arbeit.«

Er schnaubte. »Dasselbe könnte ich auch sagen.«

Ich zog die Brauen hoch. »Schöne Arbeit!«

Er kniff die Augen zusammen. »Normalerweise bin ich nicht so emotional bei der Sache. Du machst es mir sehr schwer.«

»Emotional? Tja, tut mir leid, dass ich noch andere Gefühle in dir geweckt habe als Habgier.« Das Ende des Satzes blieb mir fast im Hals stecken. Ich hatte angenommen, zwischen uns hätte wirklich etwas Echtes entstehen können. In seinen Küssen hatte ich etwas gespürt – etwas, das er nicht hatte vortäuschen können … oder doch? Ich erinnerte mich an die Male, als er für mich da gewesen war, mir geholfen, mich getröstet hatte. Wenn er das alles nur vorgetäuscht hatte, war er ein verdammt guter Schauspieler.

»Habgier?« Er fuhr zurück, als hätte ich ihn geohrfeigt. »Du weißt gar nicht, wie viel ich wegen dir schon gelitten habe. Meine *Arbeit*«, er setzte mit den Fingern Anführungszeichen in die Luft, »zu erledigen, ist fast unmöglich, wo ich doch weiß, was passieren wird. Und dir ist das alles völlig egal. Du kämpfst immer weiter gegen mich.«

»Ja, weil deine *Arbeit*«, ich imitierte die Anführungszeichen, »auf einer Lüge aufgebaut ist. Und ich werde bis zuletzt gegen dich kämpfen, weil das *meine* Arbeit ist!«

»Manchmal möchte ich dich einfach schütteln, bis du wieder vernünftig wirst.« Er packte meine Oberarme und starrte mir in die Augen. Die Schreibmaschine klemmte zwischen uns.

»Ach ja? Manchmal möchte ich dir ein Bein stellen, nur um dich fallen zu sehen. Warum kannst du nicht einfach der sein, für den du dich ausgibst?«

Entnervt rieb er über sein Gesicht. »Weil das meine gottverdammte Aufgabe ist, Anouk! Warum kannst du nicht einfach Antiquitäten verkaufen und es dabei belassen?«

»Was für eine dreiste Frage? Weil du sie mir dauernd vor der Nase wegklaust!«

Er schnaubte. »Du bist die verwirrendste Frau, der ich je begegnet bin!«

Ich schüttelte den Kopf. »Und du bist geradezu unerhört, Monsieur Black.«

»Wenn am Ende alles auffliegt, sollst du nur eines wissen …« Er senkte die Stimme zu einem Flüstern. »Dass ich …«

»Dass du was? Dass du nicht schuld bist?« Tränen brannten mir hinter den Augen, und ich hasste mich selbst dafür, dass ich so viel für ihn empfand. Ich blinzelte sie fort.

»Verdammt. *Dass ich das alles so nicht wollte.* Ich wollte das genaue Gegenteil … dich laufen lassen …«

»Oh, besten Dank! Bin ich denn so abstoßend?«

»Warum willst du mich nicht verstehen, Anouk?« Er umfasste mein Gesicht mit beiden Händen, sah mir in die Augen und suchte nach einer Antwort, die er nicht darin lesen konnte. Auf einmal neigte er den Kopf vor, um mich zu küssen, als wäre es das letzte Mal. Völlig gefangen von diesem Moment, erwiderte ich seinen Kuss, während die

Gedanken und Gefühle nur so in mir durcheinanderwirbelten – vor allem aber war mir bewusst, dass er im Gefängnis landen und ich ihn nie wiedersehen würde. Es war ein Abschiedskuss, und ich verfluchte Amor dafür, dass ich mich in Tristan verliebt hatte.

Der Standbesitzer nahm mir die Schreibmaschine aus den Händen und schüttelte den Kopf.

Zum Teufel mit dem Schicksal, mit falschen Entscheidungen und betrügerischen Männern! Ich stellte mich auf die Zehenspitzen, schlang meine Arme um Tristans Hals, schloss die Augen und küsste ihn mit all der Leidenschaft, die in mir tobte.

Als wir atemlos voneinander abließen, blieben wir noch eine Weile reglos stehen und starrten einander schweigend an. Sollte ich ihn warnen? Nein, er wusste Bescheid, und es war ihm egal. Das war es, was mich am meisten verletzte.

»Au revoir, Tristan. Denk daran, dass du dir das alles selbst eingebrockt hast.«

Er wirkte gequält. »Tu es nicht, Anouk.«

Er dachte, ich würde ihn bei der Polizei verpfeifen. »Geh und nimm deine Schreibmaschine.« Ich wandte mich ab und konnte nur mit Mühe ein Schluchzen unterdrücken.

In meiner leeren Wohnung schwärmte ich später unter Aufbietung all meiner Schauspielkunst von dem riesigen Diamanten, der angeblich bald im Auktionshaus *Cloutier* eintreffen sollte. Ich tat, als telefonierte ich mit Madame und wäre ganz aus dem Häuschen, demnächst auf dieses exquisite Juwel bieten zu können. Ob Tristan wohl lauschte?

Kapitel 27

Sie haben ihn *schon wieder* geküsst?«, fragte Madame Dupont ungläubig.

»Es war ein Abschiedskuss. Das letzte Mal. *Au revoir.*« Ich wedelte mit der Hand.

Sie musterte mich eingehend. »Wir müssen ihn nicht unbedingt stellen …«

»Doch, Madame, das müssen wir! Ich habe ihm die Chance gegeben auszusteigen, aber er hat sie nicht ergriffen.« Nun wollte ich mit eigenen Augen sehen, wie er einen Diebstahl beging. Danach könnte ich immer noch weggehen und trauern, aber zuerst musste ich es sehen.

Madame Dupont faltete die Zeitung auf ihrem Schoß zusammen.

»Also gut«, sagte sie. »Dann schnappen wir ihn.«

Mir zitterten die Hände. »Er hätte die Cartier-Juwelen nicht stehlen dürfen.«

»*Oui.*«

Mein Magen zog sich zusammen. »Oder die rosa Diamanten.«

»*Oui.*«

»Vor allem aber die Cartiers. Damit ist er zu weit gegangen.«

»Ich verstehe.«

»Es gibt Diebstahl, und es gibt Gier, und die Cartier-Juwelen waren zu viel. Der letzte Schritt in den Abgrund.«

»Sie müssen sich nicht rechtfertigen. Ich weiß Bescheid.«

»Er hat nie gesagt, er würde ein Kinderheim unterstützen oder ein Krankenhaus bauen, oder?«

Sie tätschelte meine Hand. »Anouk …«

»Ich weiß, ich weiß, manchmal sind Menschen einfach böse. Und trotz seines Charmes, seines hübschen Gesichts, seiner weichen Lippen, seines stolzen Gangs, seines Lachens … Sie wissen schon: dieses laute, schallende Lachen, dem man nicht widerstehen kann …«

Sie nickte ernst.

»Trotz alldem ist er verdorben und schlecht. Wegen der Cartiers …«

Sie schwieg, aber ihre Lippen zuckten, als wollte sie gleich loslachen.

»Was?«

»Nichts, nichts«, erwiderte sie. »Wollen wir ihn denn jetzt schnappen oder die ganze Nacht hier sitzen?«

Ich atmete tief durch. »Schnappen wir ihn.«

Madame Dupont fuhr los und hielt mit einem abrupten Stopp in der Nähe des Auktionshauses.

Sie sah mich an. »Wenn Sie aus dieser ganzen Scharade noch aussteigen wollen, lassen Sie es mich wissen. Niemand weiß, was wir hier tun, außer Dion und Lilou. Und der Polizei brauchen wir kein Wort zu sagen. So, das wollte ich noch loswerden.«

Ich wagte nicht zu sprechen, sondern nickte nur. Schweigend saßen wir da und warteten, bis es dunkel wurde. Der Wagen war klein und eng, und ich fühlte mich steif.

»Ich bin froh, dass diese Observierungen bald vorbei sind«, klagte Madame Dupont. »Das ist Gift für meine alten Knochen.«

Ich tätschelte ihr Knie. »Sie haben sich hervorragend gehalten, Madame. Sie waren der Kopf unseres Unternehmens. Und wir müssen Dion danken – auch er hat hervorragende Arbeit geleistet.«

Sie lachte. »Vermissen werde ich es trotzdem!«

»Ich werde dann wohl wieder zu meinen Hochzeitsanzeigen zurückkehren.«

Eine Stunde verging, und nichts geschah. Je näher Mitternacht heranrückte, desto ruhiger wurde es auf den Straßen. »Vielleicht hat er die Warnung doch verstanden?«, fragte ich hoffnungsvoll.

»Er wartet sicher nur ab.«

»Wahrscheinlich haben Sie recht.«

Madame Dupont justierte ihr Nachtsichtgerät. »Was, wenn er durch die Seitentür einbricht? Sollten wir dort einmal nachsehen?«

»Ja, ich schätze, den Haupteingang wird er eher nicht nehmen.«

»Ich werde gehen«, sagte Madame Dupont.

»*Non, non*, ich werde gehen. Ich habe uns ja in diesen Schlamassel hineingebracht.«

»Beeilen Sie sich. Und nehmen Sie das Geisterhandy mit für den Fall, dass Sie mich brauchen.«

Ich nickte, stieg leise aus dem Wagen, suchte den Schutz einer Baumreihe und sah mich um, ehe ich zur nächsten rannte. Dann überquerte ich die Straße und stellte mich hinter eine Straßenlaterne, die meine weiblichen Kurven allerdings nicht verbergen konnte. Auf Zehenspitzen schlich ich zum Seiteneingang – dort war alles ruhig. Auch die Schatten bewegten sich nicht.

Als ich nach oben sah, entdeckte ich die Sicherheitskameras, die am Gebäude befestigt waren. Ein Dieb hätte keine Chance, das Gebäude zu betreten, ohne von ihnen erfasst zu werden. Ich lief zur Rückseite des Auktionshauses, im vollen Bewusstsein, dass ich nun auf derselben Videoaufzeichnung zu sehen wäre wie er. Das Herz schlug mir bis zum Hals, und ich konnte nur hoffen, dass unser Verdacht sich bewahrheitete und er die Finte über die heutige Diamantenlieferung geglaubt hatte. Dann könnte ich der Polizei immerhin erklären, warum ich hier herumschnüffelte.

Ich fasste an die große, oben abgerundete Hintertür – und fand sie unverschlossen. Mit der Hand am Türgriff blieb ich wie erstarrt stehen. War das hier etwa eine Falle? Warum war diese Tür bei all den wertvollen Schätzen im Haus nicht verriegelt? Mir fiel ein, dass Gustave gesagt hatte, Monsieur Cloutier werde immer vergesslicher und versäume es hin und wieder, die Tür abzuschließen. Trotzdem schien mir der Zufall doch zu groß. Mein Verstand warnte mich davor weiterzugehen, doch ich schob die Bedenken beiseite und betrat das Haus. Was sollte ich sagen, wenn sie mich schnappten? *Oh, die Tür war offen, und ich hatte gehofft, den Dieb auf frischer Tat zu ertappen …* Ich würde mit Sicherheit verhaftet werden, und trotzdem sagte etwas in mir, ich solle weitergehen.

Es war stockfinster, so dass ich mich an der Wand orientierte. Ich streckte die ausgebreiteten Arme nach vorn und tastete mich vorwärts. Warum brannte kein Licht? Normalerweise waren Auktionshäuser auch nachts ausgeleuchtet, damit die Sicherheitsleute auf ihren Runden genug sahen. Irgendetwas stimmte nicht.

In einiger Entfernung ertönte plötzlich ein Brummen, wie das gedämpfte Geräusch eines elektrischen Werkzeugs. Ich erstarrte. Wollte er gerade einbrechen? Mir blieb fast das Herz stehen, aber ich musste weiter.

Ich tastete mich langsam voran und erkannte mit den Fingerspitzen ein Hindernis. Vorsichtig befühlte ich das Ding – es war ein Schaukasten – und schaffte ein Ausweichmanöver, ohne etwas umzuwerfen. Ich merkte, dass ich vor lauter Konzentration kaum noch atmete, also holte ich ein Mal tief Luft und sank dann auf alle viere, um mich so dem Geräusch weiter zu nähern. Hörten die Wachmänner denn nichts? Warum waren sie *mir* noch nicht auf der Spur?

Auf Händen und Füßen fühlte ich mich stabiler und konnte mich besser orientieren. Das Geräusch wurde lauter. Offenbar war kein Alarm ausgelöst worden, oder er war bereits ausgeschaltet, denn sonst hätte er ja durch mein Eindringen aktiviert werden müssen. Waren etwa stumme Alarme installiert? Bei denen nach sechzig Sekunden automatisch die Polizei auftauchte? Wenn es stimmte, was in den Zeitungen gestanden hatte, könnte alles in etwa einer Minute vorbei sein. Ich schluckte. Bei meinem Glück würde ich wahrscheinlich mitten in eine Schießerei geraten. Es lief mir eiskalt über den Rücken. Hatte er mich von Anfang an hierfür eingeplant? Vielleicht spielte ich ihm geradewegs in die Hände, indem ich dachte, ich könnte ihn hier stellen, während er in Wahrheit mich in die Falle lockte.

Sollte ich doch lieber verschwinden? Nein, ich hatte keine Wahl; ich steckte schon zu tief drin. Falls die Polizei auftauchte, könnte ich meine Anwesenheit sicher glaubwürdig erklären.

Das Brummen wurde lauter. Je näher ich kam, desto stärker spürte ich die Vibration in meinem Körper. Dann nahm ich hinter mir einen Luftzug wahr. Ich erstarrte.

Bevor ich nachdenken konnte, wurde ich grob hochgerissen und spürte eine Hand auf meinem Mund, so dass ich nicht schreien konnte. Ich trat und wand mich, um mich zu befreien, doch der Griff war zu fest. Plötzlich bekam ich das leichte Gefühl von Seekrankheit, als ich die Balance verlor: Mein Angreifer warf mich über seine Schulter.

Dann rannte er los, und ich schaukelte unangenehm auf und ab. Trotzdem versuchte ich weiter, mich zu befreien.

»Nun hör doch endlich auf, dich zu wehren«, zischte er. *Tristan!* Das Brummen war immer noch aus der Distanz zu hören. Ben und Jerry? Ich hätte sie nicht so eingeschätzt, dass sie sich bei ihrer Arbeit wortwörtlich die Hände schmutzig machen würden, aber was wusste ich schon?

Es quietschte, eine Tür wurde aufgestoßen, Tristan ließ mich unsanft auf den Teppich gleiten und knipste eine Taschenlampe an, deren Licht mich blendete. Ich hob eine Hand über die Augen und funkelte ihn böse an.

»Du bist der Dieb!«, rief ich.

Er ging neben mir in die Hocke, drückte auf sein Ohr und lauschte aufmerksam, was ihm da offenbar über ein Empfangsgerät erzählt wurde. Er sah mich nicht an, sondern hob nur einen Finger an die Lippen und bedeutete mir, still zu sein.

»Ich werde nicht schweigen«, rief ich. »Du machst mich hier nicht zur Komplizin deiner Verbrechen!«

Nun sah er mich so böse an, dass ich automatisch zusammenzuckte, aber ich würde nicht nachgeben. Nicht, wo ich schon so weit gekommen war. »Ich werde so laut schreien, dass Madame Dupont kommt, und mit ihr die Polizei!«

Er drückte mir wieder eine Hand auf den Mund und raunte in eine Sprechkapsel. »Ich habe sie, aber sie wird gleich das Haus zusammenschreien. Ergreift ihn, sobald er den Zugang aus den Katakomben geschafft hat.«

Die Katakomben! *Natürlich!* Unterhalb von Paris befanden sich noch immer zahlreiche Stollen der ehemaligen Steinbrüche, aus denen man früher die Häuser errichtet hatte. Später wurden sie wegen der Einsturzgefahr geschlossen und viele als Grabkammern genutzt. Ein Teil konnte von Touristen besichtigt werden, der Großteil war jedoch gesperrt – ein komplexes unterirdisches Labyrinth, das Einbrechern einen perfekten Zugang zu und Fluchtweg aus so manchen Häusern verschaffen konnte. Tristans Hand lag noch immer auf meinem Mund, also biss ich kräftig zu und versuchte, mich auf diese Weise zu befreien. Auf keinen Fall wollte ich mich mit dem Räuber zusammen erwischen lassen.

»Autsch!« Er zog die Hand zurück. »Warum beißt du mich?«

»Lass mich raus hier!«

»Könntest du mal bitte eine verdammte Minute lang ruhig sein?«, zischte er.

In diesem Moment klingelte das Geisterhandy, und ich fuhr zusammen.

»Gib her!«

Ich hatte es in meinem Ausschnitt versteckt. Tristan sah von meinem Gesicht zu meinem Dekolletee und verzichtete darauf, das Telefon eigenhändig hervorzuholen. Ich schnappte es mir und hielt es von ihm weg, während ich den Anruf annahm.

»Hilfe!«, rief ich, als Tristan auf mich zusprang, um mir das Handy abzunehmen. Bei seiner Landung presste er mir alle Luft aus den Lungen. Ich hielt mit dem freien Arm das Handy nach oben und schrie, so laut ich konnte, damit Madame Dupont mich hörte und entsprechend reagierte.

»Hier ist Dion. Sind Sie dran, Anouk?«

»OUI! Tristan …« Doch da hatte ich schon wieder seine Hand auf dem Mund.

»Ja, genau, Tristan!«, rief Dion. »Ich habe über meine Quellen bei der Polizei herausgefunden, dass er als verdeckter Ermittler im Einsatz ist.«

Ich spürte, wie Tristan auf mir an Körperspannung verlor. Er nahm die Hand von meinem Mund, und ich schnappte nach Luft. »Wie bitte? Was ist er?«

»Er ist Kriminalbeamter. Kein Bösewicht«, sagte Dion langsam, wie zu einem begriffsstutzigen Kind.

Tristan schnitt eine Grimasse

»Er ist nicht der Bösewicht?«, wiederholte ich fassungslos.

Tristan richtete sich auf und streckte mir seine Hand entgegen. Ich schüttelte störrisch den Kopf und hielt das Telefon immer noch von mir weg.

»Aber wer ist denn dann der Böse?«, wollte ich, immer noch atemlos, von Dion wissen.

Dion lachte. »Sie dachten, du wärst es!«

Ich sah entrüstet zu Tristan, der immerhin den Anstand besaß zu erröten. »Ich? Warum ich?«

»Das musst du ihn fragen.«

»Danke, Dion.«

Schwankend kam ich auf die Füße. Mein Pferdeschwanz war im Verlauf des Kampfes völlig zerzaust worden, und ich versuchte vergeblich, ihn zu bändigen, während ich meine wirren Gedanken sortierte. Sie hatten mich für die Juwelendiebin gehalten? Jetzt wurde ich wütend. Dann hatte Tristan mich nur bezirzt, um mich zu überführen? Welch eine bodenlose Frechheit!

Als ich mich wieder einigermaßen unter Kontrolle hatte, fragte ich: »Ist das wahr, Tristan? Dachtet ihr, ich wäre die Diebin?«

In diesem Moment wurde es draußen laut, und Tristan lauschte aufmerksam. Man hörte Schreie, Rumpeln und Rascheln. Der wahre Dieb wurde gestellt. Als die Handschellen klickten, lächelte Tristan.

Nun wurde ich doch neugierig. Ich spähte durch den Türspalt und sah, dass ein Mann mit auf dem Rücken gefesselten Händen abgeführt wurde. *Mon Dieu!* Diesen Gang hätte ich überall erkannt. Er brüllte die Polizisten an, drehte und wand sich – und sah dabei auch zu mir. Sein Blick war hasserfüllt.

»Joshua! Aber wieso …?«

Er antwortete nicht, doch unter seinem Blick wurde mir kalt bin ins Mark. Die Polizisten stießen ihn weiter. »Nun mach schon, sonst müssen wir nachhelfen.«

Nicht ein einziges Mal war mir in den Sinn gekommen, Joshua zu verdächtigen. Dass er hinterhältig und skrupellos war, wusste ich, aber ich hätte ihn nie für schlau genug gehalten, derart ausgefeilte Verbrechen zu begehen.

Tristan stellte sich neben mich. »Es tut mir leid, Anouk, wirklich. Zuerst dachten wir, du wärst es. Dann dachte ich, du bist vielleicht seine Komplizin. Es gab so viele Hinweise, die auf euch beide deuteten. Man hielt die Trennungsgeschichte und das mit dem Flügel für eine Täuschung und dachte, ihr würdet insgeheim zusammenarbeiten.«

»Wer dachte das?« Ich spürte, wie meine Unterlippe zu zittern begann, und biss darauf, damit er nichts merkte. Wie hatte er mir das antun können? Mich ausspionieren, um mich ins Gefängnis zu bringen? Mir mit Küssen Informationen zu entlocken?

»Wir wussten, dass dein Geschäft in finanziellen Schwierigkeiten steckt. Du hattest ein Motiv. Und du warst in Sorrent.« Er rieb sich das Gesicht, als wäre er erschöpft. »Deine Bücherregale sind voller Krimis – und die Einbrüche wurden exakt so begangen wie in *Der Juwelenraub*. Du hast versucht, mich mit einem Füller zu filmen. Danach mussten wir noch schneller handeln, weil wir dachten, du hättest uns durchschaut.«

»Aber ihr habt an dem Abend meine Wohnung verwanzt!«

Er schüttelte den Kopf. »Nein, das ist schon lange vorher passiert. Wir haben euch an jenem Abend ins *Ritz* bestellt, damit Ben und Jerry ungestört deine Wohnung durchsuchen konnten. Sie dachten, die Schreibmaschine wäre dort versteckt, weil Lilou etwas in der Richtung erwähnt hatte.«

»Wie habt ihr es bloß angestellt, die Wanzen in meiner Wohnung zu verteilen, wenn sonst immer jemand da war?« Sobald ich es ausgesprochen hatte, dämmerte es mir: »Henry gehört auch zu euch!« Der unverschämte Couchsurfer. Ich wusste doch, dass er in meinen Sachen gewühlt hatte. Er war auf der Suche nach Beweisen gewesen.

»Stimmt.«

»Ihr seid auf verschiedenste Weise in mein Leben eingedrungen! Auch meine Maman und meine Schwester haben euch vertraut – sie werden bitter enttäuscht sein!« Mir versagte die Stimme. Alles war nur eine Lüge gewesen. »Weiß Lilou etwa davon?«

»Sie weiß es nicht sicher, aber ihren Telefongesprächen nach zu urteilen, hat sie einen Verdacht.«

»Ihr seid zu weit gegangen.« Was sollte meine arme Schwester nur denken? Was für ein Mensch gaukelte eine Beziehung vor, nur um jemanden ausspionieren zu können?

»Warum hast du meine Handtasche gestohlen?«

»Hast du dich nie gewundert, wieso Joshua immer wusste, wo du bist und was du tust?«

O Gott, das klang ja wie in einem Agentenfilm. Abgesehen davon, dass es echt war und um meine persönlichen Gefühle ging. Die zwei Männer, denen ich mein Herz geschenkt hatte, waren im höchsten Maße manipulativ. »Meine Handtasche war auch verwanzt?«

»Ja, von Joshua, und nach der Fahrt in der Métro auch von uns. Und nach deinem Telefonat über den großen Diamanten, der angeblich heute geliefert werden sollte – das war übrigens sehr clever –, hofften wir, er würde anbeißen. Und das hat er. Tatsächlich hast du uns geholfen, musst du wissen.«

»Und trotzdem hattet ihr mich die ganze Zeit im Visier.«

»Dasselbe könnte ich von dir sagen, Anouk. Auch du hast die ganze Zeit gedacht, dass ich es bin.«

Ich sah ihn groß an. »Na ja, alle Zeichen wiesen eben auf dich. Und du hast meinen Verdacht und meine Bedenken niemals zerstreut. Aber ich hätte dich gewarnt – darin liegt der Unterschied! Du dagegen wolltest mich hinter Schloss und Riegel bringen.«

»Ich wollte, dass du redest. Obwohl wir irgendwann wussten, dass du die Raubdiebstähle nicht selbst ausführst, hättest du seine Komplizin sein können. Wir waren überzeugt, dass er es nicht allein bewerkstelligen konnte, und du hast all diese merkwürdigen Sachen gesagt … Es war fast so, als würdest du dir wünschen, gefasst zu werden.«

»Merkwürdigen Sachen? Ich wollte *dich* zum Reden bringen.«

»Ich weiß, ich weiß. Und wegen meiner Gefühle für dich hätte ich unseren Auftrag fast vermasselt. Mein Vorgesetzter hat mich für eine Weile in die USA zurückgeschickt, um Abstand zu gewinnen, und ich bekam strikte Order, dich nie wieder zu küssen. Sie haben alles beobachtet und wussten, dass ich zu weit gegangen war. Ich wollte dir raten unterzutauchen, aber ich wurde ja selbst beobachtet.«

Ich musterte ihn eingehend. Er wich meinem Blick aus.

Wir waren die ganze Zeit beobachtet worden? »Aber du hast mich nicht gewarnt.«

»Meine Aufgabe ist es, Verbrecher zu fangen. Und wir haben den Dieb geschnappt. Ich dachte, du würdest dich freuen, Anouk. Deine Antiquitäten bleiben jetzt in Frankreich, so wie du es wolltest. Wir haben die Cartier-Juwelen bei ihm gefunden. Anscheinend waren sie zu heiß, als dass er sie hätte verkaufen können, zu bekannt. Und wir sind guter Dinge, dass wir den Rest auch noch finden werden.«

»Und ich bin frei?« Es war mir peinlich, dass meine Stimme dabei brach. Ich war völlig überwältigt und wollte nur noch weg. Vielleicht sollte ich mich freuen, dass Tristan nicht der Täter war, aber ich fühlte mich missbraucht: Meine Wohnung war verwanzt und durchsucht worden und meine Schwester in eine falsche Romanze gelockt. Ganz zu schweigen von mir selbst. Ich hatte Gefühle für Tristan entwickelt, und wieder war alles nicht so gewesen, wie es schien. Besaßen diese Leute denn keinen Anstand? Sie schwärmten aus, stellten Fallen auf und verkrümelten sich wieder, ungeachtet der Zerstörung, die sie verursacht hatten.

»Du darfst gehen, aber ich dachte, wir könnten ...«

»Nein, Tristan, ich will einfach nur nach Hause. Auch wenn mein Zuhause nicht mehr der sichere Hafen ist, der er einmal war.«

Tief im Herzen wusste ich zwar, dass Tristan nur seine Arbeit erledigt hatte, trotzdem wurde ich das Gefühl nicht los, dass mein ganzes Privatleben vor einer Gruppe von Ermittlern ausgebreitet worden war. Ich fühlte mich betrogen.

Bevor ich den Raum verließ, drehte ich mich noch einmal zu ihm um. »Ich will, dass die Wanzen und was du sonst noch alles in meine Wohnung gebracht hast, verschwinden.«

Er nickte, und auf seinem Gesicht lag die Maske der Professionalität, als hätte er einen Schalter umgelegt. »Sicher. Ich werde es umgehend veranlassen.«

Wie betäubt setzte ich mich ins Auto und starrte ins Nichts. Madame Dupont sagte kein Wort, da sie mein Bedürfnis, zu schweigen, wohl spürte. Vor meinem Haus angekommen, legte sie mitfühlend eine Hand auf mein Knie. »Dion hat es mir gesagt«, sagte sie leise. »Das ist wirklich ein Schock, Anouk. Aber ich glaube, nach einer Weile werden Sie es verstehen. Immerhin hat er das Richtige getan.«

Ich schluckte den Kloß in meinem Hals hinunter. »Aber Madame … Es war alles eine Lüge, so wie bei Joshua. Ich war wieder nur eine Spielfigur, von einem Mann für seine Zwecke benutzt. Jetzt ist mir klar, warum er immer gleich zur Stelle war, wenn ich in Schwierigkeiten geriet. Er hat mich die ganze Zeit beschattet. Um Beweise zu sammeln, die mich hinter Gitter bringen.«

»Wenn Sie mich fragen, hat er dennoch echte Gefühle für Sie entwickelt. Sie müssen einfach in Ruhe über alles nachdenken, Anouk. Am Morgen werden die Dinge sicher schon anders aussehen. Das ist immer so.«

Ich nickte steif und fand nicht mehr genügend Energie, um zu widersprechen.

Kapitel 28

Immer wenn ich Zeit für mich brauchte, ging ich auf den Friedhof Père Lachaise, der wie ein Park angelegt war, mit vielen Büschen, Bäumen, Wiesen und Spazierwegen. Und ich ging gern an Orte, an denen ich die Geister der Vergangenheit spürte.

Auf einer Bank mit Blick über die hügelige Umgebung dachte ich über die letzten Wochen nach. Wie Madame vorausgesagt hatte, sahen die Dinge heute nicht mehr ganz so schlimm aus wie am Vorabend, dennoch fühlte ich mich von Tristans doppeltem Spiel verraten und verletzt, und der letzte Rest meines ohnehin schon angeschlagenen Vertrauens war nun völlig zerstört.

So viele Fragen schwirrten durch meinen Kopf, aber ich nahm keinen seiner Anrufe an, um sie zu stellen. War alles, was er über sich erzählt hatte, nur ausgedacht gewesen? Vermutlich ja, und ich hatte jedes seiner Worte in mich aufgesogen. Auch die Konfrontation mit Joshua bei der ersten Auktion war bestimmt geplant gewesen. Der Kuss in Saint-Tropez – geplant. Lachten hinter den Kulissen alle über mich? *Seht nur, wie sie ihm auf den Leim geht – vollkommen problemlos!*

Lilou hatte die Nachricht, dass sie sich einen verdeckten Ermittler angelacht hatte, mit Würde aufgenommen. Die beiden wollten Freunde bleiben, und sie war ihm in keiner Weise böse. Im Gegenteil, sie war sogar fasziniert und löcherte Henry mit Fragen, wie er genau vorgegangen war.

Ich konnte alles mit anhören, während er seine Sachen packte, um anschließend unter Lilous fröhlichem Winken meine Wohnung zu verlassen. Als ich sie fragte, ob sie sich nicht benutzt fühle, sah sie mich überrascht an und sagte: »Nein, ich fühle mich wichtig! Ohne mich hätten sie Joshua nicht so schnell geschnappt. Ich werde Henry in guter Erinnerung behalten, und wann immer er in Paris ist, werden wir uns treffen. Es ist also noch nicht ganz aus, aber im Moment hat jeder von uns anderes zu erledigen.«

Ich bekam vor Staunen den Mund nicht mehr zu. Sie nahm das so *gelassen*. »Im Krieg und in der Liebe ist alles erlaubt«, meinte sie nur und zog sich leise summend in ihr Zimmer zurück.

Anscheinend war ich die Einzige, die das alles seltsam grotesk fand. Selbst Maman versuchte, mich umzustimmen, und behauptete, Tristan wolle doch nur das Richtige tun und Antiquitäten vor dem Verschwinden retten. Ich weigerte mich zuzuhören und suchte lieber Zuflucht in der Stille des Friedhofs.

Die Sommertage wurden endlos lang. Ich überlegte, ob ich für eine Weile wegfahren sollte, aber die Ermittler hatten mich gebeten, mich für eine Aussage bereitzuhalten. Sie wollten Joshua unter Anklage stellen. Ich hatte überhaupt keine Wahl, und das ärgerte mich. Schon wieder entschieden Männer über mein Schicksal. Zumindest würde Joshua diesmal angemessen bestraft werden, das war mein einziger Trost.

In meine Gedanken hinein klingelte mein Handy.

»Maman?«, flüsterte ich, weil ich aus Respekt vor der Ruhe der Toten auf dem Friedhof keinen Lärm machen wollte.

Ich hörte nur Schluchzen, dann einen hohen weinerlichen Ton.

»Maman, was ist los?«

»Dein Papa, er … er ist …« Sie schniefte. »Das Krankenhaus hat angerufen. Er hatte einen Herzinfarkt. Komm bitte schnell nach Hause.«

Ich spürte, wie mir alles Blut aus dem Gesicht wich. »Geht es ihm … gut?« Sofort fühlte ich mich schuldig. Ich war so sehr mit mir selbst beschäftigt gewesen, dass ich über Wochen kaum an meinen Vater gedacht hatte.

»Sie sagen, es sei kritisch.«

Mir wurde übel. Kritisch? Mein großer, starker Papa?

»Mach dir keine Sorgen, Maman. Ich komme sofort, und dann fahren wir zu ihm.«

Zwanzig Minuten später stieg ich vor meinem Haus aus dem Taxi. Auf dem Weg in meine Wohnung nahm ich zwei Stufen auf einmal und stürzte praktisch durch die Tür, geradewegs in Mamans offene Arme.

»Wo ist Lilou?«, wollte ich wissen.

Maman rang die Hände. »Sie ist mit dem Zug losgefahren, so ist wenigstens eine von uns schon auf dem Weg. Komm schnell, wir müssen uns beeilen.« Maman zog eine Jacke an und schlang ihre Handtasche über die Schulter. »Sei bitte nicht böse, aber ich habe Tristan angerufen. Er hat uns ein Flugzeug organisiert.«

Ich erstarrte. Sie hatte ihn angerufen und ihm alles erzählt? Ich wollte aber nicht, dass irgendjemand von denen weiter in unser Privatleben einbezogen wurde.

»Maman!«

Sie reckte das Kinn. »Anouk, sei vernünftig. Mit dem Zug würden wir fast den ganzen Tag brauchen, und so dauert es nur etwas über eine Stunde. Komm«, befal sie. »Unten steht ein Wagen, der uns zum Flugplatz bringt.«

Ich wollte schimpfen und fluchen, aber wie konnte ich? Im Grunde war es ein Geschenk des Himmels.

»Bitte, lass uns jetzt einfach zu Papa fahren«, sagte sie. »Alles andere ist im Moment egal.«

Ben und Jerry, deren echte Namen Detective Dean und Detective Morris lauteten, brachten uns zu einem Flugfeld an der Stadtgrenze, auf dem ein kleines Flugzeug wartete. Maman bedankte sich überschwänglich, doch ich schwieg. Ich war dankbar, dass wir zu Papa gebracht würden, aber den Rest dieses ganzen Debakels wollte ich lieber vergessen.

Maman und ich hielten uns an den Händen, während das Flugzeug über die Startbahn sauste, und schlossen die Augen, jede in ihre eigenen Gedanken versunken und unfähig, unsere Sorgen auszusprechen. Was für eine Tochter war ich nur? Papa hatte gesagt, er fühle sich nicht wohl, und ich hatte es als Heischen nach Aufmerksamkeit interpretiert. Hätte ich doch nur richtig zugehört! Den ganzen Flug über wurde ich von Schuldgefühlen geplagt.

Als wir völlig aufgelöst in dem kleinen Dorfkrankenhaus ankamen, wurde dort nur noch in Minimalbesetzung gearbeitet. Eine Schwester kam auf uns zu. »Anouk?«

»*Oui*«, antwortete ich und wunderte mich, dass sie meinen Namen kannte. Sie musste mir die Verwirrung angesehen haben, denn sie sagte: »Ein Monsieur Riley hat angerufen und Sie angekündigt.«

»Riley …?« Ach, Tristan! Natürlich war Black nicht sein richtiger Name. Doch ich verschwendete keinen weiteren Gedanken an ihn. »Wo ist mein Vater? Wie geht es ihm?« Maman ergriff meine Hand und nickte der Schwester nur zu, sie brachte offenbar kein Wort heraus.

»Ihr Vater ist stabil«, erklärte sie uns. »Der Kardiologe war gerade noch einmal bei ihm und hat seine Medikation angepasst. Ihr Vater soll sich auf keinen Fall aufregen, also sprechen Sie bitte leise und lassen Sie ihn schlafen. In den letzten Stunden hat sich sein Zustand sehr gebessert, aber die nächsten vierundzwanzig Stunden bleiben kritisch.«

Wir nickten ernst und folgten ihr in das Zimmer. Dort lag mein Vater und schlief. Er war an diverse Geräte angeschlossen und wirkte viel kleiner und kraftloser als der stattliche, robuste Mann, den ich kannte. Sein Gesicht war grau und einen Ton dunkler als der silbrig glänzende Stoppelbart.

Ich schluckte meine Tränen hinunter, weil ich vor Maman nicht zusammenbrechen wollte. Jetzt war es wichtig, stark zu sein.

Wir standen an seinem Bett, hörten das Ticken und Klicken der Maschinen und Papas leicht rasselnden Atem. Das Einzige, das sich nicht verändert hatte, waren seine Hände: große, breite Bauernhände, von harter Arbeit gezeichnet. Ich fasste die eine, Maman die andere. Tränen liefen ihr über die Wangen, und auch ich bekam wieder feuchte Augen. Wir schwiegen und lauschten dem Piepsen und Surren der Geräte, die ihn am Leben hielten.

Hoffentlich würde auch Lilou bald eintreffen. Die Reise mit dem Zug kam ihr sicher endlos vor.

Behutsam schob ich mich auf den Bettrand und wartete.

• • •

Morgendämmerung drang golden durch die Vorhänge und versprach einen Tag unter blauem Himmel. Während unserer stummen Nachtwache hatte die Krankenschwester stündlich nach meinem Vater gesehen, die Monitore und die Medikamentenzufuhr überprüft. Hin und wieder hatte Papa uns mit lautem Aufstöhnen erschreckt, war dann jedoch wieder still geworden. Ob er wohl Schmerzen hatte? Die Vorstellung, dass er in einem quälenden Alptraum gefangen war, beunruhigte mich.

Wir hörten schnelle Schritte auf dem Gang, dann kam ein Arzt, der viel zu jung wirkte, um kompetent zu sein. »*Bonjour*«, sagte er. Wir murmelten eine Begrüßung und machten ihm Platz am Bett.

Gespannt warteten wir auf seine Einschätzung.

Der Arzt las Papas Krankenakte und kniff nachdenklich die Augen zusammen. Ängstlich beobachtete ich seine Reaktion. »Wird er wieder gesund?«, wollte ich wissen. Meine Stimme klang wie ein Quäken.

Der Arzt klappte die Akte zu und lächelte. »Das Schlimmste hat er überstanden und ist jetzt stabil. Wir werden in den nächsten Tagen noch ein paar Tests durchführen und ihm weiter Beruhigungsmittel geben, damit sich sein Herz erholen kann. Alles in allem geht es ihm den Umständen entsprechend sehr gut.«

Ich stieß einen tiefen Seufzer der Erleichterung aus, und Maman schluchzte auf und schlug die Hände vors Gesicht. Der Arzt lächelte erneut, und ich nahm es als gutes Zeichen. »Er muss zu einem Kardiologen, der noch genauere Tests durchführen kann. Sobald er transportfähig ist, werden wir einen Transfer in die Wege leiten. Über weitere Langzeitmaßnahmen werden Sie noch informiert, aber ich kann Ihnen jetzt schon sagen, dass er sich in einigen Bereichen seines Lebens umstellen muss, damit so etwas nicht wieder passiert.«

»Zum Beispiel?«, erkundigte ich mich.

»Fettarme Kost, weniger Butter und Sahne. Er muss Sport treiben und etwas Gewicht verlieren, damit sein Herz nicht so belastet wird.«

Maman machte ein besorgtes Gesicht. »Das sollten Sie ihm lieber selbst sagen, wenn er aufwacht.« Sie schnitt eine Grimasse. »Er liebt sein Essen.«

Der Arzt lachte. »Das sehe ich. Er darf auch weiterhin gut essen, er muss sich nur etwas umstellen. Kleinere Portionen, weniger Kalorien. Wir werden hier Nachfolgetermine vereinbaren, dann kann er nicht schummeln.«

Es war, als wäre uns eine schwere Last von den Schultern genommen. Der Arzt sprach von der Zukunft, einer

Zukunft mit Papa. Ich schickte einen stummen Dank ins Universum.

»Wie lange wird es wohl dauern, bis er sich wieder erholt hat?«, fragte Maman.

Der Arzt zuckte mit den Schultern. »Das müssen wir abwarten, aber er sollte es langsam angehen. Hat er jemanden, der sich um ihn kümmert? Die Schwester sagte, Sie seien beide aus Paris gekommen …«

»Ich werde für ihn da sein«, sagte Maman. »Ich habe nur meine Tochter besucht. Sobald es ihm besser geht, ziehen wir nach Paris, um als Familie dichter beisammen zu sein.«

»Ihr wollt umziehen?«, fragte ich erstaunt. Es war das erste Mal, dass ich davon hörte.

»Ja, wir beide ziehen um«, antwortete sie. »Papa weiß zwar noch nichts davon, aber ich möchte es. Das ist jetzt der beste Anlass. Wir können auf unsere alten Tage die Champs-Élysées entlangwandern oder im Bois de Boulogne mit dem Ruderboot fahren – so wird er gar nicht merken, dass er in Wahrheit Sport treibt. Eine kleine Wohnung im Quartier Latin wäre perfekt, dort können mich auch meine Kochfreunde besuchen kommen.« Sie zuckte einmal kurz die Achseln, als wäre es keine große Sache. Ich unterdrückte das spontane Bedürfnis, sie zu umarmen. Ich war so stolz auf die Frau, die meine Mutter war.

Der Arzt machte sich ein paar Notizen. »Wenn das Ihr Plan ist – das klingt durchaus machbar. Ich werde ihn in den nächsten Wochen betreuen und dann an einen Pariser Kollegen überweisen. Er sollte ein ausgewogenes, entspanntes Leben führen, und wenn das anderswo besser möglich ist als hier, dann nur zu.«

»*Merci*«, sagte Maman. »Sobald er wieder zu Kräften gekommen ist, kann unser neues Leben beginnen.«

»Er wird bald aufwachen. Wenn er sich benommen

fühlt, ist das normal, kein Grund zur Sorge. Ich komme später wieder, um nach ihm zu sehen.«

Er überprüfte noch einige Einstellungen und verließ lächelnd den Raum.

Dankbar sahen Maman und ich uns an. »Ich dachte schon …«, begann ich, verstummte dann aber.

»Ich auch«, gestand Maman. »Aber er ist stark. Und von jetzt an werde ich mir Gehör verschaffen, auch um seinetwillen.«

Nun schloss ich sie doch in die Arme, und in diesem Moment ging die Tür auf, und Lilou und Henry kamen herein. Warum war der denn dabei? Lilou sah aus, als hätte sie die ganze Nacht nicht geschlafen und wäre kurz davor loszuheulen.

»Du kannst dich neben ihn setzen«, sagte ich. »Der Arzt war gerade hier: Papa hat das Schlimmste überstanden.«

Nun brach sie tatsächlich in Tränen aus, juchzte und lachte dabei jedoch und flüsterte: »Er wird nicht sterben?«

»Komm her«, sagte Maman und zog sie in die Arme, und Lilou legte den Kopf an ihre Brust und schloss die Augen, wie früher als Kind. Maman tätschelte ihr beruhigend den Rücken. »Er wird wieder gesund. Aber er braucht Zeit, um sich wieder zu erholen, das müssen wir uns klarmachen.«

»Hauptsache, er wird wieder gesund!« Lilou ging zum Bett, setzte sich auf den Rand und umarmte vorsichtig unseren schlafenden Vater.

Henry stand etwas abseits, steif und gerade wie ein Spielzeugsoldat.

»Es tut mir leid«, sagte er zu niemand Bestimmtem in den Raum hinein.

Maman winkte ab. »Das muss es nicht. Alles wird wieder gut, das spüre ich.«

Henry wagte einen kurzen Blick zu mir, den ich böse erwiderte.

»Henry wollte unbedingt mitkommen«, sagte Lilou, die sich wieder aufgerichtet hatte und Papas Hand hielt.

»Wie nett«, entgegnete ich eisig.

Sie sah mich an. »Er ist ein feiner Kerl, Anouk. Genau wie Tristan.«

»Wer sagt das?«

Sie runzelte die Stirn. »Also ehrlich, Anouk! Bist du nicht froh, dass sie diesen Joshua geschnappt haben?«

Ich zuckte die Achseln. »Ich hole mir einen Kaffee.«

Auf dem Weg in die kleine Cafeteria wechselten meine Gefühle zwischen Erleichterung über Papas verbesserten Zustand und Wut über Tristan und sein Doppelleben. Tief im Innern wusste ich natürlich, dass er nur seinen Job gemacht hatte, aber hatte er mich für seine Ermittlungen denn unbedingt küssen müssen? Fast kam es mir vor, als würde ein blinkendes Schild über mir hängen, auf dem *Nutzt mich nur aus* stand. Aber ich wollte nicht weiter darüber nachdenken, solange Papa im Krankenhaus lag.

Viel wichtiger war zu überlegen, wie wir einen Umzug nach Paris bewerkstelligen könnten, sobald es ihm besser ginge. Meine Eltern müssten das Haus und ihr Auto verkaufen und Papas Geschäft ebenfalls. Dann eine hübsche Wohnung in einer ruhigen Gegend suchen. Ich würde mich auf meine Familie konzentrieren und vergessen, dass Tristan überhaupt existierte.

Mit einem wässrigen Automatenkaffee in der Hand kehrte ich zum Krankenzimmer zurück. Plötzlich eilte eine Gruppe Ärzte mit lauten »*Excusez moi*«-Rufen an mir vorbei.

Ich drückte mich gegen die Wand, um sie vorbeizulassen. Ihnen auf dem Fuß folgten ein paar Schwestern. Als ich sie in Papas Zimmer abbiegen sah, blieb mir fast das Herz stehen. Abrupt ließ ich den Becher fallen und lief hinterher. Maman und Lilou hielten einander umklammert und starrten mit ängstlichem Blick zum Bett.

Die Ärzte beugten sich über meinen Vater und leiteten eine Reanimation per Defibrillator ein.

»Was ist passiert?«, fragte ich, obwohl ich die Antwort kannte. Niemand sprach, während wir die Ärzte beobachteten – und Papa, dessen massiver Körper sich durch den Elektroschock aufbäumte.

Henry stand an der Tür und telefonierte über sein Handy. Er sprach mit gedämpfter Stimme. »Du hast gesagt, ich soll anrufen … Ja, es ging ihm gut, aber gerade hatte er einen weiteren Herzinfarkt …« Er lauschte. »Sie brauchen hier dringend einen Spezialisten, sonst … Wenn er stabil ist, nach Paris? … Ja, okay. Wann? Ich sag's ihnen.« Er beendete das Gespräch.

Das Ganze war wie ein Alptraum. Die Ärzte verhandelten kurz und begannen dann mit einer Herzmassage. Würde mein Vater sterben? Ich fühlte mich absolut hilflos, und mir schossen Tränen in die Augen.

Henry stellte sich neben mich. »Das war Tristan. Er hat einen Kardiologen engagiert – einen der besten, wie er sagt. Er ist gerade dabei, ihn herzufliegen.«

Ich nickte stumm. Hatte Papa noch so viel Zeit? Was könnte ein Kardiologe tun, das diese Ärzte nicht konnten? Ich stellte mich neben Maman und Lilou ans Fenster, und wir hielten einander an den Händen. Jetzt konnten wir nur noch warten und hoffen, dass dieser Arzt ein Wunder vollbrachte. *Bitte beeilen Sie sich!*

So viel spukte mir durch den Kopf. Hätte ich nur auf Papa gehört. Hätte ich ihn nur überredet, nach Paris zu kommen. »Hätte« war eines der traurigsten Wörter auf dieser Welt.

Fast zwei Stunden mussten wir bangen, aber dann tauchte Tristan mit einem älteren, ernst aussehenden

Mann auf, der sich als Dr. Carmichael vorstellte. Er ging direkt zu Papa, und die anderen Ärzte informierten ihn in gedämpftem Ton über die Lage.

»Wir werden Ihren Vater operieren«, sagte Dr. Carmichael dann. »Ich werde mein Möglichstes versuchen.«

Für Fragen blieb keine Zeit. Wir konnten uns nur bedanken und zusehen, wie sie alles vorbereiteten, um Papa aus dem Zimmer zu schieben.

Als es so weit war, beugte Maman sich über ihn, flüsterte ihm etwas ins Ohr und gab ihm einen Kuss auf die Stirn. Lilou und ich küssten ihn ebenfalls.

»Ich hab dich lieb, Papa.« Seine Haut war warm und roch nach der Lavendelseife, die er immer benutzte. Ich richtete mich auf und schlug die Hände vor den Mund. Was, wenn ich seine warme Wange nie wieder küssen würde? Ich schob die Gedanken beiseite und versuchte mir stattdessen vorzustellen, wie er aufwachte und wie ich ihm Suppe kochte, während er wieder gesund wurde.

Tristan bedeutete mir, ihm nach draußen zu folgen, und obwohl ich ihn am liebsten ignoriert hätte, konnte ich das nach allem, was er für uns getan hatte, natürlich nicht. Er wirkte angespannt. »Dr. Carmichael ist der Beste auf seinem Gebiet. Er hat sein eigenes Team mitgebracht und ist zuversichtlich, dass er ihn retten kann. Ich werde hierbleiben, falls er noch irgendetwas braucht.«

»Ich danke dir.« Mehr brachte ich nicht heraus.

»Es tut mir so leid, Anouk. Alles.«

»Ich weiß.« Es wäre unhöflich gewesen, meine Meinung zu sagen, also schwieg ich. Und welchen Sinn hätte es noch? Angesichts der momentanen Ereignisse schien mir alles andere unbedeutend. Ich wollte nichts weiter, als dass mein Vater weiterlebte.

»Alles wird wieder gut. Wir kümmern uns darum.« Tristans Blick trübte sich. »Meine Eltern ...« Er schluckte schwer. »Damals habe ich es nicht rechtzeitig geschafft. Sie waren schon tot … Ich kam zu spät. Aber diesmal wird alles anders. Was auch immer er braucht …«

Es brach mir fast das Herz. Tristan erlebte hier ein weiteres Mal seinen persönlichen Alptraum, und trotzdem tat er alles, um meinen Vater zu retten, obwohl er sich einfach nur um seinen Fall hätte kümmern und abreisen können. »Es gibt keine Worte, um auszudrücken, wie dankbar wir dir für alles sind, was du tust.«

»Sobald es deinem Vater besser geht, muss ich deiner Familie Abbitte leisten.«

Ich fühlte mich bis in die Knochen erschöpft und wollte nur noch sitzen und warten und an nichts anderes mehr denken. »Ich gehe ins Wartezimmer und lege mich eine Weile hin. Ich danke dir vielmals.«

Er sah mich fragend an. »Ich weiß, jetzt ist nicht der richtige Zeitpunkt, aber wirst du mir jemals vergeben können? Was zwischen uns war, hat mir sehr viel bedeutet …«

Die Realität krachte in mein Unterbewusstsein. »Aber wirst du nicht bald wieder fortgehen? Irgendwo auf der Welt verdeckte Ermittlungen durchführen?« Für uns bestand nun mal keine Basis, wenn alles, was wir hatten, auf einer Lüge aufgebaut war. Ich wusste rein gar nichts über den blonden Mann, der vor mir stand. Und ich wollte auch nichts mehr wissen. Vertrauen war unerlässlich, und er hatte es auf so viele Arten gebrochen. Ich musste mich schützen und auf Abstand gehen, das war die richtige Entscheidung.

Während ich in erschöpften Schlaf fiel, spürte ich mein Herz. Warum musste es nur so weh tun?

Kapitel 29

*E*in paar Wochen später wartete ich in Paris ungeduldig auf die Ankunft meiner Eltern. Papas Operation war erfolgreich verlaufen, aber er musste noch immer Bettruhe halten. Der Arzt hatte die Reise unter der Bedingung erlaubt, dass er sich auch hier nicht viel bewegte. Ich freute mich sehr, die beiden zu sehen und Maman bei der Wohnungssuche zu helfen. Ihr Haus stand zum Verkauf, aber das Immobiliengeschäft im Dorf blühte nicht gerade, so dass sie sich erst einmal eine Mietwohnung im Marais-Viertel besorgen wollten, dem Viertel, das Maman wegen der vielen Gemüsemärkte und seines besonderen Ambientes sehr gefiel.

Es klingelte, aber das waren noch nicht meine Eltern, sondern ein Kurierfahrer, der mir an der Tür einen Karton entgegenhielt. »Mademoiselle Anouk?«

»*Oui.*«

»Das ist für Sie.«

Der Karton war schwerer als erwartet, und als ich ihn öffnete, fand ich darin die Schreibmaschine von Henry Miller, über die Tristan und ich uns am Ufer der Seine gestritten hatten. Ein Bogen Papier war eingespannt und folgender Satz darauf getippt.

Ich vermisse Dich.

Es war süß und bitter zugleich. Ich vermisste ihn ebenfalls. Ein Absender war nicht angegeben, also hätte ich sie nicht zurückschicken können, selbst wenn ich es gewollt hätte. Ich stellte die Schreibmaschine auf meinen Schreibtisch und seufzte. Würde ich seine strahlend blauen Augen je vergessen können?

Vom Balkon rief Lilou: »Lass uns noch eine Runde spazieren gehen, bevor sie kommen. Ich bin zu aufgeregt, um stillzusitzen.«

Ich musste lachen. Froh über die Ablenkung, begleitete ich sie in diesen wundervollen Sommertag. Überall duftete es nach Balkonblumen, und an jeder Ecke sahen wir rote Nelken, hellgelbe Sommernarzissen und üppige Heckenrosen.

Lilou trug ein schwarz-weiß gestreiftes Kleid, das ihr luftig um die Beine schwang. Eine amerikanische Firma hatte bei ihr vor kurzem eine Bestellung für ihre »*Je t'aime*«-Armbänder aufgegeben: Silberkettchen mit einem Miniatur-Vorhängeschloss in Anlehnung an die Liebesschlösser, die früher an den Brückengeländern hingen und mittlerweile verboten waren. Auch ich trug eines dieser Armkettchen und freute mich über das Symbol. Ich hatte immer gedacht, meine Schwester brauche Hilfe und Führung, um sich Ziele zu setzen und sie zu erreichen, aber ich hatte ihr einfach nie richtig zugehört.

Sie hatte gewusst, dass sie ihren Weg finden würde, genau wie sie wusste, dass sie eines Tages die wahre Liebe finden würde – und mit weniger wollte sie sich nicht zufriedengeben. Bis dahin kostete sie ihr Leben in vollen Zügen aus und genoss jede Minute eines jeden Tages.

»Wohin gehen wir?«, wollte ich wissen.

»Eis essen in der Passage Dauphine.«

»Das gefällt mir!« Die Passage Dauphine war eine kleine, romantische, mit Kopfstein gepflasterte Sackgasse, die von der Rue Dauphine abging, mit hübschen Cafés und Bistros, an denen Efeu rankte. Wir balancierten dort vorsichtig auf unseren hohen Schuhen entlang zu dem Café, das hausgemachte Eiscreme verkaufte, die so viel besser schmeckte als das zuckersüße Zeug in den Supermärkten. Wie schön war es, Zeit zu haben und sich an einem heißen Sommertag auf so köstliche Weise abkühlen zu können.

»Tristan fragt übrigens unentwegt nach dir. Und er wird wohl nicht damit aufhören«, meinte Lilou plötzlich und sah mich an, um meine Reaktion zu beobachten.

»Erzähl ihm einfach nichts. Das ist der beste Weg, damit er aufhört.«

Lilou war immer noch mit Henry befreundet und hielt den Kontakt über E-Mails und Skype. Offenbar leitete er auf diesem Weg Nachrichten von Tristan weiter.

Sie verdrehte die Augen. »Anouk! Kannst du ihm nicht eine zweite Chance geben?«

Eine Gruppe Kinder polterte lachend durch die Gasse, ihre Schritte hallten von den Wänden. »Wieso? Ich sehe darin keinen Sinn.« Mühsam presste ich die Lüge hervor.

»Das ist der größte Schwachsinn, den ich je gehört habe! Du läufst mit traurigen Hundeaugen und langem Gesicht herum, als wäre die Welt untergegangen. Du kannst mich nicht anlügen, weil ich in dir lesen kann wie in deinem Tagebuch.«

Ich seufzte. »Lilou, er war bereit, mich verhaften zu lassen – wer tut so etwas, wenn er Gefühle für jemanden hat?«

»Er hat gesagt, als ihr euch auf dem Flohmarkt um die Schreibmaschine gestritten habt, hätte er dich gewarnt. Er hat damit sogar seinen Job riskiert.«

Ich dachte an den Tag zurück. Hatte er mich wirklich gewarnt? Wie dumm ich gewesen war, in ihm den Juwelendieb zu sehen! »Daran kann ich mich nicht erinnern. Aber ich habe angedeutet, dass *er* besser verschwinden solle. Und was macht das aus mir? Eine Heuchlerin in der Welt der Antiquitäten.«

»Du schießt also den ersten Mann, der dich wahrhaft liebt, in den Wind, nur weil er seine Arbeit gemacht hat, die darin besteht, Antiquitäten zu schützen – die Dinge, die du am meisten im Leben liebst?«

Wir hatten das Eiscafé erreicht und setzten uns draußen an einen Tisch. »Er liebt mich doch gar nicht.«

»Doch, das tut er. Er hat es Henry gesagt. Und er hat seinen Job gekündigt. Einfach so. Er arbeitet demnächst als Sicherheitsberater mehrerer Auktionshäuser und Museen in Paris. Gustave, der Wachmann, mit dem du dich so gut verstehst, hat ihn vermittelt, auch weil der Besitzer von *Cloutier* immer häufiger vergisst, das Gebäude abzuschließen. Deshalb bist du an dem Abend ja auch reingekommen.«

»Warum hat er gekündigt?«

Sie grinste mich an. »Was denkst du wohl?«

»Er kann nicht einfach kündigen und davon ausgehen, dass er damit meine Meinung ändert!«

Lilou zuckte die Achseln und nahm die Eiskarte aus dem kleinen Holzständer. »Es war wohl das erste Mal«, sagte sie betont, »dass ihm seine Gefühle bei der Arbeit in die Quere kamen. Für ihn war das ein Zeichen. Wenn er die beiden Bereiche nicht trennen kann, kann er keinem von beiden gerecht werden. Er meinte, es wäre Zeit für ein neues, ein *echtes* Leben.«

Ich tat, als würde ich die Karte studieren. Ich wollte nicht, dass er wegen mir seine Arbeit aufgab. Hatte er nicht gesagt, er liebe seine Arbeit? Oder hatte auch das nicht der Wahrheit entsprochen und war nur ein Teil der fiktiven Person Tristan Black gewesen?

»Ich hoffe, er weiß, was er tut«, sagte ich leise.

Was würde er nun mit seinem Leben anfangen? Änderte das nun irgendetwas? Abwesend bestellte ich einen Eisbecher. Was für ein Mann war er wirklich? Ein Mann, der seine Eltern verloren hatte, keine Geschwister hatte, keine Bindungen, nur diesen Job, und jetzt hatte er nicht einmal den. Aber vielleicht könnte er so der Mann werden, der er immer hatte sein wollen …

»Ich nehme die Zabaione«, sagte Lilou und lächelte den Kellner verschmitzt an. »Der ist süß«, kommentierte sie, als er gegangen war. »Also, wenn du Tristan zufällig mal wiedersiehst, könntest du dann bitte nett zu ihm sein? Er hat unserem Vater das Leben gerettet, falls ich dich daran erinnern muss. Hat sich für ihn eingesetzt, als sonst niemand das getan hätte.«

Plötzlich dämmerte es mir, und es zog mir das Herz zusammen. »Hat man ihn entlassen, Lilou? Ist es das, was wirklich passiert ist?«

Sie machte ein schuldbewusstes Gesicht.

»Lilou, nun sag schon.«

Nach einem dramatischen Seufzen begann sie: »Ich soll es dir eigentlich nicht sagen, aber wenn es der einzige Weg ist, dein versteinertes Herz zu erweichen, dann sei's drum. Obwohl er wusste, was ihm blühen würde, hat er das Flugzeug genommen, zwei Mal sogar. Erst, um Maman und dich hinzufliegen, und das zweite Mal für den Kardiologen, dem er ebenfalls ein paar Gefallen versprechen musste, damit er überhaupt mitfliegt. Tristans Vorgesetzte waren nicht begeistert, konnten es aber auch nicht direkt verhindern. Und dann hat er gekündigt. Henry hat gesagt, als er ihnen die Marke hinlegte, hätte er zufrieden gelächelt, so als wäre er froh, dieses Leben endlich hinter sich zu lassen. Aber es ging um dich. Er hat dabei an dich gedacht und an alles, was mit euch werden könnte.«

»Das kann ich nicht glauben.« Es war ja eine Sache zu kündigen, aber seine Karriere aufzugeben, um jemandem das Leben zu retten … Das war nun wirklich etwas ganz anderes.

Kurz nachdem wir wieder zu Hause waren, kamen unsere Eltern. Maman schob den Rollstuhl etwas ungelenk über die Türschwelle, und Papa rief einige Male: »Vorsicht!« Er würde den Rollstuhl nicht mehr lange benötigen, er war nur eine vorübergehende Hilfe.

Nach einer allseitigen herzlichen Begrüßung machten Maman und ich uns auf den Weg, um ein paar Wohnungen zu besichtigen. Die erste war zu klein, tatsächlich nur ein Ein-Zimmer-Apartment im nördlichen Marais. Die nächste Wohnung war größer und besser und den Bedürfnissen meiner Eltern perfekt angepasst, aber der Makler sagte, er habe schon viele Bewerber, die nun sogar mehr als den geforderten Preis böten.

»Wir schauen weiter«, sagte Maman.

Von der dritten Wohnung aus konnte man auf das Musée Carnavalet mit seinem wunderschön angelegten Heckengarten sehen. Vom Wohnzimmer ging ein schöner Balkon ab. Und von der Balustrade hingen jede Menge Blumentöpfe, in denen Maman mit ihrem grünen Daumen viele Kräuter und Gemüse für ihre Kochkünste pflanzen konnte.

»Die hier ist es, Anouk. Die Küche ist perfekt. Mit der Kücheninsel ist genug Platz, so dass auch meine Köche dabei sein können …«

Ich freute mich für Maman. »Sie ist wirklich schön, gerade jetzt, wo die Nachmittagssonne hereinscheint. Sobald Papa wieder gesund ist, könntest du doch sogar richtige Kochkurse geben, was meinst du?«

»Glaubst du wirklich? Aber was ist mit denen, die feine Küche kochen können? Davon verstehe ich doch nichts. Würden die mich nicht als Aufschneiderin ansehen?«

Ich schüttelte den Kopf und fuhr mit der Hand über die Küchentheke aus Granit. »*Non*, Maman, du bedienst doch eine ganz andere Kundschaft: diejenigen, die traditionelles

Kochen lernen wollen, Gerichte, die man jeden Tag oder zu wiederkehrenden Ereignissen kochen kann. Familienessen, Feiertagsmenüs …«

»Sobald Papa wieder fit ist …«

Ja, sie würde es schaffen. Ich wusste mittlerweile, dass die Frauen in meiner Familie hartnäckig waren und ihre Ziele unerschütterlich verfolgten.

»Haben Sie den Vertrag hier?«, fragte Maman den Makler, der draußen telefoniert hatte.

»Warte, Maman«, sagte ich, »willst du dir nicht lieber noch ein paar andere Wohnungen ansehen?«

»Ich bin sechzig Jahre alt, Anouk. Ich habe keine Zeit zu verlieren!« Sie sah mich an und lachte.

·•·

Die langen heißen Tage ermüdeten meinen Vater schnell. Trotz der Bettruhe wirkte sein Gesicht gräulich, und so bemühten wir uns, in der Wohnung nur zu flüstern und auf Zehenspitzen umherzugehen.

Ein Umzugsunternehmen hatte ihr Hab und Gut in Kisten verpackt und zusammen mit den Möbeln in die neue Wohnung gebracht. Nachdem wir ausgepackt und alles verstaut hatten, holten wir Papa, der nur von einem Bett ins nächste wechseln musste.

Es war schön, Maman so glücklich und voller Pläne zu erleben, und ich konnte es kaum erwarten, dass es auch meinem Vater besser ginge, damit er das Leben in Paris genießen könnte.

Jetzt brachte ich noch eine der letzten Kisten mit Küchensachen hinunter. Ihre Kochutensilien waren Maman heilig, so dass wir sie höchstpersönlich per Taxi in die neue Wohnung bringen sollten, alle acht Kartons.

Nachdem ich die Kiste auf dem Gehsteig abgestellt hatte, streckte ich mich, um die schmerzenden Muskeln zu dehnen. Ich konnte es kaum erwarten, mich endlich in einen Sessel werfen und ein kühles Glas Weißwein genießen zu können.

»Ziehst du weg?« Mich durchfuhr ein Kribbeln, und ich drehte mich um. Der echte Tristan trug verwaschene Jeans und ein eng anliegendes weißes T-Shirt. Er wirkte jünger, vielleicht weil er ein wenig verstrubbelter aussah. Sein Haar war vom Wind zerzaust. Es stand ihm gut.

»Nein, nicht ich. Maman und Papa ziehen in den Marais«, antwortete ich und bemühte mich, ruhig zu sprechen. Ihn zu sehen verschlug mir fast den Atem. Wie hatte ich nur vergessen können, wie stark seine Präsenz auf mich wirkte? Mein Körper verriet mich. Meine Knie wurden weich, und meine Hände begannen zu zittern.

»Ich wollte deinem Vater einen Besuch abstatten, um zu sehen, wie es ihm geht, aber ich dachte, ich frage erst einmal dich.« Er lächelte unsicher.

»Es geht ihm gut. Ein paar Wochen noch, dann kann er wieder herumlaufen.« Ich sah ihm in die Augen. »Ich weiß, du hast deinen Job verloren, weil du uns geholfen hast. Das tut mir leid. Ich weiß auch … nun ja, ich *glaube*, dass du deine Arbeit sehr geliebt hast. Ich fühle mich verantwortlich.«

Er winkte ab. »Ich habe die letzten fünfzehn Jahre ohne feste Adresse gelebt, und mir war klar, dass ich das nicht ewig machen will. Als ich dann merkte, dass mir meine Gefühle in die Quere kamen, wusste ich: Die Zeit ist gekommen.«

»Was wirst du jetzt tun?«

»Im Moment genieße ich einfach das Leben auf den Boulevards, trage eine komische Mütze und hässliche Sonnenbrillen, und wenn der Sommer vorbei ist, werde ich als Sicherheitsberater arbeiten.«

»Du willst also dauerhaft in Paris bleiben?« Ich blieb stocksteif stehen und wagte nicht zu atmen.

»Da ist diese Frau ... Sie weiß es noch nicht, aber sie hat mir mein Herz gestohlen ...«

Ich musste grinsen und schubste ihn leicht an. »Gestohlen? Ich glaube aber nicht, dass sie eine Diebin ist.«

»Du hast recht, sie ist keine Diebin.« Er lachte. »Aber wenn sie bereit ist, der Liebe eine Chance zu geben, würde ich ihr gern so viel Zeit und Küsse rauben, wie sie mich lässt.«

Könnte ich mein Herz erneut verschenken? Was, wenn es wieder gebrochen würde? Doch als ich in Tristans azurblaue Augen sah, dachte ich, ich könnte es versuchen. Man muss das Leben genießen, und nur wegen Tristan hatte Papa eine neue Chance auf Leben bekommen. Ich spürte so etwas wie Hoffnung in mir aufkeimen.

»Vielleicht gibt diese Frau dir tatsächlich eine Chance. Man weiß ja nie ...«

Tristans Augen begannen zu leuchten, und er zog mich in seine Arme und küsste mich, bis mir schwindelig wurde.

Epilog

In den nächsten Monaten hatte ich jedes Mal, wenn Tristan mich ansah, den Eindruck, seine Augen würden noch heller strahlen, und dass seine Lippen nur darauf warteten, mich immer wieder und überall zu küssen. Ich erlaubte mir, mich ganz und gar dem Gefühl der Verliebtheit hinzugeben. Es kam mir vor, wie in einen Abgrund zu springen, aber schwerelos und mit Schmetterlingen im Bauch. Konnte das real sein? Noch nie hatte ich mich in diesem Maße verliebt gefühlt. An manchen Tagen konnte ich nicht einmal essen – es kribbelte überall, und wenn ich an ihn dachte, brachte ich keinen klaren Gedanken mehr zustande.

»Was meinst du?«, fragte er mich eines Tages und lächelte spitzbübisch. »Darf ich der Welt nun endlich verkünden, dass wir ein Paar sind?«

Ich lachte. Nach den turbulenten Ereignissen in der Antiquitätenszene hatte ich unsere Beziehung erst einmal unter Verschluss gehalten, um dem Klatsch und Tratsch nicht gleich ein Übermaß an Futter zu liefern.

»Du kannst es der Welt gern erzählen, wenn du willst«, antwortete ich.

Mit ein paar schnellen Schritten war er an der Balkontür und schwang sie auf. »Ist da jemand? ICH LIEBE ANOUK! Hallo? Ich liebe Anouk, und eines Tages wird sie meine Frau!«

Ich zuckte zusammen. »Herrje, ich habe ganz vergessen, wie amerikanisch du bist. Geh sofort von der Tür weg!«

Er grinste mich an. »Das meine ich ernst«, sagte er, nahm mich in die Arme und bedeckte mein Gesicht mit Küssen. »Eines Tages werde ich dich heiraten, dann kannst du selbst eine Hochzeitsanzeige aufgeben, größer und schöner als jede, die du je gelesen hast.«

Ich biss mir auf die Unterlippe, um nicht laut loszuprusten, und sagte mit gespielter Strenge: »Bei deiner forschen Art muss ich darüber aber erst noch gründlich nachdenken.«

»Du hast nach links geguckt.«

»Na und?«

»Das heißt, dass du lügst.«

»Ich liebe dich.«

»Jetzt hast du nach rechts geguckt.«

»Und was bedeutet das?«

»Dass du mich liebst.«

»Ein bisschen vielleicht.«

»Lügnerin.«

Ich lachte und gab ihm einen Kuss und spürte sofort wieder von oben bis unten dieses elektrisierende Kribbeln. Am liebsten hätte ich die Zeit angehalten und eine Ewigkeit damit verbracht, ihn zu küssen – diesen Amerikaner, der mir das Herz gestohlen hatte. Weil ich es ihm erlaubt habe.

Dank

Ich möchte den Frauen meiner Familie danken,
die mir – wie Anouk und Lilou – gezeigt haben,
was man mit Beharrlichkeit erreichen kann.
Ohne ihr Vorbild wäre ich nicht der Mensch,
der ich heute bin. Alles ist möglich,
wenn man nur an sich glaubt.

Rebecca Raisin
Die kleine Parfümerie der Liebe
Roman
Aus dem Englischen von Annette Hahn
317 Seiten. Gebunden
ISBN 978-3-352-00931-0
Auch als E-Book erhältlich

Ein Sommer in Paris mit dem Duft der Liebe

Als die junge Amerikanerin Del die kleine Parfümerie an den Champs-Élysées betritt, weiß sie: Genau so soll auch ihr Laden einmal aussehen. Wenn sich der Duft der Liebe in Flakons abfüllen ließe – hier gäbe es ihn zu kaufen. Um ihren Traum von einer eigenen Parfümerie zu verwirklichen, will sie an einem Wettbewerb für junge Parfümeure teilnehmen. Wenn nur nicht dieser unnahbare Sébastien ihr das Leben schwermachte – und dessen Geruch sie nicht so merkwürdig durcheinanderbrächte. In Paris muss Del erst lernen, ihrem Herzen zu folgen, bis es ihr gelingt, dem Duft der Liebe auf die Spur zu kommen.

Eine junge Parfümeurin begibt sich auf die Suche nach dem Duft ihres Lebens, und sie findet die Liebe …

Regelmäßige Informationen erhalten Sie über unseren Newsletter. Jetzt anmelden unter: www.aufbau-verlag.de/newsletter

Rebecca Raisin
**Mein zauberhafter Buchladen
am Ufer der Seine**
Roman
Aus dem Englischen von Annette Hahn
316 Seiten. Broschur
ISBN 978-3-7466-3445-6
Auch als E-Book erhältlich

Wo liegt das Glück, wenn nicht in Paris?

Buchhandlungen sind magische Orte, an denen manch einer ganz neue Wege für sein Leben zu entdecken vermag. Das zumindest findet die junge Buchhändlerin Sarah. Doch ihr kleiner, aber feiner Laden in der amerikanischen Provinz ist alles andere als eine Goldgrube. Und eine Lösung für ihre komplizierte Beziehung zu ihrem Freund Ridge findet sie hier auch nicht. Als eine Freundin aus Frankreich sie bittet, für eine Weile ihren Buchladen am Ufer der Seine zu übernehmen, zögert Sarah nicht lange. Doch dort erwartet sie alles andere als la vie en rose, und Sarah muss erst die Geheimnisse der französischen Bücherfreunde verstehen, um den unvergleichlichen Zauber von Paris entdecken zu können.

Eine junge Buchhändlerin sucht ihr Glück in einem kleinen Buchladen in Paris – und findet die Liebe …

Regelmäßige Informationen erhalten Sie über unseren Newsletter. Jetzt anmelden unter: www.aufbau-verlag.de/newsletter

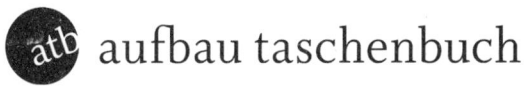

aufbau taschenbuch